Inhalt:

Wo beginnt die Nacht

Sven Haupt

ERIDANUS VERLAG

Sciencefiction | Fantasy

Über den Autor

Sven Haupt wurde 1976 in Bonn geboren. Er hat eigentlich Biologie studiert und 2008 in kognitiver Hirnforschung promoviert. Da einem dafür aber niemand Geld gibt, arbeitet er stattdessen als IT-Experte für ein Software-Unternehmen. Seit seiner Jugend schreibt er Blogs, Lyrik und Kurzgeschichten. 2016 beschloss er, in Zukunft auch an Literatur-Ausschreibungen teilzunehmen und seine Texte tatsächlich zu publizieren. »Wo die Nacht beginnt« ist nach »Die Sprache der Blumen« und »Stille zwischen den Sternen« sein dritter Roman. Beide Romane wurden jeweils mit dem Deutschen Science-Fiction Preis ausgezeichnet (2021 und 2022).

Webseite des Autors: https://elektrischerengel.com

1. Auflage | Dezember 2022
ISBN 978-3-946348-35-1

Hastedter Heerstr. 103 | 28207 Bremen

Lektorat: Helga Sadowski | Jana Hoffhenke
Korrektorat: Anke Tholl
Umschlaggestaltung: Detlef Klewer
Satz | Gestaltung: Jana Hoffhenke
Ebook-Realisierung: Eridanus IT-Dienstleistungen

http://eridanusverlag.de
https://www.instagram.com/eridanus.verlag.sf
https://www.facebook.com/eridanusverlag

Das ist mein Fenster. Eben
bin ich so sanft erwacht.
Ich dachte, ich würde schweben.
Bis wohin reicht mein Leben,
und wo beginnt die Nacht?

Rainer Maria Rilke (1908)

01 | Suche

Ein Mann namens Niklas Turner stand am äußersten Rand der Realität und wartete auf den Beginn der ewigen Nacht. Die Sonne hing tief und rot am Himmel. Eine blasse, verwaschene Kugel, die in einem trüben Nebel schwamm, als wollte sie aus ihrer Form fließen, um zerschmelzend hinter den Horizont zu laufen, wie Farbe von einer Wand hinunterläuft. Auf ihrem Weg in die Nacht bedeckte sie die Welt mit tiefen Schatten, welche mit jeder Minute länger wurden.

Niklas stand regungslos und beobachtete konzentriert die Grenze des Gartens vor ihm, während er dem Haus den Rücken zuwandte. Der Übergang flackerte und die Luft darüber flirrte, wie der Horizont einer Wüste während der Mittagshitze.

Der Mann verharrte so dicht am Rande des Grundstücks, dass er beobachten konnte, wo genau die beiden Realitäten aufeinandertrafen. Die Grenze verschwamm ihm ein wenig vor den Augen, wie heiße Luft eine endlose Landstraße verschwimmen und unwirklich werden lässt. Trotzdem war es hier geradezu empfindlich kalt. Er stand schon eine ganze Weile hier, darauf wartend, dass die Welt jenseits des Gartens endlich real würde. Er zog an seiner Zigarette und blies den Rauch in den Übergang. Eine unsichtbare Wand hielt den Qualm auf. Dahinter schob sich die Welt immer wieder aus seinem Fokus heraus und wieder zurück, wie das Bild in einer Kamera, das endlich scharf gestellt werden will. Er schüttelte den Kopf und zog den schweren, gefütterten Mantel enger um sich.

»Was ist los?«, fragte eine ungeduldige, weibliche Stimme. »Worauf wartest du?« Sie schien irgendwo in den Tiefen seines Mantels zu entstehen und klang tief und wohltönend.

Niklas hatte schon vor langer Zeit entschieden, dass sie klang wie flüssige Schokolade.

Er war ein hoch gewachsener, hagerer Mann, soweit sich das unter den dicken Pelzschichten erkennen ließ, der im Moment sehr müde wirkte. Er fuhr sich mit der freien Hand über das Gesicht, strich durch den kurzen Vollbart und nahm schließlich die Brille ab, um sich mit dem Handrücken über die Augen zu reiben. Ohne Brille sah man, wie erschöpft er sein musste. Die Brille wieder aufsetzend, nahm er einen letzten Zug von seiner Zigarette. Mit einer lässigen, viel zu oft praktizierten Geste, schnippte er den Filter mit der letzten Glut in den Übergang hinein.

Genau an dem Punkt, an welchem die schwach wabernden Luftschichten aufeinandertrafen, blieb die Kippe in der Luft stecken. Dort hing der kleine, schimmernde Glutpunkt, als wäre er plötzlich verwirrt über seine ihm zugedachte Flugbahn. Die Glut nach außen gerichtet, qualmte sie weiter und flackerte immer wieder in und aus der Realität.

»Der Übergang ist nicht stabil«, kommentierte Niklas mit rauer Stimme. »Das Haus findet die Zeitlinie nicht.«

»Das ist kein gutes Zeichen«, erklärte die Stimme leise.

»Nein, ist es nicht«, bestätigte er.

»Ist etwas zu sehen?«

Niklas kniff die Augen zusammen. »Ein Hügel, der genau vor dem Grundstück liegt. Gekrönt von einem großen Baum.«

»Und wie sieht er aus?«

»Er kann sich noch nicht entscheiden.«

Tatsächlich wechselte der Baum durch verschiedene Phasen seiner Existenz. Er zeigte sich mal unter der Last von Schnee und dann wieder von einer strahlenden Blütenpracht bedeckt. Gelegentlich überlagerten sich die Bilder und der Schnee zusammen mit den Blüten formte eine glühende, weiße Aura.

»Das Haus bemüht sich«, kommentierte Niklas, »aber die Linie scheint sich zu wehren.«

»Es wäre nicht das erste Mal«, erklärte die Stimme mit besorgtem Unterton. »Auch hier scheint der Anker zu fehlen und ich vermute stark einen fortgeschrittenen Befall.«

Niklas nickte stumm.

»Wird es stabiler?«, fragte die Stimme.

»Du kannst es dir auch gerne selbst ansehen, weißt du?«

»Sind die Raben noch da?«

»Oh ja.«

»Verbindlichsten Dank. Ich habe keinerlei Interesse daran, hier als Frühstück zu enden. Die Viecher sind groß wie Truthähne.«

Niklas lächelte nickend. Dem konnte er nichts entgegensetzen. Die Raben waren überall. Sie flackerten noch, unschlüssig, ob eine unverrückbare Existenz den Aufwand wert wäre, gewannen jedoch zunehmend an Realität. Als der Baum sich schließlich entschieden hatte, belagerten sie ihn zu Hunderten. Sie saßen in dichten Gruppen auf den schwarz verkohlten Ästen, die sich in stummer Anklage in den Himmel reckten. Einige ihrer aufmerksamen Vertreter hatten das Anwesen bereits bemerkt und hüpften dem Mann entgegen, während sie den Neuankömmling aus rollenden Augen musterten. Das Haus jedoch schien die Vorurteile der Stimme zu teilen. Wann immer ein neugieriger Vogel die Grenze zum Grundstück überquerte, verschwand er kurz, nur um in entgegengesetzter Richtung hüpfend wieder aufzutauchen. Bei einem besonders hartnäckigen Exemplar führte dies zu einem fortwährenden Hin und Her, sodass es aussah wie ein lebender Grafikfehler im Programmcode der Zeitlinie.

Das Flimmern verschwand und die Zigarette fiel zu Boden.

»Na endlich«, grunzte Niklas.

Er tat einen großen Schritt und löschte die Glut unter seinem schweren Stiefel. Er begann, mit langen Schritten die Steigung des Hügels zu erklimmen, der schwarzen Silhouette des Baumes entgegen, begleitet und angefeuert vom aufgeregten Rufen und Flattern seiner Bewohner.

Die Luft war kalt und so trocken, dass sein Atem nicht einmal zu sehen war. Er umrundete den mächtigen Stamm und zog scharf die Luft ein.

»Was?«, fragte die Stimme. »Was ist passiert?«

Niklas griff in die Seitentasche seines Mantels und zog ein silbernes Etui hervor, dem er eine neue Zigarette entnahm.

Sein goldenes Benzinfeuerzeug schnappte mit einem Klicken auf. Erst nach einem langen Zug, als die Rauchfahne schon dabei war, sich auf der weiten Ebene zu Füßen des Hügels zu verlieren, antwortete er mit gepresster Stimme.

»Schlachtwelt.«

Dem folgte ein verdutztes Schweigen.

»Du meinst *Schlachtfeld*?«

»Nein. Denn ein Feld suggeriert eine räumliche Begrenzung.«

»Oh.«

Unter der teilnahmslosen roten Sonne erstreckte sich die Verwüstung bis zum Horizont. Trümmer, Krater. Schwere Metallgerüste und Maschinen, zerfetzt wie Papiertücher. Der Boden dicht bedeckt von Rüstungs- und Leichenteilen.

»Ich rieche keine Verwesung«, kommentierte die Stimme irgendwann.

»Es ist schon einige Wochen her«, erklärte Niklas. »Die Raben sind fertig und satt. Dann kam die Kälte. Für diesen Ort bricht die ewige Nacht herein und es ist nicht mehr viel Zeit.«

Mit diesen Worten ging der Mann mit langsamen Schritten den Hügel hinab, seine Augen fest auf die Zeugnisse vollständiger Zerstörung gerichtet. Er wäre fast gestürzt, als sich plötzlich der Boden unter ihm bewegte.

Das Beben war nicht stark. Es schien, als würde der ganze Planet seufzen und bis in seinen Kern hinein erschauern. Tief und bedrohlich. Ein Bersten und Grollen, das einem, selbst als es verklungen war, noch in den Knochen zu vibrieren schien.

»Oje«, machte die Stimme.

»Erdbeben?«, kommentierte Niklas.

»So in etwa.«

»Entschuldigung?«

»Schau mal nach oben. Siehst du am Himmel etwas ... Ungewöhnliches?«

Niklas spähte in das Zwielicht der Dämmerung hinauf und suchte den Himmel ab.

»Siehst du da irgendwo einen schwarzen, dunklen Schatten?«

Niklas kniff die Augen zusammen.

»Ja. Schwach. Aber nur wenn man es weiß, ist er definitiv zu erkennen. Ziemlich groß sogar. Was ist das? Das hatten wir noch nicht.«

»Wenn der Befall zu weit fortschreitet, können ganze Planeten in diese Realität überwechseln. Das ist kein echter Planet. Bei so großer Annäherung würde die Erde einfach zerbrechen und meine Scans des Gravitationsfeldes sind unauffällig. Es ist eine Projektion aus der Astralebene. Das bedeutet, dass das Parasitenuniversum diese Zeitlinie fast vollständig übernommen hat. In dem Zuge, wie es mächtiger wird, desintegriert es diese Welt. Sieh mal genau hin. Siehst du Lichter auf der Oberfläche?«

Niklas studierte den Himmel.

»Ja. Sehr schwach und flackernd.«

»Das sind Feuer, in denen die Rohstoffe dieser Welt brennen. Dieser Planet hier wird vollständig zermahlen werden. Es gibt nichts mehr, was wir für diesen Ort noch tun können.«

»So weit fortgeschritten«, murmelte der Mann, »war die Zerstörung noch nie.«

»Wir nähern uns dem Ende. In Kürze werden alle Zeitlinien ähnlich aussehen. Wenn wir den Anker nicht bald finden, können wir unbegrenzt Urlaub machen gehen. Es wird ein paar verdammte Ewigkeiten dauern, bis sich neue Zeitlinien formen.«

»Wenn hier alles verloren ist, warum sind wir dann überhaupt hier?«

»Warum wohl?«, entgegnete die Stimme. »Irgendwo auf diesem Schlachtfeld liegt unser Anker! Dort und verteilt auf ein paar Hundert Mägen fetter Raben. Wir sind neuerdings immer zu spät. Etwas sabotiert uns. So langsam wird es peinlich. Siehst du Motoren oder Maschinen irgendeiner Art? Schornsteine oder Transporttiere?«

Niklas trat vorsichtig zwischen die Trümmer. Er sah Überreste menschlicher Skelette in übergroßen Rüstungsteilen, soweit das Augen reichte. Zerstörte Maschinen in merkwürdigen Formen. Leere Rüstungen. Verbogenes Metall. Mächtige Konstrukte auf Beinen mit übergroßen Greifarmen.

»Nein, nur sehr viel kunstvoll verarbeitetes Metall. Riesige Rüstungen und endlos viel verbogener Schrott, der vielleicht mal Waffen darstellte. Keine Kanonen oder andere Projektilwaffen.

»Sind die Waffen vielleicht absurd groß?«, fragte die Stimme.

Niklas musterte etwas, was er für eine Art Belagerungswaffe gehalten hatte, das sich nun jedoch bei näherer Betrachtung als Schwert herausstellte. Die Klinge hatte die Größe einer Tür.

»Möglich«, kommentierte er.

»Ich tippe auf eine technoenergetische Zeitlinie. Die sterben in der Regel am schnellsten. Zu viel Potenzial, das zu schnell eskaliert. Kannst du erkennen, welche Form energiemanipulierender Realitätsdehnung sie benutzt haben?«

»Realitätsmanipu … was?«, fragte Niklas verwirrt?

»Magie!«, rief die Stimme ungeduldig. »Welche Form der Magie?«

»Nicht schwarz«, erklärte Niklas nachdenklich. »Keine okkulten Symbole.«

Er hockte sich auf den Boden und tastete nach etwas, das aussah wie eine große juwelenbesetzte Unterarmschiene. Komplett aus Kupfer gefertigt und bis zur Unkenntlichkeit verbogen. Ein filigranes Blumenmuster zog sich am Arm entlang. Niklas hob das Gebilde vom Boden, zeichnete die Reste der meisterhaften Gravierung mit einem Finger nach.

»Ich hasse diese Zeitlinien«, murmelte die Stimme. »Sie enden immer im religiösen Wahnsinn und sind vollkommen erbarmungslos.«

Der Blick des Mannes glitt über die Trümmer.

»Ja, ich denke das ist offensichtlich.«

Ein schwaches Glühen ging von den Edelsteinen aus, welches sich in den Blüten und Rankenmotiven fortsetzte.

»Wahnsinn«, murmelte der Mann. »Dabei aber immer unbedingt stilvoll und kultiviert.«

Er erhob sich und ließ das zerstörte Rüstungsteil angewidert fallen. Es schlug mit einem dumpfen Scheppern auf dem Boden auf.

»Was? Was war das?«, fragte die Stimme alarmiert.

»Nichts«, log der Mann.

»Du hast was angefasst, nicht wahr?«

Er zögerte.

»Möglich.«

»Verdammter Vollidiot!«

»Entschuldigung?«

Das Kreischen überforderter Metallgelenke hallte über die Ebene. Gefolgt von einem donnernden Aufprall, der den Boden erneut beben ließ. Dieses Beben jedoch war weitaus furchteinflößender, denn es klang sehr nahe. Es folgten die rhythmischen Erschütterungen von schweren Schritten.

»Hörst du eigentlich jemals zu«, schrie die Stimme aufgebracht, »wenn ich dir Orientierungsstunden gebe? Religiöser Wahnsinn? Offensichtlich nicht geplünderte Schlachtfelder? Die lassen ihre verdammten Toten bewachen!«

Ein metallisches Brüllen hallte über die Ebene, das in ein lang gezogenes Heulen überging, welches irgendwo zwischen Tier und Sirene hing.

Niklas wirbelte herum und rannte den Hang hinauf.

»Das klingt groß«, rief er.

»Das klingt vor allem wütend.«

»Warum sehen wir nichts?«

»Möchtest du warten und fragen?«

Der schrille Sirenenklang schwoll an. Es klang wie eine Maschine, die versuchte, wie ein Wolf zu heulen. Das Krachen und Bersten von Metall kamen näher.

Als die Raben unter lautem Protest vom Baum aufstoben, sah es einen Moment lang so aus, als wolle sich der ganze Baum in einer schreienden Wolke auflösen und ebenfalls fliehen.

»Wieso funktioniert das Ding überhaupt noch«, keuchte Niklas. »Ich dachte für Magie braucht man Menschen.«

»Ich tippe auf Knochenmagie«, rief die Stimme.

Niklas fluchte, beschleunigte noch einmal, passierte den Baum und rannte mit langen Schritten den Hang hinab. Dem Bersten von Holz nach zu urteilen, hatte der Verfolger hinter ihm den Baum erreicht.

Er hatte die Grenze zum Anwesen kaum überschritten, als das Licht wechselte. Der Himmel wurde heller und das Geräusch hinter ihm verstummte abrupt.

Er blieb schwer atmend stehen und wandte sich um, die Hände keuchend auf seine Knie gestützt. Jenseits der Grenze verblasste die Welt und dichter Nebel zog auf. Der Hügel war verschwunden. Nur die tief stehende Sonne warf noch ihr rotes Licht auf das Anwesen.

»Wir«, japste er, »wir … wir sind bereits wieder im Transit.«

Er schnaufte einige Minuten lang, während er versuchte, zu Atem zu kommen. Schweiß tropfte ihm von der Stirn.

»Ich dachte«, brachte er schließlich hervor, »die Zeitlinien nehmen keine Notiz von uns. Wozu bin ich eigentlich ein Anker?«

»Die Menschen!«, korrigierte die Stimme. »Die Menschen ignorieren dich, weil du keinen erlaubten Platz in ihrer Welt einnimmst. Sie können deinen Anblick nur schwer einordnen. Aber nicht so ihre Schöpfungen. Eine Maschine ist leider zu blöd, um dich zu übersehen. Zu echter Blindheit bedarf es leider Bewusstsein.«

Niklas atmete noch immer schwer, aber er richtete sich auf und suchte schon wieder nach einer Zigarette.

»Ich denke, wir haben hinreichend etabliert, dass wir mal wieder zu spät sind.«

»Das wird dem Haus nicht gefallen.«

Niklas drehte sich zum Haus um und nickte.

»Sieht so aus, ja.«

»Ist es wieder eine Burg?«

»Und was für eine, schwarz, mit vier Türmen und Schießscharten.«

»Zugbrücke und Graben?«

»Nein, nur ein Tor.«

»Vielleicht haben wir Glück und schaffen es heil in die Küche.«

Niklas musterte das Haus, während er sich mit zitternden Händen die Zigarette anzündete. Die Mauern ragten dunkel vor ihm auf. Die Fenster waren klein. Je länger sein Blick auf den Mauern verweilte, desto höher und bedrohlicher wurden die Türme. Die Rosenbüsche, welche das Haus auf allen Seiten umgaben, glichen im Moment mehr einem Wall aus Dornen.

»Welche Farbe haben die Blüten?«

»Schwarz.«

»Na großartig. Sitzen Wasserspeier auf den Zinnen?«

Niklas sah zu den Türmen auf und kniff die Augen zusammen.

Er grunzte nur als Antwort.

»Bewegen sie sich?«

Er nickte.

»Mist.« Ein Seufzen. »Na gut, lass mich raus, es hilft ja alles nichts.«

Niklas, die Zigarette im Mundwinkel, öffnete den Mantel und griff in eine der geräumigen Innentaschen. Als er die Hand wieder hervorholte, hielt er eine kleine weiße Katze, die im Licht blinzelte.

Er setzte sie vorsichtig auf dem Boden ab, wo sie lange gähnte und sich ausgiebig streckte. Dabei entfaltete sie zwei Flügel auf ihrem Rücken, die probeweise flatterten und die Federn spreizten. Sie wandte sich dem Haus zu und maunzte sehr leise und unglücklich.

»Als ob es unsere Schuld ist«, klagte sie, »dass wir in keiner Linie noch einen Anker finden können.« Sie sah zu Niklas auf, der stumm mit tiefen Zügen rauchte.

»Erinnerst du dich an das letzte Mal, als es so schlechte Laune hatte?«

Der Mann nickte.

»Der Gang zur Toilette war zwei Wochen lang ein spinnenverseuchter und von Fackeln beleuchteter Tunnel. Ich hatte noch einen Monat später Verstopfung.«

»Mein Schlafplatz an der Heizung«, murrte die Katze, »war jede Nacht hinter einem dutzend Türen versteckt und die Rohre immer kalt.«

Niklas rauchte eine Weile, dann fragte er: »Warum findet das Haus niemanden mehr?«

»Ich weiß es nicht«, erklärte die Katze. »Etwas scheint gegen uns zu arbeiten.«

Der Mann schnippte die Kippe hinter sich in den Nebel und die beiden kehrten zum Haus zurück.

Hätte Niklas Zeit und Energie gehabt darauf zu achten, so hätte er bemerkt, dass ihm, kaum dass er das Gelände des Anwesens betreten hatte, etwas aus der Seitentasche seines Mantels gefallen war.

Etwas, das mit schnellen Schritten auf kurzen Beinen im Unterholz verschwunden war und dem Gespräch aufmerksam zugehört hatte und ihnen auf ihrem Weg zu der dunklen Burg mit neugierigen Augen folgte.

Bevor die Nebel das Haus vollkommen umfingen, brachen die roten Strahlen der Sonne noch einmal zum Anwesen durch und spiegelten sich auf kleinen goldenen Augen, die das Haus wachsam beobachteten.

02 | Transit

Die Eingangshalle erstrahlte vollständig in dunkelblauem Marmor, der von feinen silbernen Adern durchzogen wurde. In regelmäßigen Abständen hingen Gaslampen an den Wänden und Säulen, deren flackerndes Licht über den Stein tanzte.

Von der Eingangshalle aus führten Treppen in alle denkbaren und auch undenkbaren Richtungen. Sie liefen kreuz und quer, schraubten sich manchmal wie Korkenzieher gedreht empor oder liefen quer durch die endlosen Höhen, die sich über dem Betrachter öffneten. Ein absurder Himmel voller Treppen, ewig fortlaufend, endlos emporstrebend und schwindelerregend anzusehen.

Niklas legte eine Hand über die Augen und stöhnte gedehnt.

»Erinnerst du dich«, murmelte er, »dass das Haus gestern nur zwei Etagen hatte?« Den Kopf schüttelnd wandte er sich an die Katze, die das architektonische Chaos mit gelassenem Blick betrachtete. »Du riechst nicht zufällig den Weg zur Küche oder?«

Die Angesprochene warf ihm einen geringschätzigen Blick zu und flatterte kurz mit den Flügeln, wie sie es tat, wenn sie ungehalten war. Sie setzte sich anmutig in Bewegung, während der Mann ihr mit schwerfälligen Schritten die Treppe hinauf folgte. Wie immer versuchte Niklas, den Blick fest auf der weißen Katze zu halten und seine Umgebung, soweit es ging, auszublenden. Besonders in den Momenten, da er den Boden der Eingangshalle aus den Augenwinkeln etwa hundert Meter über sich sah und verzweifelt zu vergessen suchte, dass er an einem beklagenswerten Mangel an Flügeln litt. Die Katze schwebte vor ihm die endlosen Treppen hinauf wie eine kleine weiße Wolke, die über einen dunklen Nachthimmel zog.

»Ich scanne die Realitätsverschiebungen im Haus fortlaufend«, erklärte sie. »Das meiste, was du hier siehst, ist nur Illusion. Es ist tatsächlich nicht so weit.«

»Wenn wir den Anker nicht bald finden«, murrte Niklas schnaufend, »können wir uns ein Zelt im Garten aufschlagen oder auf dem Weg zur Küche verhungern.«

Tatsächliche dauerte es nur wenige Minuten, die sich für Niklas deutlich länger anfühlten, bis die Katze plötzlich davonrannte, durch einen bogenförmigen Durchgang schlüpfte und seitlich durch eine halb offene Tür verschwand.

Niklas trat erleichtert in die helle Wohnküche, welche von liebevoller Hand im Langhausstil eingerichtet worden war. Helles Tageslicht fiel durch die großen Fenster, vor denen eine weitläufige Hügellandschaft im satten Grün frischer Wiesen lag, unter einem immer blauen Himmel voller Schäfchenwolken. Dieser Anblick änderte sich nicht, selbst wenn sich das Haus im Transit aufhielt. Niemand wusste, warum. Ebenso unerklärlich blieb, wie das Licht in die Küche scheinen konnte, wenn nirgendwo am Himmel eine Sonne stand. Doch die Strahlen fielen unbeirrt auf massiv gezimmerte Holzmöbel, die auf einem polierten Boden aus grauen Steinkacheln standen. Die Einrichtung wirkte alt, geradezu antik. Neben einem gewaltigen, gusseisernen Kohleherd fanden Anrichten und Schränke Platz, welche Alter und Würde ausstrahlten. Daneben bildete ein stählerner Kühlschrank einen sehr auffälligen Kontrast, besonders, da dessen Tür durch einen schweren Riegel gesichert wurde.

Am langen, massiven Holztisch, der die Mitte des Raumes dominierte, saß eine Frau, die sich bei ihrem Eintreten mit einem Grunzen von der Holzbank erhob. Der Laut mochte auch als Begrüßung gedient haben, denn sie füllte wortlos eine Schale mit Sahne aus einem irdenen Tonkrug, der neben ihr gestanden hatte.

Sie schob das kleine Mahl mit einem geknurrten »высочество« über den Tisch, woraufhin die Katze mit einem Satz neben der Schale landete und sich wortlos über die Speise hermachte.

Die Frau wurde durch das Aufstehen nicht viel größer. Sie war stämmig und breit, soweit sich das unter dem weiten Rock und einer riesigen Wolljacke erkennen ließ, und von unbestimmtem Alter. Ihr Kopf wurde von einem geblümten Tuch umhüllt. Sie lächelte auf die Katze hinab, dabei erschien ihr Gesicht, sonnenverbannt und voller Falten, wie ein alter, freundlicher Apfel. Nur die Augen, klein, schwarz und scharf, deuteten auf etwas hin, was über das harmlose Äußere hinausging.

Niklas hängte seinen schweren Mantel an einen Haken neben der Tür. Darunter trug er einen grauen, dreiteiligen Geschäftsanzug ohne Krawatte. Seine Kleidung wirkte abgetragen, aber sauber. Die Manschetten waren ausgefranst und der Stoff des Jacketts an einigen Stellen bereits fadenscheinig.

»Und ich?«, fragte er vorwurfsvoll.

Die Frau zeigte, ohne ihn anzusehen, mit dem Daumen einer gewaltigen Hand hinter sich auf den Kühlschrank.

»Besten Dank, Ana«, entgegnete der Mann. »Es ist auch schön, dich zu sehen. Ich bin gerade fast gestorben.«

Die Angesprochene lachte mit geschlossenen Augen glucksend in sich hinein, sodass ihre breite Gestalt bebte. Sie hatte sich nicht einmal umgewandt.

»Мямля«, knurrte sie.

Die Katze schaute mit sahneverschmierter Nase auf und leckte sich sauber.

»Das bedeutet …«, begann sie.

»Ich weiß«, unterbrach sie der Mann. Er warf einen abfälligen Blick auf den verriegelten Kühlschrank. »Komm schon, Ana! Wie oft muss ich heute fast umgebracht werden?«

Die Frau schnaufte und deutete auf einen Schrank, welchem Niklas seufzend eine Flasche entnahm. Sie trug kein Etikett, doch Form und ein gewisser stumpfer Glanz ließen auf ein hohes Alter schließen. Der Korken wurde von einer dicken Wachsschicht versiegelt. Dem kritischen Blick des Mannes bot sich ein öliger, bernsteinfarbener Inhalt, als er die Flasche gegen das Licht hob. Er erarbeitete sich mit schnellen Griffen den Zugang zum Inhalt und fand zwei Wassergläser, in welche er sich und der Frau je eine großzügige Portion goss.

Er trank das erste Glas in einem Zug und hustete ausgiebig, während er »Oh, mein Gott!« rief, vor sich hin fluchte und Ana ein dröhnendes und ungezwungenes Lachen erschallen ließ, dem jeder Anwesende anhören konnte, dass sie sich noch nie gesellschaftlichen Regeln gebeugt hatte. Auch sie trank das erste Glas in einem Zug und Niklas schenkte nach.

Die Katze hatte derweil die Schüssel geleert, und nachdem sie sich vergewissert hatte, dass wirklich keine Sahne mehr in Erscheinung trat, legte sie den Kopf schief und sah den Mann kritisch an.

»Ich bin immer wieder beeindruckt, dass du aber auch wirklich alles in dich hineinschüttest, kaum dass sie eine neue Flasche besorgt hat. Niemand weiß, wo sie einkaufen geht, beziehungsweise wann oder in welchem Universum.«

»Gehört zum Reiz meiner ehrenvollen Berufung«, japste Niklas und schenkte sich erneut ein.

Er hatte gerade das Glas zum Mund gehoben, als der Boden vibrierte und das Haus einen kurzen, schwindelerregenden Moment lang zu kippen und sich zu verdrehen schien.

Niklas strauchelte kurz und warf einen kritischen Blick in sein fast leeres Glas.

»Ist das der Fusel oder …«

»Ich glaube«, kommentierte die Katze, »wir verlassen schon wieder den Transit. In großer Eile, wie mir scheint. Das Haus hat kurzerhand alle Dämpfungs-Algorithmen offline genommen, um Zeit zu sparen.«

»Haus, Sorge«, grollte Ana mit breitem russischem Akzent. »Störung, unsichtbar.«

»Das haben wir auch bemerkt«, bestätigte die Katze und sah aufmerksam zur Decke empor.

»Ankunft«, bestätigte Ana. »Haus, gefunden, Anker, jetzt.«

Sie deutete unmissverständlich zur Tür und fixierte Niklas mit einem stechenden Blick aus ihren schwarzen Augen.

»Haus, schnell. Letzter Anker. *Njet* sterben.«

Das Letzte war ganz klar nicht als Bitte formuliert.

Die Katze lief schon auf die Tür zu.

»Komm schon, Niklas. Die Pflicht ruft.«

Niklas folgte stöhnend der Katze, nicht ohne vorher noch im Hinausgehen die Flasche vom Tisch zu angeln.

Hinter der Küchentür lag nun ein einfacher Gang, wie er in ein viktorianisches Landhaus gepasst hätte. Das schien der Zustand zu sein, welchen das Haus einnahm, wenn es sich etwas beruhigt hatte.

»Wir haben Glück«, bemerkte die Katze. »Es reißt sich zusammen. Vielleicht weil es weiß, dass wir auch nichts dafür können.«

Niklas murrte etwas Unverständliches, während er aus der Flasche trank, nur um erneut zu husten.

»Das Zeug«, erklärte die Katze sachlich, »wird dich nochmal umbringen.«

»Wir können nur hoffen«, keuchte der Mann.

Die Wände des Gangs wurden von einer dezent gemusterten Stofftapete verkleidet, an der Decke zeigte sich dunkles, poliertes Holz. Den Boden bedeckte ein langer, reich mit geometrischen Mustern verzierter Teppich. Schwere Ölgemälde säumten die Wände und präsentierten undeutliche Nebellandschaften.

»Immer noch im Transit«, urteilte die Katze, welche dem Gang folgte und den Blick über die Bilder schweifen ließ, »und es sieht nicht gut aus.«

»Was sieht heutzutage schon gut aus«, murrte Niklas, die Bilder ignorierend. Er ging um die Katze herum und schritt durch eine offene Tür in ein Arbeitszimmer. Der Raum entsprang einer deutlich moderneren Epoche. Leuchtröhren an der Decke tauchten das geräumige Zimmer in kaltes Neonlicht. Die Wände zeigten ein ungesundes Grün. Möglicherweise einst mintfarben, glich es nun eher einem Milchkaffee, der einige Wochen lang vergessen worden war. Die Katze ließ einen abschätzigen Blick über den Raum schweifen. Sie wusste, dass er einem gewöhnlichen Büroraum aus Niklas' Zeitlinie entsprach.

Ein großer Schreibtisch mit Ledersessel dominierte den Raum. Lederne Ablagen und eine riesige mechanische Schreibmaschine, die niemals benutzt worden war, und daneben ein nicht weniger gewaltiger Aschenbecher aus Kristallglas, welcher pausenlos in Gebrauch war. Aktenschränke säumten die Wand auf der einen Seite, während auf der anderen ein großes, abgenutztes Ledersofa stand, von dem die Katze wusste, dass Niklas dort nachts schlief.

Beziehungsweise ohnmächtig wird, dachte die Katze.

Die Fensterfront an der der Tür gegenüberliegenden Wand nahm die ganze Breite des Zimmers ein. Die Katze durchquerte den Raum, sprang mit einem Satz auf die Fensterbank und starrte konzentriert in den dichten Nebel hinaus, während ihr Schwanz in schnellen Bögen hin und her zuckte.

Niklas ging derweil auf einen großen Humidor zu, der auf einem separaten Tischchen neben dem Sofa stand und entnahm ihm eine Zigarre, welche er mit einer bereitliegenden Schere kupierte und mit einem großen Tischfeuerzeug hingebungsvoll paffend in Brand setzte. Danach trat er, in eine große Wolke aus weißem Rauch gehüllt, neben die Katze und starrte ebenfalls in die graue Einförmigkeit vor dem Fenster.

Es dauerte nicht lange und Formen lösten sich schemenhaft aus dem Nebel, eine trostlose Sumpflandschaft wurde sichtbar. Niedrig gewachsene, knorrige Bäume standen in einer endlosen Wasserfläche, von Moos bewachsen und mit langen Bärten aus Flechten. Kahle Sträucher und niedriger Schilfbewuchs. Zerrissene Fahnen aus Nebel trieben über die Wasseroberfläche. Man ahnte die Bewegungen im Wasser mehr, als dass man sie tatsächlich sah. Niklas erspähte etwas wie einen gewaltigen Rücken aus zerklüftetem Holz die Oberfläche durchbrechen und sofort wieder abtauchen. Reihen langer schwarzer Holzstachel, mit klebrigen Algen behangen, pflügten durch ein Feld fauliger dahintreibender Blätter und verloren sich wieder im Strudel des ölig schimmernden Wassers.

»Sehr gut«, kommentierte die Katze und Erleichterung schwang in ihrer Stimme. »Wir sind schon wieder im Transit durch die stofflichen Existenzebenen. Das heißt, wir haben ein Ziel.«

Niklas blies eine Wolke gegen die Scheibe und nickte.

»Wir kommen von der Astralebene und steigen rauf oder runter, ich vergesse immer, was die Konvention ist. Also passieren wir gleich den Wald, nicht wahr?«

»Die Fundamentebene, ja«, bestätigte die Katze.

Tatsächlich wechselte die Sumpflandschaft jetzt zu einem Laubwald und dann zu einem Nadelwald, dessen Bäume schnell größer wurden.

Kurz darauf versperrten gewaltige Baumriesen den Blick aus den Fenstern. Stämme, so breit wie ein Haus, verloren sich weit oben im Nichts, sodass Äste oder gar Kronen im Zwielicht verborgen blieben. Nur ein vager, gleichförmiger Lichtschein fiel von weit oben herab.

»Die Bäume sind für mich«, erklärte die Katze. »Ich vermute, du siehst etwas anderes.«

Niklas legt den Kopf schief und kniff die Augen zusammen.

»Es sind«, begann er und bewegte den Kopf hin und her, »Pfeiler aus Beton. Grau und viereckig. Eine endlose Halle aus Betonsäulen. Jede so groß wie ein Hochhaus. Der Boden ist dunkel, und weit oben scheint es heller zu werden.«

Die Katze nickte.

»Metaphorische Resonanz. Ich bevorzuge Bäume.«

Niklas schwieg.

Schließlich wurde es dunkel. Der Nebel kehrte zurück, ließ aber zu, dass schemenhafte Wirklichkeit weiter Einzug in das Bild hielt. Ein blasser Mond schob sich hinter schnell ziehenden Wolken hevor. Das Haus sah jetzt von einem Hügel in ein Tal hinab, in welchem sich undeutlich Häuser abzeichneten.

»Sieht einladend aus«, bemerkte die Katze trocken.

»Niedriger Level an technologischer Entwicklung. Spätes Mittelalter vielleicht?«

»Nein, die Häuser sind zu hoch.«

Straßenlaternen blinkten nacheinander im Nebel auf, als hätte ein Schöpfer gerade eine gute Idee gehabt. Wie blasse Irrlichter, die durch das Weiß des Nebels schwammen.

Eine Straße trat aus der Dunkelheit hervor, gesäumt von blass gelblich flackernden Laternen, die sich als leuchtende

Schlange in das Tal hinab wanden. Bäume flankierten die Straße zu beiden Seiten und formten eine Allee.

Die Katze kniff die Augen zusammen und bewegte den Kopf näher zum Fenster, bis ihre rosa Nase fast das Glas berührte.

»Elektrisch?«, fragte sie.

»Nein«, entgegnete Niklas. »Viel zu dunkel und zu wenig Licht. Auch nur entlang der Hauptstraße. Ich vermute Gaslicht.«

Dichter Nebel zog weiter über der Szene und verdeckte weitere Details.

»Warum herrscht noch immer Nebel?«, fragte die Katze irritiert. »Der Transit sollte längst abgeschlossen sein. Meine Scans zeigen keinen Übergang mehr. Die physikalischen Parameter bleiben konstant. Die Realität ist stabil.«

Niklas starrte konzentriert in den Nebel, dessen dichte Schwaden ein wenig ölig und träge, mehr grau als weiß, vom Schein der Laternen ungesund gelblich beleuchtet an ihnen vorbeitrieben.

»Das ist kein Nebel«, erklärte der Mann, die Zigarre selbstvergessen im Mund haltend. Während er sprach, stieß er weiße Wolken aus. »Das ist Rauch. Ich tippe auf Kohle.«

Die Katze sah ihn fragend an. »Diese Zeitlinie ist gerade in der Industrialisierung angekommen.« Er kniff die Augen zusammen. »Irgendetwas stimmt hier nicht. Es fühlt sich falsch an. Es ist zu ruhig.«

»Es ist Nacht?«, warf die Katze ein.

»Es ist falsch ruhig«, betonte der Mann. »Ich kann es spüren.«

Die Katze senkte den Kopf und legte die Ohren an.

In diesem Moment wurden die Nebelschwaden im Tal durch einen Windstoß geteilt, der die Baumwipfel zwischen den Laternen sanft bewegte. Die Schwaden zerrissen und die Dächer der Häuser im Tal wurden vorübergehend sichtbar.

Die beiden Beobachter zogen synchron und scharf die Luft durch die Zähne.

Die Dächer verschwanden unter einem Meer aus Kreuzen. Als hätte jemand den Schmuck Tausender Kirchen über der Stadt ausgeleert.

Sie drängten sich dicht an dicht auf jeder freien Fläche. In allen Formen und Größen. Grob aus Holz gezimmert oder aus geschmiedetem Eisen und reich verziert. Die Häuser waren unter der Last kaum noch zu erkennen.

»Scheiße«, flüsterten Katze und Mann gleichzeitig.

03 | Anker

Parasitenbefall«, knurrte Niklas. »Natürlich.«

»Schon wieder«, stellte die Katze müde fest. »Es scheint, als würden wir keine einzige gesunde Zeitlinie mehr finden.« Sie nickte langsam. »Dann ist das hier auch keine gewöhnliche Nacht. Wir sind schon wieder pünktlich zum Ende einer weiteren Welt angekommen.«

Niklas' Kopf verschwand erneut in einer weißen Wolke.

»Hast du schon mal einen so schweren Fall gesehen?«

Die Katze schüttelte nur schwach den Kopf.

»Ich vermute, wenn alle Zeitlinien zugrunde gehen, dann wird die Anfälligkeit einzelner Welten für den Befall noch größer und der Verlauf noch extremer.«

»Du vermutest?«

»Natürlich vermute ich!«, rief sie und sah den Mann vorwurfsvoll an. »Meine Erfahrungen mit dem Ende des Universums sind aus offensichtlichen Gründen eher beschränkt. Es ist ja nicht so, als hätten wir ein Handbuch ausgehändigt bekommen.«

»Das«, murrte der Mann und trat an den Schreibtisch, um sich sein Glas erneut voll zu schenken, »wäre mal eine gute Idee gewesen.«

Die Katze wandte sich wieder dem Fenster zu.

»Ob da draußen noch jemand lebt?«

Niklas trank und antwortete schließlich über sein Glas hinweg. »Die Laternen müssen jede Nacht von Hand angezündet werden. Ich würde also sagen: Ja.« Er trat an das Fenster. »Siehst du da ganz links am Ende des Tales die leuchtenden Linien?«

Die Katze folgte der Richtung, in welche die Zigarre deutete.

»Sieht aus wie Notenlinien, die flackern«, urteilte sie.

»Das sind Brandschneisen. Genauer gesagt, eilig nach Einbruch der Dämmerung ausgehobene Gräben. Wahrscheinlich mit Dampfkraft. Danach hastig befüllt und in Brand gesetzt, wahrscheinlich mit Öl. Wenn das Feuer runtergebrannt ist, werden die Gräben pünktlich zum Sonnenaufgang zugeschüttet. Was man hier halt noch Sonnenaufgang nennen kann.«

Die Katze sah irritiert in die Nacht hinaus.

»Und was brennt da?«

»Leichen«, erklärte der Mann knapp und trank sein Glas leer.

»Kenne ich noch von zu Hause.«

Die Katze schloss ihre Augen und schauderte.

Der Wind hatte zugenommen, zerfetzte den Nebel und trieb hastig ziehende Wolken über den Himmel. Ein blasser Mond wurde enthüllt, welcher fahles Licht auf die Reste des Nebels warf, der in langen zerrissenen Bänken durch das Tal trieb.

Ein leises Heulen wehte aus dem Tal zu ihnen hinauf.

Die Katze duckte sich flach auf die Fensterbank und legte die Ohren an.

»Wölfe?«, fragte Niklas, der schon wieder sein Glas nachfüllte.

»Keine Wölfe«, antwortete die Katze gepresst. »So heult kein lebendes Wesen. Falsche Frequenzverteilung. Meine Analysen zeigen außerdem Angst induzierenden Infraschall.«

Der Mann trat zurück an das Fenster und deutete mit dem Glas auf die Straße.

»Wir bekommen Besuch.«

Tatsächlich ließ sich Bewegung dort draußen erkennen.

Etwas löste sich nur widerstrebend aus der Dunkelheit. Ein Schrei hallte zu ihnen hinauf, ein Kommando. Kurz darauf ein Peitschenknall. Eine Kutsche raste die Straße entlang. Vier schwarze Pferde zogen das Gefährt mit hohem Tempo den Hügel hinauf, und noch immer trieb der Kutscher die Tiere weiter an. Details ließen sich nur schwer ausmachen. Weder der gelbe Schein der Gaslaternen noch das fahle Licht des Mondes schien die Nacht durchdringen zu können, welche sich mit hoher Geschwindigkeit auf sie zu bewegte.

»Kein Laternen an der Kabine«, kommentierte Niklas, der gelassen an der Zigarre zog. »Kein Wappen.«

Die Katze spähte vorsichtig über den Rahmen des Fensters hinweg. »Siehst du die großen schwarzen Federn?«

Der Mann nickte. »Sowohl an den Ecken der Kutsche als auch auf den Köpfen der Tiere.«

»Das Diktat der Geschichte hat die Realität bereits vollkommen übernommen«, erklärte die Katze. »Das Narrative wird am Ende stärker als das Reale. Das passiert oft in den letzten Zügen eines finalen Befalls.«

Das Heulen wurde lauter. Schemen in der Dunkelheit jenseits der Straße ließen Schatten erahnen, die sich schnell mit der Kutsche bewegen.

»Jagen sie?«, fragte Niklas.

»Nein«, entgegnete die Katze. »Sie bewachen die Kutsche.«

Wie eine donnernde Flutwelle schoss das Gefährt unter dem scharfen Knallen der Peitsche an der Grenze zum Anwesen vorbei.

»Können sie uns …«, begann der Mann.

»Nein«, unterbrach die Katze. »Sie sehen nur, was sie sehen wollen.«

In diesem Moment öffnete sich die Tür der Kabine und ein formloses Bündel wurde mit Schwung auf die Straße geworfen.

Es rollte einige Meter weit und blieb am Rand des Anwesens liegen.

Das Heulen kam näher.

»Großartig«, kommentierte die Katze trocken. »So weit ist es gekommen. Jetzt schmeißen uns fremde Zeitlinien schon ihren Müll vor die Tür.«

»Der Müll«, verkündete Niklas gelassen und nahm einen Schluck aus seinem Glas, »bewegt sich.«

Der Kopf der Katze ruckte herum und tatsächlich: Das Bündel, offensichtlich mit dem groben Stoff einer Decke umwickelt, fiel an einem Ende auseinander und offenbarte einen schlanken Arm, der fahrig und schwach über den Boden tastete und dabei unnatürlich weiß gegen die Dunkelheit abstach.

»Scheiße«, verkündeten Mann und Katze gleichzeitig.

Das Heulen klang jetzt sehr nahe und unförmige Schatten, knapp außerhalb der Grenze zum Anwesen, rückten langsam näher.

»Vielleicht warteten sie darauf, gefüttert zu werden«, vermutete die Katze. Ihr Blick wanderte schnell zwischen dem Mann und der Gestalt auf der Straße hin und her.

Niklas sah sie an und hob abwehrend Glas und Zigarre.

»Oh nein!«, rief er. »Vergiss es! Ich bin heute schon von einem Monster gejagt worden, und das war wenigstens verrostet und alt. Die Dinger da draußen können nicht mal durch normale Waffen getötet werden. Wenn ich von Ungeheuern zerrissen werde, bringt das genau niemandem etwas.«

»Oh entschuldige bitte«, rief die Katze sarkastisch. »Ich werde sofort hinausrennen und das arme Menschenkind selbst reintragen.«

Sie starrten sich einen Moment lang an, dann drehten sie sich gleichzeitig zur Tür um und riefen: »Ana!«

Die Frau schien ihre Gedanken bereits gelesen zu haben.

Die formlosen Schatten bewegten sich noch immer am Rand des Anwesens auf und ab, offensichtlich von der ungewohnten Realitätsgrenze verwirrt, als die Tür zum Haus aufsprang und die alte Frau sich mit schwerfälligen Schritten auf das am Boden liegende Bündel zu schleppte. Das tiefe Knurren aus den Schatten wurde lauter und war bis hinauf in das Büro zu hören. Die Schatten schlichen von mehreren Seiten auf das Bündel zu, während Ana langsam den Weg entlang hinkte. Ihre Leibesfülle machte ihr dabei offensichtlich zu schaffen, denn das Laufen fiel ihr schwer und sie wuchtete sich mehr den Weg entlang, als dass sie lief. Dennoch wirkte sie in keinster Weise von den Ereignissen beeindruckt.

Als sie bei dem Bündel eintraf, welches regungslos am Boden lag, ignorierte sie die dunklen Schatten vollkommen. Die beiden stummen Beobachter im Büro trauten sich indes kaum zu atmen.

»Das sind definitiv keine Wölfe«, erklärte Niklas leise.

»Nein, sind es nicht«, entgegnete die Katze genauso leise, während sie kaum still sitzen konnte und ihr die Nackenhaare zu Berge standen.

Ana griff fast beiläufig hinab und warf sich den eingewickelten Körper kurzerhand und ohne irgendein Anzeichen von Mühe über die Schulter. Der bleiche, kleine Arm hing ihr am Rücken herab.

Danach wandte sie sich den Schatten zu.

Die Aussicht, ihre Beute zu verlieren, hatte eines der Wesen hinreichend ermutigt, die Grenze zu überschreiten. Es näherte sich der Frau langsam. Kaum hatte sich diese wieder aufgerichtet, sprang der Schatten auf sie zu. Die alte Frau zögerte nicht einmal, sondern griff gelassen mit der freien Hand unter ihre riesige Wolljacke.

»Oje«, gab Niklas leise von sich.

Als die Frau ihre Hand hervorzog, hielt sie darin den größten Revolver, den der Mann jemals gesehen hatte. Dieser glühte silbern im Mondlicht, während sie die Waffe fast beiläufig auf den Schatten richtete.

Der Schuss kam wie ein Donnerknall und war so laut, dass die Scheiben vor den beiden Beobachtern in ihrer Fassung klirrten und beide erschrocken aufschrien. Niklas ließ die Zigarre fallen, und die Katze verschwand mit einem Aufblitzen weißer Flügel unter dem Schreibtisch.

Der Schatten jedoch war verschwunden. Ana, die sich keinen Zentimeter gerührt hatte, richtete die Waffe auf einen weiteren Schatten und zögerte, als würde sie ihm eine Frage stellen.

Das Knurren verstummte. Alle Schatten zogen sich langsam zurück und verschmolzen mit der Dunkelheit.

»Was im Namen aller Welten?«, kam die Stimme der Katze unter dem Schreibtisch hervor.

»Ja genau«, bestätigte Niklas. »Was zur Hölle war das? Wusstest du, dass sie …?«

»Nein, wusste ich nicht.«

»Ist das ein Artefakt? Das verdammte Monster ist einfach verschwunden!«

»Nein, das ist kein Artefakt«, erwiderte die Katze. Ich scanne jeden Gegenstand im Haus auf transdimensionale Signaturen. Ein Artefakt hätte ich bemerkt. Ich vermute, es ist ein Astralwesen, welches sich als Waffe tarnt.«

»Astralwesen!«, stieß Niklas hervor. »Woher …?«

»Ich habe keine Ahnung!«, rief die Katze. »Aber können wir das vielleicht später klären? Jetzt hast du erst mal andere Sorgen.«

»Wieso ich?«, fragte Niklas, der seine Zigarre aufgehoben hatte und sie kritisch musterte.

»Du bist Arzt. Schon vergessen?«

»Oh ja.« Er stellte das Glas ab, warf die Zigarre in den Aschenbecher und eilte zur Tür.

Ana, die im Eingang stand, als hätte sie nur kurz die Post reingeholt, warf ihm wortlos das Bündel in die Arme.

»Трус«, erklärte sie. Die Waffe war schon wieder unter ihrer Wolljacke verschwunden.

»Das bedeutet …«, begann die Katze von der Treppe aus.

»Ich weiß«, entgegnete Niklas laut.

Er trug das Bündel in die Küche und legte es vorsichtig auf den großen Esstisch.

Er schlug das grobe Sackleinen zur Seite und offenbarte ein sehr blasses und überdies junges Gesicht.

»Es ist ein Mädchen«, erklärte er unnötigerweise.

»Junge Frau«, korrigierte die Katze. Sie wartete stumm, während der Mann den Körper auswickelte.

»Was siehst du?«, fragte sie schließlich.

»Blut«, erklärte der Mann. »Sehr viel davon.« Er fluchte laut, drehte sich um und wollte etwas rufen, doch Ana stand bereits hinter ihm und reichte ihm wortlos seine Arzttasche. Er öffnete sie und leerte den Inhalt kurzerhand auf den Tisch.

Dann untersuchte er die Gestalt.

»Ana, ich brauche …«, er zögerte. »Ich brauche … alles! Oh, mein Gott, ich weiß nicht mal, wo ich anfangen soll.«

Während er mit fliegenden Händen Verbandsmaterial herrichtete, warf er einen kurzen Blick auf die Katze, die neben dem Kopf des Mädchens saß, sie kritisch beäugte und sehr vorsichtig an ihm roch.

»Ist sie?«, fragte der Mann.

Die Katze nickte.

»Kein Zweifel. Alle Scans sind positiv. Sie ist eine temporale Singularität. Ihr Synchronizitätswert ist am Anschlag. *Das* ist unser Anker. Mit hoher Wahrscheinlichkeit der Letzte.«

»Wundervoll«, erklärte Niklas, der nach dem Puls des Mädchens gefühlt hatte und jetzt mit zitternden Händen eine Spritze aufzog. »Sie stirbt.«

04 | Heilung

Die Katze hatte Niklas noch nie so konzentriert gesehen. Verstummt arbeitete er mit schnellen, hektischen Bewegungen, wohl über eine Stunde lang. Er säuberte, nähte, verband und unterbrach sein fieberhaftes Werken nur, um immer wieder Atmung und Puls seiner Patientin zu prüfen. Zwischendurch setzte er ihr Spritzen, deren Inhalt er aus verschiedenen staubigen, braunen Glasphiolen aufzog, welche Ana für ihn holte. Schließlich injizierte er sich eine der farblosen Flüssigkeiten sogar selbst. Die Katze wusste nicht, ob der Anblick sie erschrecken oder beruhigen sollte. Danach wurde Niklas noch fokussierter, geradezu verbissen. Er hörte auf zu zittern, seine Griffe wurden sicher und sein Blick bekam etwas Manisches.

Selbst Ana, sonst nie um einen lauten Fluch verlegen, enthielt sich jeder Äußerung. Sie räumte auf, säuberte Instrumente, desinfizierte Oberflächen und zerschnitt Unmengen weißer Laken für Verbandsmaterial.

Niklas' Gesichtsausdruck verdüsterte sich zusehends, während er immer häufiger Puls und Atmung seiner Patientin kontrollierte. Schließlich trugen sie den bewusstlosen und vollständig verbundenen zierlichen Körper in eines der Gästezimmer und legten ihn auf das Bett. Die Vorhänge waren geschlossen und im Schein der beiden Glaslampen an der Wand erschien das kleine weiße Gesicht inmitten der weißen Bettwäsche fast unwirklich. Niklas stand mit steinerner Miene und verschränkten Armen vor seiner Patientin. Sowohl Jackett als auch die Weste hatte er schon lange ausgezogen und irgendwo in der Küche fallengelassen. Die Ärmel des Hemdes waren nachlässig hochgekrempelt. Seine Hände glänzten sauber, doch das ehemals blaue Hemd war Blut verschmiert.

Die Katze hatte wieder ihre Position neben dem Kopf des Mädchens eingenommen.

»Die Korridore sehen schon wieder normal aus«, begann sie vorsichtig, »und eine erstaunliche Zahl der Zimmer steht offen.«

Der Mann quittierte dies mit Schweigen.

»Viel mehr als sonst«, versicherte die Katze erneut. »Das Haus ist zufrieden. Wahrscheinlich ist sogar deine Bar aufgefüllt.«

Niklas zeigte weiterhin keine Reaktion, was die Katze nun ernsthaft beunruhigte. Sie wandte den Kopf und roch vorsichtig an dem Mädchen, während ihre langen Schnurrhaare über das schneeweiße Gesicht strichen.

»Das waren keine Schnitte«, verkündete sie schließlich.

Der Mann schüttelte den Kopf.

»Sie roch nach schweren Drogen«, erklärte sie weiter und sah forschend in das Gesicht des Mannes, weiterhin bemüht, die Stille zu füllen. »In diesem Stadium des Befalls kann man eine Welt nicht mehr heilen. Man lässt sie am besten ausbrennen und fängt von vorne an. Du wirst nirgendwo auf diesem Planeten noch eine Katze finden. Die sind zu schlau und schon vor Jahrzehnten getürmt.«

Der Mann schwieg und sein Blick ruhte verschlossen und stoisch auf der Bewusstlosen.

»Wird sie es schaffen?«

Niklas schüttelte den Kopf und holte tief Luft. »Keine Chance. Zu viel Blut verloren. Die inneren Verletzungen sind schwer. Ihr Herz schlägt nur noch, weil ich sie mit Medikamenten vollgepumpt habe. Ich kann ihr nicht einmal eine Kochsalzinfusion legen, um den Kreislauf zu stabilisieren. Ihr Herz rast, als wäre sie ein Kolibri, aber ihr Körper wird zügig dahinterkommen, dass er eigentlich nicht mehr lebt.

Die Katze leckte vorsichtig an der blassen Wange und maunzte unglücklich.

»Es muss doch irgendetwas geben, was wir tun können.«

Niklas starrte eine Weile regungslos auf das Mädchen hinab. Schließlich schien er eine Entscheidung zu treffen und trat mit schnellen Schritten aus dem Zimmer. Die Katze hörte ihn über den Flur in sein Büro laufen. Es folgte das Geräusch von Schubladen, die aufgerissen und wieder zugeworfen wurden. Jemand wühlte durch chaotische Inhalte. Das Klirren leerer Glasflaschen drang herüber, zusammen mit ersticktem Fluchen.

Schließlich kehrte Niklas zurück und nahm neben dem Mädchen Platz. Er zog etwas mit den Händen auseinander, was sich als goldene Kette erwies. Ein Amulett fing das Licht der Gaslampen und brach es in zahllosen Regenbögen, die über den schweren Kristallanhänger tanzten.

Die Katze fauchte erschrocken und schoss wie ein Blitz davon.

»Bist du vollkommen übergeschnappt«, tönte ihre Stimme unter dem Bett hervor. »Ich dachte, wir wollten sie retten.«

»Es ist nur bei Frauen gefährlich.«

»Ich weiß«, klagte die Katze, »du warst schon lange nicht mehr in Gesellschaft anderer Menschen, deswegen erlaube mir, dich zu unterstützen. Das da vor dir auf dem Bett, das ist eine Frau! Man würde meinen, dass du das beim Verbinden ihrer Wunden bereits bemerkt hast.«

»Das ist ein Mädchen«, erklärte Niklas gelassen, »außerdem trägt sie es nur so lange, bis sie sich stabilisiert hat.«

Von den Vorwürfen ungerührt, legte er der Bewusstlosen die Kette um den Hals und positionierte den schweren Anhänger mitten auf ihrer schmalen Brust. Der Kristall hatte die ovale Form eines stilisierten Käfers. Kaum dass dieser den Körper des Mädchens berührte, atmete sie tief und stockend ein. Das

Amulett begann von innen heraus weiß zu glühen und winzige Lichtfäden flossen aus dem Kristall in die Verbände des Mädchens, wie eine Pflanze, die sich im Untergrund verwurzelt. Umgehend bekamen die blassen Wangen des Mädchens Farbe.

Die Ohren der Katze tauchten über der Bettkante auf, gefolgt von zwei großen Augen, in denen schiere Panik stand.

»Du wirst uns alle umbringen«, flüsterte sie entsetzt.

»Was soll ich denn machen«, fuhr der Mann die Katze ungehalten an und starrte sie wild aus seinen blutunterlaufenen Augen an.

Die Katze schrie auf und flüchtete erneut unter das Bett.

»Sie wird sterben«, rief er, »und mir fällt nichts anderes ein. Ich bin nicht mehr in meinem Krankenhaus, wie dir vielleicht aufgefallen ist. Dort hätte ich ein ausgebildetes Trauma-Team, einen Not-OP, eine voll eingerichtete Intensivstation und eine gut ausgestattete Blutbank. Mein Vorgänger hier war Experte in Anatomie und Chemie, hat sein Wissen jedoch hauptsächlich dazu benutzt, Schmetterlinge zu sammeln. Alles, was ich im Büro meines Vorgängers habe, ist ein Schrank voller Betäubungs- und Aufputschmittel, aber wenn ich ihr noch mehr Opium spritze, schwebt sie uns von allein auf die Astralebene davon. Ich bin für jeden Vorschlag dankbar.«

Er atmete aus und rieb sich mit den Händen erschöpft über das Gesicht. »Entweder das oder wir verlieren den letzten Anker, den wir finden konnten, nachdem wir in Dutzenden sterbender Zeitlinien gesucht haben. Sie dürfen es sich aussuchen, Eure Hoheit.«

Die Katze maunzte leise und unglücklich.

»Das Ding ist unfassbar mächtig«, flüsterte sie, weiterhin tief unter das Bett geduckt. »Spürst du es nicht?«.

»Nein«, erklärte Niklas und kramte durch die Schublade des Nachttischs. Er zog eine Packung Zigaretten und ein Feuerzeug heraus, musterte einen Moment lang die seltsame

Schrift auf der Packung und zündete sich schließlich eine Zigarette an. Er blies eine Wolke aus blauem Rauch gegen die Decke und sah dann auf das Mädchen hinab.

»Ich überwache ihre Vitalwerte und nehme das Amulett jede halbe Stunde ab. Wir lassen es weg, sobald sie stabil genug ist. Vielleicht haben wir Glück.«

»Was«, fragte die Katze, »wenn sie als wahnsinnige Gottkönigin erwacht, die uns versklavt?«

Der Mann zog tief und nachdenklich an seiner Zigarette.

»Sie wiegt keine neunzig Pfund«, verkündete er, während er kurz im blauen Rauch verschwand. »Und davon sind wahrscheinlich fünf Verbände und Nahtmaterial. Sie kann sich niemals allein auf den Beinen halten und wird große Probleme bekommen, wenn sie auch nur die Toilette erobern will. Ich fühle mich nicht bedroht. Zur Not haben wir noch Ana und ihren Revolver. *Der* macht mir übrigens deutlich mehr Sorgen als das Amulett.«

»Lenk nicht ab, Niklas!«, rief die Katze. »Wo hast du dieses von allen Göttern verfluchte Ding überhaupt her! Es sollte tief unten in den Tresorkammern liegen. Hinter mindestens drei Stahltüren. In einer Bleikiste! Eingelegt in Weihwasser! Ich erinnere mich deutlich, denn so haben wir beide es eingelagert.

»Private Forschung«, erklärte der Mann knapp.

»Es hat eine ganze Zivilisation zerstört!«, rief die Katze. »Bist du dement? Erinnerst du dich nicht an den Thron? Es war ein verdammter Berg! Tausende Meter hoch und niemand mehr am Leben.«

Der Mann schwieg.

Die Katze fuhr leise fort: »Du wolltest herausfinden, ob du die Macht benutzen kannst, um das Haus zu verlassen, nicht wahr?«

»Einen Versuch war es wert.«

Sie schwiegen eine Weile.

»Das Amulett wird ihr die Erinnerungen nehmen«, erklärte Niklas schließlich, »und ein gesteigertes Selbstbewusstsein erzeugen. Ein praktischer Effekt in diesem Falle, findest du nicht? Arbeitet zu unseren Gunsten.«

»Niklas, unsere Aufgabe ist es, solch gefährliche Artefakte in Verwahrung zu nehmen und zu sichern, *nicht* sie zu missbrauchen!«

»Ich glaube nicht, dass das noch eine Rolle spielen wird, wenn die letzte Zeitlinie endet und die ewige Nacht anbricht.«

Er stand auf und verließ den Raum.

»Wohin willst du?«, rief die Katze und folgte ihm besorgt.

Niklas ging den Gang entlang und bog in einen Raum ab, dessen Tür offenstand.

Die Katze stöhnte.

»Ich will nicht da rein«, maulte sie. »Von dem fiesen Ding an der Decke bekomme ich Albträume.«

»Es ist ausgestopft«, kam die Stimme des Mannes aus dem Zimmer.

»Als ob das hier im Haus irgendetwas bedeuten würde«, murrte die Katze und schlich vorsichtig in den Raum, ohne nach oben zu sehen.

Ein ausgestopftes Krokodil hing unter der Decke, welches das ganze Zimmer durchmaß. Mehrere Gaslampen an den Wänden spendeten Licht, was die Atmosphäre nicht verbesserte. Das Tier hing kopfüber, die schuppige Haut glänzte in metallischen Grüntönen und reflektierte funkelnd das Licht der Lampen wie Edelsteine. Es beobachtete den Raum aus riesigen goldenen Augen. Die Katze hasste das scheußliche Ding und versuchte nie darunter zu stehen, sondern drückte sich so gut es ging an den Wänden entlang.

Die Wand zur rechten Seite der Tür wurde vollständig mit Bücherregalen bedeckt, die bis unter die hohe Decke reichten. Eine Leiter ließ sich auf Rädern davor hin und her bewegen. Auf der anderen Seite des Zimmers standen dicht gedrängt Kommoden mit Ausstellungsstücken, über denen mehrere Schaukästen einer großen Schmetterlingssammlung die Wände bedeckten und kaum Platz für die drei hell leuchtenden Gaslampen ließen.

Ein reich verzierter Perserteppich mit verwirrenden geometrischen Mustern bedeckte den Boden. Die Fenster gegenüber der Tür an der hinteren Querseite des Raumes wurden von schweren Vorhängen verdeckt.

Davor stand ein mit Schnitzereien bedeckter Schreibtisch aus rotem, glänzend poliertem Holz.

Natürlich gehörte zu dem Büro auch eine gut ausgestattete Bar. Die Katze hörte bereits das Klirren von Kristall-Karaffen. Niklas hatte dieses beeindruckende, wenn auch vollkommen nutzlose Talent, in jeder neuen Umgebung zielsicher als erstes den Alkohol zu finden. Als er dieses Zimmer zum ersten Mal entdeckte, hatte er den falschen Globus schon aufgeklappt, bevor er das Krokodil an der Decke überhaupt bemerkte. Die Katze war sich sicher, dass Niklas ebenfalls nicht bemerkt hatte, dass auf dem Globus einige sehr seltsame Kontinente eingezeichnet waren.

Die Katze schlich dicht am Bücherregal entlang und verschwand hinter den Vorhängen, wo sie mit einem Satz auf der Fensterbank landete.

»Wir sind schon wieder im Transit«, rief sie erstaunt. »Wir scheinen zu den oberen Ebenen aufzusteigen. Wir sind im Moment pausenlos in Bewegung.«

»Vielleicht werden wir verfolgt«, vermutete Niklas, während er kritisch den Inhalt einer Karaffe prüfte.

»Das Haus ist vorsichtig«, kommentierte die Katze hinter dem Vorhang. »Ich vermute wir werden auf einer der unteren Himmelsebenen Rast machen, damit sich unser Gast erholen kann. Sonne und so.«

Niklas stöhnte lang gezogen.

»Du kannst dich ja in deinem Büro verstecken«, schlug die Katze vor. »Bevor unser Anker nicht wieder bei Bewusstsein ist, brauchen wir wahrscheinlich gar nicht erst versuchen, das Haus zu verlassen.«

Der Mann schnaubte abfällig und trat an den Schreibtisch. Mehrere der großen ledernen Folianten lagen dort aufgeschlagen übereinander. Lesezeichen ragten zu Dutzenden aus ihnen hervor. Die offenen Seiten waren dicht mit einer schwungvollen Handschrift bedeckt.

Niklas tippte mit einer frischen Zigarette auf die Zeilen. »Laut der Aufzeichnungen müssen wir nur noch den Übergang finden und der Anker muss mit den betreffenden Zeitlinien eine *Konvergenz* einleiten. Mehr steht hier nicht.«

»Großartig«, kommentierte die Katze. »Gut, dass es nicht unspezifisch und nutzlos ist.«

»Mein Vorgänger«, erklärte Niklas, »lebte scheinbar zu einer Zeit im Haus, als Frieden und Harmonie im Universum herrschten. Auch wenn man sich das nur schwer vorstellen kann. Deswegen hatte er wohl auch so viel Zeit, die Natur der Ebenen zu studieren. Was hätte er auch sonst machen sollen. In Friedenszeiten kann man seinen Hobbys nachgehen. Er schreibt in seinen Büchern, dass Anker die Fähigkeit haben, die Zeitlinien zu verbinden, wenn es absolut keinen anderen Weg gibt, diese zu retten. Er las: *Zum Glücke war dies noch nimmer der Fall, da das System der Bereglung unverrücklich und ewiglich beharrt. Die oberste Geschäftsstelle trägt Sorge dafür.*«

Niklas trank und stellte das leere Glas frustriert auf das offene Buch.

»Was für eine *oberste Geschäftsstelle*? Wie verbindet man Zeitlinien? Dutzende voll handgeschriebener Folianten über das Brutverhalten des gemeinen Dödels und der Fruchtphase des spektakulären, transdimensionalen Blumenkohls, und kaum endet das verschissene Universum, stehen wir hier und haben einen einzigen halbgaren Satz als Anleitung!«

»Tölpel«, korrigierte die Katze hinter dem Vorhang.

»Entschuldigung?«

»Der Vogel ist ein Tölpel, kein Dödel.«

»Ich setze dich auf einer Höllenebene für Hunde aus«, knurrte Niklas.

»Ich sage Ana«, konterte sie trocken, »sie soll keinen Alkohol mehr kaufen.«

»Vielleicht«, erklärte der Mann glatt, »finden wir eine andere Lösung.«

Plötzlich schlug er frustriert mit der Hand auf die Seite, sodass das Glas einen Satz machte.

»Er hat nicht einmal dokumentiert, wohin er gegangen ist!«

»Wäre auch nicht schlau gewesen«, erklärte die Katze. »Das Haus hätte wahrscheinlich mitgelesen und es zu verhindern gewusst.«

Sie zögerte einen Moment. »Ob Ana damals auch schon da war?«

»Das würde zumindest seine Flucht erklären«, murmelte Niklas leise.

»Womöglich«, mutmaßte die Katze, »ist er auch gar nicht geflohen, sondern lediglich nicht von einer seiner Expeditionen zurückgekehrt. Warum auch? Das Haus hat es wahrscheinlich gar nicht verhindert. Es brauchte ihn eventuell nicht mehr. Uns jedoch benötigt es dringend.«

»Das ist mir aufgefallen«, erklärte der Mann gepresst.

Er schlug das Buch frustriert zu. »Alle Zeitlinien sind korrupt und von Parasiten befallen. Keine Anker mehr weit und breit und der Letzte, den wir finden, ist ein halbtotes Kind!«

»Bobby hat versprochen uns zu helfen«, warf die Katze ein.

»Oh, großartig!«, rief Niklas. »Warum verlassen wir uns nochmal auf die Hilfe von Anas zwielichtigen Freunden?«

»Weil wir weder einen besseren Plan noch irgendeine Ahnung haben oder jemanden kennen, den wir fragen könnten?«

»Klingt für mich wie ein geplantes Desaster.«

»Hast du eine bessere Idee?«

Der Mann schnaubte. »Kein Wunder, dass die Menschen pausenlos Religionen erfinden. Wenn sie wüssten, welche vollständig durchgedrehten transdimensionalen Energiewesen ihre Geschicke lenken, würden sie das Bett morgens überhaupt nicht mehr verlassen.«

Fluchend füllte er sein Glas an der Bar nach und trat an die Wand mit den Kommoden heran. Sein Blick glitt flüchtig und desinteressiert über die Schmetterlinge sowie allerlei Knochen und Steine, die auf kleinen Podesten aufgestellt waren. An der Wand zwischen zwei Kommoden auf einem Beistelltisch aus schwarzem Holz stand ein Blumentopf unter einer Glasglocke. Niklas' Blick glitt über den Wust stacheliger Blätter, die einen dichten Busch formten. In der Mitte erkannte er einen Stiel, an dessen Ende sich eine Knospe formte. Er betrachtete die Pflanze einen Moment kritisch, dann schüttelte er den Kopf und wandte sich ab. Er zog einen der Vorhänge beiseite und sah zusammen mit der Katze in den Nebel hinaus. An einzelnen Stellen löste sich die graue Wand bereits auf und offenbarte einen blauen Himmel. Ein einzelner heller Sonnenstrahl fiel durch das Fenster. Niklas stöhnte und legte eine Hand über die Augen.

Die Blätter der Pflanze hinter ihnen bewegten sich leicht und das Sonnenlicht reflektierte kurz auf kleinen goldenen Augen.

05 | Clawdia

Als die junge Frau die Augen aufschlug, blinzelte sie irritiert in das helle Sonnenlicht. Es kam ihr falsch vor. Sie hatte den Beginn der ewigen Nacht erwartet. Eine Weile lang lag sie still und beobachtete die goldenen Strahlen, welche durch das offene Fenster in den Raum fielen. Die Luft wehte kühl und frisch vom Fenster in ihr Gesicht. Es roch intensiv nach Frühling. Für eine unbestimmte Zeit lag sie nur da und versuchte zu entscheiden, ob dies ein Traum sei. Irgendwann realisierte sie, dass sie in einem Bett lag. Es musste eines sein, auch wenn sie derart prachtvolle Möbel nur aus Geschichten kannte. Könige schliefen in solchen Betten.

Ein Märchenbett, dachte sie.

Reich verziert aus rotem Holz und es besaß sogar einen Himmel. Vorhänge und Bettwäsche strahlten in so hellem Weiß, bauschten sich so luftig, dass sie einen Moment lang glaubte in Wolken zu liegen. Die Szene besaß etwas entschieden Unwirkliches.

»Bin ich im Himmel?«, fragte sie leise.

»Das bezweifle ich«, antwortete ein warme, dunkle Frauenstimme. »Menschen, die im Himmel erwachen, sehen in der Regel besser aus.«

Die Frau bewegte sich unwillkürlich, indem es sich der Stimme zuwandte, und bereute es augenblicklich. Eine Welle höchst irdischen Schmerzes durchflutete ihren Körper.

Okay, definitiv nicht im Himmel.

Sie blinzelte. Die Stimme hatte sehr nahe geklungen. Eine Bewegung in ihrem Augenwinkel ließ sie vorsichtig den Kopf drehen. Inmitten der weißen Bettwäsche hatten sich zwei grüne Augen geöffnet, die sich wie Suchscheinwerfer in ihre Richtung drehten. Ihr schläfriges Hirn brauchte einen

Moment, um diese Information zu sortieren. Da lag eine Katze neben ihr. Eine kleine Katze mit grünen Augen und so weißem Fell, dass sie auf der Bettwäsche praktisch unsichtbar war.

»Hallo, kleine Katze«, grüßte die junge Frau.

»Hallo, kleiner Mensch«, entgegnete die Katze ruhig.

Die junge Frau blinzelte.

Die Katze erhob sich und näherte sich ihr mit vorsichtigen Schritten, bis die kleine rosa Nase fast ihre Wange berührte, dann schnupperte sie eine Weile an ihr herum.

Es ist kein Traum, dachte die Frau. *Ich spüre ihre Schnurrhaare auf meinem Gesicht.*

»Du riechst besser«, erklärte die Katze sachlich. »Die Drogen sind aus deinem System und die Wunden sind weitestgehend geheilt. Wie fühlst du dich?«

»Sonderbar«, antwortete die junge Frau vorsichtig, »wie jemand, der aufwacht und mit einer Katze spricht.«

Die Katze maunzte. Es klang wie ein kleines Lachen.

»Glaub mir, von nun an wird es nur noch viel sonderbarer.«

»Wie heißt du denn, kleine Katze?«

Die Angesprochene setzte sich würdevoll neben das Mädchen, richtete sich auf und erklärte, während sie ihre zwei zierlichen Flügel halb entfaltete: »Mein Name ist Prinzessin Josefine die Erste.«

Der würdevolle Auftritt büßte ein wenig ein, weil sie gleich darauf gähnte und sich die Ohren putzte.

Das Mädchen blinzelte erneut.

»Und du bist sicher, dass wir nicht im Himmel sind?«

Die Katze blickte sich träge nach dem Fenster um.

»Himmel? So wie du ihn wahrscheinlich meinst? Nein, wohl nicht. Aber es scheint so, als wären wir auf einer der unteren Himmelsebenen angekommen. Ich vermute, das Haus will uns mit Sonne bei deiner Genesung unterstützen.

Darauf kannst du dir glatt was einbilden, denn das Haus mag eigentlich niemanden.«

Die Frau hatte keine Ahnung, wovon die Katze sprach, und beschloss deswegen zu schweigen.

Josefine beachtete sie auch nicht und sah weiter zum Fenster hinüber. Schließlich drehte sie sich um und richtete ihre grünen Scheinwerfer-Augen wieder auf das Mädchen.

»Möchtest du mir vielleicht auch verraten, wie *du* heißt, kleines Menschenkind?«

Die Angesprochene schien einen Moment nachzudenken, dann antwortete sie: »Mein Name … Mein Name ist … Clawdia.«

Die Katze studierte intensiv das Gesicht der jungen Frau und beobachtete, wie diese für den weichen Laut in der Mitte des Namens die Oberlippe leicht anzog, was ihre Nase auf eine Art kräuselte, welche junge Männer in einigen Jahren wahrscheinlich absolut hinreißend finden würden.

»Ah, Claudia«, entgegnete Josefine.

»Nein, Clawdia«, korrigierte das Mädchen mit stärkerem Nasekräuseln.

»Sag ich doch«, erklärte die Katze. »Claudia.«

Sie ließ das Mädchen nicht aus den Augen, als sie fragte:

»Sag mir kleine Claudia. Wenn du an die Menschheit denkst, was möchtest du dann gerne machen?«

»Sie unterwerfen!«, erklärte das Mädchen fest und erschrak im gleichen Moment. Eine kleine Hand kam unter der Decke hervor und presste sich auf ihren Mund, während sie die Katze aus entsetzt aufgerissenen Augen anstarrte.

Josefine nickte langsam und maunzte unglücklich.

»Das hat ja kommen müssen.«

»Was?«, fragte Clawdia entgeistert. »Was …«

»Mach dir keine Sorgen«, beruhigte Josefine sie. »Wir mussten bei deiner Heilung ein wenig kreativ werden und das Artefakt, das wir benutzt haben, hat dir ein paar Flausen in den Kopf gesetzt. Ich bin jedoch guter Hoffnung, denn du bist schon einige Minuten wach und hast noch keine Hinrichtung befohlen.«

Die junge Frau starrte sie weiter fassungslos an und Josefine seufzte.

»Kannst du dich erinnern, was passiert ist?«

Clawdia zögerte und ihre Brauen zogen sich zusammen.

»Ich … ich wurde … verletzt.«

Die Katze nickte.

»Das Amulett hat deine Erinnerungen weggeschlossen, damit du funktionsfähig bleibst. Mach dir keine Sorgen, ich habe den Ort gesehen, wo du herkamst, und glaube mir, es ist besser so. Hast du Augst?«

»Nein«, entgegnete Clawdia, und als wäre sie selbst erstaunt über die Antwort, wiederholte sie: »Nein.«

»Das Amulett hat dir auch das genommen. Ist vielleicht besser so. Du wirst viel schlafen in den nächsten Tagen und dann sehen wir weiter. Möglicherweise hat Niklas recht und wir kommen tatsächlich damit durch.«

Clawdia hörte kaum zu und spürte stattdessen nach dem Ort in sich, wo sie entgegen jeder Erwartung keine Angst fand, und hielt an diesem unerhörten Zustand noch einen Moment fest. Sie wollte ihn sicher weglegen, um ihn später länger ansehen zu können, doch ihre Gedanken verwirrten sich und sie nickte ein. Als sie die Augen wieder öffnete, wollte sie die Katze fragen, wer eigentlich Niklas sei, doch das Zimmer war dunkel.

Clawdia überlegte, ob sie jetzt Angst haben sollte, fand jedoch stattdessen einen so ungewohnten Gefühlszustand in sich vor, dass es einen Moment dauerte, bis sie verstand, dass sie sich sicher und geborgen fühlte. Sie verharrte eine Weile in diesem neuen Zustand und erforschte, ob sie sich jemals in ihrem Leben so gefühlt hatte, kam jedoch zu keinem Ergebnis. Sie schaute im Zimmer umher, kontrollierte die Bettwäsche sorgfältig auf grüne Augen, bevor sie entschied, diesmal tatsächlich allein im Zimmer zu sein. Jemand hatte die Vorhänge geschlossen und sie überlegte, wie eine Katze, selbst wenn sie dereinst einmal den Thron besteigen sollte, dies bewerkstelligt haben mochte. Ihre Gedanken wurden wieder träge und vielleicht war sie noch einmal eingeschlafen, denn kaum, dass sie ihre Überlegungen zu adeligen Katzen fortsetzte, hatten sich die Gaslampen an der Wand entzündet und spendeten ein sanftes Licht, welches den Raum schwach erhellte. Clawdia vermochte nicht mehr zu sagen, ob die Lampen vorher auch schon gebrannt hatten oder ob das Haus ihre Gedanken zu lesen imstande sei. Es gab keine Uhr im Zimmer und sie hatte keine Vorstellung davon, wie lange sie schon hier lag.

Zu ihrer Überraschung folgte einem vorsichtigen Bewegen der Arme kein gequälter Protest ihres Körpers. Die Wellen des Schmerzes blieben aus, lediglich eine vage Steifheit hatte sich breitgemacht. Sich innerlich auflehnend, kämpfte sie sich verbissen in eine sitzende Position, wo sie erleichtert aufatmend den Schwindel akzeptierte, mit dem ihr Körper diese Bemühungen quittierte.

Wenigstens keine Schmerzen.

Clawdia bekam jedoch eine andere Anfrage, die sich als nicht weniger unmittelbar erwies. Dezente, aber nachdrückliche Forderungen, die nur kurzfristig Aufschub duldeten. Ein von heftigem Schwindel begleiteter vorsichtiger Blick unter das Bett ergab die vollständige Abwesenheit eines Nachttopfes. Ihre Gedanken wanderten entlang pragmatischer Überlegungen und Clawdia fragte sich, ob dies eines der reichen Häuser sei, in welchen sich die Aborte tatsächlich innen befanden. Der Gedanke erschien ihr gleichzeitig dekadent und vage unhygienisch, was jedoch nichts an der Dringlichkeit ihres Bedürfnisses änderte. Sie seufzte und wand sich nach einem kurzen inneren Ringen unter der Decke hervor. Auf der Bettkante sitzend, wartete sie mit geschlossenen Augen darauf, dass der Raum aufhörte sich zu drehen. Ihre nackten Füße versanken tief in dem dicken Teppich. Wie sie beiläufig bemerkte, trug sie ein weites, weißes Nachthemd. Ihre Arme wurden nicht mehr von Verbänden verhüllt und die Narben verblassten bereits. Tiefe Narben aus einer weit entfernten, verhüllten Vergangenheit. Böse Dinge lauerten dort im Nebel, doch wann immer ihr Geist versuchte, durch diesen zu treten, wurde er sanft, aber bestimmt fortgeschoben. Sie wusste auch genau von was. Sie konnte das Glühen des Amuletts tief unten im Haus spüren. Sehr tief unten. Viel weiter unten, als ein Haus an *unten* überhaupt zur Verfügung haben sollte. Clawdia registrierte dies wie im Vorbeigehen, als wäre es etwas, das sie nicht weiter betraf.

Beim dritten Versuch fiel sie nicht mehr auf das Bett zurück und tapste leicht schwankend zur Tür. Der Gang, welchen sie betrat, präsentierte sich nicht weniger verschwenderisch eingerichtet als das Zimmer.

Clawdia fand die Toilette hinter der ersten Tür, die sie öffnete. Sie brauchte jedoch eine Weile, bis sie verstand, was sie sah. Die Deckenbeleuchtung blendete sie aus Lampen, die gleißend hell brannten wie die Sonne selbst. Sie hatte noch nie so helles Licht gesehen. Es leuchtete bereits, als sie eintrat, als hätte der Raum sie erwartet. Clawdia konnte sich nicht erinnern, in ihrem Leben jemals so viel Porzellan und Bronze auf einem Fleck gesehen zu haben. Den eigentlichen Ort der körperlichen Verrichtung hätte sie außerdem niemals seiner Funktion zuordnen können. Sie hielt es im ersten Moment für einen sehr unpraktischen Brunnen. Das nötige Wissen hatte sich kurz darauf unauffällig und fast schon verstohlen in ihrem Kopf eingefunden, wie ein vermisstes Haustier, das nach einigem intensiven Nachforschen unerwartet an seinen Platz zurückschlich und dabei eine Miene annahm, als habe es schon immer hier gesessen. Auf einmal fand sie sich zurecht, erschrak jedoch trotzdem bei der Spülung und kam sich dumm vor. Sie wusch sich die Hände an einer Art Miniatur-Wasserfall, der ihr über alle Maßen dekadent, ja fast schon unerhört und gleichzeitig völlig gewöhnlich vorkam, was ein leichtes Gefühl von Seekrankheit in ihr erzeugte. Im Hinausgehen auf den Gang löschte sie das Licht über den Schalter mit einer Geste alter Gewohnheit.

Sie bemerkte eine offenstehende Tür, aus der Licht auf den Gang fiel. Es erwies sich als Arbeitszimmer eines adeligen Herrn. Sie hatte Mägde verschiedentlich darüber sprechen hören. Reiche Herren, die ihren Müßiggang mit halbherziger Naturerforschung zu rechtfertigen suchten, hatten solche Zimmer.

Ihr Blick glitt über die Wand mit Büchern. Dieser hier musste einer der großen Gelehrten seiner Zeit sein, denn Clawdia hatte nicht geahnt, dass so viele Bücher in der Welt noch existierten. Nicht, nachdem die Klöster niedergebrannt worden waren. Sie runzelte die Stirn, als sie versuchte, sich zu erinnern, warum es geschehen war, doch die Erinnerung wich ihr aus und verbarg sich vor ihr. Sie blinzelte und trat an die großen Schaukästen der Schmetterlingssammlung heran.

Der Anblick der hier ausgestellten Exemplare war es, der Clawdia stärker erschütterte als das Gespräch mit der adeligen Katzendame. Hier verstand sie endlich etwas, das so offensichtlich gewesen war, dass sie es in ihrer Verwirrung nicht zu sehen in der Lage gewesen wäre. Dies alles hier war nicht von ihrer Welt. Eine Erkenntnis, die so schlicht wie schmucklos in ihrem Kopf saß und ihr ein flaues Gefühl im Magen verursachte.

Es waren nicht so sehr die großen Exemplare mit rechteckigen, pergamentfarbenen Flügeln, die ganz unzweifelhaft von den Zügen einer eleganten Handschrift in einer fremden Sprache bedeckt waren. Ein weiteres schien aus feinen Kristallen zusammengesetzt zu sein. Die Flügel wirkten, als wären sie aus dünnem Eis modelliert. So klar und durchsichtig, dass sie kaum zu erkennen waren. Außerdem machten sie keinerlei Anstalten zu schmelzen, obwohl die Scheibe des Schaukastens beschlagen war, wo sich Luftfeuchtigkeit am Glas niederschlug.

Es war das letzte Exemplar, etwas abseits von den anderen, welches ihr die Dringlichkeit ihrer Lage mehr als alles andere verdeutlichte, wenn sie auch nicht zu sagen vermochte, warum. Der Schmetterling war kaum zu erkennen, denn Dunkelheit herrschte in dem Schaukasten. Schatten formten die großen Flügel, welche die Form ändern wollten, wenn man sie zu lange beobachtete. Fortsätze flossen von den Flügelspitzen und tasteten an den Rändern des Glaskastens umher, als suchten sie einen Ausweg. Dieser Kasten war als Einziger mit Metallbändern verstärkt und die Scheibe deutlich dicker als die anderen.

Je länger Clawdia den Nachtfalter betrachtete, desto mehr bekam sie den Eindruck, dass etwas aus der Tiefe der bodenlosen schwarzen Nacht dieser Flügel zurückstarrte. Es rief sie zu sich, zog sie an, griff nach ihr wie die suchenden Finger der Schatten, welche über das Glas tasteten. Sie schauderte am ganzen Körper, schloss schnell und fest die Augen und wandte sich ab. Sie trat an die schweren dunkelroten Brokatvorhänge, welche die Fenster verdeckten, zog mit den Fingern vorsichtig den Stoff auseinander und spähte durch den Spalt hinaus. Vor den Fenstern lag eine Stadt. Zumindest glaubte sie, dass es eine Art Stadt sein musste, ein anderes Wort fiel ihr nicht dafür ein. Die Häuser ragten wie steile

Felswände empor. Grau, schmucklos, mit dunklen Fensteröffnungen, die leer hinaus starrten. Regen fiel in dichten Schleiern aus einem grauen Himmel, sodass der Eindruck entstand, die grauen Fassaden zerfielen auf halbem Weg den Himmel hinauf einfach in trostlosen Regen und kehrten zum Boden zurück. Es herrschte ein dämmeriges Zwielicht, das von allen Seiten zu kommen schien. Mal weißlich grau, dann wieder tiefe Schatten erzeugend. Nebelige Ungewissheit, die das Schätzen von Entfernungen unmöglich machte und trotz des unbestimmten Lichtes die Dunkelheit nur vertiefte. Menschen waren nicht zu sehen. Über der Szene lag eine tiefe Verlassenheit, welche Hoffnungslosigkeit und Vergessen ausstrahlte. Wieder wuchs dieses Gefühl in Clawdia, dass sie aus der Dunkelheit der Fensteröffnungen etwas anstarrte, sie rief, sie aufforderte, sich zu offenbaren, sich zu zeigen. Etwas, das versuchte, sie an sich zu ziehen. Ohne es richtig zu bemerken, hatte sich ihre Hand der Scheibe genähert und ihre Fingerspitzen berührten sacht das Fensterglas.

Emotionen fluteten wie ein Eimer heißes Wasser durch ihren Kopf und hinab in ihren Bauch, wo sie sich zu einer glühenden Kugel zusammenzogen. Pure brennende Verzweiflung übernahm ihren Körper, tief, stark und alles verschlingend, sodass sie nicht einmal mehr Zeit hatte, überrascht aufzuschreien. Eine alles verzehrende Hoffnungslosigkeit, gepaart mit der absoluten Gewissheit, dass alle Gegenwehr sinnlos sei und niemals wieder jemand kommen würde, um ihr zu helfen. Ein Gefühl, so stark, wie sie es noch nie in ihrem Leben gespürt hatte, ja nicht einmal wusste, dass dies überhaupt möglich sein könnte. Noch während sie realisierte, dass es keine Gegenwehr gab, nichts helfen würde und es keinen Ort im Universum gab, wo sie sich verstecken könnte, flutete kalte Angst in ihren Körper. Sie begann zu zittern, spürte eine Panik, so intensiv, dass sich ihre Kehle zusammenzog und der Brustkorb verengte. Sie versuchte, sich gegen den Sog zu stemmen, um wieder Luft zu holen, doch außer einem verzweifelten lautlosen Schrei konnte sie nichts mehr von sich geben. Ihr Verstand versank langsam und gequält in einem Strudel aus Panik und das Letzte, was sie bemerkte, war, dass ihre Beine nachgaben und der Teppich auf sie zukam, während sie ohnmächtig zu Boden sank.

Es war keine Minute vergangen, seit sie an den Vorhang getreten war und die goldenen Augen, welche sie beobachtet hatten, bewegten sich nun langsam auf sie zu, kamen dem blassen Gesicht sehr nahe und untersuchten besorgt die bewusstlose Frau. Als sie keine Anstalten machte, zu sich zu kommen, verharrten sie neben ihr, aufmerksam Wache haltend, während sich das Licht der Glaslampen in goldenen Augen brach.

06 | Blume

Morgen«, murrte Niklas, ohne aufzusehen. Er hing mehr am Küchentisch, als dass er saß, und goss sich sein Glas voll.

»Guten Morgen«, erwiderte Josefine, die vor ihm auf der Tischplatte hockte.

»Warum sind wir immer noch auf dieser verdammten formlosen Geisterebene?«

»Ich vermute«, entgegnete die Katze, »das Haus fühlt sich verfolgt. Es ist sehr schwer, den Weg durch die formlosen Ebenen zu finden, deswegen versucht es hier, mögliche Verfolger abzuschütteln. Es scheint unsicher und verwirrt. Die Türen auf den Gängen sind mal zu, mal offen. Ich habe den Eindruck, dass es selbst nicht so recht weiß, wo die Gefahr herkommt.«

»Sieht aus«, erklärte Niklas über sein Glas hinweg, »als wolle sich hier eine weitere obere Höllenebene dauerhaft einrichten. Als ob es von denen nicht schon genug gäbe. Geisterebenen sind scheinbar das Einzige, was wir heutzutage noch bekommen. Der Himmel weiß, warum.«

»Der Himmel«, entgegnete Josefine, »dürfte der letzte Ort sein, von dem wir beide Hilfe erwarten können. Es ist aber auch nicht schwer zu verstehen. Wenn zu viele Zeitlinien von Parasiten überrannt werden, entstehen mehr Geisterebenen als Reaktion darauf. Steht so in den Büchern. Dort heißt es auch, dass die oberste Geschäftsstelle sofort korrigierend eingreifen wird, wenn es eine unvorhergesehene Schieflage gibt.«

»Das ist ja wohl die Untertreibung des Jahres. Würde gerne mal einen von denen treffen und ihm zeigen, wie schief das verdammte Universum gerade hängt.« Er fluchte erstickt. »Verdammt, wir hätten sie fast verloren! Hätte die Ebene sie infiziert, wäre das Kind in Panik aus dem Haus gerannt und säße jetzt für ein paar Tausend Jahre lang wehklagend zwischen den Geistern, und wir würden es niemals wiederfinden.« Er kippte den Inhalt des Glases mit Schwung in seinen Hals und hustete. »Was für eine beschissene Idee, einen Anker aus seiner Zeitlinie zu entfernen.«

»Du meinst so wie dich?«

Der Mann schnaubte, goss sein Glas wieder voll und murrte leise vor sich hin. »Will Kontakt mit einer Geisterebene aufnehmen, hat man sowas schon gehört?«

»Das ist ja wohl kaum ihre Schuld«, erklärte die Katze. »Sie ist ja fast noch ein Kind und weiß nicht einmal, wo sie ist. Davon abgesehen haben wir schon mehr Glück als Verstand gehabt, dass sie nicht als megalomanische Irre aufgewacht ist.«

»Entschuldigung?«, warf Clawdia ein. Sie hob eine Hand und winkte. »Ich sitze genau hier! Könnt ihr mich sehen?«

Die Köpfe von Katze und Mann schwangen herum und starrten sie an.

»Wo kommst du denn auf einmal her?«, fragte Josefine entgeistert.

»Ich bin eben zur Tür hereingekommen«, rief Clawdia, »und habe mich hingesetzt!«

Die beiden starrten sie weiter an.

»Ich habe guten Morgen gesagt und ihr habt auch guten Morgen gesagt!«

Nachdem auch diese Erklärung das Starren nicht beendete, fuhr Clawdia nervös fort: »Natürlich habe ich nicht die geringste Ahnung, welche Uhrzeit wir haben, es gibt scheinbar keine Zeitanzeiger im Haus, außer der großen Pendeluhr in der Halle natürlich, aber die hat keine Zeiger.« Clawdia schwieg nervös und blickte zwischen den beiden hin und her. Sie sah zu der Frau hinüber, die geschäftig an der

Arbeitsplatte stand und ihr den Rücken zudrehte. Da von dort jedoch ebenfalls keine Reaktion kam, versuchte sie es bei dem Mann.

»Du bist wahrscheinlich Niklas«, stellte sie fest und versuchte ein Lächeln, während der Mann sie nach wie vor düster über den Rand des Glases hinweg ansah. Schließlich senkte er langsam seinen Blick zu ihrer Kleidung hinab und verharrte dort.

Clawdia zupfte unbehaglich an ihrer Jacke herum.

»Die Uniform hing im Schrank neben meinem Bett und es erschien mir besser, als im Nachthemd durch das Haus zu laufen. Ich habe das Design noch nie gesehen, aber sie passt wie maßgeschneidert.«

Die Katze legte den Kopf schief und musterte die junge Frau.

»Wie angegossen, wer hätte das gedacht.«

Der Mann nickte stumm und starrte in sein Glas.

»Ich bin nicht sicher, ob ich das Schwarz mag«, plapperte Clawdia nervös, »und ich habe auch die Rangabzeichen abgenommen. Die Totenköpfe sahen furchtbar aus, ich hoffe, das ist nicht schlimm.«

»Ich denke«, verkündete Josefine emotionslos, »da haben wir unsere Ansage, Niklas. Die Entscheidung, wie wir weiter verfahren sollen, wurde uns abgenommen.«

Niklas murmelte etwas Unverständliches und hob das Glas vor sein Gesicht.

»Das«, erklärte die Katze an Clawdia gewandt, »ist in der Tat Niklas. Der Arzt, der dir das Leben gerettet hat.« Sie warf einen abfälligen Blick auf den Mann. »Er ist deutlich umgänglicher, nachdem er sein Frühstück getrunken hat.«

Die alte Frau an der Arbeitsplatte hatte ihre Tätigkeit beendet und kam jetzt schwerfällig zu ihnen hinüber gewankt, während sie sich beim Gehen stellenweise mit einer Hand auf der Tischplatte abstützte. In der anderen hielt sie einen Teller, welchen sie vor Clawdia abstellte. Butterbrote türmten sich darauf. Große Scheiben frisch gebackenen Brotes, dick mit Schinken belegt. Clawdia, deren zierliche Gestalt fast hinter dem Essen verschwand, riss die Augen auf und wich vor dem Teller zurück.

»Gütiges Licht«, hauchte sie und sah erschrocken zu der Frau auf. »Ist das für mich?«

»Essen«, erklärte die Frau knapp.

»Das kann ich unmöglich alles, … ich meine, es ist wirklich sehr freundlich aber …«

»Єсть!«, donnerte die Frau und schlug mit einer Hand von der Größe einer Schaufel auf den Tisch, sodass die Katze einen Satz machte.

Noch bevor sie die Hand wieder vom Tisch nahm, hatte Clawdia vom ersten Brot abgebissen und kaute.

»Und das«, erklärte Josefine trocken, »ist Anastasia, unsere gute Seele. Wir haben beschlossen, ihre Art charmant zu finden. Wir nennen sie *Ana*. Mich nennt sie *Fellball* oder auch *Flohsack*. Niklas wiederum nennt sie meistens трус. Das bedeutet …«

»Ich weiß«, murrte Niklas.

Clawdia hörte kaum zu, sondern starrte mit vollem Mund auf das Brot in ihrer Hand. Es war absolut vorzüglich. Es schmeckte so gut, dass sie für einen Moment vergaß zu kauen. Sie hatte in ihrem ganzen Leben noch nicht so gutes Brot gegessen oder so viel Fleisch auf einmal bekommen. Clawdia hielt inne und Tränen liefen über ihr Gesicht. Sie sah auf und begegnete dem Blick der alten Frau, die breit grinste und dabei braune Zähne inmitten Tausender kleiner Lachfalten zeigte. Ana strich ihr mit ihrer riesigen Rechten sanft über die Wange. Es fühlte sich an wie Sandpapier. Danach wankte die alte Frau schwerfällig zurück an die Arbeitsplatte und fuhr damit fort, alle Anwesenden zu ignorieren.

Niklas, der die junge Frau die ganze Zeit über angestarrt hatte, blinzelte und schien endlich aus seiner Erstarrung zu erwachen.

Ein seltsames Zucken lief über sein Gesicht, dann schüttelte er sich und legte müde eine Hand über die Augen.

»Bier«, erklärte er fest, wuchtete sich dabei stöhnend von seinem Platz und ging leicht schwankend zu einem weißen Schrank aus Metall hinüber, dessen Tür von einem verblüffend imposanten Schloss gesichert wurde. Niklas entriegelte es mit großer Sorgfalt, zog behutsam die Tür auf und steckte langsam und vorsichtig den Kopf durch den Türspalt in den Schrank, wo er mitten in der Bewegung erstarrte.

»Ich weiß, was *das* ist«, erklärte Clawdia mit vollem Mund und halb durch ihr zweites Schinkenbrot. »Das ist eine Maschine, die im Innern kalt ist, damit Lebensmittel nicht verderben. Sie wird von … sie wird von«, sie kniff die Augen zusammen, »von … Strom angetrieben. Ich weiß auch, was das ist.« Sie starrte mit offenem Mund ins Leere, bevor sie langsam weiterkaute und die Katze fragend ansah.

»So in etwa«, bestätigte Josefine. »Das Haus gibt dir die Erinnerungen, welche du brauchst, um hier funktionieren zu können. Da die Bewohner des Hauses aus allen möglichen Zeitlinien und Existenzeben kommen, würde es ansonsten viel zu lange dauern, bis sich jemand Neues hier zurechtfände. Außerdem bist du ein Anker und adaptierst automatisch an die Zeitlinie, in der du ankommst. Du ziehst das Wissen dazu aus dem Rassengedächtnis des kollektiven Bewusstseins. Genauso wie die Ängste. Außerdem mischt das Haus noch gerne seine eigenen Vorlieben dazu. Zum Beispiel lieben alle, die hier leben, Rosen.«

Clawdia blinzelte. »Das stimmt. Rosen sind wundervoll.«

»Gab es Rosen in deiner Heimat?«, fragte die Katze.

Die junge Frau runzelte die Stirn und schüttelte den Kopf.

»Magst du Käsekuchen?«

Clawdia strahlte. »Ich liebe Käsekuchen.« Dann zögerte sie. »Was ist *Käsekuchen*?«

Die Katze maunzte ein leises Lachen.

»Wir alle lieben Käsekuchen, selbst ich. Glaub mir, dass ist nicht wenig verwirrend für eine Katze. Ich halte es für einen faulen Scherz des Programmierers, der den Code für das Haus geschrieben hat.«

Clawdia sah zum erstarrten Niklas hinüber, der seine Lauerstellung aufgab, die Tür weiter aufzog und langsam mit einer Hand in den Kühlschrank griff. Die junge Frau setzte gerade an, etwas zu sagen, als ein wildes, tierisches Brüllen durch die Küche hallte. So laut und offensichtlich wütend, das Clawdia vor Schreck das Brot aus der Hand fiel. Ein fauler Geruch nach Raubtier und Verwesung wehte ihr vom Kühlschrank her ins Gesicht.

Niklas reagierte erstaunlich schnell. Noch bevor Clawdias Schinkenbrot den Teller berührte, hatte der Mann die Tür zugeschlagen, den Riegel vorgelegt und lehnte schwer atmend mit dem Rücken dagegen, die Augen geschlossen. Die zufallende Tür hatte den Wutschrei des Ungeheuers darin abgeschnitten und das einzige Geräusch in der Küche war das glucksende Lachen Anas, die mit bebenden Schultern an der Arbeitsplatte herum räumte und ihnen weiter den Rücken zuwandte.

»Das Problem ist jedoch«, erklärte Josefine, die sich nicht gerührt hatte, »dass sich das Konzept von Stromleitungen nicht mit dem Haus zu vertragen scheint. Wir wissen nicht, ob der Grund dafür ist, dass das Haus einfach ein wenig altmodisch ist oder ob es tatsächlich einen guten Grund gibt, dass wir keinen Strom haben dürfen. Das Haus versucht uns stattdessen kreative Lösungen zu bieten, um diese Einschränkung zu umgehen, doch manchmal meint es das zu gut mit uns. Der Kühlschrank hier führt zum Beispiel in eine arktische Eishöhle. Niklas war am Anfang begeistert über die Möglichkeit, endlose Mengen Bier zu lagern. Der Eisbär jedoch, welcher in die gleiche Höhle eingezogen ist, betrachtet die Palette mit den Getränkekästen als sein Eigentum. Niklas verfügt also jetzt über den am besten bewachten Biervorrat aller Existenzebenen.«

»Das«, erklärte Clawdia, »ist alles sehr fremd und seltsam, dennoch verstehe ich, was du erklärst, ich weiß aber nicht, warum ich keine Angst habe.«

Die Katze nickte. »Das Amulett hat dir die Angst genommen, zusammen mit deinen traumatischen Erinnerungen. Wir hatten leider keine Wahl, du lagst im Sterben und wir brauchen dich.«

»Warum?«

»Nun«, die Katze sah verlegen zu Niklas hinüber, der wieder ratlos vor seinem Glas stand, jedoch noch blasser geworden war. »Wir müssen scheinbar das Universum retten. Glaube ich zumindest.«

Clawdia sah einige Male schweigend zwischen den beiden hin und her. Das einzige Geräusch kam von Ana, welche, ohne ihre Umgebung zu beachten, diverse Küchenutensilien zwischen verschiedenen Schubladen herum räumte und einen großen Kochtopf mit Gemüse füllte.

»*Ihr* beide?«, fragte Clawdia schließlich. Ihre Frage enthielt deutlich mehr Fassungslosigkeit, als sie beabsichtigt hatte. Prompt ließ Ana von der Arbeitsplatte her wieder ihr glucksendes Lachen hören.

»Das Haus«, erklärte die Katze kühl, »hat uns zwei …«

»Drei«, unterbrach Niklas und ließ sich auf seinen Platz fallen.

»Uns drei«, bestätigte die Katze, »ausgewählt …«

»Entführt«, kommentierte der Mann und goss das Glas voll.

»Ausgewählt«, betonte die Katze, weil wir die letzten Wesen sind, die es noch für diese Aufgabe gibt. Jedenfalls finden wir keine Weiteren mehr.«

»Nicht«, ergänzte Niklas, »dass es irgendeinen Unterschied machen würde. Schließlich sitzen wir hier fest und kommen genau nirgendwohin. Jedenfalls nicht, solange das Haus sich am Boden dieses Drecklochs versteckt.«

»Wir können immer noch den Weg durch die Korridore versuchen.«

Niklas schnaubte ein abfälliges Lachen, während er sich eine Zigarette anzündete. »Viel Spaß!«, rief er in einer Wolke blauen Rauchs verschwindend. »Erinnerst du dich an unseren letzten Ausflug in die Korridore? An die Spinne, die in das alte Lagerhaus eingezogen war?«

»Es war eine vollkommen harmlose Vegetarierin«, erklärte die Katze ruhig.

»Sie war sechs Meter lang!«, rief Niklas aufgebracht.

»Sie hat niemandem etwas getan«, entgegnete Josefine.

»Sie hat Hunderte Eier gelegt!«

»Die Kleinen waren eigentlich ganz niedlich.«

»Sie waren so groß wie Hunde und sind zu Dutzenden über mich hergefallen!«

»Die wollten doch nur spielen!«

»Es war eine Armee hochintelligenter und gut koordinierter Spinnentiere!«

»Es waren erstaunlich gute Fußballer, das musst du zugeben.«

»Ich saß auf dem Klo!«

Clawdia, völlig gefesselt, ließ ihr Brot sinken. Sie vergaß schon wieder zu kauen, während ihr Blick fasziniert zwischen den beiden Streitenden hin und her schwang. Während die Diskussion immer hitziger wurde, bemerkte sie, dass Ana ihr vom anderen Ende der Küche aus ein Handzeichen gab. Die alte Frau wies unauffällig aber ganz unmissverständlich auf die Tür. Clawdia schluckte den letzten Mundvoll Schinkenbrot hinunter, stand auf, griff sich ein weiteres Brot und wanderte unbeachtet aus der Küche hinaus.

Sie war nicht undankbar, ihre Gastgeber für den Moment hinter sich lassen zu können. Durch den Nebel ihrer Erinnerungen hindurch war sie sich sicher, schon als Kind davon geträumt zu haben, andere Welten zu bereisen. Durch ein Loch zu fallen und in einer Märchenwelt aufzuwachen, in welcher alles besser war als zu Hause. Sie hatte sich ihr neues Leben jedoch ein wenig romantischer und deutlich weniger verwirrend vorgestellt.

Clawdia biss in ihr Brot und wanderte kauend den Gang entlang. Sie hatte schon zuvor bemerkt, dass das Haus seine Form unaufhörlich änderte, wenn man nicht hinsah. Der Gang präsentierte sich jetzt schlichter. Möbel und Gemälde fehlten. Die Tapete bestand nicht mehr aus Stoff. Die Wände zeigten ein dunkles Rot und es gab deutlich mehr braune Holztüren. Es wurden sogar laufend mehr, wenn sie nur kurz die Augen schloss. Clawdia fand, dass sie das beunruhigen sollte, aber aus Gründen, die sie nicht verstand, erschien ihr das hier alles völlig normal. Sie lief ziellos um mehrere Abzweigungen herum, die sich plötzlich einfach vor ihr auftaten. Sah man nach links, blickte man entlang einer langen Reihe geschlossener Türen. Auf der rechten Seite ebenso. Drehte sie den Kopf wieder zurück, blickte sie einen Gang entlang. Das erschien ihr sinnvoll. Sie stutzte. Vielleicht hatte es etwas damit zu tun, dass sie ein, wie hatte die Katze das genannt? Ein *Anker* war. Was auch immer das heißen mochte. Sie blickte auf und sah am Ende des Korridors eine offene Tür. Es mussten mindestens dreißig Meter dorthin sein. Clawdia schloss die Augen, zog die Brauen zusammen und drehte sich einmal um sich selbst. Als sie die Augen wieder öffnete, stand sie direkt neben der offenen Tür.

Der kleine Raum dahinter war quadratisch und vollkommen leer. An den weißen Wänden hingen keine Bilder und der Boden bestand aus einem glatten grauen Belag.

Strahlendes Licht fiel durch ein Dachfenster hoch oben in der Decke. Es mussten mindestens zehn Meter sein. Durch den seltsamen Grundriss wirkte der Raum wie ein sehr heller Kamin. In dessen Mitte stand ein Tisch mit einem großen Blumentopf. Die Pflanze darin thronte inmitten einer Insel aus Licht, wie eine Vision aus einem drogendurchtränkten Albtraum. Die Farben strahlten grell und Clawdia hatte Schwierigkeiten, sich auf Einzelheiten zu konzentrieren. Inmitten eines absurd hellgrünen Wustes aus dicken, stacheligen Blättern erhob sich ein langer Stiel, an dessen Ende eine Blüte prangte, die sich nicht entscheiden konnte, ob sie von innen heraus rot, violett oder purpurn leuchtete.

Die junge Frau hatte noch nie so etwas gleichzeitig Wunderschönes und zutiefst Hässliches gesehen. Sowohl einladend als auch abstoßend. Ihre Verwirrung spiegelte sich in ihrem Verhalten. Clawdia streckte unwillkürlich eine Hand nach der Blüte aus, zog sie jedoch gleich wieder zurück, während sie einen Schritt auf die Pflanze zu machte, nur um sofort wieder zurückzuweichen.

Wie hypnotisiert näherten sich ihre Finger immer weiter der großen Blüte. Als sie nur noch wenige Zentimeter davon trennten, wurde sie plötzlich von einem leisen Rascheln aus ihrer Trance gerissen und ein warnendes Piepen ließ sie innehalten. Clawdia blinzelte einige Male und kniff dann die Augen zusammen, während sie sich tiefer über die Pflanze beugte. Dort, wo sich gerade die Blätter geteilt hatten, ragte eine kleine schnuppernde Nase aus dem Grün hervor. Vorsichtig, um den Stacheln der Blätter nicht zu nahe zu kommen, bog Clawdia einen Zweig beiseite und offenbarte die zusammengekauerte Gestalt einer kleinen Maus.

»Ja, hallo!«, begrüßte sie das winzige Tierchen. »Wo kommst du denn her?«

Die Maus beobachtete aufmerksam die Stelle, wo die Hand der jungen Frau die Pflanze berührte, und piepte erneut.

»Keine Sorge«, beruhigte Clawdia die Maus, »ich tue der Blume nicht weh.«

Die Maus legte den Kopf auf die Seite und strahlte eine Aura vorsichtiger Skepsis aus. Sie setze sich auf die Hinterbeine und sah schnuppernd zu der jungen Frau auf. Selbst jetzt konnte Clawdia sie kaum erkennen, denn ihr Fell strahlte in dem gleichen satten Grün wie die Pflanze, und sie verschmolz vollkommen mit dem Hintergrund. Es half, wenn man sich auf die Augen konzentrierte. Die beiden großen Halbkugeln glänzten in tiefem Gold. »Du bist aber eine hübsche Maus«, stellte Clawdia fest.

Der kleine Nager nickte eine huldvolle Bestätigung und die junge Frau musste lachen. Sie ließ vorsichtig die Pflanze los und zupfte ein Stück Schinken aus ihrem Brot, welches sie noch immer in den Händen hatte, und hielt es an die Lücke zwischen den Blättern. Die kleine Nase erschien wieder. Die Maus roch kritisch an dem Geschenk, befand es für würdig und zupfte es Clawdia aus den Fingern, um daraufhin sofort wieder im Grün zu verschwinden.

Es folgte ein Moment geschäftiger Stille, dann ein leises Piepen.

»Gern geschehen«, entgegnete Clawdia und biss in ihr Brot.

07 | Feinde

Clawdia kehrte in die Küche zurück und nahm sich gedankenverloren ein weiteres Schinkenbrot. Eigentlich fühlte sie sich längst gesättigt, aber die Brote liegen lassen konnte sie auch nicht, dazu schmeckten sie zu gut. Ana stand noch immer an der Arbeitsplatte und drehte dem Raum den Rücken zu. Gelegentlich trat sie an einen eisernen schwarzen Herd und rührte in einem gewaltigen Kochtopf. Die Katze saß abgewandt von Niklas auf der Tischplatte und leckte langsam und würdevoll in einer Schüssel mit Sahne. Der Mann wiederum hatte eine leere und eine volle Flasche Schnaps vor sich. Die Leere hatte er auf den Tisch gelegt und versetzte sie immer wieder in drehende Bewegung, welche er dann aufmerksam verfolgte. Lag die Flasche wieder still, zeigte sie immer auf ihn selbst, woraufhin er mit den Schultern zuckte und von seinem Glas trank.

Abgesehen von Anas Rühren und dem Geräusch der drehenden Flasche lag angespannte Stille über der Küche. Gelegentlich wehte ein Hauch von starkem Alkohol über den Tisch zu Clawdia hinüber. Es roch wie etwas, mit dem die Mägde zu Hause Metall reinigten.

Clawdia beobachtete das seltsame Treiben des Mannes eine Weile, schließlich stellte sie in die Stille hinein fest: »Das ist ein sehr ungewöhnliches Haus, in dem ihr hier lebt. Wo führen all die Gänge und Türen hin?«

Die Katze wandte sich ihr zu und sah sie an, als hätte sie die junge Frau noch nie gesehen. Katzen können das gut.

»Theoretisch überallhin«, antwortete sie. »Zu jedem Zeitpunkt und Ort im Universum. Der Gebrauch ist jedoch nicht ganz ungefährlich, wenn du nicht weißt, wie die Türen zu benutzen sind. Du kannst sehr leicht verloren gehen und es gibt Ebenen, auf denen möchte niemand stranden, der die Wahl hat, glaube mir.«

»So wie meine Heimat?«, fragte Clawdia trocken.

»Es gibt Orte, gegen die ist deine Heimat ein Picknick im Grünen.«

Clawdia schluckte und dachte darüber nach.

»Versteht *ihr* denn die Gänge und Türen?«

Die Katze sah verlegen zur Seite.

»Nicht wirklich«, gestand sie. »Wir haben es immer wieder versucht, aber das letzte Mal haben Niklas und ich Wochen gebraucht, um wieder zurückzufinden.«

»Aber ihr lebt doch hier.«

»Nun, eigentlich sollte ein Anker tatsächlich in der Lage sein, im Haus zu navigieren, …«

»Bin ich ein Anker?«, fragte Clawdia.

Die Katze nickte. »Ja, deswegen bist du hier.«

»Aha. Gut zu wissen.« Sie biss in ihr Brot und kaute nachdenklich. »Eine Frage: Was ist ein Anker?«

»Ein Anker«, erklärte Josefine geduldig, »ist ein Mensch, den es nur einmal gibt. Das ist ungewöhnlich. Normalerweise findet man in jeder Zeitlinie eine andere Version der gleichen Person, die aufgrund alternativer Entscheidungen ein leicht anderes Leben führt. Aus diesem Grund kann ein gewöhnlicher Mensch auch nicht zwischen den Zeitlinien reisen. Zwei Punkte entlang der Wahrscheinlichkeitskurve dürfen sich nicht überlagern. Das wäre ein Verstoß gegen Brokovskis erstes Zeittheorem.«

»Waf?«, nuschelte Clawdia mit vollem Mund.

Die Katze seufzte. »Vergiss es. Anker gibt es nur einmal und sie können das Haus benutzen, um andere Zeitlinien und Existenzebenen zu bereisen. Du weißt schon: Himmel und Hölle und so.«

»Warum?«

»Wir wissen es nicht«, erklärte die Katze. »Das Haus hat uns rekrutiert …«

»Entführt«, murrte Niklas und drehte erneut seine Flasche.

»… hat uns gerufen«, fuhr Josefine fort, »um zu helfen, die Zeitlinien stabil zu halten und gegebenenfalls zu heilen.«

Der Mann lachte bitter. »Was vollkommen egal ist, denn das ganze verdammte Universum stirbt. Egal, wo wir hinkommen. Alle Zeitlinien kommen zu einem Ende und die ewige Nacht bricht an.«

Die Flasche beendete ihre Drehungen und zeigte auf Clawdia. Der Mann schnaubte überrascht, sah auf und schob der jungen Frau das volle Glas zu. Clawdia sah panisch zu Josefine hinüber.

»Hör auf«, knurrte die Katze, »den letzten lebenden Anker zu erschrecken.«

»Was ist mit mir?«, murmelte der Mann.

»Sind wir sicher«, fragte Josefine, »dass du lebst?«

»Für …«, entgegnete Niklas schwerfällig, »für kleine Werte von Leben auf der Wahrhaftig … Wahrscheinlichkeitsgraden … der kurvigen.«

»Trink dein Mittagessen«, erklärte die Katze kühl. »Du machst ihr Angst.«

»Besser sie lernt es von mir als vom Haus.«

»Warum«, warf Clawdia ein, »sollte ich vor dem Haus Angst haben.«

»Weil«, begann Niklas und versuchte einen Finger an die Nase zu legen, verfehlte sie jedoch, »es seine eigenen Pläne verfolgt und nicht deine.«

»Niklas«, erklärte die Katze, »ist leider kein sehr vertrauensvoller oder kooperativer Hausbewohner.« Sie sah die Verwirrung im Blick der jungen Frau und fuhr fort: »Wir vermuten, dass Zustand und geistige Haltung des Ankers einen Einfluss auf das Erscheinungsbild des Hauses und der

Räume haben, beziehungsweise was in ihnen auf uns wartet. Das würde zumindest erklären, warum Niklas dieses ungewöhnliche Talent besitzt, Monstern zu begegnen.«

»Oh«, machte Clawdia und ihr Gesicht erhellte sich, »deswegen habe ich also die süße kleine Maus getroffen.«

Schlagartig herrschte Stille im Raum.

Selbst Ana hörte auf, in ihrem Topf zu rühren und drehte sich zu ihnen um. Clawdia blickte in drei entgeisterte Gesichter. Josefine fand ihre Stimme als Erstes wieder.

»Du hast … was?«

»Ich … ich …«, stotterte Clawdia, als wäre sie bei etwas ertappt worden und wies dabei sinnloserweise mit ihrem angebissenen Schinkenbrot zur Tür, »habe eben eine kleine Maus getroffen. Da hinten in einem hohen, hellen Raum. Sie sitzt in einer Pflanze und scheint sie zu bewachen.« Alle drei quittierten dies mit Schweigen, weswegen Clawdia nervös weiterplapperte. »Es ist eine wunderschöne und sehr hässliche Pflanze.« Die junge Frau lächelte schief. »Man muss es gesehen haben.« Als weiterhin niemand Anstalten machte zu sprechen, fügte sie hinzu. »Sie ist grün. Ich meine die Maus, nicht die Pflanze. Die aber auch.«

»Hast du irgendetwas angefasst«, fragte Josefine langsam und eindringlich.

»Nein, nein«, log Clawdia. »Natürlich nicht.«

»Du bist sicher, dass sie lebte?« warf Niklas ein, der schlagartig nüchtern wurde. »Dass sie *real* war?«

»*Real*? Es ist eine Maus. Ein vollkommen harmloser und niedlicher kleiner Nager.«

»Ich«, entgegnete Josefine, »sehe auch vollkommen harmlos und niedlich aus.«

»Touché«, kommentierte der Mann. »Das sind die Schlimmsten.« Er sah die Katze an. »Das ist nicht gut.«

»Ich weiß!«, entgegnete Josefine.

»Ihr habt«, fragte Clawdia ungläubig, »Riesenspinnen im Haus gehabt, die euch weniger Sorgen machen als eine süße kleine Maus?«

»Natürlich«, rief Josefine. »Eine Spinne in der Größe ist nicht lebensfähig, deswegen sind wir sicher, dass sie nicht real war. Wir kriegen hier ständig transdimensionale Projektionen, die von den Astralebenen herunterkommen. Irgendwelche Energiewesen, denen langweilig ist. Eine Maus jedoch ist eine ganz andere Nummer. Die kann tatsächlich real sein.«

Clawdia kniff die Augen zusammen. »Wir reden immer noch von einer kleinen Maus?« Sie hielt Daumen und Zeigefinger dicht beieinander hoch.

»Eine Pflanze«, rief die Katze ungeduldig, »die von einer Maus bewacht wird, erschien dir nicht seltsam?«

»Ich weiß nicht«, entgegnete Clawdia hitzig. »Kannst du mir ein Bier bringen, während ich darüber nachdenke?«

Niklas begann laut zu lachen.

»Das ist doch etwas völlig anderes«, knirschte die Katze. »Der Bär lebt nicht *im Haus*. Ein lebendes reales Wesen *im Haus* ist ein Problem.«

»Warum?«

»Es bedeutet«, erklärte Josefine, »dass wir infiltriert worden sind. Kein Wunder, dass das Haus sich versteckt! Die Gefahr ist zu hoch, dass wir Parasiten auf eine gesunde Ebene einschleppen.«

»Nicht«, murmelte Niklas, der sein Glas abstellte und ächzend aufstand, »dass es sowas wie eine *gesunde Ebene* heute noch geben würde.«

Die Katze ignorierte ihn, sprang vom Tisch und rannte durch die Tür, dicht gefolgt von Niklas, der dabei erst gegen den Tisch und dann gegen den Türrahmen stieß, während er laut fluchte. Selbst Ana hatte den Kochlöffel wortlos aus der

Hand gelegt und folgte den anderen langsam und schwerfällig. Einen Moment lang starrte Clawdia verblüfft in der leeren Küche umher, dann seufzte sie und folgte der Gruppe. Nicht allerdings, ohne vorher noch ein Schinkenbrot zu nehmen.

Josefine hatte keinerlei Probleme, den Weg zu finden. Sie hatte nur dem Geruch vom Schinken folgen müssen und saß bereits mit bebenden Schnurrhaaren und peitschendem Schwanz an der Türschwelle des kleinen Raumes. Die Katze blickte konzentriert umher, als Niklas schnaufend zu ihr aufschloss und sich am Rahmen festhielt.

»Wow«, machte er und sah verblüfft in die Höhe. »Das ist ein bisschen mehr als eine Blume oder?«

Die Wände des kaminartigen Raumes waren vollständig mit stacheligen grünen Blättern bedeckt, die sich zur Mitte des Raumes streckten und versuchten, die Kaskaden von strahlendem Licht zu erreichen, welche vom Dachfenster herabfielen.

Die Katze beachtete ihn nicht, sondern fixierte die gegenüberliegende Wand, wo sich ein großes Loch im Mauerwerk auftat. Grob herausgebrochene Ziegelsteine lagen auf dem Boden verstreut und dicke grüne Pflanzenstränge wanden sich aus dem dunklen Loch heraus in das Blätterwerk der Wände hinein.

Clawdia trat hinter Niklas hervor, spähte in den Raum hinein und zog scharf die Luft durch die Zähne.

»Was …«, begann sie. »Wie in aller Welt …«

»Lokale Zeitverschiebung«, erklärte die Katze abwesend.

Niklas rang noch immer nach Luft. »Hast du jemals …?«

»Nein«, unterbrach ihn die Katze kopfschüttelnd. »Ich wusste nicht einmal, dass man das Haus strukturell verändern kann.«

»Geht eigentlich auch nicht«, bemerkte der Mann. »Das Haus hasst Veränderungen. Wenn ich auch nur einen Stuhl verrücke, geht meine Bar nicht mehr auf!«

»Was auch immer hier am Werk ist«, kommentierte die Katze, »ist mächtig.«

Clawdia, die sprachlos die Blätterwände betrachtet hatte, blickte suchend im Raum umher.

»Die Blume mit der Maus ist weg. Sie stand in der Mitte des Raumes auf einem Tisch.«

»Muss eine echt starke Maus sein«, kommentierte Niklas, der die Mauersteine am Boden musterte.

»Hier stimmt etwas nicht«, erklärte Josefine und schnupperte vorsichtig an den Bruchstücken.

»Untertreibung des Jahres«, murrte der Mann.

»Ich meine, der Geruch ist falsch. Ich kann ihn aber nicht zuordnen. Das riecht nicht wie eine Pflanze.«

Clawdia hatte sich umgedreht und sah zur Tür hinaus.

»Hey, wo ist Ana? War sie nicht gerade noch vor mir, als ich …?«

»Vergiss es«, erklärte Niklas, ohne sich umzusehen.

»Niemand weiß«, kommentierte Josefine, »wie sich Ana im Haus bewegt. Wir haben es aufgegeben. Komm jetzt, wir müssen dem schnellstens auf den Grund gehen.«

Niklas sah zu dem dunklen Loch in der Wand und dann auf die Katze.

»Nach Ihnen, Eure Hoheit.«

Josefine schnaufte und sprang mit zwei Sätzen in das Loch hinein. Clawdia trat nah an die Öffnung heran und sah den Mann im Vorbeigehen aus zusammengekniffenen Augen an.

»Was?«, rief Niklas und hob abwehrend die Hände. »Katzen haben eingebaute Nachtsicht.«

Die junge Frau spähte vorsichtig in das Loch hinein. Auf der anderen Seite der Ziegelwand zeigten sich die rohen

Felswände einer kleinen Höhle, von der aus man in einen breiten Tunnel trat. Moose und Flechten bedeckten die Wände, welche schwach grünlich leuchteten. Die Luft lag drückend und feucht auf ihnen. Es roch intensiv nach altem Laub, gemischt mit einer Ahnung von organischem Zerfall, die Clawdia das Gesicht verziehen und Josefine leise würgen ließ. Von fern hörte man das Rauschen von Wasser. Die Katze schlich geduckt auf lautlosen Pfoten voran, während Niklas ungeschickt hinter den beiden her stolperte. Er hatte aus den Tiefen seines Jacketts eine verbogene Zigarette gefischt und suchte nun fluchend nach einem Feuerzeug. Clawdia trat nahe an die Felswand heran, starrte fasziniert in die Tiefen des Glühens und hob die Hand, um das sanfte Licht zu berühren.

»Nicht anfassen«, flüsterte Josefine leise. »Das Moos hat feine spitze Haare, die in der Haut stecken bleiben und Ausschlag verursachen.«

Clawdia ließ die Hand zögernd sinken und betrachtete weiter das sanfte Leuchten des Mooses, das von innen heraus zu pulsieren schien.

»Was für eine magische Welt ist das hier?«, fragte sie, zog die Hände schützend vor ihre Brust und trat vom Felsen zurück.

»Immer noch das verschissene Haus«, knurrte der Mann, der nun bereits zum wiederholten Mal alle seine Taschen nach Feuer durchsuchte.

»Dies ist der älteste Teil des Hauses«, erklärte Josefine, »ganz unten im Fundament. Er stammt aus einer Zeit, als Menschen noch keine Häuser bauten. Weit in der Vergangenheit. Damals präsentierte sich das Haus als komplexes Höhlensystem. Seitdem wurde dieser Ort jedoch ein wenig vernachlässigt.«

Die Katze betrachtete nachdenklich die dicken Pflanzenstränge, die sich über den Boden schlängelten und dem Tunnel folgten. »Da hat sich jemand wirklich Mühe gegeben.«

»Wenigstens«, erklärte Niklas, »können wir uns so nicht verlaufen.«

Die drei passierten eine Gruppe weißer kugeliger Pilze, die mitten im Gang am Boden wuchsen. Sie reagierten auf die Erschütterung durch Niklas' stampfende Tritte, indem sie den Gang in einen Nebel aus feinen weißen Sporen hüllten. Josefine nieste mehrmals und putzte sich fluchend die Nase. Clawdia roch auf einmal ein intensives Mandelaroma und bunte Farbschlieren tauchten vor ihren Augen auf.

»Halluzinogen«, fluchte Josefine und warf Niklas einen vorwurfsvollen Blick zu. »Das hast du mit Absicht gemacht!«

»Keine Ahnung, wovon Eure Hoheit sprechen«, entgegnete der Mann grinsend und atmete tief.

Die Gruppe folgte langsam dem Gang, während das Rauschen von Wasser stetig lauter wurde. Die Zeit ließ sich unmöglich schätzen und Clawdia fühlte sich wie in einem Traum. Es dauerte einen Atemzug oder eine Stunde, bis die Wände plötzlich zurückwichen und den Blick in die größte Höhle freigaben, die Clawdia jemals gesehen hatte. Sie sperrte den Mund auf und legte den Kopf in den Nacken. Das komplette Dorf ihrer Jugend hätte problemlos Platz darin gefunden. Dutzende Meter über ihren Köpfen fielen lange Speere aus Sonnenlicht durch große Löcher in der Felsendecke. Hohe Bäume ragten um sie herum auf und streckten ihre Blätter dem Licht entgegen. Der Boden federte weich unter einer dicken Schicht alter Blätter. Zur Linken fiel ein schmaler Wasserfall in langen Kaskaden an der Wand herab und verschwand in einem breiten Spalt, der die Höhle auf ganzer Breite durchquerte. Eine Holzbrücke führte nicht weit entfernt über den dunklen Abgrund.

Die Pflanzenstränge führten gerade auf den Rand des Spaltes zu und verschwanden darin.

»Natürlich«, kommentierte Josefine wie zu sich selbst, »strukturelle Verschiebung im Fundament erzeugen Lücken und jeder neue Spalt lädt ungebetene Gäste ein.«

Clawdia musterte den Wasserfall und den breiten Riss im Boden.

In tiefer Vergangenheit schien ein schweres Erdbeben den Spalt geformt zu haben. Felsbrocken, groß wie Kutschen, lagen verstreut zwischen den Bäumen, nun ebenfalls von Moos bewachsen. Auf einem kleineren Brocken, der mitten im Sonnenlicht lag, den Blick auf die Holzbrücke gerichtet und vollkommen bewegungslos, saß Ana.

»Наконéц-то«, begrüßte sie die Gruppe, ohne sich nach ihnen umzusehen.

»Wie …?«, begann Clawdia.

»Vergiss es«, unterbrach Josefine. »Niemand weiß, wie sie das macht.«

Niklas trat an die alte Frau heran und hielt ihr eindringlich die krumme Zigarette vor das Gesicht.

»Hast du Feuer?«, fragte er.

»Обóлтус«, erklärte Ana lächelnd und fischte ein altes Benzinfeuerzeug aus ihrer Wolljacke.

»Das bedeutet …«, begann Josefine.

»Ich weiß«, erklärte Niklas.

Clawdia und Josefine traten an die Brücke heran und musterten zweifelnd die Konstruktion.

»Das Ding«, kommentierte Clawdia, »muss seit Hunderten von Jahren hier stehen.«

Die Katze nickte. »Macht keinen besonders vertrauenserweckenden Eindruck. Die schweren Holzbalken der Unterkonstruktion zerfallen bereits an den Rändern. Ich rieche den Moder bis hier.«

Die Bretter, über welche man laufen sollte, sahen nicht besser aus. Viele zeigten Löcher und Risse oder fehlten an einigen Stellen ganz. Josefine zögerte nicht, sondern schlich langsam und vorsichtig von Brett zu Brett, roch an jeder Stelle, bevor sie eine Pfote daraufsetzte, und wies die Gefährten an, ihr zu folgen.

Ana lachte nur und blieb entspannt auf ihrem Felsen in der Sonne sitzen. Die alte Frau hatte sich eine Zigarette angezündet und beobachtete grinsend die Gruppe.

Josefine hatte gerade eine Pfote auf den festen Boden der anderen Seite gesetzt, als sie plötzlich innehielt und den Kopf hob.

Der schwache Verwesungsgeruch, welchen sie die ganze Zeit über am Rande ihrer Wahrnehmung gespürt hatte, wehte ihr nun stark und absolut unmissverständlich in die Nase. Josefine sah mit schnellen Kopfbewegungen an der Felswand der gegenüberliegenden Höhlenseite entlang.

Clawdia öffnete gerade den Mund, als der Schatten lautlos von einem Vorsprung der Felswand fiel, auf dem er gewartet hatte. Ein Heulen erscholl laut, wild und bösartig, welches wie kaltes Wasser an Clawdias Wirbelsäule hinabfloss und ihre Beine lähmte. Unfähig sich zu bewegen, starrte sie in die formlose Dunkelheit, die wie eine Wolke aus Tinte über den Boden spülte und nun auf sie zu beschleunigte. Niklas, der mit ausgebreiteten Armen, die Zigarette im Mundwinkel, auf der Brücke balancierte, wirbelte herum und rannte bereits, kaum dass das Heulen erklungen war. Josefine schoss wie ein weißer Blitz an Clawdia vorbei. Sie hörte noch, wie die Katze »Renn!« rief, doch ihre Beine verweigerten ihr den Dienst.

Mit gewaltigen Sätzen näherte sich der Schatten der Brücke und sprang dabei in großen Bögen um die Inseln aus Licht herum, welche die Sonne durch die Höhlendecke auf den Boden warf. Clawdia blickte starr und mit aufgerissenen Augen in das Schwarze. Der Verwesungsgestank wurde so stark, dass er ihre Sinne überwältigte und sie würgend die Luft anhielt. Eine Vision voll Reihen spitzer Zähne füllte ihr Blickfeld, während der Schatten zu einem letzten Sprung ansetzte und direkt auf sie zuschoss.

Der Knall eines Schusses zerriss wie ein Donnerschlag die Höhle und wurde tausendfach zwischen den Wänden umhergeworfen. Clawdias Gehör setzte aus, die tanzenden Echos drangen nur noch gedämpft in ihren Kopf und wurden durch einen hellen Pfeifton überlagert. In gelähmtem Entsetzen sah sie, wie der Schatten mitten im Sprung in der Luft herumgerissen wurde. Die dunkle Wolke zerfiel und zottiges schwarzes Fell wurde sichtbar. Ein aufgerissenes Maul an einem gedrungenen Körper, groß wie ein Ochse. Für den Bruchteil einer Sekunde trafen sich ihre Augen und Clawdia sah eine rote Glut, in denen alle Feuer der Hölle brannten.

Mit einem Schlag kehrte die Zeit zurück und der Körper des Monsters schlug hart auf der Brücke auf, wo die Holzbalken unter ihm nachgaben, als bestünden sie aus Papier. Clawdia spürte, wie der Boden unter ihr wegbrach. Sie kippte hinten über und verfolgte entsetzt, wie sich das Tageslicht schnell von ihr entfernte. Das Letzte, was sie erblickte, war ein winziger weißer Punkt, der sich vom Rand der zerstörten Brücke löste und ihr in den Abgrund folgte.

08 | Abgrund

Clawdia riss die Augen auf und schrie, als ihr etwas mit spitzen Zähnen unsanft in die Nase biss. Sofort schlug sie um sich, stellte jedoch entsetzt fest, dass sie sich kaum bewegen konnte. Jemand hatte sie mit Stricken gebunden. Starke Seile zogen ihre Arme und Beine auseinander und hielten sie frei in der Luft hängend fest. In wilder Panik zerrte sie an ihren Fesseln, als Josefines Stimme dicht vor ihrem Gesicht rief: »Hey, hey, hey, vorsichtig! Jetzt zappel doch nicht so. Ich will nicht, dass du dir auf den letzten Metern noch den Hals brichst.«

Clawdia hielt überrascht inne und blinzelte. Jetzt erst realisierte sie, dass die Katze auf ihrer Brust stand. Der kleine Kopf schwebte so dicht vor ihr, dass sie die Schnurrhaare auf ihrem Gesicht spürte. Clawdia starrte sprachlos in die grünen Augen.

»Entschuldige bitte das unhöfliche Wecken«, erklärte die Katze, »aber ich bekam dich partout nicht zu Bewusstsein und jetzt ist nicht die Zeit für ein Nickerchen.«

»Ich kann mich nicht bewegen!«, schrie Clawdia, die das Gefühl hatte, dass dieser Punkt stärkere Beachtung verdiente. »Hast du mich gefesselt?«

Die Katze legte den Kopf schief und musterte die junge Frau.

»Ich gebe dir noch einen Moment, während wir beide darauf warten, dass sich dein Hirn einschaltet. Derweil würde ich dir empfehlen, nicht nach unten zu sehen.«

Augenblicklich bäumte sich Clawdia wild in den Seilen auf, wandte den Kopf, um nach unten zu sehen und schrie laut auf. Teils wegen des Anblicks und teils wegen Josefine, die ihre Krallen benutzte, um sich fluchend an der jungen Frau festzuhalten.

Weite Teile des Bodens lagen im Schatten, doch es fiel genug Licht herab, um die zerklüfteten, schroffen und vor allem sehr spitzen Felsen zu erkennen, die etwa zehn Meter unter ihr den Grund bedeckten. Clawdia hielt augenblicklich still, als sie ihre Lage verstand, und jetzt sah sie auch die Ranken und Lianen, welche die Felswände zu beiden Seiten bedeckten. Vier von ihnen hatten ihren Sturz aufgefangen und hielten sie sicher in der Luft, wie eine Marionette an langen Pflanzenseilen.

»Die gute Nachricht ist«, erklärte Josefine, »du bist noch am Leben.«

»Und die Schlechte?«, fragte Clawdia.

»Nur ich habe Flügel.«

Die junge Frau schaukelte eine Weile in ihren Seilen, während sie versuchte, sich zu beruhigen und nachzudenken. Dabei sah sie immer wieder aufmerksam am dichten Blätterbewuchs der Felswände entlang, als würde sie etwas suchen. Schließich rief sie: »Entschuldigung, könnte mich bitte jemand zu Boden lassen? Vorsichtig? Hallo?«

Sie wartete mit angehaltenem Atem in der folgenden Stille, doch nichts passierte.

»Ich glaube nicht …«, begann die Katze, als Clawdia laut rief: »Da!«

Aus dem Schatten der Felswand über ihnen hatte sich eine Liane von der Wand gelöst und bewegte sich wie eine Schlange windend durch die Luft auf sie zu. An ihrem Ende wuchs eine einzelne große, purpurne Blüte, die sich langsam zu ihnen hinabsenkte. Erst als das seltsame Gewächs auf Höhe ihres Kopfes angekommen war, erkannte Clawdia, dass die Blüte nicht leer war, sondern einen Passagier beförderte.

Inmitten der weichen Blütenblätter saß eine grüne Maus auf den Hinterbeinen. Der kleine Nager hatte die Arme verschränkt.

»Oh, du bist es!«, rief Clawdia erfreut.

Josefine starrte mit offenem Mund.

Die Maus rührte sich nicht und schien auf etwas zu warten.

»Vielen Dank für die Rettung«, erklärte die junge Frau höflich.

Die Maus piepte und senkte würdevoll den Kopf.

Sofort kam Bewegung in die Pflanzenseile und Clawdia sank langsam dem Grund entgegen, wo sie überraschend vorsichtig am Boden abgesetzt wurde. Kaum hatte ihr Hinterteil den Untergrund berührt, gaben die Lianen ihre Arme und Beine frei und zogen sich wieder in die Schatten der dicht bewachsenen Felswände zurück. Die Maus neigte noch einmal den Kopf, hob huldvoll einen kleinen Arm zum Abschied und wurde auf ihrer Blüte, wie auf einem Thron sitzend, hinauf dem Licht entgegengetragen, während auf allen Seiten die dämmrig verhüllten Blätter der dicht wachsenden Ranken Beifall raschelten.

Josefine sah der seltsamen Erscheinung noch eine Weile nachdenklich hinterher. »Wenn ich doch nur analysieren könnte«, murmelte sie leise, »was das ist. Es ist kein Energiewesen, also nichts von den Astralebenen, dazu macht es zu viel Sinn, außerdem bleiben meine Scans unauffällig. Davon abgesehen sind diese Wesen niemals bescheiden im Auftritt. Höllenebene scheidet aus, denn wir leben noch und Geister ebenfalls, denn die hätten versucht, Besitz von unserem Anker zu ergreifen, kaum dass sie ohnmächtig wurde.«

»Ich glaube nicht«, erklang Clawdias Stimme einige Meter entfernt, »dass wir uns deswegen Sorgen machen müssen. Die Maus ist definitiv auf unserer Seite.«

Die junge Frau hatte sich auf die Beine gekämpft, ihre Uniform geradegezogen und war einige Schritte weit gelaufen. Hier unten am Grunde des Spaltes ragten die Felswände steil auf. Sie standen sehr dicht beieinander und ließen nur wenige Meter geröllbedeckten Boden zwischen sich frei. Es fiel nur wenig Licht von oben herab, aber was von der schemenhaften Umgebung zu erkennen war, ließ keinen Zweifel daran, dass jeder Zentimeter um sie herum mit Ranken, Blättern und Lianen bedeckt war. So weit unten zeigten die Blätter sich hell, fast weißlich und mit wenig Grün durchzogen. Die Lianen leuchteten bleich im Dämmerlicht und sahen aus wie lange, dicke Schlangen, die sich fortwährend in langsamer Bewegung befanden.

Josefine trat neben Clawdia, die vor einem riesigen Bündel ineinander verflochtener Pflanzenstränge stand, welches dicht über dem Boden hing und den schmalen Weg blockierte. Noch während sich die Katze vorsichtig näherte, fielen immer mehr Stränge von den Wänden herab, woben sich in das Gemenge und zogen sich mit leisem Knarren fester um das Gebilde. An einigen Stellen zeigten sich Lücken, in denen schwarzes Fell gerade noch sichtbar war. Und immer noch zogen sich die dicken Pflanzenstränge enger um das Bündel.

Josefine sprang mit einem Satz auf Clawdias Schulter und kauerte sich dicht an den Kopf der jungen Frau, den Schwanz um ihre Schultern gelegt. Die Katze sah die junge Frau aufmerksam von der Seite an, in deren Gesicht eine Flut widersprüchlicher Emotionen um die Vorherrschaft kämpfte.

Sie ringt jetzt schon um ihre Erinnerungen, dachte Josefine, *welche sich aber zum Glück noch erfolgreich vor ihr verbergen.*

»Was? … Was? …«, fragte Clawdia schließlich, »Was war das für ein lautes Donnern eben, das dieses … Ding hier gestoppt hat? Mir klingeln jetzt noch die Ohren. Kann das …«, sie verzog leicht das Gesicht, »… eine Art Waffe sein?«

»Das«, erklärte Josefine, »war Anas Revolver. So viel Waffe wie man sein kann, ohne eine Kanone zu werden. Wir glauben nicht, dass das Ding real ist. Ich vermute, es steckt ein Energiewesen dahinter, welches sich als Waffe auf diese Ebene projiziert. Zu unserem Glück hasst es Parasiten scheinbar noch mehr als wir.«

Clawdia sah auf das gefesselte Monster hinab, blinzelte und schluckte schwer.

»Ich denke«, erklärte sie schließlich und wandte dem toten Wesen den Rücken zu, »wir nehmen den anderen Weg.« Entschlossen begann sie, sich einen Weg zwischen den vagen Schemen der spitzen Felsen hindurchzubahnen, blieb jedoch stehen, als sie sich zum dritten Mal schmerzhaft den Fuß gestoßen hatte.

»Ich fürchte, du musst mir helfen. Ich habe leider keine Katzenaugen.«

Gemeinsam folgten die beiden dem Spalt tiefer in die Felsen hinein, während Josefine der jungen Frau leise Anweisungen zuflüsterte und sie dabei mit den Schnurrhaaren am Ohr kitzelte. Schnell verwandelte sich das Zwielicht in völlige Dunkelheit, als der Weg durch das Gestein einen Tunnel bildete, der immer tiefer hinabführte.

»Mach dir keine Sorgen«, erklärte die Katze unbestimmte Zeit später.

»Ich begrüße deinen Optimismus«, erwiderte Clawdia leise. »Woher genau wissen wir eigentlich, dass ich nicht gleich in einer Sackgasse stehe? Allein und verloren in den endlosen Tiefen unter dem Fundament des Hauses?«

»Ganz einfach. Aus drei Gründen«, antwortete Josefine. »Erstens: Die dicken Pflanzenstränge sind immer noch bei uns. Sie laufen oben an der Decke entlang und werden dicker. Ich vermute also, dass sie einen Ursprung haben, den wir erreichen können. Zweitens spüre ich warme Luft, die von vorne kommt, welche einen Geruch nach Gras in sich trägt.«

»Und drittens?«

»Dies hier ist nicht mehr das Haus. Wir sind auf einer anderen Welt. Der Fels fühlt sich falsch an. Das heißt, wir sind im Begriff zu lernen, wo deine Mauspflanze herkommt.«

Tatsächlich dauerte es nicht lange und es wurde hell genug, sodass Clawdia sich wieder allein orientieren konnte. Doch das Licht sah seltsam aus. Sie hatte gehofft, Tageslicht zu sehen, doch der Lichtschein, dem sie entgegengingen, wirkte rötlich.

»Feuer?« fragte Clawdia schließlich.

»Ich fürchte«, murrte die Katze, »so viel Glück haben wir nicht. Sei lieber auf noch mehr transdimensionalen Mumpitz gefasst.«

Wenig später trat Clawdia aus dem Gang und die mit Wasser gesättigte Luft traf sie schwer und heiß, als würde ihr jemand einen dicken Pelz um die Schultern legen und ihr brach augenblicklich der Schweiß aus. Die drückende Schwüle erinnerte sie an die Waschküche im Schloss, an den Tagen, wenn die großen Holzzuber den ganzen Tag hindurch dampften und Wäsche mit großen Paddeln bewegt wurde. *Das Rufen und Lachen der Waschfrauen. Hinter den dicken Holztüren im Keller. Was habe ich dort gemacht? Habe ich gearbeitet?* Clawdia schüttelte den Kopf, die Erinnerung war schon wieder fort. Sie sah blinzelnd auf und fand sich unter einem violetten Himmel wieder, welcher nahe am Horizont in ein tiefes Lila wechselte. So tief und satt, dass es fast schwarz wurde. Eine große rote Sonne hing dicht über dem Horizont und färbte die weißen Wolken an der Unterseite rosa.

»Was ist mit dem Himmel?«, hauchte sie.

Die Katze sprang von ihrer Schuler, ging einige Schritte vor, warf nur einen flüchtigen Blick zum Himmel empor und begann laut und erstaunlich farbenfroh zu fluchen.

»Also wirklich, Eure Hoheit!«, rief Clawdia und spürte, wie sie errötete. »Contenance!«

Die Katze warf ihr einen Blick zu, der Wasser gefrieren lassen könnte.

»Parasitenuniversum«, zischte sie durch die Zähne.

»Entschuldigung?«, fragte Clawdia irritiert.

»Die Atmosphäre«, erklärte Josefine, »ist dicker als auf der Erde, deswegen die andere Farbe des Himmels. Die Sonne ist alt, sehr alt, und kühler als unsere, die wir zu Hause haben. Sie ist aber auch um ein Vielfaches größer, deswegen ist es trotzdem so warm. Aber der Himmel ist leer! Die Dämmerung ist angebrochen und selbst du mit deinen schlechten Augen müsstest schon jetzt den einen oder anderen Stern sehen. Doch da ist nichts!«

Clawdia, die kein Wort davon verstanden hatte, sah sich um.

Es roch intensiv nach süßen und herben Blütennoten. So stark und überwältigend, dass die junge Frau zunächst nicht wusste, ob sie tief einatmen oder doch lieber würgen sollte. Um sie herum standen niedrige Bäume, nur wenige Meter hoch, die eher wie große Büsche aussahen. Die Blätter, groß wie Sonnenschirme, zeigten ein tiefes Blau mit einem Stich ins Rötliche. Clawdia wischte sich mit einem Ärmel den Schweiß von der Stirn und knöpfte sich die Uniformjacke auf. Die Umgebung wirkte fremd, strahlte jedoch definitiv etwas Friedliches und Paradiesisches aus, auch wenn es gespenstisch still blieb. Kein Insekt oder Vogel war zu hören und kein Lufthauch bewegte sich zwischen den Bäumen.

»Ich sehe keine Parasiten«, erklärte die junge Frau vorsichtig.

»So ist es nicht gemeint«, erwiderte die Katze. »Dieses ganze Universum ist ein einziger Parasit. Es besteht nur aus dieser einen Welt, die sich um eine einzelne Sonne dreht.

Solche Planeten sind immer tot und giftig. Um überleben zu können, heften sich diese Universen an Gesunde an und stehlen ihnen Leben, Rohstoffe und Energie. Es sind abstoßende, hässliche und teuflische Orte.

Clawdia sah sich um. Abgesehen von der unheimlichen Stille und dem seltsamen Licht hatte sie noch nie einen friedlicheren Ort gesehen.

»Bist du sicher, dass dieser Ort teuflisch ist? Hat nicht eben erst eine Maus unser Leben gerettet?«

Josefine schnaufte. »Warte nur ab. Du wirst schon sehen, was ich meine.«

Sie sah zu den dicken Bündeln aus Pflanzensträngen hinüber, die aus der Höhle kommend einem angedeuteten Pfad zwischen den Bäumen folgten. Auf dieser Seite der Höhle glänzten sie in einem satten Rotton und trugen ein dichtes Kleid aus Blättern mit feinen blauen Stacheln. »Wenigstens kennen wir den Weg.«

Sie folgten dem Pfad, welcher schon nach wenigen Minuten endete und den Blick in ein sanft abfallendes Tal freigab.

»Und da haben wir auch schon unser Ziel«, verkündete Josefine.

Mitten im Tal ragte aus dem Wald ein Turm in den Himmel empor. Zumindest musste es einmal einer gewesen sein, weit zurück in tiefer Vergangenheit. Jetzt zeigte er sich ihnen nur noch als gewaltige Ruine, doch Clawdia schnappte trotzdem nach Luft, denn selbst im fortgeschrittenen Zerfall blieb es das größte Bauwerk, welches sie jemals gesehen hatte.

Die ehemals geschlossene Zylinderform des Turmes zeigte sich am oberen Rand zerklüftet und wandte ihnen nun eine zerbrochene und eingefallene Front entgegen, welche bis zum Boden hin eingestürzt war und durch die man in das Innere sehen konnte. Der Ursprung des Bauwerks verlor sich in der Zeit, seine Funktion ließ sich nicht mehr erraten. Das

Konstrukt einer anderen Epoche, lange vergessen im Strom der Zeit.

Ob er einst gemauert, gegossen oder aus einem riesigen Baum gewachsen war, ließ sich nicht mehr erkennen, denn jeder Zentimeter der Oberfläche wurde vom dichten Blätterwerk der Ranken überzogen. In regelmäßigen Abständen zeigten sich geschlossene Blüten in Blau und Purpur, welche sehr groß sein mussten, wenn sie aus dieser Entfernung so deutlich zu sehen waren. Hunderte von ihnen bedeckten die Innenseite des Turmes.

Während sie sich dem Bauwerk näherten, legte Clawdia den Kopf immer weiter in den Nacken und sperrte den Mund auf, überwältigt von der schieren Größe der Eindrücke, denen sie heute ausgesetzt wurde. Erst die gewaltige Höhle, nun dieser Blumenturm.

Bäume wuchsen auf Vorsprüngen im Innern, möglicherweise die Reste ehemaliger Etagen. Sie klammerten sich mit vielfingrigen Wurzelhänden fest und beugten sich weit nach innen, um ihre Blätter dem Licht entgegenzuhalten. Lianen hingen Dutzende Meter herab, dicht besetzt mit kleinen rosafarbenen Blumen, sodass es aussah, als stürzten Wasserfälle aus Blüten von den inneren Wänden des Turms herab.

Clawdia war völlig hingerissen von dem Anblick.

»Siehst du die riesigen Blüten? Die müssen mehrere Meter hoch sein. Warum sie wohl geschlossen sind? Vielleicht blühen sie nur nachts? Ist das nicht fantastisch?«

»Ganz nett«, antwortete Josefine. »Aber dies hier ist und bleibt ein Parasitenuniversum. Es kann sich so hübsch verkleiden, wie es will. Am Ende steht immer das Grauen. Ich garantiere dir, es wird nicht lange dauern und du wirst wissen, was ich meine.«

Clawdia hörte kaum zu, denn nun trat sie über die Grenze der Ruine in das Innere. In der Mitte des runden Platzes, dicht über dem Boden, wuchs die größte Blüte, die Clawdia jemals gesehen hatte. Groß genug, um eine Kutsche darauf zu parken, und strahlte von innen heraus in hellem Weiß. Sie wurde vollständig von kleinen Blütenblättern bedeckt und sah aus wie eine weiche weiße Wolke, die vom Himmel herabgestiegen war und sich kurz am Boden ausruhte.

Ein Windhauch wehte von den Wänden des Turmes herab und trug eine Wolke kleiner rosafarbener Blütenblätter zu ihnen hinab.

Clawdia begann, sich in dem Schauer aus Blütenblättern zu drehen und lachte dabei.

»Das ist das Schönste«, rief sie begeistert, »was ich je gesehen habe!«

»Oh, das ist wundervoll«, erklang die Stimme einer Frau über ihnen. »Es ist das Netteste, was ich in tausend Jahren über meinen Garten gehört habe.«

09 | Königin

Eine lange bewegliche Ranke hatte sich unbemerkt aus dem Blütenvorhang der hinteren Wand des Turmes gelöst und schwebte nun einige Meter über ihnen. An ihrem Ende inmitten von Blütenblättern und mit elegant übereinander geschlagenen Beinen saß eine Frau. Sie breitete ihre Arme aus und sank langsam zu ihnen hinunter, während sie mit einem strahlenden Lächeln auf Clawdia hinabsah. Ihre Haut leuchtete in einem tiefen Grün, welches je nach Lichteinfall ins Blaue überging. Ihr kurzes Kleid bestand vollständig aus den gleichen rosafarbenen Blüten, welche die Wände bedeckten. Sie sank tief genug, um der jungen Frau direkt ins Gesicht sehen zu können und faltete dazu die langen Beine unter sich, sodass ihre Knie fast den Boden berührten. Clawdia war erleichtert, dass die Frau keine Anstalten machte, von ihrer Ranke abzusteigen.

Sie würde mich mindestens um drei Köpfe überragen.

Die Haare fielen ihr in langen Locken über die Schultern und schimmerten in einem tiefen Rotton. Winzige Blüten zeigten sich darin.

Ob all diese Blüten nur Schmuck sind? Oder wachsen sie etwa auf ihr und sind Teil ihres Körpers?

Sie blinzelte nervös und wusste nicht so recht, wohin sie schauen sollte, zumal ihr Blick immer wieder magisch von den Beinen der Unbekannten angezogen wurde.

Wie kann irgendjemand auf so langen Beinen überhaupt stehen, ohne umzufallen?

Sie rief sich zur Ordnung, gab sich Mühe, nicht zu starren, und suchte stattdessen Augenkontakt. Sie hob den Blick, um der Frau ins Gesicht zu sehen, doch fand sie nur deren Augen. Diese strahlten in tiefem Gold und Clawdia hatte das schwindelerregende Gefühl, vorwärts in diese Augen hineinzufallen. Eine Idee, welche sie augenblicklich mit wilder Begeisterung erfüllte.

»Kannst du nicht sprechen, armes Menschenkind?«, erklang eine Stimme aus weiter Ferne.

»Hm?«, machte Clawdia versonnen und realisierte, dass jemand das Wort an sie gerichtet hatte.

Die Frau lächelte. »Ich fragte dich nach deinem Namen, kleine Frau.«

»Namen?«, echote Clawdia lahm und versuchte, sich zu erinnern, wie man aufhörte, jemandem in die Augen zu sehen. Die unendlich tiefen Brunnen voll mit warmem Licht füllten ihren Kopf vollständig.

»Ihr Name«, erklang die kühle Stimme der Katze neben ihr, »ist Clawdia.« Josefine hatte sich hingesetzt und ignorierte die Blütenfrau mit übertriebenem Desinteresse. Nur der leicht hin und her zuckende Schwanz verriet ihre innere Anspannung.

Die Frau sah auf Josefine herab, als wäre eine sprechende Katze die selbstverständlichste Angelegenheit. Den Blick wieder auf die junge Frau richtend, wiederholte sie sanft hauchend den Namen, wobei sie beim Mittellaut leicht die Oberlippe hob, was Clawdia veranlasste, zu überlegen, ob ein Herz tatsächlich schmelzen konnte, oder ob es sich nur so anfühlte.

Die Katze ließ seufzend den Kopf sinken und murmelte: »Gütiges Licht, warum ich?«

Die Blütenfrau, davon vollkommen unbeeindruckt, wandte sich nun an die Katze: »Und du kleines Wesen, das aussieht wie eine Katze? Hast du auch einem Namen, der zu deiner Täuschung passt?«

Josefine erstarrte für eine Sekunde, fing sich jedoch sofort wieder, als sie mit einem kurzen Seitenblick realisierte, dass

Clawdia nicht in der Verfassung war, dem Gespräch zu folgen, und ignorierte die Frage.

Die junge Frau, vollständig verwirrt und fortwährend auf der Suche nach einem Körperteil, den sie nicht anstarren wollte, hatte den Blick gesenkt und betrachtete stattdessen den weichen Blütenteppich am Körper, den Beinen und im Schoß der Frau und fragte sich, ob sie wirklich ein Kleid sah oder ob die Blumen tatsächlich dort wuchsen. Aufsehend begegnete sie den Augen der Blütenfrau, welche sie betrachtete, als ob sie ihre Gedanken gehört hatte und noch einige versteckte mehr. Clawdia hatte einmal Dienstmägde schwatzen hören, dass eine angemessene Reaktion einer Dame auf die Anwesenheit eines überwältigenden Mannes die kunstvolle Ohnmacht sei, woraufhin Clawdia auf der Stelle beschlossen hatte, eher zu sterben. In diesem Moment jedoch erwog sie ernsthaft, einfach umzufallen, vorzugsweise auf diesen Schoß voller Blüten. Ihr Geist wanderte von da unaufgefordert zu der Frage nach Blütendüften, woraufhin sie heftig errötete und laut aufschrie, als ein stechender Schmerz durch ihre Wade schoss.

Der Schreck ließ sie fast stürzen und sie hüpfte fluchend auf einem Bein herum, bevor sie vorwurfsvoll auf die Katze hinabsah. Josefine, welche wie beiläufig ihre Krallen wieder einfuhr, musterte die junge Frau kühl und forderte: »Jetzt reiß dich mal zusammen, Clawdia!«

Diese errötete noch stärker und rieb sich verlegen die Wade.

Josefine sah zu der Blumenfrau auf und erklärte kühl: »Dürfte ich Euch vielleicht höflichst bitten, die Pheromon-Abgabe Eurer Blüten zurückzudrehen? Mir persönlich macht es nichts aus, aber meine äußerst *junge* Begleitung hat noch nicht viel Erfahrung mit dieser Art Übergriffen. Und wo wir gerade dabei sind, die Nummer mit der Hypnose ist auch nicht wirklich notwendig.«

Die Angesprochene ließ ein glockenhelles Lachen hören, bei welchem Clawdia fast applaudiert hätte.

»Ich genieße die wissenschaftliche Präzision deiner Rasse schon seit vielen Jahrhunderten, kleine Katze.«

Josefine schwieg dazu und funkelte die schwebende Frau finster an.

Clawdia blinzelte und realisierte, dass sie sich tatsächlich wie eine dumme Dienstmagd vor einem adeligen Herrn benahm. Sie richtete sich auf und griff angesichts ihres vollkommen leeren Kopfes in wilder Panik nach einer Frage, welche dankbarerweise mitten in ihrem Geist hing.

»Und …«, krächzte sie, »und wie heißt Ihr?«

Der Gesichtsausdruck der Frau änderte sich und bekam etwas Warmes, fast Wehmütiges.

»Vielen Dank, junger Mensch Clawdia, dass du glaubst, ich hätte einen Namen.« Sie berührte mit den Fingerspitzen leicht die Wange der jungen Frau, was dieser einen warmen Schauer den Rücken hinabsandte. Die Blütenfrau schenkte ihr einen Augenaufschlag, der diese fast hätte aufseufzen lassen.

»Es suggeriert für einen Moment, dass ich nicht vollkommen allein im Universum bin.«

»Aber du braucht doch einen Namen!«, plapperte Clawdia aufs Neue in den Augen ihres Gegenübers versinkend. »Jeder braucht einen Namen!«

»Ich hatte gebeten«, kam Josefines Stimme von unten, diesmal mit einem leisen, aber drohenden Unterton, »die Hypnose zu unterlassen.«

Das Lächeln der Blütenfrau erstarb und sie blickte kalt auf die Katze hinab.

Clawdia blinzelte und drehte sich zu Josefine.

»Was …?«, begann sie und versuchte, irgendwo im Pudding ihres Geistes den Anschluss an das Gespräch zu finden.

»Sie will«, erklärte die Katze, »dass du ihr einen Namen gibst. Ich kann es nicht verbieten, ich würde jedoch davon abraten. Namen sind gefährlich. Sie geben Leben und sie gewähren Macht.«

»Ich würde mich auch«, erklärte die Blütenfrau bescheiden, »mit einem Namen zufriedengeben, den niemand mehr braucht.« Sie wandte sich an Clawdia. »Kennst du jemanden, der seinen Namen nicht mehr braucht?«

Clawdia, die unvermittelt einen stechenden Schmerz im Magen spürte, hörte sich langsam antworten: »Ich hatte einmal eine Schwester, aber sie wurde krank und … und starb.« Sie kniff die Augen zusammen. »Glaube ich. Sie hieß …« Clawdia rieb sich die Augen und versuchte, sich zu konzentrieren. »Sie hieß … Valerie.«

»Valerie«, hauchte die Blütenfrau und ließ für den ersten Laut die Unterlippe sanft über die oberen Zähne gleiten. Ein warmer Blütenduft wehte Clawdia ins Gesicht, welche ihren Blick nicht von den Lippen nehmen konnte.

»Möchtest du mich Valerie nennen?«

Clawdia schluckte und nickte stumm.

»Valerie«, wiederholte die Blumenfrau und ein plötzlicher Wind fuhr den Turm hinab und ließ die Blätter rauschen.

»Valerie«, rief sie lauter und betonte die letzte Silbe. »Aus einer sehr alten, vergessenen Sprache. Es bedeutet: die Starke, die Gesunde.« Sie lächelte strahlend. »Ja, das bin ich! Valerie!« Sie schoss hoch in die Luft, wo sie sich mit ausgebreiteten Armen drehte, während Clawdia ihr mit den Augen folgte und glücklich dabei lachte.

»Ich halt's nicht aus«, murmelte die Katze und schloss die Augen.

Als hätte sie es gehört, sank die Frau mit dem neuen Namen wieder zu ihnen hinab und fixierte Josefine.

»Ich habe *Euren* Namen noch nicht gehört, kleine Katze.«

»Ich habe ihn auch nicht genannt, Blütenfrau.«

»Mein Name ist *Valerie.*«

»Danke, das habe ich mitbekommen. Es war ja nicht zu überhören.«

»Das«, erklärte Clawdia, die unbedingt hilfreich sein wollte, »ist ihre Hoheit Josefine die Erste. Sie ist eine Prinzessin.«

»Tatsächlich?«, konsternierte die Frau leicht spöttisch. »Wie aufregend. Na, dann bin ich auch eine Königin. Eine Königin der Blumen. Valerie die Erste!«

»Das ist wundervoll«, erklärte Josefine mit einer Stimme, an welcher Eiszapfen hingen. »Doch so sehr ich dieses charmante Miteinander auch genieße, können wir vielleicht dennoch zu dem Punkt kommen, wo sich Euer teuflischer Plan zeigt und wir diesen Ort dichtmachen? Ich will nicht drängen, aber wir haben eigentlich ein Universum zu retten.«

Die Blumenfrau lachte erneut und schenkte der Katze ein warmes Lächeln.

»Ihr macht Eurer Spezies Ehre, Madame.«

Die Katze überging dies und fuhr fort: »Das hier ist, so weiß das Licht, nicht mein erstes Parasitenuniversum und ihr seid auch nicht die Erste, die versucht, mich mit billigen Zirkus-Tricks einzuwickeln. Aber ich muss euch zugestehen, es war ein überaus mutiger und verwegener Plan.«

»Plan?«, flüsterte Clawdia abwesend, die ihre Augen noch immer nicht von der schwebenden Frau nehmen konnte.

»Natürlich ein Plan«, entgegnete Josefine. »Von langer Hand sorgfältig vorbereitet und in Szene gesetzt. Ich muss sagen, es hat etwas Geniales. Ein winziges lebendes Wesen in das Haus einzuschleusen und dort eine Blume pflanzen zu lassen, welche die gleiche Astralsignatur hat wie die Hormone sprühende Herrin dieser Welt hier. Das hat es ihr ermöglicht, rückwärts durch die Ebenen den Weg in das Fundament und die Korridore des Hauses zu finden und dort mit weiteren Pflanzen einen permanenten Zugang zu erzwingen, weil sich das Haus in Gegenwart von Leben nicht verändert. Was für ein teuflischer Plan, welchem wir hier ein Ende setzen werden.«

»Teuflisch?«, fragte Clawdia irritiert.

»Natürlich teuflisch. Es ist mir völlig egal, wie rosa die Wolken sind, dies ist ein Parasitenuniversum und früher oder später wirst du wissen, was ich meine. Es wird der Punkt kommen, da sich die Wahrheit zeigt, glaube mir. Niemand kennt Parasiten besser als ich.«

»Was für ein wahres Wort Ihr da sprecht, Eure Hoheit«, warf die Frau mit dem Namen Valerie ein und Spott tropfte aus jeder Silbe.

»Der Punkt ist«, fuhr Josefine kühl fort, »dass es nur einen Grund gibt, warum ich Ana noch nicht mit ihrem Flammenwerfer geschickt habe, und das ist Eure Hilfestellung beim Kampf gegen das verfluchte Monster.«

»Große Worte für eine kleine Mieze, die ohne mein Eingreifen fast im Bauch eines Schattenjägers gelandet wäre.«

»Oh«, rief Clawdia erfreut. »Dann habt Ihr die süße Maus geschickt?«

Die Frau lachte. »Das ist Balthasar. Er vertritt meine Interessen, wenn ich durch andere Verpflichtungen … gebunden bin.« Sie sah schmunzelnd auf den Pflanzenstiel hinab, auf dem sie saß.

»Wie dem auch sei«, fuhr Josefine fort, »dieser Unsinn endet jetzt. Wir sind auf dem Weg zu einer Mission und wir haben wahrhaftig keine Zeit, uns weiter auf einer Geisterebene zu verstecken und das Haus nach Unkraut zu durchsuchen.«

»Unkraut!«, schrie die Frau, sprang mit einem Satz auf die Füße und baute sich breitbeinig vor der Katze auf.

Clawdia sah an der imposanten Frauengestalt hinauf, die weit über zwei Meter groß sein musste. Ihre lange rote

Haarmähne umflammte sie wie die Corona einer Sonne, und die kleine Katze wirkte vor ihr wie ein winziges Schneeglöckchen unter einem brennenden Baum, der sich gefährlich über sie lehnte.

Josefine ignorierte den Ausbruch und leckte sich betont langsam eine Pfote.

»Ich«, erklärte die Frau mit kalter Stimme und funkelnden Augen, »habe Tausende von Jahren lang hart an diesem Garten gearbeitet!« Sie beugte sich tiefer zu der Katze hinunter und flüsterte: »Ich kenne dich, kleine Mieze, und weiß genau, wie du in das Haus gekommen bist. Ich würde dir den dringenden Rat geben, keine so großen Töne zu spucken.«

Clawdias Blick war indes immer wieder an den absurd langen Beinen entlanggewandert, als sie plötzlich stutzte. Sie blinzelte mehrmals und ihr Mund klappte auf, während sie der Frau unverwandt auf den Schoß starrte.

»Ich dachte«, hauchte sie entsetzt, »sie sitzt auf einer Art Blüte.« Sie zeigte entgeistert mit einem zitternden Finger.

»Der … der Stiel geht in ihr, … ich meine, … zwischen, also …, ähm.«

»Ich weiß«, erklärte die Katze, ohne aufzusehen, und putzte sich weiter. »Was dachtest du denn, was mit *Parasiten* gemeint ist?«

Clawdia schauderte und konnte dennoch nicht wegsehen.

Josefine sah zu der Frau empor.

»Du wirst das Haus jetzt umgehend verlassen.«

»Und wenn ich das nicht tue?«

»Dann wirst du Ana kennenlernen, und wenn dir das keine Angst macht, dann kann dir niemand mehr helfen.«

»Ana wird mich willkommen heißen, kleines Kätzchen, denn ich«, und sie genoss die nächsten Worte sichtlich, »bin euer verehrter Gast.«

Die Katze erstarrte. Sie sah der Frau tief in die goldenen Augen und erkannte dort nichts als Wahrheit. Sehr langsam drehte sie den Kopf zu Clawdia und fragte: »Was – hast – du – getan?«

Clawdia wich einen Schritt zurück und hob abwehrend die Hände.

»Ich habe überhaupt nichts gemacht, ich bin doch selbst gerade erst angekommen.«

»Balthasar«, warf die Frau ein, »war sehr glücklich, dass du ihn gefüttert hast. Fast tausend Jahre lang hat niemand uns freiwillig Nahrung gegeben.«

»Du – hast – was?«, schrie die Katze. »Da hast einen Parasiten gefüttert? Bist du vollkommen übergeschnappt?«

Die Blütenfrau ließ wieder ihr glockenhelles Lachen erschallen und ließ sich nach hinten sinken, bis sie wieder auf ihrem Pflanzenstiel saß. Dort schlug sie die Beine übereinander, faltete die Hände und blickte grinsend von Clawdia zu Josefine.

Was für wunderschöne Zähne, dachte Clawdia flüchtig, während Josefine mit gesträubtem Fell vor ihr stand und sie mit sich überschlagender Stimme anschrie.

»Jetzt werden wir sie nie wieder los! Wir können genauso gut einen Briefkasten für sie aufhängen! Hast du irgendeine Vorstellung, was du angerichtet hast! Wir versuchen, das Universum vor der ewigen Nacht zu retten und du schleppst uns dieses drogengetränkte Hexengemüse ins Haus! Reicht denn billiger Blütenduft wirklich schon aus, dich vollkommen zu betäuben? Hör auf mit deinem Schoß zu denken und schalt dein verdammtes Hirn an, dummes Kind! Wie glaubst du, kann sie mit einem einzigen korrupten menschlichen Geist ein ganzes Universum stabil halten? Nicht nur der Garten hier, der ganze verdammte Planet ist real! Und sie soll der einzige menschliche Geist hier sein? Niemals!«

Josefine wirbelte herum und fauchte die Blütenfrau an, die gelassen auf sie herabsah.

»Mir reicht das jetzt!«, rief die Katze. »Genug mit den Spielchen. Zeig es ihr, Parasit! Du kannst keine Welt überfallen, ohne dich zu zeigen. Menschen müssen dich einladen und du bist dafür verpflichtet, dein wahres Gesicht zu offenbaren. Zeig es ihr, jetzt! Du kennst die Regeln!«

Für einen langen Moment reagierte die Blütenfrau überhaupt nicht, sondern sah Clawdia weiter nachdenklich an. Dann hob sie sehr langsam eine Hand und schnippte mit den Fingern.

Ein Zittern lief durch alle Blätter des Turmes, und als würde eine Welle über das Bauwerk laufen, öffneten sich alle Blüten an der Rückwand. Von unten nach oben, in perfekter Harmonie, falteten sich die großen Blütenblätter auseinander und gaben den Inhalt frei, den sie beschützt hatten.

Clawdia lachte begeistert, doch als ihr Verstand verarbeitete, was sie tatsächlich sah, gefror ihr das Lächeln auf den Lippen. Umrisse wurden sichtbar. Formen, die nichts mit Blumen zu tun hatten oder haben sollten. Sie wich zurück und hob die Hände vor den Mund.

»Gütiges Licht!«

Es waren Menschen. In jeder einzelnen Blüte saß ein Mensch mit angezogenen Beinen, die Arme um die Knie gefaltet und den Kopf aufgelegt. Einzelheiten ließen sich nicht erkennen, da jede einzelne Gestalt vollständig von Ranken und Wurzeln überzogen wurde, doch es waren unverkennbar Menschen.

»Ah«, hörte sie Josefines Stimme an ihrer Seite. Sie klang erleichtert. »Das ergibt wenigstens Sinn. Ich wette, wir haben es hier mit einem Kollektivbewusstsein zu tun. Die kitschige Pollenfee da ist nur das Sprachrohr. Ein planetenweiter pflanzlicher Parasit, der Menschen entführt, sie in sein Netzwerk integriert und so die vielen zusätzlichen Bewusstseine nutzt, um die eigene Realität zu verankern. Clever.« Die Katze nickte befriedigt. »Kein Wunder, dass die Welt so stabil ist. Für einen Moment hatte ich tatsächlich meine Zweifel. Gut gespielt.«

»Nein, nein, nein«, flüsterte Clawdia immer wieder.

Die Blütenfrau sah sie weiterhin stumm an. Für eine Sekunde zeigte sich so etwas wie Trauer auf ihrem Gesicht, doch dann sah sie kalt auf die Katze hinab. »Ich hoffe, ihr seid zufrieden mit Euch, *Eure Hoheit*!« Sie spuckte die letzten beiden Worte fast. »Sie ist viel zu jung. Dieses arme verlorene Kind kann noch nicht einmal Gut von Böse unterscheiden. Wie soll sie auch, wenn Ihr selbst ihre Erinnerungen geraubt habt? Und Ihr haltet Euch für das Gute? Erlaubt mir, diese perverse Ironie besonders wertzuschätzen.« Die Blütenfrau schüttelte angewidert den Kopf. »Das Kind wird versagen und Ihr habt keinen anderen Anker mehr, zumindest keinen, den das Haus nicht gebrochen hat und der auch nur nüchtern genug wäre, nicht über seine eigenen Füße zu fallen. Wie glaubt Ihr soll dieses Häufchen Elend vor den Zeitwächtern bestehen?« Sie lachte abfällig. »Euer Anker müsste erst einmal lernen zu sehen, was tatsächlich da ist. Was real ist und nicht das, was ihre schwächlichen Sinne zeigen oder ihr von einem verlogenen Fellball eingeflüstert wird. Sinne lügen. Das ist ihre Aufgabe, wie Ihr bestätigen können solltet, Eure Hoheit, die Ihr nicht nur sprechen könnt, sondern auch über deutlich bessere Sinne verfügt, als eine Katze sie haben sollte.«

Josefine schwieg und funkelte die Frau an.

Clawdia war indes immer weiter zurückgewichen, ohne die Augen von den gefesselten Menschen zu nehmen. Sie starrte die von Ranken und Wurzeln überwachsenen

Gestalten an. Tränen strömten über ihr Gesicht, während sie immer wieder von den Blüten zu der Frau hin und her sah und dabei rückwärts stolperte. Schließlich schüttelte sie heftig ihren Kopf, schluchzte laut auf, wandte sich ab und rannte den Weg entlang zurück, den sie gekommen waren.

10 | Freiheit

Als Niklas mit einer Kaffeetasse in der Hand in die Küche gewankt kam, traf er dort auf Clawdia, die am großen Tisch saß und rauchte. Der Mann blinzelte irritiert, sagte jedoch nichts. Die junge Frau beachtete ihn nicht, sondern starrte ins Leere, zog immer wieder lange und tief an ihrer Zigarette und stieß den Rauch langsam in einer langen blauen Fahne durch die Nase aus. Niklas ließ sich auf den Stuhl ihr gegenüber fallen, stellte seine Tasse ab und sah kritisch auf seine Zigarettenpackung hinab, welche vor der jungen Frau auf dem Tisch lag.

»Ich wusste nicht«, begann er, »dass du rauchst.«

»Ich auch nicht«, entgegnete Clawdia. »Ich habe es selbst erst bemerkt, als ich bereits angefangen hatte.« Sie sah die Zigarette in ihrer Hand an. »Ist das meine Angewohnheit oder die des Amuletts?«

»Schwer zu sagen«, entgegnete Niklas. »Ich glaube, ich erinnere mich noch vage, aus welcher Zeitlinie diese Marke kommt. Es war eine endlose Wüste unter zwei Sonnen und die Gesellschaft hatte sich in Nomadenstämmen neu organisiert. Weltuntergang und so. Die Städte standen alle auf Rädern. Kein Witz. Gewaltige mobile Bauwerke, die mit Dampfkraft über die Kontinente zogen.« Er riss sich aus seinen Erinnerungen. »Egal. Der Punkt ist, ich bin relativ sicher, dass die Kameldung in den Tabak mischen, … wegen des Aromas.«

Clawdia überging dies und erklärte verträumt: »Ich habe heute die schönste Frau des Universums getroffen. Sie entführt Menschen, sperrt sie in große Blüten ein und fesselt sie mit Wurzeln. Das war mein erster Tag als Anker.«

Niklas zündete sich selbst eine Zigarette an, nahm einen tiefen Zug und erklärte in grünem Rauch verschwindend:

»An meinem ersten Tag im Haus habe ich eine Höhle voller singender Stalaktiten gefunden. Sie machten die schönste Musik, die ich jemals gehört habe. Ich habe mich vollkommen verzaubert dazu gesetzt und gelauscht. Als Ana mich schließlich fand, waren meine Beine von Stein überzogen. Ich hatte zwei Tage lang einer Steinsäule neben mir meine unsterbliche Liebe erklärt. Wäre fast verdurstet.« Er sah verträumt vor sich hin. »Sie hieß Sally. Beste Beziehung, die ich je hatte.«

Clawdia blinzelte und starrte den Mann sprachlos an, bis sie das kalte Grinsen bemerkte, welches sich in Niklas' Bart zeigte. Sie musste lachen.

Ein Klappern von der Arbeitsplatte her ließ sie zusammenzucken. Ana hantierte dort an einem großen Topf und für eine Sekunde war sich Clawdia nicht sicher, ob sie schon die ganze Zeit in der Küche gewesen oder gerade erst erschienen war. Die alte Frau füllte eine Schüssel mit Essen, steckte einen Löffel hinein und kam damit langsam und sich bei jedem Schritt am Tisch abstützend zu ihr hinüber gehumpelt. Clawdia hatte keine Ahnung gehabt, wie hungrig sie eigentlich war, bis die Schüssel voll dampfendem Eintopf plötzlich vor ihr stand. Der Geruch, der von der Speise aufstieg, war so wundervoll, dass sie sich schon den Mund am ersten vollen Löffel verbrannt hatte, bevor sie überhaupt registrierte, dass die alte Frau ihr und Niklas wortlos die glimmenden Zigaretten abgenommen hatte. Ana roch kurz an der Kaffeetasse des Mannes, gab ihm einen Klapps auf den Hinterkopf, warf kurzerhand die Kippen in den Becher und trug ihn davon.

Niklas fluchte leise, griff seine Zigarettenpackung, kam strauchelnd auf die Beine und verließ vor sich hin grummelnd die Küche.

Clawdia verfolgte seinen Aufbruch, während der nächste volle Löffel vor ihr in der Luft verharrte.

»Wenn das Haus«, kommentierte sie irgendwann kauend, »mächtig genug ist, alle denkbaren und undenkbaren Zeiten und Welten bereisen zu können, dann sollte man doch meinen, dass es zur Rettung des Universums jemanden finden kann, der weniger angeschlagen ist und seine Verantwortung vielleicht ein wenig ernster nimmt. Haben die beiden nicht selbst gesagt, dass es um nicht weniger geht, als alle Welten zu retten? Es muss doch in den Weiten des Universums jemanden geben, der nicht in einer Flasche lebt.«

Ana hatte die Tasse in die Spüle gestellt und sah die junge Frau aufmerksam an. Langsam kam sie wieder zum Tisch hinüber gehumpelt, während Clawdia weitersprach. »So wie Josefine, die alles zu wissen scheint, aber als kleine Katze natürlich nicht allzu viel ausrichten kann. Ich frage mich, warum ausgerechnet jemand wie Niklas? Das Haus hätte doch ohne Problem weitersuchen können. Es könnte doch die besten und geeignetsten Menschen aller Welten finden oder? Immerhin hat es alle Zeit der Welt, nicht wahr?« Sie sah fragend zu Ana auf.

»Zeit!«, rief Ana und lachte. Sie schlug ihr freundschaftlich auf die Schulter, was Clawdia fast seitwärts vom Stuhl warf. Dann sah sie ernst auf die junge Frau hinab und betrachtete sie eine Weile nachdenklich, während diese ihren Eintopf löffelte.

Schließlich nahm Ana ihr die Schüssel und den Löffel wieder weg. Clawdia blickte verblüfft auf ihr Essen, doch Ana deutete mit dem Löffel zur Tür und sagte: »Niklas. Wand.«

Clawdia starrte abwechselnd auf die Frau und das Essen.

»Entschuldigung?«

Ana wedelte ungeduldig mit dem Löffel Richtung Tür. »Zimmer. Niklas. Wand«, wiederholte sie.

»Du möchtest«, fragte Clawdia, »dass ich in Niklas Zimmer gehe und die Wand ansehe?«

Ana wandte sich ab und wedelte ungeduldig mit dem Löffel in der Luft umher. Clawdia beschloss, dies als Zustimmung zu werten und seufzte. Im Hinausgehen murmelte sie: »Wichtige Lektion, Clawdia, keine Fragen während des Essens stellen.«

Sie trat durch die Tür und sah sich suchend um. Diesmal musste sie mehrere Treppen nehmen, bevor sie den Gang mit den Zimmern fand. Jetzt jedoch stand keine der Türen offen und alle sahen gleich aus. Sie brauchte dennoch nicht lange, um die Richtige zu finden. Jemand hatte ein Werkzeug an die Türklinke gehängt, in welchem Sie nach einiger Betrachtung etwas zum Öffnen von Wein und Bierflaschen erkannte. Sie drückte die Klinke, doch die Tür rührte sich nicht. Clawdia schaute eine Weile nachdenklich zwischen Tür und Klinke hin und her und zum Schluss den Korridor hinab. Schließlich legte sie die Hand auf die Wand neben der Tür und streichelte sanft die Tapete.

»Komm schon, jetzt zick nicht. Oder möchtest du, dass ich meinen Eintopf nicht wiedersehe? Das wäre gemein oder? Davon abgesehen finde ich es sowieso irgendwann heraus. Meinst du nicht?«

Einige Momente lang herrschte Stille, während Clawdia den Atem anhielt. Das Schloss klickte leise und die Tür schwang auf.

Jemand hatte die Vorhänge im Zimmer geschlossen und der Raum wurde in kaltes, blendendes Licht getaucht, welches aus langen Röhren von der Decke fiel. Clawdia kniff die Augen zusammen und fragte sich, wie viel Gas solch helle Lampen wohl verbrauchten.

Die Einrichtung erschien ihr fremdartig, doch es gab einen großen Tisch mit seltsamen Maschinen und Schränke mit so etwas ähnlichem wie Bücher. Die Wände zeigten zwar einen Grünton, den Clawdia zuletzt auf sehr alten Lebensmitteln gesehen hatte, und der Raum verfügte über ein großes Ledersofa, aber es handelte sich definitiv um ein Studierzimmer. Eine achtlos zusammengeknüllte Decke an einem Ende des Möbels und ein Wald leerer Flaschen am anderen deuteten außerdem darauf hin, dass sie Niklas' Schlafstätte gefunden hatte.

Clawdia trat in die Mitte des Raumes und drehte sich. Sie fand die Wände ebenso hässlich wie unauffällig. Bei näherer Betrachtung jedoch wirkte eine Wand, die hinter dem Sofa, ein wenig dunkler als die anderen.

Sie stutzte und kniff die Augen zusammen. Die Wand sah dunkler aus, weil sie von einem Muster überzogen wurde. Sie trat näher und betrachtete es genauer.

Dann sah sie es.

Die Wand hatte den gleichen Grünton wie die anderen drei auch, doch hier hatte jemand nachträglich ein Muster auf die Farbe gezeichnet. Sie trat noch näher und fuhr mit den Fingern über den Putz. Das Muster bestand aus feinen Strichen, offensichtlich von einem Bleistift gezeichnet. Immer vier Striche und einer, der sie quer miteinander verband. Clawdia sah an der Wand entlang. Jeder freie Zentimeter wurde von Strichen bedeckt.

Ihre Finger glitten sanft über die langen Reihen säuberlich gezogener Linien, als Josefine lautlos durch die offene Tür geschlichen kam.

»Ah«, rief sie, »unsere frisch beförderte Blumenfee. Ich hatte mich schon gefragt, wo du steckst. Hattest du Spaß mit deiner neuen Freundin?« Sie wartete keine Antwort ab, sondern redete sofort weiter. »Ich weiß wirklich nicht, warum ich mir das antue, ich sollte irgendwo auf einer Himmelsebene in der Sonne liegen, stattdessen schlage ich mich mit Ankern herum, die kein Gramm Hirn im Kopf haben und jedes Monster umarmen, das durch die Flure kommt.«

Sie setzte sich und begann sich zu putzen, während sie weiter wetterte. »Von mir aus könnt ihr Blumenkränze flechten, bis die letzte Sonne erlischt, du wirst schon sehen, was du davon hast. Beschwere dich aber nicht bei mir, wenn du eines Morgens aufwachst und deine Beine festgewachsen sind. Wenn ich bloß wüsste, was dieser Tage mit den verdammten Parasiten los ist. Wir haben hier so viel Verkehr, wir könnten genauso gut Drehtüren einbauen.«

Clawdia, die kein Wort davon gehört hatte, drehte den Kopf und sah die Katze entsetzt an.

Josefine hielt den Blick einen Moment, dann seufzte sie, ließ den Kopf hängen und maunzte sehr leise.

»Es ist nicht deine Schuld, kleines Menschenkind. Sie hat mich übertölpelt. Wie eine Anfängerin. Und jetzt kann sie machen, was sie will, und es gibt nichts, was ich dagegen tun kann.«

Clawdia zeigte stumm auf die Wand und fuhr wieder mit dem Zeigefinger an den Strichen entlang.

»Oh«, rief Josefine und blinzelte. »Du hast die Striche entdeckt. Verstehst du jetzt, warum wir versuchen, Niklas gegenüber verständnisvoll zu sein?«

»Was hat er hier gezählt?«

»Nun, meine optimistische Erklärung ist, dass es die Tage sind, die er im Haus verbracht hat, bevor er begonnen hat, meinen Rat anzunehmen. Seitdem habe ich ihn jedenfalls keine Striche mehr hinzufügen sehen.«

»Gibt es noch eine andere Erklärung?«

»Oh ja«, erklärte die Katze. »Niklas ist außerordentlich stur, deswegen könnten es auch die erfolglosen Selbstmorde sein aus der Zeit, als er noch versuchte, das Haus um jeden Preis zu verlassen.«

»Nein«, hauchte Clawdia.

»Wahrscheinlich sind es die Tage.«

Clawdia blickte fassungslos an der Wand entlang.

»Was passiert, wenn er …« Sie sah auf die Striche und dann auf die Katze.

»Was?«, fragte die Katze. »Selbstmord begeht? Nicht viel. Du wachst wieder in deinem Zimmer auf. Das Haus kann Zeitflüsse beliebig manipulieren, wenn es will und es ist noch viel sturer als Niklas, wenn es um die Erfüllung seiner Pflicht geht, für welche es Anker braucht.«

»Das ist ja furchtbar«, flüsterte Clawdia.

»Nur wenn du an Freiheit glaubst.«

»Aber es sind so viele!«, rief Clawdia. »So unglaublich viele. Das macht nicht mal Sinn. Er müsste ja schon ein alter Mann sein!«

Die Katze schüttelte den Kopf.

»So funktioniert es nicht. Das Haus generiert seine eigene Zeit. Deine lineare Erfahrung von Zeit ist zunächst einmal genau das: eine Erfahrung. Es hat nichts mit Realität zu tun. Du hast in deiner eigenen Kindheit garantiert Sommertage gekannt, welche sich ins Endlose gezogen haben, während du später bestimmt stressige Arbeitstage hattest, die nur so vorbeigeflogen sind.«

»Und?«, fragte Clawdia.

»Nun, sagen wir mal, dass Niklas gut darin ist, sich mit Ewigkeiten zu quälen.«

»Warum nur würde man sich so was antun? Das ist so grausam.«

»Nun, als er hier ankam, war er zu niemandes Überraschung im Begriff gewesen, sich das Leben zu nehmen. Nun hat das Haus dafür gesorgt, dass er deines rettet. Ich nenne das *Fortschritt.*«

»Aber all das geschieht doch gegen seinen Willen!«

Josefine zuckte mit den Schultern, keine einfache Geste für eine Katze.

»Die Häuser sichern die Zeitlinien. Ich fürchte, wenn sie das mit Freiwilligen versuchen würden, gäbe es einen epischen Ansturm auf den unteren Himmelsebenen, niemand würde mehr irgendetwas geschafft kriegen, und das Universum wäre verblüffend schnell wieder ohne Leben.«

In diesem Moment bebte das Haus kurz und Clawdia hielt sich erschrocken am Sofa fest.

»Was zur …?«.

»Keine Sorge. Das passiert oft, wenn wir uns dem Ende des Transits nähern. Seltsamerweise aber nur, wenn wir von den oberen Ebenen auf die unteren absinken, nicht umgekehrt. Ich habe nie herausgefunden, warum das so ist.«

»Von den oberen? Das heißt wir sind nicht mehr …«

»Nein, keine Sorge. Wir haben die obere Höllenebene schon lange wieder verlassen. Interessanterweise steigen wir immer erst zu den Himmelsebenen auf, bevor wir auf die Sinnesebenen absinken. Das sind die, auf denen sich alle unsere eigenen Zeitlinien befinden. Ich kann dir auch das nicht erklären. Niklas sagt, dass das Haus von den Höllenebenen so deprimiert wird, dass es immer erst eine Himmelsebene sehen will, bevor es wieder zur Arbeit zurückkehrt. Eine Erklärung, die für ihn erstaunlich perzeptiv ist und ehrlich gesagt genauso gut ist wie jede andere.«

Clawdia sah nervös zum Vorhang hinüber.

»Ich kann ja verstehen, dass die Vorhänge geschlossen sind. Aber warum ist das Licht so hell? Und wo kommt all das Gas dafür her?«

Die Katze lachte leise. »Es sind keine Lampen, es ist Sonnenlicht. Es kommt von irgendeiner Ebene und es lässt sich nicht ausschalten. Es dimmt sich selbst dunkel, aber nur im Abstand von dreißig Stunden. Es muss von irgendeinem seltsamen Planeten kommen. Ich könnte so nicht schlafen, aber Niklas löst Probleme auf seine Weise.« Ihr Blick wanderte kurz zu den leeren Flaschen am Sofa.

Clawdia sah immer wieder zögernd zum Vorhang hinüber.

»Du kannst ruhig schauen gehen«, ermutigte Josefine sie. »Es ist nichts Schlimmes, versprochen.« Sie zögerte. »Nun, jedenfalls nichts Traumatisches.« Sie zögerte wieder und schien zu überlegen, bevor sie den Kopf schüttelte. »Ach, schau einfach. Du bist ja ein großes Mädchen.«

Clawdia zog die Braunen zusammen, trat an die Vorhänge heran und spähte vorsichtig hindurch.

Eine weitläufige Gartenlandschaft unter einem strahlend blauen Himmel zeigte sich unter ihr. Blühende Sommerwiesen erstreckten sich in alle Richtungen. Ein sprudelnder Bach zog weite Schleifen um vereinzelte Baumgruppen und Wolken von bunten Schmetterlingen trieben über eine blühende Landschaft.

Clawdia seufzte leise. »Es ist wunderschön. Aber wieso sehe ich keine Sonne?«

»Die Himmelsebenen haben keine«, erklärte Josefine, die sich wieder putzte. »Das hat was mit der Nähe der Astralebenen zu tun, auf der keine physischen Formen mehr existieren. Scheinbar streut von dort Licht hinab. So genau habe ich es nie verstanden, irgendein Quanten-Unsinn.« Sie hielt inne. »Siehst du Menschen?«

Clawdia nickte versonnen. Eine Gruppe junger Leute kam lachend zwischen den Bäumen hervorgelaufen. Sie jagten einander ausgelassen und liefen offensichtlich glücklich über die Wiese.

»Tragen sie Kleidung?«, fragte die Katze vorsichtig.

Clawdias Augen wurden weit und sie schüttelte den Kopf, wandte jedoch den Blick nicht ab.

»Und was machen sie so?«, fragte die Katze unschuldig.

Die junge Frau starrte noch einen Moment, dann klappte ihr Mund auf. Sie wirbelte auf der Stelle herum und zog die Vorhänge hinter sich zu. Ihr Gesicht leuchtete krebsrot.

»Definitiv eine untere Himmelsebene«, kommentierte Josefine. »Es ist die Letzte der körperlichen Ebenen, danach kommen die Energieebenen des Astralraumes. Der Vorteil ist hier das schöne Wetter. Dort haben wir auch gewartet, während du geschlafen hast. Seltsamerweise finden diese Paradiese hier im Haus kaum Anklang.«

Clawdia schwieg und hatte die Hände über ihre Augen gelegt.

Josefine maunzte leise und plauderte aufgeräumt weiter. »Ana nimmt manchmal ihren freien Tag und geht raus auf der Suche nach jungen Männern, aber nicht sehr oft. Wenn ich sie richtig verstanden habe, ist es so langweilig, dass man es sich auch sparen kann. Sagt sie zumindest. Ich suche mir manchmal einen warmen Felsen am Fluss zum Schlafen. Man muss nur äußerst vorsichtig und immer wachsam sein.«

»Warum?«, fragte Clawdia, die Hände noch immer über dem Gesicht.

»Bist du schonmal von einem Schwarm nackter Nymphen überfallen worden, die dich alle streicheln wollen? Da kommt man nie wieder weg, glaub mir.«

Clawdia musste lachen und ließ die Hände sinken. »Und was ist mit Niklas?«

»Niklas!«, rief die Katze. »Der will nichts davon wissen. Sobald er nackte Menschen unter den Bäumen sieht, verschwindet er. Schließt sich in sein Zimmer ein und kommt erst wieder raus, wenn wir im Transit sind. Er ist nicht der Typ für Paradiese. Er sagt, er muss nicht jedem Horror ins Gesicht sehen. Er bevorzugt Abgründe, in die er hineinstarren kann, während er raucht. Geht hier übrigens nicht, wenn die Einheimischen Rauch aus deinem Mund kommen sehen, rennen sie schreiend weg. Denken, du wärst ein Dämon.«

Josefine blickte zu Clawdia auf und legte den Kopf schief.

»Es scheint allerdings, als hätte der Anblick dich inspiriert. Du könntest hier vielleicht noch etwas lernen, wenn du … »

»Ich glaube«, unterbrach Clawdia sie und marschierte zur Tür, »ich habe mein Essen in der Küche vergessen.«

Die Katze zeigte grinsend die Zähne.

»Na dann. Wenn du gestärkt bist, kannst du schon mal einen Blick in deine Garderobe werfen. Ich glaube, du wirst neue Kleidung finden, die du für den Besuch auf Niklas' Ebene brauchst.«

»Was ist falsch mit meiner Uniform?«

»Andere Zeitlinie. Zu der kommen wir später. Wir werden sie jedoch mitnehmen, denn wir brauchen sie noch.«

Als die junge Frau den Raum verlassen hatte, saß Josefine noch lange auf dem Sofa und sah nachdenklich vor sich hin. Ihr Blick schweifte ziellos durch den Raum und blieb schließlich an dem unauffälligen Metallgitter eines Lüftungsschachts über der Tür hängen.

Wieviel Zeit ist vergangen?, dachte sie. *Wer kann das noch wissen? Morgen oder vor hundert Jahren. Endlose Reisen durch zahllose Realitäten und es fühlt sich an, als wärst du erst gestern auf diesem Teppich gelandet. Staubig, müde und sehr wütend.*

11 | Infiltrierung

Der Raum wurde in fahles Zwielicht getaucht, das grau und trübe durch die geschlossenen Fenster fiel. Dichter Nebel wallte vor den Scheiben, in welchem sich gelegentlich vage Schemen formten und wieder zerfielen. Völlige Stille lag über dem Zimmer, die nur widerwillig wich, als sie plötzlich nach einer möglicherweise endlosen Zeit abrupt gestört wurde. Es begann mit einem leisen, lang gezogenen Schrei, der aus weiter Ferne herangetragen wurde und dabei ein metallisches Hallen mit sich trug. Seinen Ursprung schien diese außergewöhnliche Störung hinter dem Lüftungsgitter zu haben, welches an der Wand über der Tür die Öffnung der Klimaanlage verdeckte. Der Schrei enthielt nicht so sehr ein Bekunden von Schmerz oder Entsetzen, er klang eher überrascht und kurz darauf sehr wütend. Als er plötzlich abriss, wurde er durch ein lautes Rumpeln ersetzt, welches schnell näherkam wie eine große Getränkedose, die durch einen erstaunlich langen Ausgabeschacht eines Automaten fällt. Schließlich riss auch dieses Gepolter ab und eine Sekunde lang herrschte angespannte Stille im Raum, bevor das Lüftungsgitter mit einem lauten Knall aus der Wand flog, dicht gefolgt von einem kleinen grauen Fellball, der wie ein Sektkorken aus dem Lüftungsschacht geschossen kam und eine Fontäne aus Staub nach sich zog. Das pelzige Etwas prallte äußerst unelegant auf den Boden und raste wie eine Bowlingkugel quer durch das Zimmer, bevor es sich entfaltete und mit gespreizten Beinen zum Stehen kam. Die staubige Erscheinung erwies sich als kleine Katze, welche augenblicklich in eine wüste Schimpftirade ausbrach, deren emotionale Wucht jedoch von einem heftigen Niesanfall unterbrochen wurde.

Kaum dass das Wesen wieder Luft bekam, setzte das laute Fluchen erneut ein, wobei es mehrmals die Sprache wechselte, hektisch sein Gesicht putzte und immer wieder kleine Staubwolken nieste.

»Ich werde«, wütete Josefine, »dir das verdammte Fell gerben, wenn ich dich in die Pfoten kriege, du von allen Göttern verlassener Haufen genetischer Abfall! Ich schwöre, ich …« Weiter kam sie nicht, weil ein erneutes Niesen sie fast von den Beinen warf. »Hallo!«, rief sie schließlich. »Hallo? Navigator?«

Als der Katze bewusst wurde, dass niemand antwortete, drehte sie sich vorsichtig um und hielt inne. »Huch!«, flüsterte sie.

An ihren halb ausgebreiteten Flügeln hingen einige zerfetzte und mit Staub bedeckte Spinnweben, sowie eine empört mit den Beinen wedelnde Spinne, welche verzweifelt versuchte, auf dem Rücken der Katze Halt zu finden.

»Na großartig«, grollte die Katze. »Auch noch ein Kommunikationsausfall.«

Josefine seufzte und fuhr damit fort, sich sorgfältig zu putzen und sanft die Flügel auszuschütteln, ohne dabei die Spinne zu gefährden, welche sich ihrerseits daran gemacht hatte, die Reste der staubigen Spinnweben einzusammeln. Erst als sie ihre ausführliche Wäsche beendet hatte, spreizte die Katze vorsichtig ihre Flügel nach oben aus, sodass sie aussah wie ein Pfau, der mit seinen Federn imponieren will.

Die kleine Spinne erkannte das Signal und begann eifrig ein Netz zwischen den beiden Flügel zu spinnen. Josefine sah ihr eine Weile dabei zu und seufzte leise. Ihr Blick fiel auf das Sofa und sie legte den Kopf schief.

»Es war ein langer Tag«, murmelte sie bei sich, sprang mit einem Satz auf die Polster, streckte sich aus, gähnte und schloss die Augen zu einem Nickerchen, sorgsam darauf bedacht, die Flügel nicht zu bewegen.

Die Spinne kletterte derweil geschäftig zwischen den Flügeln umher und kreierte ein feines, dicht gewobenes Netz, welches silbern glänzte und von allein zu vibrieren schien. Zuletzt verband sie mit jeweils einem Faden beide Flügelspitzen mit den Spitzen der Katzenohren und kehrte dann in die Mitte des Netzes zurück, wo sie erstarrte. Die Fäden an den Ohren der Katze vibrierten sanft, dann stärker. Schließlich lief ein heftiges Zittern durch das Netz, woraufhin die Katze zusammenzuckte und die Augen aufriss.

»Ist ja gut, ist ja gut!«, rief sie und gähnte lange. »Du musst nicht gleich schreien! Ich bin wach. Natürlich habe ich geschlafen, dein System ist entsetzlich langsam und träge. – Ja, ich weiß, dass es die beste Reichweite hat.«

Josefine erhob sich und drehte dabei die Flügel hierhin und dorthin, während sie sich langsam im Kreis bewegte.

»Ja doch, ich kalibriere ja schon. Jetzt mach mal langsam, steht nicht geschrieben: Ich habe nur vier Pfoten? Der Empfang ist gut, du kannst aufhören zu schreien. Was kann ich dafür, dass deine Antennen nicht stabiler sind. – Wie jetzt, teure Ausrüstung? Geht's noch? Wer ist hier gerade Hunderte Meter durch die Lüftung gekugelt wie in einem Flipperautomaten? Was soll das heißen, unprofessionelle Infiltration? War das vielleicht meine Idee? Welcher besoffene Architekt baut ein Lüftungssystem, welches sich über sechs Dimensionen erstreckt und einen freien Fall von zwanzig Metern enthält? Es ist ja nett, seine frische Luft von der Meeresküste zu bekommen, aber wie wäre es mal mit Staubwischen? – Ja, das habe ich gemerkt. Von wegen Abkürzung. Was? – Ja, ja, transdimensionale Statik verursacht durch interferierende Parasitenuniversen. Ich kenne deine Ausreden. – Ach, hör mir doch auf mit biotechnologischem Fortschritt der bemannten Aufklärung. Ich hätte es wissen müssen. Für euch Pioniere ist jeder Weg sicher, wenn er nicht offensichtlich in Flammen steht.«

Die Katze sah kritisch umher.

»Wir sind im Haus angekommen, kein Zweifel möglich, der Raum ist für einen Anker ausgelegt. Zum ersten Mal keine offensichtlichen Anzeichen von Befall. Herzlichen Glückwunsch! Es hat auch lange genug gedauert.«

Josefine sprang vom Sofa, ging im Zimmer umher und roch vorsichtig an den Möbeln.

»Ja, ein neuer Anker. Keiner von den Alten. Die Einrichtung ist definitiv fortschrittliche Zeitlinien-Moderne. Ich sehe eine elektrische Schreibmaschine, nicht dass das hier Sinn machen würde. Der Grünton an den Wänden spricht für Bürokratie und Verwaltung. Das Ganze schmeckt nach Verdrängung. Ich tippe auf eine Reinheitslinie.«

Die Katze lauschte und drehte sich einmal um sich selbst.

»Nein, nichts. Keine Zeichen von Befall. Wir scheinen einen Treffer gelandet zu haben. Keine sichtbaren Artefakte, Fetische, Götzen, Heiligenbilder, Waffen oder Ritualgegenstände. Wir haben Glück gehabt. – Oh ja, ich erinnere mich noch an Haus Nummer Drei. Der Mottenmannkult.« Josefine schauderte. »Nein, dieses Mal müssen wir es hoffentlich nicht abbrennen. Das Haus hat Potenzial. Ja, ja, ich geh ja schon.«

Sie stoppte vor der Tür.

»Ich brauche einen Virus. – Wie, warum? Weil die Tür geschlossen ist! – Nein, sie hat einen Knauf, keine Klinke. – Was? – Sehr lustig. Aber ein Affe hätte nicht durch die Lüftung gepasst. – Makake? – Ja ich kenne ihn, der hätte erst mal die Flaschen neben dem Sofa ausgelutscht.«

Die Katze legte die Pfote an den Türrahmen. »Jetzt mach schon.«

Das Schloss klickte und die Tür schwang langsam auf. Josefine spähte vorsichtig in den Flur, trat lautlos hinein und achtete darauf, dicht an der Wand zu bleiben.

»Nichts. Der Gang ist verlassen. – Ja, Ja, Perimeter um den Infiltrationspunkt sichern, Brückenkopf einrichten und Späher aussenden. Jetzt hör schon auf, mir die Vorschriften zu zitieren. Ich will gar nicht wissen, bei welcher Armee deine Abteilung das abgeschrieben hat. Von wegen idealer Infiltrationspunkt. Wenn du glaubst, dass ich den Weg durch die Lüftung noch einmal nehme, bist du schief gewickelt. Wir werden uns einen Besseren suchen, sobald wir das Haus gesichert haben.«

Der Blick der Katze wanderte suchend umher.

»Sieht für mich viktorianisch aus. Stofftapeten, Edelholzverkleidung und Ölgemälde. Herrenhausstil. Das deckt sich sehr gut mit dem Briefing. Vielleicht haben wir endlich das richtige Haus gefunden. – Nein, weiterhin keine Anzeichen von Befall. Wirklich? Okay, ich schaue mal.«

Sie spähte zu den Gemälden hoch.

»Lauter gewichtige ältere Herren in würdevoller Haltung. Die Gesichter liegen undeutlich im Schatten. Das Haus scheint selbst nicht recht orientiert zu sein. Das bestätigt die Übergangsphase.«

Josefine lauschte einen Moment.

»Der Kleidung nach zu urteilen rückwärts chronologisch bis etwa ins zwölfte Jahrhundert. Also nach der klassischen Rechnung. Stromaufwärts entlang der gemäßigten Linien in der Mitte des Flusses. – Ja, ich weiß, aber die neue Quanten-Nomenklatur versteht doch niemand.«

Eine Pfote gehoben, blieb sie zögernd stehen.

»Ja, das merke ich auch gerade.«

Ihre Augen öffneten und schlossen sich, wobei sie den Kopf nach beiden Seiten drehte.

»Du hast recht. Der Gang überlagert sich auf mehreren Ebenen. Warte.«

Die Katze tat einige Schritte seitwärts und lehnte sich dabei zur Seite.

»Hier ist eine Version mit offenen Türen. Schlau gemacht.«

Sie lief den Gang entlang und spähte gelegentlich durch einen Türspalt.

»Sehr interessante dimensionale Verschränkungen. Einige Räume sind vollkommen leer oder öffnen sich in Lagerhallen, die aussehen, als wären sie aus Holz gewachsen. Der Gang verbreitert sich dort und gewinnt an Höhe. Er wird von Pilzen erhellt, die an der Decke wachsen. Zumindest vermute ich, dass es Pilze sind. Sehen aus wie sehr große, unregelmäßige Blasen, die von farbigen Adern durchzogen werden. Wände und Boden des Gangs scheinen aus einem harten, sehr glatten Holz zu bestehen, welches im Schein der Pilze wie poliert glänzt. In regelmäßigen Abständen zweigen Tunnel verschiedener Größen ab, oder es öffnen sich breite Durchgänge in beleuchtete Hallen. – Aha, also Lagerhallen, woher weißt du das? Du katalogisierst seit Hunderten von Jahren alternative Realitäten? – Ja, ja, blabla, ich laufe in die falsche Richtung, sag das doch einfach.«

Josefine machte kehrt und folgte dem Gang in die andere Richtung.

»Nein, weiterhin keine Anzeichen von Befall.«

Einige Schritte weiter hielt sie erneut inne.

»Dort hinten«, flüsterte Josefine, »ist eine einzelne offene Tür. – Okay.«

Den Körper tief geduckt haltend, schlich sie sich mit angelegten Ohren an die Tür heran und spähte vorsichtig durch den offenen Spalt.

»Das kann ich dir nicht sagen«, flüsterte sie, »denn du redest ja die ganze Zeit. – Nein, der Raum ist ebenfalls verlassen und still. Ich würde sagen ein Studierzimmer. – Ja genau, ebenfalls viktorianisch. Ledergebundene Folianten, handbemalter Globus und Karten. Absolut, ich sehe sie. Eine große Schmetterlingssammlung. Bingo, wir haben das richtige Haus.«

Die Katze trat in die Mitte des Zimmers und entspannte sich sichtlich. Sie sah neugierig umher, dann warf sie einen flüchtigen Blick nach oben, schrie laut auf und verschwand mit einem einzigen langen Satz unter dem großen Schreibtisch. Einen Moment lang herrschte Schweigen, dann folgte ein verlegenes Räuspern. »Nichts. Nein, es ist alles gut. Es ist nichts passiert. – Ja, das habe ich manchmal.«

Der kleine weiße Katzenkopf lugte aus dem Schatten unter dem Tisch hervor und sah angewidert zur Zimmerdecke empor. »Ausgestopfter Parasit. Definitiv. Wegen der goldenen Augen. – Nein, werde ich nicht. Kannst du voll vergessen. Auf keinen Fall.« Den Blick abwendend schauderte sie hingebungsvoll. »Hol es dir doch selbst. Lass mich in Ruhe mit deinen Vorschriften. Ich sehe nicht ein, …«

Josefine hielt inne und duckte sich wieder.

»Sei still!«, flüsterte sie. »Natürlich habe ich das auch gehört. Das klang wie klirrendes Porzellan. – Welche Meta-Analyse der Spektraldaten? Hör auf anzugeben. – Nein, weiß ich nicht. Aber ich erkenne Teller, wenn sie in eine Spüle fallen. – Was für taktische Erwägungen? – Jetzt sei doch mal still, ich finde den Weg schon.«

Die Katze lief auf den Gang hinaus und sah sich suchend um. Sie sprang in langen Sätzen an mehreren Türen vorbei, bog zweimal ab und folgte einer langen Treppe ins Untergeschoss.

»Auf keinen Fall«, flüsterte sie. »Danke, deine spontanen Planänderungen kenne ich. Ich werde mir noch wochenlang Staub aus den Ohren holen. – Ich soll was? – Waffensysteme? – Bist du bescheuert? Es ist ein verlassenes Haus, keine Monsterhöhle.«

Ihre Ohren zuckten und sie erstarrte.

»Das Scheppern von Geschirr«, bestätigte sie und rannte den Geräuschen entgegen, »kommt eindeutig aus der

Küche. – Wie, warum? – Weil es nach Küche riecht.« Sie hielt einen Moment inne. »Na, nachsehen, was sonst?«

Sie öffnete den Mund und blinzelte.

»Was? – Hast du getrunken? – Taktische Implikationen transdimensionaler Kriegsführung? – Welche Vorschriften? – Jetzt klapp doch endlich das Handbuch für praktische Einsätze zu, wir wissen doch beide, dass du nur abliest. Den Paragrafen hast du doch erfunden! – Nein, werde ich nicht … Was? – Kommt nicht in Frage. – Ich … – Jetzt hör doch mal … – Ich …«

Die Katze stöhnte frustriert und warf beide Flügel heftig nach vorne. Die kleine Spinne wurde aus ihrem Netz katapultiert und flog in hohem Bogen gegen die nächste Wand, von wo sie sich protestierend mit den Beinen wedelnd abseilte. Die Katze fuhr fort, ihre Flügel zu schütteln, bis das völlig zerrissene Netz schlaff von den Federn herabhing.

»Ups«, kommentierte Josefine. »Einem plötzlichen Küchenkontakt fiel leider die Verbindung zum Hauptquartier zum Opfer. Tragisch, aber das ist die unvorhersagbare Natur taktischer Einsätze.«

Josefine faltete die Flügel, putzte sich gelassen die Ohren und sah dann neugierig zu der angelehnten Tür hinüber, aus der immer noch die Geräusche von jemandem erklangen, der ohne große Eile Geschirr spülte. Vollkommen lautlos eine Pfote vor die andere setzend, schlich sie hinüber und steckte sehr langsam den Kopf in den hellen Raum.

Landhausstil, dachte Josefine überrascht. *Das ist doch mal ungewöhnlich.*

Blauer Himmel zeigte sich hinter den Fenstern, doch das Licht blieb diffus und kam irritierend gleichmäßig sowie viel zu hell aus allen Richtungen.

Nahe an den Astralebenen, dachte Josefine. *Das hier ist kein ursprünglicher Teil des Hauses, sondern nachträglich eingefügt worden. Ich wette, dass die Küche stabil bleibt, selbst wenn das Haus durch die Ebenen reist. Wer auch immer das gebaut hat, besitzt beeindruckende Expertise auf dem Gebiet der Dimensionsverschränkung. Der Navigator wird begeistert sein. Schöpferische Äußerungen in materieller Form von den Astralebenen sind sehr selten.*

Es klapperte erneut, und da der große Küchentisch ihr die Sicht blockierte, schob sich die Katze vorsichtig tiefer in den Raum hinein, damit sie die Spüle sehen konnte. Eine kleine gebeugte Gestalt im langen Rock und mit Kopftuch stand dort und drehte der Katze den Rücken zu. Die Frau spülte weiße Porzellanschüsseln, welche sie danach klappernd auf ein Abtropfgitter stapelte. Wenn sie umherging, hinkte sie auffällig. Ihr kleiner schmächtiger Körper beugte sich auffällig unter der Last vieler Lebensjahre. Es ließ außerdem die Nackenhaare der Katze zu Berge stehen, während ihr kalte Schauer über den Rücken liefen. Das passierte immer, wenn sie ein Wesen sah, welches Menschen so perfekt imitierte, dass das Ergebnis wieder unglaubwürdig wurde. Josefine duckte sich, legte die Ohren an und schnaufte leise, was sich als Fehler erwies. Den unwillkürlichen Laut hatte sie selbst kaum gehört, zumal er vom Scheppern des Porzellans vollkommen übertönt wurde. Die Frau jedoch hielt schlagartig inne, ließ Schwamm und Schüssel ins Wasser fallen und wirbelte auf der Stelle herum. Der Katze klappte der Mund auf. In der einen Sekunde hatte die Frau die Spüle angesehen, in der nächsten sah sie der Katze in die Augen. Mit der Bewegung dazwischen hatte sie sich gar nicht erst aufgehalten.

Okay, dachte Josefine. *Definitiv kein Mensch.*

Der Verdacht bestätigte sich, als die Frau sie mit einem Griff am Nackenfall fasste und sich dicht vor das Gesicht hielt.

Wow, dachte die Katze viel zu beeindruckt, um Angst zu haben. *Sie hat gleichzeitig die Ebene gewechselt und den Zeitfluss verlassen. Dimensionsverschiebung und eine Manipulation der Zeitachse in unter einer zehntel Sekunde.* Josefine blinzelte und blickte in zwei stechende schwarze Augen inmitten zahlloser Falten umgeben von einem Kopftuch.

»Ähm«, begann die Katze und zappelte hilflos mit den Beinen. »Guten Morgen?«

Für einen endlos scheinenden Moment starrte die Frau sie nur an, dann begann sie langsam zu lächeln und zeigte dabei zwei Reihen erstaunlich brauner Zähne.

»Сливки?«, fragte die Frau.

Die Katze blinzelte. »Entschuldigung?«

»Сливки?«

»Ähm… ja gerne?«

Die Frau setzte die Katze auf den Tisch und hinkte schwerfällig zu einem großen Kühlschrank, von welchem sie mit einer braunen Flasche zurückkehrte. Sie füllte eine Schüssel und stellte diese der Katze vor die Nase.

»ва́ше высо́чество!«

Josefine blinzelte in die Schüssel hinab.

Sahne, dachte die Katze entgeistert und überlegte, wann sie das letzte Mal echte Sahne gesehen hatte.

Taktisches transdimensionales Krieg führen ist das eine, aber eine Schüssel Sahne ist eine Schüssel Sahne.

Zufrieden mit ihrer Logik begann sie, die Speise zu verzehren und stoppte erst, als sie sichergestellt hatte, dass auch intensivstes Lecken des weißen Porzellans keine weitere Sahne mehr produzierte. Die Katze seufzte glücklich und sah zu der Frau auf, die immer noch lächelnd vor ihr stand, die Schüssel vom Tisch nahm und mit einer Hand zur Tür zeigte.

Ein Rumpeln erklang, dicht gefolgt von einem erstickten Fluchen. Die Frau nickte. »Я́корь!«

Josefine, welche gerade begonnen hatte, sich zu putzen, hielt inne und blickte zur Tür. Ein weiteres Rumpeln, gefolgt von einem Krachen sowie einem Stöhnen, hallte deutlich erkennbar durch die Tür.

»Я́корь!«, wiederholte die Frau.

»Ist ja gut«, erklärte die Katze, warf noch einen sehnsüchtigen Blick auf die leere Schüssel und sprang vom Tisch. Diesmal brauchte sie nur eine Treppe hinabzulaufen, um den Ursprung der Geräusche zu sehen.

Ein Mann stand in der Eingangshalle schwer an die Haustür gestützt. Er hatte offensichtlich Schwierigkeiten gehabt, diese zu öffnen und zu durchqueren, da er sie gleichzeitig dazu benötigte, aufrecht zu bleiben. Die daraus folgenden logistischen Komplikationen hatten zu der Geräuschkulisse aus Rumpeln, Krachen und Fluchen geführt, die Josefine in der Küche gehört hatte.

Die Katze setzte sich an den unteren Treppenabsatz und musterte den Neuankömmling. Der Grund für den Zustand des Mannes zeigte sich in Form einer Flasche, die ihm aus der Manteltasche ragte. Ein Hinweis, der nicht wirklich nötig gewesen wäre, denn der Geruch, welcher von ihm ausging, trieb Josefine schon fünf Meter entfernt Tränen in die Augen.

Der Mann hatte konzentriert den Boden angestarrt und sah nun auf. Sein Blick kreuzte den der Katze und für einen Moment grinste er dumm, bevor sich an ihm ein ebenso beeindruckender wie vollständiger Zusammenbruch ereignete, in dessen Verlauf er sich in Zeitlupe zu Boden faltete, wo er schließlich mit dem Gesicht nach unten liegen blieb.

Josefine trat zu ihm und roch vorsichtig an der liegenden Gestalt.

Definitiv der Arzt aus unseren Informationen, dachte sie. *Hände sind desinfiziert und die Vitalwertmessungen lassen*

Aufputschmittel im System vermuten. Sie sah auf die klägliche Gestalt hinab.

Scheint, als hätte ich den Anker gefunden. Wie hat der Navigator das genannt? Hohe Wahrscheinlichkeit für unvorhergesehene Schwankungen der biografischen Einflussfelder in Bezug auf karmische Verwicklungen.

Josefine betrachtete die fast leere Flasche Whiskey in der Manteltasche.

Navigator, wenn ich dich in die Pfoten bekomme, werde ich eigenhändig deine Wiedergeburt anbahnen, vorzugsweise als hübsches Paar flauschiger Fellpantoffeln.

Die Katze seufzte und legte sich neben den Mann, der begonnen hatte, laut zu schnarchen.

»Nun wird die ewige Nacht erzittern«, erklärte sie würdevoll, »denn unser Held ist eingetroffen, um das Universum zu retten!«

12 | Reinheit

Josefine saß in der Eingangshalle auf der untersten Stufe der Treppe und beobachtete Niklas, welcher sich vor dem Spiegel stehend zum dritten Mal die Krawatte neu band. Manchmal grunzte der Mann genervt und trat einen Schritt beiseite, wenn die Schatten auf der anderen Seite des Glases versuchten, sich vor sein Spiegelbild zu schieben. Er trug einen perfekt gebügelten dunklen Anzug, doch hinter seiner Sonnenbrille blieb er weiter unrasiert und blass.

Eine Tür flog auf und aus einem Seitenzimmer kommend verkündete Clawdias zornige Stimme: »Das kann doch bitte nicht euer Ernst sein!« Ihr wutentbrannter Marsch in die Halle wurde durch viel zu hohe Absätze behindert, auf denen sie fortwährend umknickte. Mit einer Hand versuchte sie, gleichzeitig den Saum eines sehr kurzen schwarzen Kleides tiefer zu ziehen und hielt in der anderen Hand ein dickes, unförmiges Bündel blonder Haare in die Luft. »Wer zur Hölle«, tobte sie und trat gegen einen Schirmständer, »soll auf den Dingern denn laufen können?« Sie wandte sich an Niklas. »Das Kleid ist schon schlimm genug und von den Schuhen reden wir besser gar nicht weiter, aber das hier«, sie hob die blonde Perücke hoch, »ist ja wohl ein schlechter Scherz. Wo gehen wir hin? In den Zirkus?«

»Das«, erklärte der Angesprochene gelassen und band den Krawattenknoten ein weiteres Mal, »ist das gesetzlich vorgeschriebene Outfit für junge Frauen sowie die dazu passenden Haare.«

»Damit sehe ich aus, als wäre ich als Baby vom Wickeltisch gefallen! Mehrmals!«

Niklas grinste schief.

»Ich finde die Frisur nicht so schlecht. Meine Frau trug sie, als wir uns kennenlernten. Damals war sie selbstverständlich viel jünger als du.«

Clawdia klappte der Mund auf.

»Zieh deine Haare an«, forderte Niklas ruhig und machte ihr Platz vor dem Spiegel, »aber lass dich nicht irritieren ...«

Clawdia schrie auf und wäre fast rückwärts von den Absätzen gefallen. Sie zeigte mit den Haaren auf den Spiegel. »Da sind welche im Spiegel!«

Josefine lachte leise. »Keine Sorge. Die Bewohner der Spiegelebene sind nur neugierig, tun dir aber nichts.«

»Jetzt weiß ich zumindest«, flüsterte Clawdia schaudernd, »warum alle Spiegel auf den Zimmern Vorhänge haben.« Sie nestelte murrend an der Perücke herum. »Habt ihr euch das Ding mal angesehen? Blond steht mir sowieso nicht, ich bin ein Herbsttyp. Der Mittelscheitel passt nicht zu meiner Kopfform und die Haare fallen auf die Schultern und schwingen dann in einem absurden Bogen wieder nach oben. Außerdem ist das Ding mit so viel Haarspray fixiert, dass man es auch als Hocker benutzen kann.«

Sie brauchte mehrere Anläufe, um die Haare auf ihrem Kopf zu befestigen, während Niklas immer wieder den Sitz korrigierte und sicherstellte, dass keines ihrer eigenen kurzen schwarzen Haare unter der Perücke hervorstand.

Clawdia musterte das Endergebnis im Spiegel mit einer Gewittermiene.

»Zumindest«, tröstete Josefine sie, »sind die Spiegelschatten verschwunden.«

»Natürlich«, maulte Clawdia. »Die haben meinen Anblick nicht ertragen.« Sie wandte sich wieder an Niklas. »Hey, willst du Getränke mitnehmen? Meine Haare haben genug Volumen, um deine Bar darin zu verstecken.« Sie kratzte sich vorsichtig mit einem Finger am Kopf, während sie sich mürrisch um sich selbst drehte. »Das Ding juckt und ich sehe aus wie ein Clown.« Sie hielt inne und versuchte, sich selbst über die Schulter zu sehen.

»Und was bitte ist mit diesem Spalt im Stoff, der über den ganzen Rücken läuft. Wenn ich stehe, ist er geschlossen, aber darunter ist ein rotes Futter. Was soll das?«

Da Niklas schwieg, drehte Clawdia sich zu der Katze um und sah sie fragend an.

»Das ist Absicht«, erklärte Josefine. »Von hinten betrachtet, zeigt sich ein roter Spalt über den Rücken, sobald du dich vorbeugst. Das ist Vorschrift für dein Alter. Es signalisiert den Männern, dass du Jungfrau bist.«

Clawdia sah eine Weile verständnislos mit offenem Mund auf die Katze hinab, bis sie plötzlich verstand und aufschrie. Fluchend drehte sie sich auf der Stelle und versuchte, sich selbst auf den Rücken zu sehen. »Was für ein perverser Ort ist das, an den ihr mich verschleppen wollt? Auf gar keinen Fall! Ihr spinnt ja wohl! Ich dachte, *ich* hätte ein übles Zuhause!«

»Niklas' Heimat«, erklärte Josefine gelassen, »ist eine Reinheitszeitline. Diese sind moralisch äußerst strikt und von Verhaltensregeln besessen. Das führt dazu, dass sie bei, hm, *bestimmten* Themen gerne unbewusst über das Ziel hinausschießen.«

»Unbewusst?«, brauste Clawdia auf. »Ja schönen Dank auch, sehr diplomatisch formuliert. Du musst ja nicht rumlaufen wie eines der *Barmädchen* zu Hause am Hafen. Und selbst die sehen nicht so bescheuert aus.« Sie versuchte wieder, erfolglos ihr Kleid tiefer zu ziehen. »Das erklärt jedenfalls, warum an meinem Saum etwa ein halber Meter Stoff fehlt.« Sie funkelte Niklas böse an, der noch immer an seiner Krawatte herumzupfte.

»Und warum darf der«, fragte sie Josefine und zeigte mit dem Daumen über die Schulter zu Niklas, »aussehen wie frisch verstorben?«

»Weil er ein Mann ist.«

»Bist du sicher?«

Lautes Lachen erklang aus Richtung Küche.

Clawdia grunzte. »Und ich soll wirklich *seine* Welt retten? Warum bitte rette ich nicht meine eigene Welt?«

Die Katze legte den Kopf schief.

»Weil in seiner Zeitlinie fünf Milliarden Menschen leben und der Planet vollkommen frei von Monstern ist.«

»Nicht menschliche Monster«, warf Niklas ein, der entgegen allen Anscheins dem Gespräch folgte.

»Während deine Zeitlinie«, fuhr Josefine ungerührt fort, »nur noch knapp drei Millionen Menschen zählt, plus etwa ebenso viele Schattenwesen, die sich so tief in der Welt verankert haben, dass es einem Wunder gleichkommt, wenn die Sonne bei euch überhaupt noch aufgeht.«

»Ich soll also«, fragte Clawdia leise, »drei Millionen meiner wundervollen Menschen gegen fünf Milliarden perverser Freaks handeln?«

»Hey«, verkündete Niklas müde. »Kein Widerspruch von meiner Seite. Ich würde mich auch nicht retten.«

Die Katze seufzte und ließ den Kopf hängen.

»Nein, Clawdia. Du hast natürlich recht. Diese Art von Zahlenspielen führt uns nirgendwo hin. Was wir versuchen, ist, ein ganzes Universum stabil zu halten, und das funktioniert nur, wenn wir stabile zentrale Zeitlinien haben, von denen alle anderen abzweigen können. Stell es dir wie den Stamm eines Baumes vor. Es hat keinen Sinn, auch nur zu versuchen, einen einzelnen Ast zu retten, wenn der Stamm verfault ist. Erst den Stamm, dann die Zweige, zuletzt die Blätter.«

Clawdia funkelte die Katze wütend an, dann schrie sie frustriert auf und trat erneut gegen den Schirmständer, welcher krachend umfiel und durch die Halle rollte.

»Dafür darf ich mich jetzt als hilfloses Püppchen käuflicher Zuneigung verkleiden! Meine Vorstellung von Heldentum enthielt immer Rüstungen und Waffen, mit denen ich mich wehren kann!«

»Keine Sorge«, warf Niklas ein. »Du bist sicher, solange du in meiner Begleitung bist.«

»Weil alle mich für deine Tochter halten?«

Niklas sah sie an und zog eine Braue hoch. »Du verstehst nicht viel von Männern, nicht wahr?«

»Ich vermeide es gewissenhaft!« Sie ruckelte mürrisch an ihrem Kleid herum. »Was, wenn ich allein hinauswill?«

»Das«, erklärte Niklas, »ist gesetzlich verboten.«

»Werde ich dann von den Wachen verhaftet?«

»Oh nein«, lachte der Mann. »Gute Bürger, welche den ganzen Tag lang die Straße beobachten, würden einen Anruf tätigen, und freundliche Herren in den grauen Anzügen der Hüter der Reinheit würden dich zur Befragung bringen.«

»Und was dann?«

»Schwer zu sagen. Es ist noch niemand zurückgekommen.«

Clawdia schluckte. »Sitzt meine Perücke?«

»Sehr gut«, kommentierte Niklas. »Jetzt fehlt nur noch dein Korb. Er deutete auf einen großen Bastkorb inklusive karierter Stoffdecke, der neben dem Spiegel stand. »Den darfst du tragen, um deiner armen Großmutter Lebensmittel zu bringen.«

»Du verarschst mich?«

Niklas zuckte mit den Schultern und nahm den Korb auf, als er sah, dass Ana aus Richtung des Ankleidezimmers kam und ihm Clawdias frisch gefaltete Uniform in den Korb legte. Er nickte ihr wortlos zu und hielt der Katze den Korb hin.

»Und was bitte«, fragte Clawdia, »trage ich tatsächlich im Korb herum?«

»Taktisches Equipment«, erklärte Josefine und kletterte zu der Uniform in den Korb, »welches uns große strategische

Vorteile für den erfolgreichen Verlauf der Mission verspricht.« Niklas verbarg die Katze unter der Decke und zog sorgsam jede einzelne Falte glatt.

»Lass mich raten«, entgegnete Clawdia. »Katzen sind Boten des Teufels und verboten?«

»Bei Todesstrafe«, ergänzte Niklas. »Du siehst, es ist nicht alles schlecht bei mir zu Hause.«

Clawdia starrte den Mann wütend an, während dieser ihr einen gelassenen Blick zuwarf.

»Du musst lächeln«, erklärte Niklas.

»Entschuldung?«

»Ich sagte, du musst mehr lächeln. Frauen haben die Pflicht, ständig zu lächeln, dazu bekommen sie schon als Kinder Unterricht.«

»Du lächelst nie!«

»Natürlich nicht. Männer dürfen keine Emotionen zeigen. Sie müssen sachlich und streng sein.«

»Warum bitte sollen dann Frauen …«

»Weil sie zu schwach sind, um objektiv zu sein. Sie dürfen lächeln, müssen aber von Männern kontrolliert werden.«

»Was«, fragte Clawdia den Korb, »machen wir nochmal in dieser Zeitlinie?«

»Wir retten sie«, kam die Antwort von unter der Decke.

»Bist du sicher, dass wir sie nicht niederbrennen sollten?«

»Nein, wir retten sie.«

»Ich kann ein Feuerzeug mitnehmen«, erklärte Clawdia heiter. »Niederbrennen wäre wirklich keine Mühe, ich meine, wo ich gerade da bin.«

Der Kopf der Katze tauchte unter der Decke hervor und sah Clawdia an. »Ich weiß, wie du dich fühlst. Aber wir haben keine Wahl. Diese Zeitlinie erlaubt es uns, auf offener Straße zu stehen, ohne sofort verhaftet oder von Monstern zerrissen zu werden. Es ist das Beste, was wir noch haben, zumal unser Anker von dort kommt! Und wenn du das abstoßend findest, dann warte, bis du die andere Linie siehst.«

»Die andere?«

»Die, für welche wir dich als Anker brauchen.«

»Wieso hat diese ...«

»Später, wir müssen los«, erklärte Josefine und tauchte zurück unter die Decke.

Clawdia sah entgeistert zu Niklas auf, der seufzte. »Willkommen in der Anker-Branche!«, erklärte er und begann erneut damit, die Decke glatt zu ziehen. Ab hier geht es nur noch bergab.«

Clawdia griff in die Seitentasche von Niklas' Jackett und zog eine Packung mit Zigaretten hervor.

»Ich vermute, Rauchen ist Frauen ebenfalls verboten?«

»Interessanterweise nein«, entgegnete der Mann. »Unsere Ärzte empfehlen es ab dem zehnten Lebensjahr für beide Geschlechter, denn Rauchen tötet nachweislich Krankheitskeime.« Er grinste. »Kinder bekommen bei uns auch Starkbier zum Frühstück, denn es wirkt blutbildend und macht sie widerstandsfähig. Unsere Medizin ist voll von solchen Weisheiten.«

Clawdia erstarrte, die Zigarette im Mundwinkel, und blickte ihn sprachlos an.

»Kranksein ist gesetzlich verboten«, ergänzte der Mann.

»Natürlich, ich Dummerchen.«

Clawdia entzündete die Zigarette, nahm einen tiefen Zug sowie Niklas den Korb ab und marschierte Richtung Haustür.

»Ich hätte zu Hause bleiben sollen, wo man die Monster wenigstens als solche erkennen kann.«

»Perversion kommt in vielen Gestalten«, bestätigte Niklas fröhlich. »Nicht wenige der Abscheulichsten tragen weiße Kittel.«

»Ach sei still«, murmelte die junge Frau und schnippte laut mit den Fingern, woraufhin die Haustür aufsprang. Clawdia nahm einen weiteren tiefen Zug aus der Zigarette und marschierte erstickt fluchend in einen sonnigen Frühlingstag hinaus, nur um gleich wieder innezuhalten.

Die Straße lag ruhig und leer wie ein behüteter Vorort an einem verschlafenen Sonntagmorgen. Einzelne Häuser duckten sich hinter gepflegte Hecken entlang weitläufiger Grünflächen, welche aussahen, als würden sie täglich mit einer Nagelschere getrimmt.

»Wo sind wir?«, fragte Clawdia erstaunt. »Das ist doch keine Stadt?«

»Oh doch«, erklärte Niklas, der neben sie trat. »Wir sind nahe der Stadtmitte, deswegen stehen die Häuser hier so dicht.«

»Dicht?«, fragte Clawdia und sah ratlos umher. »Ich kann genau drei Häuser sehen.«

»Genau, du kannst sie sehen, deswegen sind wir im Innern der Stadt. Die Verwaltungsgebäude sind alle unterirdisch angelegt, um den Blick auf die Grünflächen nicht zu stören. Menschen dem Anblick eines Hauses auszusetzen, gilt als unkultiviert. Aber in dicht besiedelten Gebieten ist es manchmal nicht zu vermeiden.«

Clawdia sah staunend umher. Die Wege glänzten geradezu, sie sah nicht einmal Abfalleimer, geschweige denn Anzeichen irgendeiner Benutzung.

Niklas bemerkte ihr Staunen. »Ungepflegte Wege werden bestraft. Es ist geregelt, wie eine Straße auszusehen hat.« Er hielt ihr den Arm hin. »Du musst dich bei mir einhaken und darfst niemals allein gehen. Der Korb wird übrigens immer rechts getragen.«

Sie schritten den Weg entlang, wobei Niklas einen gemessenen und nicht überhasteten Gang vorgab. Clawdia kam sich zunehmend idiotischer vor. Ihre Perücke juckte und durch das absurd kurze Kleid hatte sie fortwährend das Gefühl, das Haus ohne Hose verlassen zu haben. Die Umstände wurden auch nicht dadurch verbessert, dass ihr in einem fort die Katze von rechts und Niklas von links erklärten, dass sie mehr lächeln müsse.

»Warum machen wir das«, knirschte Clawdia, »wir sind vollkommen allein!« Das Gesicht tat ihr weh vom falschen Lächeln und sie näherte sich schnell dem Ende ihrer Geduld.

»Allein, ja«, flüsterte Niklas, »unbeobachtet, nein. Jeder unserer Schritte wird von wachsamen Augen verfolgt.«

Clawdia sah irritiert umher. »Wo verstecken sich denn die Wachen?«

»Ich sagte doch, hier gibt es keine Wachen. Jeder Bürger überwacht jeden andern Bürger und meldet Verstöße.«

»Warum?«

»Weil man eine bestimmte Zahl an Verstößen die Woche melden muss, sonst wird es automatisch als Vergehen gewertet.«

»Gegen was?«, fragte Clawdia entsetzt

»Die Reinheit. Streben nach Reinheit geht über alles.«

Clawdia setzte gerade zu einer Erwiderung an, als nicht weit entfernt ein anderes Paar um die Ecke bog.

Von Weitem sah es so aus, als käme ihnen ihr Spiegelbild entgegen. Ein Mann und eine Frau, die fast genauso aussahen wie sie.

Der Mann im dunklen Anzug und stoisch nach vorne gerichtetem Blick, die Frau jedoch ein wenig älter. Sie trug die leicht angegrauten Haare kürzer und mit deutlich weniger Volumen. Sie zeigte strahlend weiße Zähne inmitten eines breiten, fast manischen Lächelns, welches dicht unter den Augen endete.

Im Abstand von zwei Metern neigten beide Herren synchron den Kopf und einmal zur Begrüßung. Von Nahem hatte der Ausdruck der Frau etwas Wächsernes und Schweiß stand gut sichtbar auf ihrer Stirn.

Clawdia hatte gedacht, die Begegnung mit dem Schattenjäger wäre das Schlimmste gewesen, was sie jemals erleben musste, doch gerade gelangte sie zu der Überzeugung, dass dieses Lächeln sie noch lange verfolgen würde.

»Was«, hauchte sie kurz darauf, »im Namen aller gütigen Sonnen war *das*?«

»Die beiden«, erklärte Niklas, »sind auf dem Weg zum Krankenhaus. Der Eingang ist nicht weit von hier. Deswegen sind sie auch zu dieser Zeit hier unterwegs.«

»Die Frau«, kam Josefines Stimme leise aus dem Korb, »hat starke Schmerzen. Sie roch nach Angst … und Krebs. Außerdem ist der Mann betrunken.«

»Natürlich ist er das«, erklärte Niklas trocken. »Jeder, der hier nicht verrückt ist, ist betrunken. Willkommen in meiner Welt.«

Sie schwiegen und gingen weiter den Weg entlang. Eine Kutsche ohne Pferde kam in Sicht. Clawdia sah sie die Straße entlang auf sich zukommen und spürte, wie das Wissen in ihren Kopf sprang, ohne den Umweg über eine Erinnerung zu nehmen. *Auto*, soufflierte eine innere Stimme und weitere Informationen spülten durch ihren Geist. Das Gefährt bewegte sich lautlos auf sie zu. Die elegant geschwungene Kabine der Kutsche, nein, *Karosserie.*

Was für ein seltsames Wort.

Eine elegant geschwungene Karosserie aus schwarzem Metall und Chrom. Es summte leise, als das Auto sie passierte, und ein leises, hohes Pfeifen war zu hören.

»Eine Fusionszelle«, flüsterte die Katze erstaunt. »Diese Zeitlinie ist technisch extrem fortgeschritten! Ich wusste nicht, dass dieses Konzept schon irgendwo umgesetzt wurde. Es muss die Welt vollkommen revolutioniert haben. Arbeiten die Zellen zuverlässig?«

Niklas zuckte mit den Schultern. »So lange, bis sie auf einmal nicht mehr funktionieren und einen kompletten Stadtteil einebnen und für zehntausend Jahre unbewohnbar machen. Der Umsatz ist dennoch explodiert, zusammen mit der Strahlenbelastung und den Krebszahlen.«

Clawdia schnaufte genervt. »Entschuldigung, nicht dass ich den schönen Spaziergang nicht genießen würde, aber wo gehen wir eigentlich hin?«

»Es muss«, erklärte Josefine, »hier irgendeinen Übergang in die letzte andere intakte Zeitlinie geben, sonst hätte uns das Haus nicht hierhergebracht. Wir müssen sie nur finden.«

»Außerdem«, ergänzte Niklas, »treffen wir dort hoffentlich einen Kontakt, der uns weitere Informationen geben kann.«

»Und wie jetzt weiter?«, fragte Clawdia.

»Keine Ahnung«, antwortete Josefine. »Ich bin kein Anker. Woher soll ich das wissen?«

»Oh, großartig«, zischte Clawdia. »Erst die Clownsverkleidung und jetzt soll ich auch noch hellsehen.« Sie drehte sich zu Niklas. »Was ist mir dir, du Anker?«

»Es ist einfacher«, erklärte der Mann grinsend, »wenn man nüchtern ist.«

»Wundervoll. Ich habe nämlich absolut keine Ahnung!«

»Du weißt es«, erklärte die Katze leise, »du weißt nur nicht, dass du es weißt.«

»Danke, sehr hilfreich!«

Ein Seufzen kam aus dem Korb.

»Okay, lass uns etwas versuchen. Steck deine Hand in den Korb und halt die Uniformjacke fest. Jetzt schließe die Augen und lass dich von Niklas führen. Erinnere dich an das

Gefühl, die Uniformjacke getragen zu haben, und denk an nichts Bestimmtes. Deine Instinkte sollten ausreichen.«

So liefen sie lange, mindestens eine halbe Stunde lang. Eine Zeit, in der Clawdia hauptsächlich überlegte, ob Schuhe einen wirklich umbringen konnten. Sie gab zwar immer wieder Anweisungen, die Richtung zu wechseln, doch ihre Kommandos erschienen ihr selbst vollkommen willkürlich.

Irgendwann endete die angespannte Stille der Wohngebiete und erste Geräusche wurden laut, die nach zunehmender Aktivität und Handwerk klangen. Metallisches Hämmern und Rumpeln wurde hörbar. Einmal erschrak Clawdia heftig, als ein ohrenbetäubendes Kreischen und schrilles Wehklagen erscholl, von dem ihre Begleiter ihr jedoch versicherten, es sei eine Art Säge für Metall.

Schließlich roch Clawdia etwas intensiv Salziges und spürte Freude in sich aufsteigen, zusammen mit der Überzeugung, dass es jetzt genug war. Sie riss die Augen auf und sah das Meer.

Heilige Sonnen, wie lange ist es her, dass ich das Meer sehen durfte. Wenigstens ein Anblick, der nicht furchtbar ist. Es ist wunderschön.

Es lag dunkel und unfassbar groß vor ihr. Kein Lüftchen regte sich, sodass die Wasseroberfläche sanft schaukelte, jedoch für Wellen keine Kraft zu haben schien.

Vielleicht hat die See auch beschlossen, dass schäumende Wasser zu unrein für diese Welt sind.

Sie standen direkt am Ufer, umgeben von grauen, verlassenen Hafenanlagen. Lagerhallen mit leeren Fenstern und verwaiste Verwaltungsgebäude lagen hinter ihnen. Eine Reihe leerer Piers streckte sich vor ihnen in eine weitläufige Bucht hinaus.

»Wo sind die Schiffe?«, fragte Clawdia. »Warum ist alles so leer hier?«

»Die Hafenanlagen«, antwortete Niklas, »wurden schon vor Jahren stillgelegt, seit die Regierung eine vollständige Abschottung des Landes beschlossen hat, um dem schädlichen Einfluss chaotischer Kräfte vorzubeugen. Ergebnis einer strikten Isolationspolitik wegen der Gefahr, unreinen Einflüssen ausgesetzt zu sein.«

»Besteht die Gefahr denn?«

»Nein, wir haben die meisten Länder mit Krieg überzogen und unterworfen. Die Frachter mit den erbeuteten Gütern landen allerdings nur nachts.«

Clawdia sah den nächstgelegenen Pier entlang.

Im Gegensatz zu den anderen, die in die Bucht hineinragten, strahlte dieser nicht sauber und leer. Ein verrosteter Kutter kauerte sich unweit von ihnen an die Betonmauer, als müsse er sich festhalten, um nicht im trüben Wasser des Hafenbeckens zu versinken. Ein Haufen Schrott und Müll stapelte sich davor, belagert von einer großen Gruppe Möwen, welche den Ort als Treffpunkt und Toilette entdeckt hatten.

Clawdia stutzte bei dem Anblick.

»Wer hätte gedacht, dass wir in dieser Zeitlinie tatsächlich Schmutz und Unrat zu sehen bekommen? Ich dachte, Abfall wäre verboten?«

Josefine, welche vorsichtig über den Rand des Korbes hinwegspähte, kommentierte trocken: »Der Müll bewegt sich.«

13 | Verwaltung

Der Haufen Müll und Gerümpel, welcher den Zugang zum Pier blockierte, wirkte gleichermaßen abstoßend wie fehl am Platze. Je länger Clawdia das Gebilde betrachtete, desto verdächtiger erschien es ihr. Der Haufen wirkte zu sorgfältig konstruiert, um das Ergebnis einer zufälligen Ansammlung von Abfall zu sein. Metallschrott und alte Möbel bildeten zusammen mit Holzplatten und Plastikplanen eine solide, ineinander verkeilte Masse. Selbst der Unrat, welcher darauf verteilt lag, machte einen sorgfältig arrangierten Eindruck. Das Ergebnis bestand in einem Müllhaufen, welcher sich große Mühe gab, zufällig und unwichtig zu wirken. Ein Eindruck, der im Moment akut gefährdet wurde, da in der Tat Bewegung in den Haufen Schrott kam. Diese Veränderung wurde sowohl vom aufgeregten Hüpfen und Flattern der Möwen begleitet als auch vom hingebungsvollen Fluchen einer rumpelnden männlichen Stimme. Clawdia verstand die Sprache nicht, aber die Art des Vortrags ließ keinen Zweifel am Inhalt. Die Stimme klang älter und enthielt eine raue Schärfe, die an Niklas' Lebensstil denken ließ, plus zahlreicher Jahrzehnte zusätzlichen Trainings.

Der Haufen verschob sich noch einmal rumpelnd, woraufhin die Möwen kreischend auseinanderstoben. Einzelne Gegenstände purzelten aus dem Müll heraus. Eine Dose hüpfte scheppernd über den Boden und rollte den Pier entlang. Ein Blecheimer stürzte von irgendwo krachend herunter, was eine noch lautere Flut von Verwünschungen nach sich zog. Schließlich flog eine Plastikplane beiseite und eine Erscheinung löste sich aus dem Gebilde und trieb Müll werfend die Möwen auseinander. Der einzige Unterschied zum Müllhaufen bestand darin, dass dieser stationär blieb und die Erscheinung laufen konnte beziehungsweise so etwas Ähnliches.

Clawdia wich unwillkürlich einen Schritt zurück, während sich das Wesen auf die Gruppe zubewegte. Es wurde von einem viel zu großen Mantel unbestimmter Farbe verhüllt sowie einem altertümlichen Hut, der mehr auf dem Kopf hing als saß. Irgendwo dazwischen bildete ein struppiger Vollbart einen nicht weniger vor Schmutz starrenden Übergang. Was von dem Gesicht theoretisch noch zu sehen war, blieb hinter schwarzem Dreck verborgen. Die Erscheinung trug gewaltige grüne Gummistiefel und kam in einer Art hopsenden und hinkenden Seitwärtsgang näher, den Kopf über die rollenden Schultern zu ihnen gewandt. Den Mantel mit den Händen zusammengerafft, wankte die Gestalt laut jammernd auf sie zu. Ein aufmerksamer Beobachter hätte vielleicht bemerkt, dass der Mann den Blick zwar gesenkt hielt, doch wenn er aufsah, blitzten blaue Augen unter der Hutkrempe hervor und straften die gesamte Erscheinung Lügen.

Josefine begrüßte die Gestalt mit einem sachlichen: »Guten Tag, Bobby.«

Das Müllwesen erstarrte und innerhalb eines Wimpernschlages fielen alle Manierismen von dem Mann ab, wie Laub von einem Herbstbaum. Er richtete sich auf, dehnte knackend seinen Rücken und räusperte sich ausführlich. Als er schließlich sprach, fand sich keine Spur mehr von Rauheit oder Alter in seiner Stimme.

»Da seid ihr ja endlich. Ihr habt euch ganz schön Zeit gelassen. Ich dachte schon, ich müsste euch suchen kommen.«

»Wir wurden aufgehalten«, entgegnete die Katze trocken. »Das Reisen durch Zeitlinien ist im Moment erstaunlich unangenehm.«

»Unangenehm?«, entgegnete der Mann mit gespielter Verblüffung. »Versuch mal ein paar Monate lang im Müll zu wohnen, während dir die Möwen auf den Kopf scheißen.« Er richtete seine Augen zum ersten Mal auf Clawdia. »Wie ich sehe, habt ihr euren zweiten Anker gefunden.« Er sah an der jungen Frau herab und schnaufte. »Niklas, ich sage dir, der Anblick eurer gesetzlich vorgeschriebenen Klamotten ist so entsetzlich, dass einem der Atem wegbleibt.«

»Dito«, erwiderte der Angesprochene ruhig und zog seine Zigaretten aus der Tasche.

»Clawdia«, erklärte Josefine, »darf ich dir unseren Kontakt im Feld vorstellen. »Sein Name ist Robert Bobsley. Wir nennen ihn Bobby Bobby.«

»Nicht so förmlich«, erwiderte der Mann fröhlich, »nenn mich doch Bobby!«

»Bobby«, fuhr die Katze fort, »das hier ist Clawdia, unser letzter Anker.«

»Ah, das erblindete Mädchen«, kicherte der Mann. »Was für eine beschissene Wahl.« Er warf der jungen Frau einen blau leuchtenden Blick zu, der so durchdringend war, dass er ihr glatt zum Hinterkopf wieder hinausging.

Schönen Dank auch, dachte Clawdia.

Der Kontaktmann kratzte sich energisch im Bart, was einen Schauer aus Bruchstücken erzeugte, die um ihn herum zu Boden fielen. Clawdia wich noch weiter zurück für den Fall, dass etwas davon auf sie zugekrochen kam.

»Was haltet ihr von meinem Büro?«, fragte Bobby und zeigte mit dem Daumen über die Schulter. »Ihr wärt verblüfft, wie selten ich Besuch bekomme.«

«Wie schaffst du es«, fragte Josefine, »dass der Hafenmeister dich nicht einfach mit einer Planierraupe ins Meer schiebt?«

»Wie wohl?«, erwiderte Bobby. »Bestechung! Wer hier große Mengen Schnaps besorgen kann, ist allmächtig! Russischer Branntwein öffnet alle Türen!«

»Der Vudki?«, hauchte Niklas beeindruckt. »Wow. Der Besitz steht unter Todesstrafe.«

»Sollte er auch«, warf Clawdia ein. »Das Zeug ist widerlich.« Sie hatte keine Ahnung, wo dieser Satz jetzt herkam.

Bobby lachte laut. »Wahr gesprochen! Doch des einen Mannes Gift ist des anderen Mannes Währung und des letzten Mannes Nahrung. Ich habe die Regeln nicht gemacht.«

»Bobby«, unterbrach die Katze den Mann ungeduldig. »Was nun? Wir haben die Kleidung und den Anker. Jetzt brauchen wir den Übergang. Weißt du, wo er ist?«

Anstatt zu antworten, sah der Angesprochene Clawdia eindringlich an.

Als sie nicht reagierte, zog er die Brauen auffordernd hoch.

Die junge Frau schluckte und erklärte. »Er ist hier. Ich weiß nicht, warum oder wo, aber er ist hier. Es fühlt sich komisch an.«

»*Du* bist der Anker«, erklärte Bobby ruhig. »Als solcher müsstest du eigentlich in der Lage sein, *uns* den Weg zu zeigen. Wege finden ist deine Aufgabe, dein Schicksal, deine Bestimmung. Jedenfalls wenn es nach den alten Schriften geht.«

»Welche Schriften?«, fragte Josefine. »Wie alt?«

»Alt genug«, erklärte Bobby, »dass sie eine Zeit vor den Zeitwächtern beschreiben.« Er wandte sich wieder an Clawdia.

»Wir haben keine Zeit zu verlieren. Die Reinheitslinie stagniert, wie es fortgeschrittene Reinheitslinien immer zu tun pflegen. Sie friert in den eigenen Regeln ein und ist am Ende letal. Die Ordnungslinie jedoch …« Er verzog gequält das Gesicht.

»Ordnungslinie?«, fragte Clawdia.

»Die zweite stabile Linie, die es noch gibt«, erklärte Josefine.

»Die stark genug ist, gerettet zu werden«, ergänzte Bobby. »Von dort kommt deine Uniform.«

»Was ist der Stand dort?«, fragte die Katze.

»Es bleibt nicht mehr viel Zeit«, antwortete Bobby. »Es sind religiöse Fanatiker. Diese Linien brennen immer mit einer unglaublichen Kraft, bis sie sich am Ende selbst verzehren, und nichts brennt schneller als Streben nach Ordnung.«

»Warum?«, fragte Clawdia irritiert.

»Weil sie immer weiter Krieg führen«, erklärte der Mann, »und nicht aufhören, Macht zu sammeln, bis ihnen irgendwann die Gegner ausgehen. Da es aber immer Unordnung gibt, wenn man lange genug danach sucht, bringen sie sich zuletzt alle gegenseitig um, bis am Ende niemand mehr am Leben ist.« Bobby schüttelte angewidert den Kopf. »Wir haben Glück, sie haben das eine oder andere Land noch nicht unterworfen, deswegen bleibt uns noch ein bisschen Zeit. Wenn wir zu lange warten, haben wir eine eingefrorene Zeitlinie und eine in der Selbstaufzehrung. Das wird den Untergang nur noch beschleunigen. Wir müssen sie zum Zeitpunkt ihrer maximalen energetischen Ausdehnung abfangen und mit der Stagnation der Ordnungsebene verbinden. Dann bekommen wir die Stabilität, die wir brauchen, damit sich weitere Zeitlinien neu abspalten und entfalten können.«

Clawdia verstand nicht einmal die Hälfte von dem, was der Mann da schwatzte, war aber noch nicht bereit, das Fragen aufzugeben.

»Und wie kommen wir dort hin?«

»*Wir?*«, antwortete Bobby verblüfft. »*Wir* kommen nirgendwo hin. *Du* bist der Anker und es hängt an dir.«

»Was ist mit Niklas?«, fragte Clawdia und deutete mit dem Daumen nach links auf den Mann, der stumm den Himmel betrachtete und rauchte.

Bobby seufzte.

»Niklas haben wir immer wieder getestet. Er findet nur Zeitlinien mit hohem Alkoholgehalt.«

Der Angesprochene nahm die Zigarette aus dem Mund und grinste.

»Nein, Clawdia«, fuhr Bobby fort. »Ich fürchte, du musst den Übergang finden und herausbekommen, wie man die beiden Zeitlinien zusammenführt. Es ist zum Glück nicht weit.«

Clawdia sah sich um.

»Was? Hier?«

»Natürlich hier!«, rief Bobby. »Was glaubst denn du, warum ich hier seit Jahren im Müll hocke?«

Clawdia sah auf die Möwen und auf den Müllhaufen, in welchem Bobby wohnte, und die Abscheu musste sich zu deutlich auf ihrem Gesicht gespiegelt haben, denn der vor Dreck starrende Mann lachte laut auf.

»Gut, nicht wahr? Die Möwen waren meine Idee. Ich musste sie mir einzeln zusammensuchen. Aber wenn man sie jeden Tag füttert, sind sie verblüffend treu.«

»Ah!«, erklärte Clawdia und zeigte auf den Müllhaufen, der mit Vogeldreck bedeckt war und den Weg über den Pier versperrte. »Das ist Absicht.«

»Natürlich«, rief Bobby und zeigte mit einer Hand zum Ende des Piers. »Dort hinten ist die weiche Stelle, an welcher die Ordnungslinie und die Reinheitslinie aufeinandertreffen. Das Letzte, was ich gebrauchen kann, sind neugierige Reinheitsfanatiker, die hier herumstolpern und ihre Nase in alles stecken. Die Gefahr besteht jetzt nicht mehr.« Er lachte gehässig. »Kannst du dir vorstellen, was es bedarf, damit ein Hüter der Reinheit auch nur einen Fuß auf diesen Pier setzt?«

»Flammenwerfer«, kommentierte Niklas trocken.

Bobby lachte laut. »Genau!« Er wandte sich wieder an Clawdia.

»Wenn du magst, kannst du dich auf meinem Kutter umziehen. Mit diesen Klamotten solltest du dich besser nicht in der anderen Zeitlinie sehen lassen.« Er zwinkerte ihr zu. »Blonde Frauen mit langen Haaren gelten dort als moralisch fragwürdig.«

Clawdia tat bereits einen Schritt auf den Kutter zu, als Bobby sie noch einmal ansprach.

»Ein Anker muss allein gehen. Sonst kann es dir passieren, dass ein zweiter Geist dich unbewusst beeinflusst. Am Ende stehst du dann in der falschen Zeitlinie.

Die junge Frau stellte wortlos den Korb ab und ließ Josefine herausklettern, welche leise vor sich hin grummelte. Sie nahm neben Niklas Platz, der gleichgültig vor sich hinstarrte oder im Stehen schlief. Hinter der Sonnenbrille ließ sich das nur schwer erkennen.

Den Korb wieder aufnehmend, ging Clawdia mit vorsichtigen Schritten in ihren hochhackigen Schuhen langsam den Pier entlang, wobei sie dem Dreck und den aufgeregt umher hüpfenden Möwen so gut es ging auswich.

Aus der Nähe betrachtet, sah der Kutter nicht viel besser aus. Ihre Erfahrung mit Schiffen, besonders welche aus Metall, hielt sich in Grenzen. Man musste jedoch kein Experte sein, um zu erkennen, dass dieses Exemplar antiker nautischer Ingenieurskunst hauptsächlich von Rost und viel Hoffnung zusammengehalten wurde. Nach einem kritischen Blick auf den Laufsteg zog sie sicherheitshalber noch die Schuhe aus und hoffte, dass die verdammten Strümpfe für immer zerrissen, als sie vorsichtig an Bord kletterte. Unter Deck fand sie zu ihrer Überraschung einen verblüffend sauberen und ordentlich eingerichteten Raum voller Bücher vor, wo sie ohne Hast die Kleidung wechselte und erleichtert seufzte, als sie zuletzt Schuhe und Perücke in den Korb stopfte. Es bedurfte einer gewissen Disziplin, das Ding nicht kurzerhand über Bord zu werfen. Am Ende begnügte sie sich mit einem kräftigen Tritt ihrer Stiefel, welcher den Korb quer durch die Kabine beförderte.

Zurück auf dem Pier realisierte Clawdia mit einem Anflug von Scham, warum sie sich so viel Zeit gelassen hatte. Am Kai der Hafenanlage sah sie die beiden Silhouetten der Männer und einen kleinen weißen Punkt, welche sie aufmerksam beobachteten. Leider hatte sie nicht die geringste Ahnung, was nun von ihr erwartet wurde. Sie zog verlegen an ihrer Uniformjacke herum, strich ein paar unsichtbare Falten glatt und hielt verdutzt inne, als sie etwas in der äußeren Jackentasche fühlte. Der Fund ließ sie lächeln und erleichtert über die Ablenkung zog sie die Zigarettenpackung und das Feuerzeug hervor. Um Zeit zu gewinnen, zog sie sich erst einmal hinter eine blaue Rauchwolke zurück. Den Ellenbogen in die Hand gestützt, stieß sie Rauch durch die Nase hervor und betrachtete die Kaianlage, während sie probeweise ein paar Schritte vor, zurück und seitwärts ging, ohne dabei die Lagerhallen aus den Augen zu lassen. Nach einer Weile des sinnlosen Umherlaufens wollte sie schon genervt aufgeben, als ihr auffiel, dass die Gruppe, welche sie beobachten sollte, verschwunden war. Nicht vollkommen, denn der weiße Punkt der Katze saß bewegungslos an seinem Platz, doch die Männer fehlten.

Aha, dachte Clawdia, zog nachdenklich an ihrer Zigarette und bewegte sich langsam seitwärts, bis sie den richtigen Punkt gefunden hatte. Drehte sie den Kopf um einige Millimeter, tauchten die Männer wieder auf. Während sie den Punkt hielt, an dem nur die Katze auf dem Kai saß, ging sie langsam wieder auf das Ufer zu. Als sie kurz darauf die Zigarette seitwärts in das Hafenbecken schmiss, hatte sie den

Punkt gefunden, an welchem weder Katze noch Männer anwesend waren. Mit vorsichtigen Schritten bewegte sich Clawdia in Zeitlupe weiter und korrigierte sich immer wieder durch leichte Seitwärtsbewegungen, bis sie plötzlich ein anderes Bild fand. Die Kaianlagen sahen gleich aus, die Hallen schienen ebenfalls identisch, doch jetzt wehten Fahnen an großen Masten über dem Kai. Schwarze Fahnen mit einem weißen Kreis.

Na bitte! Geht doch, dachte sie triumphierend und schritt zügig auf die Fahnen zu. Ihre Konzentration auf das Ufer hatte sie jedoch so in Anspruch genommen, dass sie den Nebel erst bemerkte, als er bereits ihre Beine umfing. Die breite Nebelbank war unbemerkt vom Meer aus auf das Land zugerollt und hüllte sie schnell in eine dichte graue Masse, welche die Hafenanlage in Sekunden verschluckte. Es wurde kalt.

Der Nebel umfing sie von allen Seiten und legte sich wie Watte über ihre Ohren. Ihre Schritte klangen dumpf und hohl, während sie unsicher dem Pier in Richtung Ufer folgte. Wenn es überhaupt noch der Pier war. Sie trat fest auf den Boden und ein hohles Echo folgte ihren Schritten, welches nicht da sein sollte. Leicht irritiert zündete sich Clawdia eine neue Zigarette an und ging dann in die Hocke, um den Boden zu untersuchen. Statt der verwitterten Betonoberfläche des Piers fand sie nun polierten schwarzen Marmor, der von feinen silbernen und goldenen Adern durchzogen wurde. Der Nebel ließ keinerlei Details ihrer Umgebung erkennen, dennoch kniff sie die Augen zusammen, musterte die Nebelschwaden und zögerte. Nicht weit entfernt näherte sich ein dunkler Schemen, der langsam aus den Nebelschwaden hervortrat und an Form gewann. Sehr groß und breit, mit sehr vielen Beinen. Clawdia stöhnte leise.

Bitte, bitte kein neues Monster, mein Bedarf ist vorerst gedeckt.

Der dunkle Schemen ragte mehrere Meter hoch und breit vor ihr auf und schien einen langen Hals zu haben sowie einen breiten unförmigen Körper auf zahlreichen Beinen.

Die dunkle Form verharrte bewegungslos im Nebel, und nachdem Clawdia ihn einige Zeit lang rauchend studiert hatte, zuckte sie schließlich mit den Schultern und trat dem formlosen Schatten entgegen. Sie nahm noch einen letzten Zug aus der Zigarette und schnippte dem Schemen den Filter entgegen.

»Ich muss doch wirklich sehr bitten, junge Dame!«, kam eine Stimme aus dem Nebel. Es klang wie ein unangenehm scharfes Zischen. Brüchig und alt, wie raschelndes staubiges Pergament in vergessenen Bibliotheken. Ein heiseres Flüstern, das in ihrem Kopf auftauchte, ohne tatsächlich zu ihr hinüberzuschallen. »Was ist denn das für ein Benehmen?« Ein Windstoß riss die Nebelschwaden auseinander und der unförmige Schemen entpuppte sich als Schreibtisch, welcher über drei Meter hoch vor ihr aufragte. Die Nebel wichen weiter zurück und Wände aus dem gleichen schwarzen Marmor wie der Boden ragten in endlose Höhen empor. Eine Decke ließ sich nicht erkennen, doch helles Licht fiel diffus von oben herab. Clawdia blinzelte und erkannte, dass eine hohe Gestalt hinter dem Schreibtisch saß und auf sie herabsah. Selbst sitzend musste der Kopf mindestens vier Meter über ihr schweben.

Warum, fragte sich Clawdia frustriert, *ist eigentlich immer jeder größer als ich?*

Die Gestalt erschien ihr absurd lang gezogen, mit dünnen knochigen Gliedmaßen und grauer Haut. Kleidung schien sie nicht zu tragen. Das Wesen hatte sich vorgebeugt und legte gerade die Spitzen seiner dürren langen Finger, bestückt mit scheinbar zu vielen Gelenken, zusammen. Das Gesicht hinter diesen Händen war ebenso lang gezogen wie der Körper und verfügte über einen kleinen schmalen Mund ohne Lippen und riesige mandelförmige Augen, welche vollkommen schwarz und kalt auf Clawdia hinabblickten. Obwohl keine Nase in dem Gesicht, trug das Geschöpf absurderweise dennoch eine Brille mit dickem, dunklem Rand und Clawdia fragte sich beiläufig, warum das Gestell ohne Nase nicht sofort herunterfiel.

»Ich muss Sie doch sehr bitten«, zischte das Wesen, »Ihren Abfall nicht in mein Büro zu werfen. Gute Reinigungskräfte sind auf den Astralebenen nur schwer zu finden.«

Clawdia hatte so langsam genug von Wesen aus anderen Dimensionen, Welten oder Zeitlinien.

Schön zu sehen, dass nicht nur meine Zeitlinie voller herablassender Arschlöcher ist, dachte sie sarkastisch, nahm betont langsam die nächste Zigarette aus der Packung und ließ mit Schwung das Feuerzeug aufklappen. *Als Kind träumt man von fernen Welten und fremden Wesen, aber niemand bereitet einen darauf vor, dass jeder mit einem redet, als wäre man drei Jahre alt.*

Sie entzündete langsam ihre Zigarette und unterdrückte dabei ein Frösteln. Die Temperatur sank noch immer.

Zum Glück habe ich das bescheuerte Kleid nicht an.

»Mir scheint«, erklärte sie beiläufig, »ich bin beim Wechsel der Zeitlinien falsch abgebogen.«

»Keineswegs Miss«, das Wesen warf einen flüchtigen Blick auf seine Unterlagen, »Clawdia. Sie waren in der Tat im Begriff, in die Zeitlinie #72485$AXPQX überzuwechseln. Keine schlechte intuitive Leistung, wenn man ihren Mangel an Ausbildung oder irgendeiner Qualifikation bedenkt. Was mich jedoch viel mehr interessiert ist, warum Sie und Ihre Truppe krimineller Zeitflüchtiger diesen Aufwand überhaupt betreiben.«

Clawdia erkannte den Tonfall von früher. Zu Hause musste sie ihn ihr ganzes bisheriges Leben hören. So sprachen Adelige mit Menschen niederer Herkunft. Sie zog verärgert an ihrer Zigarette, und die Erkenntnis, dass dieses Verhalten ihr sogar in transdimensionale Begegnungen folgte, verbesserte ihre Laune kein bisschen. Eine beiläufige Bemerkung von Valerie tauchte aus ihrer Erinnerung auf und sie kniff die Augen zusammen.

»Ich vermute mal, dass ich einen Zeitwächter gefunden habe?«

Eine Art schnaubendes Gurgeln erklang und Clawdia brauchte einen Moment, um zu verstehen, dass es wahrscheinlich eine Art abfälliges Lachen sein sollte.

»Wächter?«, rief das Wesen. »Wir bewachen nichts. Das Universum braucht keine Wachen, es braucht eine vernünftige Verwaltung. Es ist nur unserer Arbeit zu verdanken, dass dieser unkontrollierte Haufen Chaos überhaupt noch existiert. Eine Arbeit, welche schon schwer genug ist, auch ohne vagabundierende Hausbesetzer, die fortwährend in unserer Arbeit intervenieren wollen. Als ob ich Zeit dafür hätte.« Das Wesen gurgelte wieder ein Lachen. »Nicht autorisierte Interventionen der Zeitlinien zu unterbinden, ist eine dieser lästigen Nebentätigkeiten, auf welche ich auch problemlos verzichten könnte.«

»Gerüchten zufolge«, erklärte Clawdia, »ist dies die Aufgabe von Ankern. Zeitlinien bereinigen und zusammenführen, um auf diese Weise alternative Realitäten zu retten, welche sonst sterben würden. Es mag Ihnen bei all Ihrer wichtigen Verwaltung nicht aufgefallen sein, aber unsere Welten sterben. Sie sterben alle.«

»Natürlich sterben sie«, bestätigte der Zeitwächter. »Zeitlinien enden fortwährend und neue beginnen. Handelt es sich um ein auslaufendes Universum wie dieses hier, enden sie halt häufiger. Das wüssten Sie auch, junge Dame, wenn Sie administrativen Zugang zum Entwicklungsplan hätten.«

Er tippte mit einem langen Finger auf seine Unterlagen.

Dieses Universum liegt seit zehntausend Jahren zum ersten Mal im Zeitplan und ich würde es begrüßen, wenn dies auch so bleibt. Das entspricht selbstverständlich in allen Details dem offiziellen Rückabwicklungsplan.«

»Dem was?«

Das Wesen schloss genervt die Augen, massierte sich die Schläfen und blubberte in einer fremden Sprache vor sich hin.

»Dieses Universum«, erklärte es langsam, »endet und wird durch eine neuere Version ersetzt. Die Pläne liegen zur Einsicht schon seit zehntausend Jahren im Zentralverwaltungsbüro des inneren Zeitvortex. Bis jetzt gab es noch keinen Widerspruch dagegen. Warum auch, dieses von Parasiten überrannte Auslaufmodel auf Kohlenstoffbasis ist hochgradig anfällig, massiv korrupt und seit mehreren Hunderttausend Jahren hauptsächlich krank. Wir ersetzen dieses völlig veraltete Konzept durch eines auf Siliziumbasis.« Er formte den Mund zu einem perfekten Kreis und wedelte mit einer kurzen grauen Zunge. Scheinbar ein Bekunden von Freude. »Sie sollten die Modelle sehen. Vollkommen resistent gegen Parasiten und unendlich haltbar. Aber warum erzähle ich Ihnen das? Undankbarkeit ist man von Parasiten ja gewohnt.«

Clawdia rauchte gelassen weiter.

»Haben Sie sich mal gefragt, was die Menschen davon halten, dass Sie ihr Universum beenden wollen?«

»Haben Sie«, entgegnete der Zeitwächter pikiert, »auch nur eine Vorstellung davon, wie viele Häuser wir mit aufwändig trainiertem Personal in Betrieb halten mussten, nur weil *Menschen* auf dem Zeitplan überhaupt aufgetaucht sind? Es ist ein Wunder, das dieses Universum überhaupt so lange durchgehalten hat. Menschen! Hören sie mir auf mit Menschen! Keine höher entwickelte Spezies war jemals anfälliger für Parasiten. Der Korruptionslevel ist inhärent so hoch, dass es nicht einmal lohnt, ihre Meinung überhaupt einzuholen.«

Clawdia zeigte mit der Zigarette auf das Wesen und holte gerade Luft, als es sie auch schon unterbrach.

»Junge Dame, ich habe wirklich keine Zeit für diesen Unsinn. Ich verwalte hier zehn hoch sechs Zeitlinien, die alle im Zeitplan beendet werden wollen und mir läuft, haha, die Zeit davon.«

»Aber, …«

»Hören Sie«, begann das seltsame Wesen. Es nahm die Brille ab und versuchte, vernünftig zu klingen. »Aus Ihren Unterlagen geht ganz klar hervor, dass Sie keinerlei offizielle Legitimation besitzen. Der Zustand Ihrer Verwaltungseinheit ist gelinde gesagt beklagenswert. Kein Haus sollte wie ein führerloses Schiff durch die Existenzebenen treiben. Ihr sogenannter Personalstab besteht aus einem jämmerlichen Alkoholiker im Exil und einer impertinenten Katzendame, die sich für etwas Besseres hält, weil sie die Flügel des Adels trägt. Kein Wort dabei über Ihre sogenannte Haushälterin, von der Ihnen wirklich niemand abkauft, dass sie ein Mensch ist. Es wäre für uns alle viel einfacher, wenn Sie akzeptieren, dass Ihr Universum am Ende ist. Ihr Gesuch um die Rettung der letzten beiden Zeitlinien ist lachhaft, das müssen Sie doch einsehen. Die ewige Nacht wird kommen, ob Sie das nun wollen oder nicht. Und nun seien Sie so gut und lassen mich in Ruhe arbeiten. Wir werden die Transitionspunkte zwischen den betreffenden Zeitlinien schließen, und ich würde Sie dringend bitten, von weiteren Manipulationen abzusehen. Wenn man Ihre fortwährenden Verstöße bedenkt, sind wir hier mehr als tolerant. Glauben Sie denn, wir sehen Ihre Kontakte zu den Parasitenuniversen nicht?

All diese Besuche sind gegen den Kodex der Hausvorgaben!« Er wedelte mit einer bleichen, schmalen Hand vage in ihre Richtung. »Ich möchte Sie nicht weiter von Ihren wichtigen Angelegenheiten abhalten. Guten Tag.«

Wie auf Kommando wallten die Nebel wieder heran und umfingen Clawdia von allen Seiten, verbargen den Zeitwächter und erstickten jeden Widerspruch.

14 | Ordnung

Clawdia trat aus dem Nebel und blinzelte.

Kein Zweifel, ich habe definitiv die Zeitlinie gewechselt.

Die schwarzen Fahnen wehten noch an ihren Masten, doch sie hatten Gesellschaft bekommen. Am Pier stand ein Soldat, welcher offensichtlich auf sie wartete, wobei er gelassen Pfeife rauchte. Während sie sich ihm vorsichtig näherte, wandte er sich ihr bereits zu, nahm die Pfeife aus dem Mund und salutierte.

»Gut, Sie wohlauf zu sehen, Captain.«

Clawdia erwiderte irritiert den Gruß und sah in zwei leuchtend blaue Augen, welche ihrem Blick freundlich, aber bestimmt standhielten. Der Mann war glattrasiert, sportlich und offensichtlich erfreut, sie zu sehen.

»Bobby?«, fragte sie leise.

»Robert«, korrigierte der Mann und deutete eine Verbeugung an.

»Tatsächlich?«, entgegnete Clawdia und zeigte mit dem Daumen über die Schulter. »Eben war es doch noch Bobby.«

Der Mann lächelte schief.

»Andere Zeitlinie, Captain. Anderer Robert.«

Sie sah ihn verwirrt an.

»Sie … wir, aber … häh?«

Der Mann lachte entschuldigend.

»Viele verschiedene Roberts, aber wir sind in Kontakt.« Er sah ihren erstaunten Blick und fügte hinzu: »Es ist ein wenig kompliziert.«

»Wie überraschend«, kommentierte Clawdia müde. »Wo doch alles andere hier so offensichtlich und einfach verständlich ist.« Sie seufzte. »Vielen Dank, dass Sie auf mich gewartet haben. Wie haben Sie es so schnell hierhergeschafft?«

»Schnell?«, erwiderte der Mann lachend. »Ich warte hier seit über zwei Wochen jeden Tag für mehrere Stunden.«

»Auf mich?«

»Natürlich auf Sie, Captain.« Er wies auf die schwarzen Flaggen. »Außerdem bewache ich die Fahnen. Eine ebenso patriotische wie ehrenvolle Tätigkeit, welche sich ganz nebenbei gut mit Warten verbinden lässt.« Er sah kritisch in seine Pfeife, seufzte, klopfte sie am Absatz seines Stiefels aus und steckte sie in eine Seitentasche seiner Uniformjacke. Aus einer anderen Tasche fischte er eine Handvoll silberner Rangabzeichen und ging auf die junge Frau zu.

»Verzeihen Sie, Captain, aber wir müssen Ihren Rang so schnell wie möglich sichtbar machen, sonst drohen uns ernsthafte Schwierigkeiten, sobald wir den Hafen verlassen.« Mit diesen Worten trat er an die junge Frau heran und befestigte die kleinen silbernen Totenköpfe am Kragen ihres Hemdes. »Ohne die würden wir es nicht weit schaffen.« Er fing ihren verblüfften Blick auf und lächelte. »Eine Person ohne Rang ist eine Person ohne definierten Platz in der Gesellschaft und somit nicht existent. Jemand ohne Rang ist hier kein richtiger Mensch und verfügt nicht über grundlegende Rechte. Sogar ein Tier mit Rang ist ihm übergeordnet.«

Clawdia starrte ihn düster an.

»Je mehr ich von diesem Universum kennenlerne, desto umfangreicher werden Ränge und Hierarchien, welche ich finde. Seltsamerweise stehe ich in diesen Hierarchien immer ganz unten.«

»Ah«, entgegnete der Mann und erriet ihre Gedanken. »Ich vermute, Sie haben zum ersten Mal einen Zeitwächter getroffen? Charmante Gesellen, nicht wahr? Man spürt deutlich, dass unser Universum in guten Händen ist.«

»Diese Wesen«, erklärte Clawdia trocken, »wollen es sterben sehen.«

»Nicht weiter überraschend«, entgegnete Bobby, ruckelte an den Abzeichen herum und zupfte ihr Hemd gerade. »Unser Universum ist nicht wirklich beliebt.«

»Er hat mir doch tatsächlich *untersagt*«, erklärte Clawdia, »die Zeitlinien zu manipulieren.«

»Wirklich?«, fragte der Mann in gespieltem Entsetzen. »Und das von Wesen, welche die alleinige Macht über Beginn und Ende allen Seins für sich in Anspruch nehmen? Das ist schockierend!« Er lächelte. »Sie wären verblüfft, Captain, wie viele Wesen in diesem Universum einem Menschen etwas verbieten wollen. Sogar unsere eigene Rasse versucht tagein, tagaus nichts anderes. Sie kommen doch gerade aus der Reinheitslinie, nicht wahr?«

»Ja?«, antwortete Clawdia gedehnt.

»Die ist ein Picknick im Vergleich zu dieser Ordnungslinie.«

»Warum?«

Robert schwieg einen Moment.

»Wenn er lange genug daran arbeitet«, erklärte er schließlich, »kann ein Mensch sein Leben erstaunlich *rein*halten. Es endet dann meist damit, dass er aufhören muss zu atmen, um die Luft nicht zu verschmutzen. Niemand jedoch, egal wie sehr er sich anstrengt, wird es jemals schaffen, Chaos mit Ordnung zu beherrschen. Schon die Idee ist lächerlich. Es ist, als wolle man die Nacht mit Kerzen vertreiben. Jedes weitere Licht erzeugt nur wieder neue Schatten. Der Wahnsinn ist praktisch eingebaut. Das Ergebnis ist immer ein hochaggressiver ideologischer Fanatismus, der andere im Namen der Ordnung versklaven will.«

»Am Ende«, warf Clawdia ein, »ist es also wieder nur ein Spiel um Macht über andere.«

Bobby lachte, trat einen Schritt zurück und musterte Clawdias Uniform.

»Es gibt Theorien, welche behaupten, dass das ganze Universum nur existiert, um Wesen die Gelegenheit zu geben, Macht über andere auszuüben. Selbst jede Kommunikation dient nur dazu, Machtverhältnisse zu klären oder auszuüben.«

»Da ist ja furchtbar.«

»Absolut. Ich möchte Ihnen versichern, dass Ihre Erfahrungen mit dem Zeitwächter weder außergewöhnlich noch individuell sind, sondern lediglich ein Symptom.«

Clawdia schwieg eine Weile.

»Warum sind Sie hier, Robert?«

»Ich soll Sie zurück nach Hause begleiten, Captain.« Er pflückte einige unsichtbare Fusseln von Clawdias Uniform und zog zum wiederholten Mal die Aufschläge gerade. »Jetzt, wo die Zeitwächter den Übergang geschlossen haben, müssen wir Sie auf anderem Weg zurück in das Haus bekommen.«

»Haben wir mit größeren Schwierigkeiten zu rechnen?«

Der Mann legte den Kopf schief und musterte die junge Frau von oben bis unten. Schließlich schnaufte er, zog ein Taschentuch aus der Innentasche seiner Uniformjacke und kniete sich nieder, um einen unsichtbaren Fleck von Clawdias Stiefel zu entfernen.

»Ich rechne nicht damit«, erklärte er, »dass man uns überhaupt bemerkt. Diese Welt ist vollkommen militarisiert. Die Armee ist überall, wir werden uns also in einem Meer aus Uniformen bewegen. Ihre Totenköpfe sind das Zeichen der Offiziere. Ihre sind silbern, somit sind Sie ein Captain der Aufklärung. Deswegen dürfen Sie sich frei bewegen. Das erschien mir am sinnvollsten.« Er lächelte humorlos. »Militärischer Totalitarismus hat auch seine Vorteile. Die Überwachung der Vorschriften ist so strikt und der Gehorsam so absolut, dass Ihnen niemand eine Frage stellen wird, wenn Sie einen hohen Rang haben. Das arbeitet zu unserem Vorteil. Genauso, dass Sie ein Anker sind und die Menschen deswegen sowieso in Ihnen sehen, was sie sehen möchten.« Er kam ächzend wieder auf die Beine und wies ihr mit einer einladenden Geste den Weg.

»Bitte gehen Sie voran, Captain. Ich bin Ihr Adjutant und muss mich einen Schritt hinter ihnen halten. Ich darf Ihnen jedoch etwas zuflüstern, solange ich Sie nicht dabei ansehe.«

Clawdia seufzte und schritt den Weg zwischen den Lagerhallen entlang. »Ich vermute meinen Namen zu benutzen, ist ebenfalls verboten?«

»Im Umfeld der Offiziere sind alle geschlechtsspezifischen Namen verboten. Ich darf Sie nur mit Rang anreden, und Sie dürfen mich anreden, wie immer Sie möchten, ich bevorzuge jedoch Robert.«

Clawdia schüttelte den Kopf und sah sich um.

»Warum sind wir eigentlich allein hier?«

»Wir haben Glück, Captain, denn die Hafenanlage wurde schon vor Wochen gesperrt, deswegen konnte ich hier auch einsam Wache stehen. Alle relevanten Kriegsfronten liegen zurzeit im Innern des Landes und gewöhnliche Arbeiter dürfen das Meer sowieso nicht sehen.«

Die junge Frau zog die Brauen zusammen. »Zu unordentlich?«

»Zu frei«, entgegnete der Mann. »Wer zu lange das Meer betrachtet, kommt auf Gedanken, welche der Pflichterfüllung gegenüber der Ordnung zuwiderlaufen.«

»Seltsam. In der anderen Zeitlinie ist die Hafenanlage ebenfalls gesperrt.«

»Das ist kein Zufall«, erklärte Robert. »Zeitlinien neigen immer zu unbewussten, parallelen Entwicklungen. Die kollektiven Bewusstseinsströme bleiben über die Grenzen der Raumzeit miteinander verschränkt. Das ist ein völlig normales Phänomen. Beide Linien betreiben auch ähnliche Formen der Kriegsführung und sind vollkommen gnadenlos gegenüber ihren selbstdefinierten Feinden.«

»Das«, erklärte Clawdia leise, »wirft kein gutes Licht auf die unabhängige Entscheidungsmöglichkeit des Individuums.«

»Nur«, kommentierte Robert heiter, »wenn man an Freiheit glaubt.«

Als sie kurz darauf das Hafengebiet verließen, bemühte sich Clawdia, nicht zu auffällig zu starren, doch sie wurde das Gefühl nicht los, dass sie sich auf einem vollkommen fremden Planeten befand.

Ihr Blick glitt an endlosen grauen Fassaden gleichförmiger Wohnblöcke entlang, welche sich Dutzende Stockwerke über ihr auftürmten. Robert musste sie mehrmals ermahnen, nicht immerfort nach oben zu starren, doch sie wurde den Eindruck nicht los, dass sich die Fassaden wie langsame Sturmwellen aus Beton zur Mitte der Straße lehnten, um sich dort zu treffen und den Blick zum Himmel für immer zu versperren.

An allen Häusern wehten die schwarzen Fahnen mit dem weißen Kreis. »Das Schwarz«, raunte Robert hinter ihr, »repräsentiert die ewige Nacht im endlosen, unkontrollierten Chaos. Der weiße Kreis ist der Widerstand der Ordnung gegen die Dunkelheit.«

Die Wohnanlagen mit ihren blinden Fenstern erinnerten Clawdia an den Anblick der Höllenebene und sie schauderte.

»So dicht an den Hafenanlagen«, flüsterte Robert, »finden sich hauptsächlich Arbeiterunterkünfte. Nicht dass der Rest der Stadt besser aussähe. Ästhetische Äußerungen sind ein Teil der Kunst, und Kunst ist ein Feind der Ordnung.«

Clawdia musterte die Menschen, die ihnen entgegenkamen. Kolonnen gleichförmig gekleideter Arbeiter liefen die Straßen entlang, wie menschliche Ameisen in grauen Uniformen. Niemand nahm Blickkontakt zu ihr auf. Es dauerte eine Weile, bis Clawdia auffiel, dass sie nicht zwischen den Geschlechtern unterscheiden konnte. Der Schnitt der Kleidung verhüllte die Körperformen, und die Haare zeigten einen Einheitsschnitt oder waren kurz geschoren.

An jeder Straßenecke standen Militärposten, welche langsam und gewissenhaft Papiere kontrollierten. Schwer gepanzerte Militärfahrzeuge in grauem Flecktarn blockierten jede Kreuzung.

»Es sieht aus«, flüsterte Clawdia, »als wäre das Land im Krieg.«

»Das ist korrekt«, entgegnete Robert. »Wenn Zeitlinien zu stark in den Fanatismus rutschen, führen sie zwangsläufig irgendwann Krieg gegen die eigene Bevölkerung. Auch das ist nichts besonders. Es ist lediglich der letzte Schritt vor der Selbstvernichtung.«

Kleine Gruppen von Soldaten beiderlei Geschlechts marschierten im Gleichschritt durch die Straßen. Wann immer sie in Gruppen beisammen standen, bildeten sie automatisch einen Kreis.

»Ordnung geht über alles«, flüsterte Robert von hinten. »Alles Chaotische ist der Feind.«

»Wo sind die Zivilisten«, fragte Clawdia über den Lärm einer Kolonne aus Militärfahrzeugen hinweg, welche laut an ihnen vorbeiratterte und sie dabei in dichte Wolken aus schwarzen Abgasen hüllte.

»Es gibt keine. Auf den Straßen sind nur Militärangehörige und offizielle Arbeiter erlaubt. Es gilt permanentes Kriegsrecht. Auf die meisten Vergehen steht die Todesstrafe. Delinquenten werden ohne Prozess hingerichtet, meist noch am gleichen Tag.«

Robert redete noch weiter, doch Clawdia hörte schon nicht mehr zu, denn sie hatte vor einer Wand Halt gemacht und betrachtete ein Poster. Das Bild zeigte eine blonde Frau mit langen offenen Haaren und halbdurchsichtigem Nachthemd, welche es selbst in ihrer Ohnmacht geschafft hatte, sich lasziv über ein Sofa zu drapieren. Eine leere Weinflasche lag neben ihr auf dem Boden.

»Lassen Sie mich raten, Robert«, begann Clawdia kühl. »So sieht der Inbegriff von Chaos aus, den es zu bekämpfen gilt?« Eiszapfen hingen an ihrer Stimme.

»Es tut mir leid, Captain.«

»Ich komme nicht umhin zu bemerken«, erklärte die junge Frau mit düsterem Blick, »dass sich in den Zeitlinien ein gewisser Trend abzeichnet, finden Sie nicht?«

»Ich weiß, was Sie denken, Captain, doch täuschen Sie sich nicht. Diese Poster kommen aus dem Propagandaministerium, welches von Frauen geleitet wird.«

Clawdia blieb eine Weile mit undeutbarem Ausdruck in den Augen vor dem Poster stehen.

»Sind wir sicher, dass es sich lohnt, dieses Universum zu retten?«

»Nein, aber es ist das Einzige, was wir haben.«

»Und ich dachte immer«, flüsterte Clawdia schließlich, »es würde reichen, die Bestien zu töten, welche auch aussehen wie Monster.«

Robert lachte. »Nichts anderes ist der Anspruch der hiesigen Ideologie. Das Chaos für immer zu beenden und der Ordnung für immer die Herrschaft zu geben. Das Problem ergibt sich jedoch, sobald man versucht, das Monster zu definieren.«

Clawdias Blick schweifte über eine weitere Kolonne schwarz lackierter Militärtransporter, die rumpelnd an ihnen vorbeifuhren.

»Es wird natürlich nicht funktionieren«, fuhr Robert fort. »Am Ende zerstören sich diese Linien immer selbst, denn Ordnung kann niemals perfekt sein. Selbst dann nicht, wenn der letzte fanatische Anhänger allein mit dem Messer in der Hand auf einem leeren Planeten bis zu den Knien im Blut steht. Zum Schluss wird er sich selbst ebenfalls richten müssen.«

Während die junge Frau dem Poster mit düsterem Blick den Rücken zuwandte, sah sich der Mann unauffällig nach allen Seiten um, bog in eine schmale Seitengasse ein und winkte Clawdia, ihm zu folgen.

Tief im Schatten einer mit Müllsäcken und Schrott gefüllten Sackgasse klopfte Robert einen komplizierten Rhythmus an eine massive Stahltür.

Nach einer langen Pause öffnete sich eine Klappe in der Tür. Das Gesicht dahinter blieb im Schatten verborgen, doch eine drohende Stimme intonierte: »Wann hat die kleine Eule Heimweh?«

Robert seufzte und entgegnete: »Lass den Scheiß, Jocko, ich habe keine Zeit für den Unsinn.«

Die Losung schien korrekt zu sein, denn die Stimme lachte und öffnete die Tür. Von der Straße fiel gerade genug Licht in den Raum, dass Clawdia einen Mann erkannte, der aussah, als wäre er in einer Werkstatt zusammengebaut worden. Sie vermutete jedenfalls, dass es ein Mann war, denn Bären trugen keine Mechaniker-Overalls. In der Hand hielt er einen Baumstamm, obwohl der Riese ihn wahrscheinlich als handlichen Knüppel betrachtete.

Robert beachtete die Erscheinung kaum, sondern schritt an dem Mann vorbei und durchquerte zügig mehrere leere Lagerräume voller Müll, sowie verfallene Werkstätten, in denen große, altertümliche, mechanische Ungetüme im staubigen Licht unter schmutzverdeckten Dachfenstern rosteten. Danach ging es eine lange Wendeltreppe aus Stahl hinab, welche laut unter ihren Schritten hallte. Es folgte ein Tunnel voller Rohre und Kabelbrücken und schließlich am Ende eine Leiter hinab in die Dunkelheit.

»Darf man sich erkundigen«, fragte Clawdia in die Kühle der abgestandenen Luft hinein, welche vage nach Abwasser roch, »wohin die Reise geht?«

»Kanalisation«, erklärte Robert knapp und entzündete eine Laterne, die am Fuß der Leiter stand. »Ihre Tür zurück zum Haus ist weit unten, Captain. Immerhin ist das Haus nicht dumm. Niemand möchte ein Bataillon von Ordnungsfanatikern in seiner Eingangshalle.«

Robert hielt die Laterne hoch erhoben und inmitten ihrer kleinen Insel aus Licht folgten sie einem runden, gemauerten Tunnel, während bedrohliche Schatten sie an den Wänden begleiteten.

»Ist dies ein stillgelegter Teil der Kanalisation?«, fragte Clawdia irgendwann in die Stille hinein.

»Alt, nein«, entgegnete Robert. »Stillgelegt, ja.«

»Was ist passiert?«

»Na was wohl? Krieg natürlich. Wenn genug Menschen sterben, sinken die Ansprüche an die Abwasseraufbereitung. Aber die Anlage hat in den letzten Jahren eine Renaissance erfahren und wird nun wieder wertgeschätzt.«

Clawdia setzte gerade an zu fragen, von wem, als Robert unvermittelt um eine dunkle Ecke bog und stehen blieb.

Clawdia trat neben ihn und blickte in eine große, künstliche Kaverne, deren Decke mindestens zwanzig Meter hoch über ihnen hing. Sie wurde von zahllosen Pfeilern getragen, die ihr den Anblick einer altertümlichen Säulenhalle verliehen, welche groß genug war, ein ganzes Dorf zu beherbergen.

An diesem Punkt gibt es keinerlei Zweifel, dachte die junge Frau, als ihr Blick über das Meer aus Verschlägen und improvisierten Hütten glitt, welche sich um die Pfeiler herum duckten. Kleine rauchlose Kochfeuer erzeugten flackernde Schatten, welche über regungslos hockende Menschen und verhärmte Gesichter tanzten. Über allem lag eine gespenstische Stille.

»Willkommen im Untergrund«, flüsterte Robert, »wo alles zusammengespült wird, was die Ordnung wegschmeißt.«

»Wer sind all diese Menschen«, hauchte Clawdia.

»Zivilisten«, antwortete der Mann. »Menschen, die nicht Teil des Militärapparates sind. Menschen außerhalb der Ordnung.«

»Was haben sie verbrochen?«

»Alles! Größe, Gewicht, Hautfarbe, Haarfarbe, Sommersprossen, Behinderungen. Alles eben, suchen Sie es sich aus. Es werden pausenlos neue Regeln erlassen. Seit letzter Woche sind zum Beispiel Brillen ein Zeichen für mangelnde Ordnung der Augen. Das hat für einige Verlegenheit gesorgt, da ein Großteil der Bürokraten der Militärverwaltung Brillenträger sind. Ich glaube, die neueste Anpassung ist, dass man Brillen nur noch im Haus tragen darf. Ich erwarte einiges Gestolper bei den nächsten Paraden.« Er lachte.

»Aber das ist doch Wahnsinn«, erklärte Clawdia, die ihre Augen nicht von dem Lager nehmen konnte.

»Natürlich. Was haben Sie denn gedacht, Captain? Diese Linie ist von Parasiten überrannt. Sie ist stark und stabil, aber dennoch verseucht.«

»Welche Parasiten?«, fragte Clawdia irritiert.

Der Mann sah sie an. »Parasiten im Kopf«, antwortete er. »Menschenverachtende Ideen wie perfekte Ordnung als Selbstzweck des Lebens. Ideologien, welche den Geist vergiften und ganze Gesellschaften zu Fall bringen oder wie in diesem Fall, unter die Erde.«

Clawdia sah dreckige Kinder in zerrissener Kleidung zwischen Behausungen spielen, welche notdürftig aus Karton und Plastikplanen konstruiert worden waren. Sie sah Menschen, die aßen oder kochten, Wäsche aufhingen oder frisiert wurden. Überall, wo sich noch Platz bot, errichteten sie neue Unterkünfte.

»Keine Wachen«, stellte sie irgendwann sachlich fest.

»Dort oben, Captain«, erklärte Robert, »wo die Macht der Ordnung am stärksten ist, werden Sie niemanden finden, der freiwillig hier herunterkommt. Ein paar geduldete Grenzgänger, die immer benötigt werden, weil auch in perfekter Ordnung mal eine Toilette kaputt gehen kann, haben meist selbst Familie hier unten. Kommen Sie, es ist nicht mehr weit.«

Die beiden begaben sich zwischen die Behausungen und Clawdia sah sich aufmerksam um. Plastikplanen, Kartons, Holzkisten und selbst Autowracks dienten den Menschen hier als Baumaterial. Überall sah sie Gruppen in stiller Konzentration arbeiten. Abgemagerte, müde Menschen, welche sich größte Mühe gaben, sie nicht zu beachten. Doch Clawdia bemerkte sehr wohl die schmutzigen und erschöpften Gestalten im Zwielicht, spürte Blicke aus misstrauischen Augen auf sich ruhen. Hinter einer Säule sah sie kleine Kinder in einer Abflussrinne spielen. Sie schlugen auf etwas mit Stöcken ein, das in der trüben Brühe schwamm. Der Geruch im Lager war betäubend.

Der Anblick fesselte sie derart, dass Clawdia fast mit Robert zusammenstieß, welcher vor einem etwas aufwändiger aus Holzresten zusammengenagelten Bretterverschlag wartete. Der Eingang blieb hinter einem Vorhang verborgen und direkt davor wachte ein Mann, welcher auf einem gebrechlichen Stuhl saß und regungslos geradeaus starrte. Sein Gesicht wurde vollständig von einem Netz schlecht verheilter Narben überzogen. Er trug eine löchrige, aber saubere Uniform. Seine Ausstrahlung war weder aufmerksam noch bedrohlich, doch der Knüppel mit den langen Nägeln, welcher auf seinen Knien ruhte, sprach eine mehr als deutliche Sprache. Robert nickte ihm kurz zu, was der andere kaum sichtbar erwiderte, dann traten sie durch den

Vorhang. Die Rückwand des Verschlages wurde von einem der gemauerten Pfeiler gebildet. Ein rostiges Metallschild mit der Aufschrift *Wartungsaufgang* hing dort über einer einfachen Metalltür. Davor stand eine junge Frau, nicht viel älter als Clawdia, und wartete. Sie trug Rock und Kopftuch sowie eine viel zu große Wolljacke und schenkte Clawdia ein breites Grinsen.

»Ana?«, fragte Clawdia verblüfft.

»Robby«, rief die junge Frau, sprang dem Mann entgegen und warf ihm die Arme um den Hals. Ihr erfreuter Ausruf klang wie 'Roobai!'

»Anastasia!«, lachte der Mann erfreut, »das ist ja eine Überraschung!« Robert nahm sie in den Arm und beide schnatterten laut miteinander in einer Sprache, die Clawdia nicht verstand. Nach dem Kuss, den sie danach tauschten, zu urteilen, kannten sie einander nicht nur flüchtig. Clawdia klappte der Mund auf.

»Mir geht es gut«, erklärte Clawdia irgendwann kühl. »Danke der Nachfrage.« Da sie weiterhin ignoriert wurde, fügte sie hinzu: »Der Zeitwächter ist übrigens ein Arschloch, falls es jemanden interessiert. Ach ja, und das Universum ist im Eimer.« Ana wandte sich ihr zu und lächelte.

»Gut Mädchen«, verkündete sie und tätschelte ihr die Wange.

»Ich dachte«, erklärte Robert an Ana gewandt, »ihr möchtet vielleicht euren vermissten Anker zurückhaben?«

»Gut Junge«, fügte Ana hinzu und zwinkerte dem Mann zu. Mit diesen Worten trat sie an die Rückwand und griff nach der Türklinke.

Clawdia trat einen Schritt auf die Tür zu, hielt jedoch inne und sah Robert noch einmal an.

»Was wird aus all diesen Menschen?«

Der Mann zuckte mit den Schultern.

»Es gibt natürlich Sympathisanten wie wir, die versuchen zu helfen. All die, welche oben leben und arbeiten, deren Familienmitglieder jedoch nach unten flüchten mussten, um zu überleben. Glauben Sie mir, wenn ein Kind hier unten leben muss, weil es die falsche Haarfarbe hat, dann braucht es nicht viel, um einen Vater die Seiten wechseln zu lassen.«

»Wie viele Menschen sind es?«

»Das ist kaum zu schätzen. Die Kanalisation erstreckt sich über mehrere Ebenen unter der ganzen Stadt. Das Militär kommt niemals hierher. Hat seinen Vorteil, an einem unordentlichen Ort zu wohnen.«

»Noch mal Robert«, fragte Clawdia eindringlich. »Was wird aus all diesen Menschen?«

»Das hängt davon ab, was Sie entscheiden, Captain.«

»Ich?«

»Natürlich Sie! Bleiben die Zeitlinien isoliert, wird diese Welt nicht mehr lange durchhalten. Die Ordnung wird sich am Ende selbst auffressen und all die Mensch hier werden ans Licht strömen. Die Kleinsten werden zum ersten Mal die Sonne erblicken, nur um gleich darauf in ihrem Schein zu verhungern. Die Reinheitslinie wird einfach ausklingen. Es wird immer weniger Geburten geben und immer mehr Selbstmorde. Am Ende wird sie einfach aussterben.«

»Und wenn die beiden Zeitlinien ineinanderlaufen?«

»Dann werden sich Ordnung und Reinheit verbinden und eine noch nie da gewesene Diktatur aus Militär und Moral schaffen, welche mit eiserner Faust mehrere Jahrhunderte lang regieren wird. Diese Menschen hier unten werden gleich zu Anfang sterben.«

»Was?«, rief Clawdia entsetzt.

Robert seufzte. »Clawdia«, begann er eindringlich. »Der Punkt ist das Überleben der Zeitlinien. Irgendwann fällt jede

Diktatur und dann haben die Nachfahren vielleicht eine Chance auf eine bessere Welt. Denken Sie daran, Ihre Aufgabe ist es, den Fortbestand allen Seins zu sichern. Dafür sind Anker da.«

»Die Menschen sterben, wenn ich nichts tue und sie sterben, wenn ich etwas tue. Ist das die Botschaft?«

»Nein, die Botschaft ist, dass Menschen immer sterben! Das steht so in ihrem Vertrag. Jedes Leben endet mit dem Tod. Ihre Aufgabe ist es nicht, Menschen glücklich zu machen! Der Job eines Ankers ist es, dafür zu sorgen, dass die Sonne morgen wieder aufgeht. Auf welche Weise die Menschen dieses Geschenk nutzen, bleibt ihnen überlassen.«

Clawdia blinzelte und legte eine Hand über die Augen.

»Lasst mich das richtig verstehen: Ich soll entscheiden, ob ich zahllose Menschen durch mein aktives Handeln töte oder ihren Tod durch Untätigkeit in Kauf nehme. Dazu muss ich etwas tun, von dem niemand mir sagen kann, was es ist oder wo es gemacht werden muss, und alle, die ich treffe, erklären mir, dass es mir wahlweise untersagt ist zu handeln, oder dass es mein Schicksal ist.« Sie zögerte eine Sekunde, dann rief sie: »Ihr habt doch allesamt den Verstand verloren! Ich kann diese Entscheidung unmöglich treffen!«

»Das wundert mich nicht«, erwiderte Robert ruhig. »Sie wissen ja kaum, wer Sie sind, Captain. Sie sind ein Mensch ohne Vergangenheit. Ich verstehe, warum Niklas das Amulett benutzen musste, aber dadurch ist Ihr Leben jetzt nur umso schwerer geworden. Ihnen fehlen die Erfahrungen, welche die Weisheit und Einsicht erzeugen, aus denen ein Mensch lernen könnte, wie das Universum geschaffen ist, nach welchen Regeln es funktioniert und seine Rolle darin.«

»Ihr seid wirklich eine große Hilfe, Robert«, erklärte Clawdia eisig. »Danke.«

Er lächelte.

»Meine Erfahrung mit Menschen ist, dass je lauter sie sich über die Umstände beklagen, desto genauer wissen sie eigentlich, was als Nächstes getan werden muss. Sie reden jedoch beständig weiter, um zu verhindern, dass sie der Alternativlosigkeit ihrer Situation ins Auge sehen müssen. Ihr Weg liegt eigentlich glasklar vor ihnen.«

Mit diesen Worten zog Ana schnaufend die schwere Stahltür auf und Robert wies der jungen Frau mit einer leichten Verbeugung den Weg in die Dunkelheit.

15 | Amulett

Clawdia trat in die Küche und nahm ohne Überraschung zur Kenntnis, dass Ana ihr nicht durch die Tür gefolgt war, während Niklas schon wieder oder immer noch am Küchentisch saß. Der Anblick hatte langsam etwas Vertrautes, nur die Flasche hatte gewechselt. Die aktuelle enthielt eine durchsichtige und leicht ölige Flüssigkeit, welche das Licht in seltsam farbig schillernde Streifen brach.

Mit einem genervten Schnaufen ließ sie sich dem Mann gegenüber auf einen Stuhl fallen, griff nach seinem vollen Drink und schüttete sich den Alkohol in einem Schwung in den Hals. Danach knallte sie das Glas auf den Tisch, sah dem Mann einen Moment lang tief in die Augen, um dann laut hustend und würgend vom Stuhl zu rutschen.

Niklas rührte sich nicht, während das Keuchen unter dem Tisch langsam abebbte und Clawdia sich am Boden sitzend die Tränen aus den Augen wischte und dabei erstickt vor sich hin fluchte. Ein heißes Glühen machte sich in ihrem Innern breit, stieg ihr wie eine Fontäne in den Kopf und mischte sich dort unter Roberts Worte, die er ihr nachgerufen hatte, nachdem sie schon halb durch die Tür getreten war.

Vielleicht müssen Sie lernen, bessere Wahrheiten zu finden als die, welche Ihnen bisher präsentiert wurden, Captain. Wahrheiten, die nicht von einem Trunkenbold und einer arroganten Katze kommen. Aber was weiß ich schon. Ich bin nur ein gewöhnlicher Bobby, wie man ihn in jeder Zeitlinie findet.

Sie musste den letzten Satz unbewusst laut wiederholt haben, denn Niklas begann langsam und träge lallend zu sprechen.

»Ah, Bobby! Er hat den Trick raus, kein Anker, aber dennoch überall präsent und bestens informiert zu sein. Ein verwirrender Trick. Wundert aber nicht, denn Josefine sagt, er wurde von einem alten Meister der Häuser trainiert. Von jemandem, der mehr über unsere Arbeit vergessen hat, als wir jemals lernen können. Wenn er auf unserer Seite ist, haben wir echt Glück gehabt. Offensichtlich hat er seine Finger schon recht lange in dieser Angelegenheit. Kein Wunder, dass du immer noch lebst.«

Die junge Frau kämpfte sich ächzend vom Boden auf den Stuhl hoch, schob Niklas wortlos das leere Glas hin und beobachtete ihn, während er die klare Flüssigkeit nachschenkte. Danach zog sie das Glas zu sich und starrte schweigend in seine Tiefen. Der Mann sah sie nur ausdruckslos an.

»Weißt du«, begann Claudia schließlich, »sie haben recht. Der Mann im Müll, der fiese Zeitwächter, alle. Wie soll ich für mich in Anspruch nehmen, den Lauf aller Dinge zu verändern, wenn ich nicht mal sagen kann, wessen Gedanken ich höre und wer meine Entscheidungen bestimmt? Kannst du dir vorstellen, nichts über dich selbst zu wissen?«

»Nein«, entgegnete Niklas, »und ich beneide dich.«

Die junge Frau starrte ihrem Gegenüber lange in die Augen. Schließlich flüsterte sie: »Ich brauche meine Erinnerungen zurück. Du weißt, dass ich das Amulett brauche, Niklas.«

»Keine Chance«, entgegnete er. »Du würdest sterben.«

»Woher weißt du das?«

»Ich habe dich gefunden und verarztet, schon vergessen?«

»Ja! Genau das ist mein Problem!«

Niklas lächelte schief. »Touché. Aber ich kann dir nicht helfen, so oder so.«

»Warum?«

»Weil das Haus nicht dumm ist. Es wird dir den Zugang nicht erlauben. Nicht, wenn es riskiert, seinen einzigen funktionierenden Anker zu verlieren.«

Sie schwiegen, während Clawdia das Glas langsam in ihrer Hand schwenkte und in den träge kreisenden Strudel darin blickte.

Ein Glas voll tanzender Regenbögen.

»Ich kann es spüren, weißt du?«

»Schön für dich«, entgegnete Niklas ungerührt. »Kannst du auch durch Wände gehen? Denn das Haus muss keine Türen haben, wenn es nicht will.«

Clawdia schlug genervt mit einer Hand auf den Tisch, stand auf und leerte das Glas noch einmal in einem Zug, nur um sich direkt hustend und würgend am Stuhl festzuhalten.

»Oh, mein Gott«, keuchte sie, »das ist ja furchtbar.« Leicht schwankend zeigte sie mit einem zitternden Finger auf die Flasche. »Davon brauchen wir noch mehr.«

Niklas nickte bestätigend, während Clawdia leicht unsicher, sich am Türrahmen festhaltend die Küche verließ. Draußen auf dem Flur schüttelte sie den Kopf, um den Schwindel zu vertreiben, und drehte sich einmal unschlüssig um sich selbst. Es dauerte einen Moment, bevor die Wände aufhörten, sich zu bewegen, dann wandte sie sich einem Korridor zu und folgte leicht wankend dem langen Flur voller Türen.

Der Trick, dachte sie, *besteht darin, nicht auf den Weg zu achten, sodass man nicht durch unbewusste Gedanken die Struktur des Hauses verändert. Kontrolle ist alles.* Sie stolperte und hielt sich wild mit den Armen rudernd an der Wand fest. *Wenn man allerdings keine Kontrolle hat*, fügte sie leicht schwindelig hinzu, *dann tut es auch starker Alkohol.* Clawdia lief weiter, bog ein paar Mal willkürlich in andere Gänge ab und schien nicht weiter überrascht, als sie auf einmal in einem kleinen, kaminartigen Raum stand, in dessen Mitte eine Pflanze auf einem Tisch thronte. Ein kleiner Busch mit stacheligen Blättern unter einer purpurnen Blüte, die von innen heraus zu glühen schien. Der Anblick ließ die junge Frau lächeln.

»Hah!«, machte sie, tapste schwankend zum Tisch, stützte sich schwer auf die Tischplatte, stöhnte leise und rief: »Yo, jemand zu Hause?«

Die Antwort bestand aus einem schläfrigen Piepen und einer kleinen rosa Nase, welche zwischen den Blättern erschien.

Clawdia zog vorsichtig das stachelige Grün auseinander und offenbarte die kleine grüne Maus, welche auf den Hinterbeinen saß und sich die goldenen Augen rieb. Der Nager piepte vorwurfsvoll.

»Tut mir leid«, lallte Clawdia, »aber ich bin ein wenig unter Zeitdruck. Ende des Universums und so, du hast vielleicht davon gehört.«

Das folgende Piepen klang leise und maulig, vermittelte jedoch deutlich, dass das Ende des Universums nicht notwendigerweise als Grund akzeptiert wurde, eine schlafende Maus zu wecken.

»Komm schon«, entgegnete Clawdia ungeduldig. »Ich brauche meine Erinnerungen zurück und ich habe so das Gefühl, dass du mir dabei helfen wirst.«

Die Maus sah überrascht auf und piepte alarmiert.

»Ja, ja«, erwiderte die junge Frau genervt und rieb sich über die Augen, wobei sie fast das Gleichgewicht verlor, »ich werde sterben, ich weiß. Das höre ich heute ständig.« Sie blinzelte und versuchte, sich auf die Maus zu konzentrieren, welche immer wieder vor ihren Augen verschwamm. »Aber so wie ich das sehe, stirbt das Universum ebenfalls, und wenn ich beim Versuch, es zu retten draufgehe, muss ich ihm wenigstens nicht bis zum bitteren Ende zusehen.«

Die Maus schüttelte den Kopf und piepte sachlich.

»Was soll das heißen, *axiomatisch falsch*? Hör mal, hilfst du mir jetzt oder nicht.«

Der kleine Nager schüttelte bestimmt den Kopf.

»Warum nicht!«, rief Clawdia aufgebracht.

Die Maus wandte sich um, griff mit beiden Pfoten nach ihrem erstaunlich langen Schwanz und zog demonstrativ daran. Clawdia folgte dem Blick der Maus und verstand.

»Oh!«, machte sie. »Du bist … mit der Pflanze verwachsen. Du … du wurzelst an ihr? Wer hat denn die Idee gehabt?«

Die Maus piepte nicht, sondern benutzte eine erstaunlich vielsagende Geste ihrer Pfoten, wie um zu sagen: »Ach, was soll eine kleine Maus wie ich schon machen?«

Clawdia blinzelte und starrte den Nager an.

»Moment«, verkündete sie schließlich und rannte aus dem Raum, nicht ohne vorher gegen den Türrahmen zu stoßen. Als sie kurz darauf wieder zurückkehrte, trug sie einen großen Bastkorb unter dem Arm.

»Wenn die Blume nicht zum Gärtner gehen will«, erklärte sie heiter und hob die Pflanze mitsamt Maus einfach in den Korb hinein, »dann muss die Maus eben getragen werden.«

Die Maus kletterte aus dem Korb heraus auf Clawdias Arm und piepte anerkennend.

»Danke«, entgegnete die junge Frau, stieß sich vom Tisch ab und wankte zur Wand. »Die Rettung allen Seins macht mir so meine Schwierigkeiten, aber zumindest bin ich qualifiziert, einen Korb zu tragen.« Sie stutzte und sah den Nager leicht schwankend an. »Hey, warte mal. Wenn du hier festgewachsen bist, wie hast du es dann in den Abgrund geschafft, wo die Pflanzen den Schattenjäger gefesselt hatten?«

Die Maus machte eine wegwerfende Bewegung mit den Pfoten und piepte.

»Ach«, erwiderte Clawdia. »Das war Balthasar. Ich dachte, *du* heißt Balthasar.«

Die Maus piepte ungeduldig.

»Ach so, ihr heißt alle Balthasar? Um Verwirrung zu vermeiden? Natürlich. Entschuldigung, ich bin noch neu hier.« Mit einer Hand an der Wand lehnend und mit der andern den Korb an sich pressend, schüttelte Clawdia wieder den Kopf und fragte: »Und was machen wir jetzt?«

Ein kurzes bestimmtes Piepen.

»Wir bewegen uns«, echote Clawdia, »lateral an den Zeitlinien entlang. Was bitte soll das heißen? Das Haus hat eigene Zeitlinien?« Die junge Frau lauschte der gepiepten Erklärung und runzelte die Stirn. »Alles, was materieller Kausalität entspringt, generiert eigene Zeitlinien.« Sie lehnte den Kopf gegen die Wand und stöhnte. »Großartig, jede Maus weiß mehr über das verdammte Universum als ich. Okay, und was heißt das übersetzt?« Der kleine Nager piepte. »Danke. Ich glaube, Augen schließen bekomme ich gerade noch hin.«

Sie tat, wie ihr geheißen, und wurde sofort von einem intensiven Schwindel befallen, der sie taumeln ließ und fast zu Boden warf. Als sie die Hand wieder ausstreckte, um sich abzufangen, berührten ihre Finger Blätter.

Überrascht öffnete Clawdia die Augen und versuchte, ihren Mageninhalt zu überzeugen unten zu bleiben, während sie sich umsah. Dichtes Blätterwerk bedeckte jetzt alle Wände, dafür fehlte der Tisch mit der Blume.

»Ah«, rief sie lang gezogen. »Diese Version des Raumes kenne ich doch.« Neben ihr zeigte sich das große Loch in der Wand, durch welches sie in das Fundament des Hauses vorgedrungen waren. »Cooler Trick.«

Die Maus nickte selbstzufrieden und piepte ermutigend, während sie auf das Loch im Mauerwerk zeigte. Clawdia seufzte, stieß sich von der Wand ab, stolperte über einen Ziegelstein und fiel mehr durch das Loch, als dass sie ging. Auf der anderen Seite prallte sie hart gegen ein Holzgerüst, gegen welches jemand grobe Spanplatten genagelt hatte. Gerüste flankierten beide Seiten des Lochs und formten einen engen Gang.

»Das ist aber nicht das Fundament«, murrte Clawdia irritiert und rieb sich die Schulter. Weit über ihr im Dämmerlicht hingen Metallgerüste mit Scheinwerfern. Es roch nach

Farbe und Holz. Aus weiter Ferne hallten ihnen die Geräusche von Hämmern und Sägen entgegen.

Ein leises Piepen drängte sie weiterzugehen, während Clawdia noch staunend umherblickte.

»Wir sind wo? – Auf der Rückseite der Kulissen? – Zwischen den Wänden des Hauses. – Was? – Laterale Transfiguration im Wahrscheinlichkeitsraum mit einer quasisymbolischen Repräsentation aus meinem Unterbewusstsein. Hör mal, das denkst du dir doch nur aus.«

Der gepiepten Erklärung folgte ein kompliziertes Gestikulieren mit beiden Pfoten.

»Es macht deutlich mehr Sinn in elf Dimensionen?« Clawdia seufzte. »Ich bin wirklich fasziniert, wie Antworten auf Fragen zu bekommen in diesem Universum alles immer konfuser macht.«

Die beiden folgten dem engen Gang für mehrere Minuten und liefen dabei immer schnurgeradeaus, während die weit entfernten Geräusche verklangen und durch eine unheimliche Stille ersetzt wurden.

»Okay, eine noch«, begann Clawdia irgendwann. »Die Tresorräume liegen doch im Keller. Sollten wir dann nicht auch irgendwann bergab gehen?«

Diesmal piepte der Nager lange und sah dann erwartungsvoll zu ihr auf. Die junge Frau öffnete den Mund, zögerte und murrte leise: »Ach, vergiss es.«

Kurz darauf standen sie neben einem großen Loch in einer der Sperrholzplatten und Balthasar gebot ihr hindurchzutreten.

Auf der anderen Seite erkannte Clawdia zweifelsfrei den Tresorraum, in welchem das Amulett verwahrt wurde.

Den Ort selbst hatte sie noch nie gesehen, doch die Anwesenheit des Artefaktes brannte wie eine Leuchtfackel in ihrem Geist und bei dem großen, runden und mehrere Meter durchmessenden Haufen Stahl, welcher vor ihr auf dem Boden lag, handelte es sich definitiv um eine ehemalige Tresortür. Helles Licht fiel durch lange Schächte in der Decke und offenbarte dichtes Grün auf allen Seiten.

Die Pflanzen schienen auch hier schon vor einer ganzen Weile eingetroffen zu sein, denn sie hatten mit ihren Wurzeln die tonnenschwere Tresortür aus der Betonwand gerissen, als wäre beides aus Papier. Jetzt wurden Wände und Boden des Raumes von Wurzeln und dichtem Laubwerk bedeckt. Der Tresorraum lag offen vor ihnen und tief im Innern des aufgerissenen Betonwürfels sah Clawdia widersinnigerweise einen großen Springbrunnen aus weißem Marmor, in dessen Mitte eine kleine Engelsfigur Wasser aus einer Karaffe in das Becken goss.

»Das ist doch mal etwas«, erklärte Clawdia und betrat den Raum aus Beton, »was jeder in seinem Tresor haben sollte.«

Die Maus piepte abfällig.

»Kitschig?«, fragte Clawdia, während sie langsam zum Brunnen ging. »Warum? Ich mag Engel. Könnte gerade ein paar mehr davon in meinem Leben gebrauchen.«

Die junge Frau stellte den Korb am Boden ab und platzierte die Maus sorgfältig wieder zwischen den Blättern. Dann lehnte sie sich über den Beckenrand und fand die richtige Stelle, ohne suchen zu müssen. Das Amulett blinkte wie ein Leuchtturm in ihrem Kopf, wohingegen der Kristallanhänger am Boden des klaren Wassers tatsächlich kaum zu erkennen war.

»Warum ausgerechnet in einem Brunnen?«, fragte sie, während sie sich die Uniformjacke auszog und einen Hemdärmel hochkrempelte.

Der Nager piepte kurz.

»Weihwasser? Im Ernst? Das funktioniert? Wer lässt sich denn davon abhalten?« Sie lauschte der Erklärung. »Wenn ich die Frage stellen kann, dann betrifft es mich nicht. Danke, sehr hilfreich.«

Clawdia beugte sich weit vor und biss die Zähne zusammen, als das Wasser eiskalt auf ihrer Haut brannte. Als ihre Fingerspitzen den Kristall berührten, blitzte es vor ihren Augen. Die gesamte Realität schien einen Schritt nach rechts zu machen und in sich selbst zu falten. Es fühlte sich an, als würde jemand ihren Kopf umkrempeln, und als sie die Augen wieder öffnete, fand sie sich in einem Turm aus Glas wieder.

Für einen Moment stand sie stocksteif und versuchte zu verstehen, was das Universum jetzt wieder mit ihr angestellt hatte. Die Wände und der Boden unter ihr sahen aus wie trübes, undurchsichtiges Eis.

Nein, Boden stimmt nicht. Genauer gesagt stehe ich auf einem Absatz.

Eine breite Treppe zog sich in einer weiten Spirale an der Innenwand des Turms entlang, in regelmäßigen Abständen von Absätzen mit Türen unterbrochen. Lehnte sie sich ein wenig vor, konnte Clawdia in der Mitte des Turms hinabsehen, wie sich die Treppe in einem gähnenden Abgrund tief unten in der Dunkelheit verlor. Legte sie den Kopf in den Nacken, sah es aus, als würde der Turm bis in alle Ewigkeit weiter emporsteigen. Die Treppe musste Tausende von Absätzen haben, jeder mit einer eigenen Tür.

Etwas kitzelte sie am Ohr und Clawdia bemerkte Balthasar, der auf ihrer Schulter saß.

»Hey, was machst du denn *hier?*« Sie sah sich um. »Und ganz nebenbei: Wo bitte ist hier? Warum habe ich das Amulett nicht in der Hand.«

Die Maus piepte selbstgefällig.

»Wie bitte? Wir sind *im* Amulett?«

Balthasar piepte eine Erklärung.

»Metaphorische Manifestation archetypischer Bewusstseinsinhalte«, übersetzte Clawdia, »welche du nutzen kannst, um uns in die Scheinwelt zu projizieren. Streng mathematisch gesprochen sind wir also auf der Spiegelebene. Natürlich, warum frage ich eigentlich? – Aber wieso sind wir *beide* hier? – Ja, aber ich dachte du bist mit der Pflanze verwachsen? – Ach so, wir sind nur metaphorisch hier.«

Während ihr Blick umherschweifte, fiel ihr auf, dass alle Türen unterschiedlich aussahen.

»Wieso«, fragte sie langsam, »kommt mir das alles so bekannt vor? Ich glaube, ich habe mal eine Geschichte als Kind erzählt bekommen. Ein mystischer Ort mit Tausenden von Türen.«

Der kleine Nager piepte.

»Deswegen ja diese Form«, übersetzte Clawdia. »Der Unterschied ist, dass dies hier keine nette Kindergeschichte ist, sondern der Ort, an dem alle Erinnerungen des Amuletts aufbewahrt werden. Der Blick, den Clawdia der Maus zuwarf, veranlasste diese, zu seufzen und weiter zu piepen.

»Das Amulett ist ein Artefakt, das von Bewusstseinsenergie lebt. Man kann jedoch keine Bewusstseinsenergie benutzen, ohne Erinnerungen zu bekommen. So ähnlich wie man die Waben eines Bienenstocks herausnehmen muss, um den Honig zu bekommen. Erinnerungen wiederum sind ebenfalls eine Form geordneter Energie, können also nicht zerstört, sondern müssen verwahrt werden.«

Nachdem die Maus ihre Erklärung beendet hatte, schwieg Clawdia eine Weile und dachte über das Gehörte nach, während sie die vielen Türen betrachtete. »Ich glaube«, verkündete sie schließlich, »ich verstehe. Ich muss jetzt also nur noch meine Tür finden.«

Balthasar piepte kurz und deutete hinter sie. Als Clawdia sich umdrehte, stand sie vor einer dunklen Tür aus schweren Holzbalken, die mit Metallbändern beschlagen war.

Sie hielt inne und warf einen kritischen Blick zu ihrer Schulter.

»Weißt du, wenn man bedenkt, dass ich die Entscheidung, meine Erinnerungen zu suchen, eben erst am Küchentisch getroffen habe, ist es erstaunlich, wie gut du vorbereitet bist.«

Balthasar piepte ein wenig verlegen.

»Aha, du bist nur eine einfache Maus, die ihren Anweisungen folgt. Das glaubst du doch wohl selbst nicht.«

Die Tür ragte dunkel und bedrohlich über ihr auf und Clawdia schauderte.

»Da ist auch schon die erste Erinnerung«, flüsterte sie. »Das ist der Eingang zum Burgfried. Die Tür wurde gebaut, um Belagerungen standzuhalten.« Clawdia schluckte, schloss die Augen und begann zu zittern. Ihr Atem ging schlagartig so schwer, dass sie das leise Piepen kaum hörte.

»Was willst du mir zeigen?« Sie hob eine Hand zur Schulter, ließ den kleinen Nager auf ihre Handfläche klettern und hob die Hand vor ihr Gesicht. Die Maus sah sie aus ihren goldenen Augen an wie aus zwei kleinen, warm leuchtenden Fenstern in einer kalten Winternacht. Das Licht spülte durch ihren Kopf und den Nacken hinunter bis in ihren Bauch. Auf seinem Weg schwemmte es alle Sorgen und Ängste fort, als wären sie niemals dagewesen. Mit einem tiefen, stockenden Seufzer entspannte sich Clawdia und blinzelte, als die Maus leise piepte.

»Was? Natürlich! Deswegen sind wir doch hier!«

Die junge Frau schüttelte den Kopf, um den leichten Schwindel zu vertreiben, dann trat sie an die Tür und schob mit Schwung den schweren Riegel zur Seite.

16 | Erinnerungen

Der Schrei kam so unvermittelt, dass Niklas am Küchentisch sitzend das Glas aus der Hand fiel. Das Wehklagen steigerte sich zu einem Kreischen, welches so herzzerreißend und voll unerträglichem Schmerz durch die Korridore hallte, dass im gesamten Haus die Schatten aus den Spiegeln flüchteten. Ana stellte das Rühren in ihrem großen Topf ein, Josefine sprang mit einem Satz unter das nächste Bett und eine kleine Maus, verborgen im Gestrüpp aus dichten, stacheligen Blättern, schloss langsam ihre goldenen Augen.

Niklas sprang auf, warf dabei den Stuhl um, stolperte und stürzte lang über den Tisch, wobei die Flasche zu Boden fiel und mit einem dumpfen Knall zerplatzte. Laut fluchend stolperte er durch die Tür auf den Flur hinaus.

Das Kreischen steigerte sich immer weiter, bis sich die Stimme schließlich überschlug und brach. Niklas nahm drei Stufen auf einmal auf dem Weg die Treppe hinab und kollidierte mehrmals hart mit den Wänden. Als er im Kellergeschoss ankam, wurde er von einem weißen Schatten überholt, der mit weit ausgebreiteten Flügeln in einer engen Spirale die Stufen hinabflog und in Richtung der Lagerräume für gefährliche Artefakte verschwand.

Als der Mann kurz darauf schnaufend im Tresorraum eintraf, fand er Clawdia am Boden neben dem Springbrunnen liegend. Sie schlug schreiend und weinend um sich und trat dabei wild mit den Beinen aus.

»Du musst sie *sofort* fixieren«, rief Josefine von oben. Sie hatte sich am höchsten Punkt des Springbrunnens, auf der Schulter der Statue, in Sicherheit gebracht.

Niklas warf einen Blick auf die junge Frau am Boden, die sich gerade wild kreischend ins Hohlkreuz überstreckte, dabei hoch aufbäumte und tatsächlich für eine Sekunde den Boden verließ, bevor sie wieder schwer zu Boden fiel. Ein tiefes, gutturales Knurren drang aus ihrer Kehle, bei dem sich sowohl dem Mann als auch der Katze die Nackenhaare sträubten.

Niklas wich gleich mehrere stolpernde Schritte zurück, drehte sich zur Tür und brüllte: »Ana!«

Die alte Frau betrat den Tresorraum, als hätte sie die ganze Zeit vor der Tür gewartet. Der Mann sprang hastig beiseite und machte eine einladende Handbewegung. Ana blickte auf die kreischende Clawdia, die sich gerade auf den Bauch drehte, die Hände auf das Gesicht presste und dabei versuchte davonzukriechen. Die alte Frau trat einen entschlossenen Schritt vor, hob Clawdia mit einem sicheren Griff am Kragen ihrer Uniform vom Boden auf und stellte sie auf die Füße, als hätte sie keinerlei Gewicht. Die junge Frau riss die Hände vom Gesicht, öffnete zwei hellrot leuchtende Augen und ihre Züge verzerrten sich zu einer hasserfüllten Grimasse. Das Amulett um ihren Hals glühte rot und hell wie eine sterbende Sonne. Ein langer Wortschwall in einer harten, klickenden und abgehackten Sprache sprudelte aus ihr hervor, dabei drehte sie sich zu Ana um und hob beide Hände, die Finger zu Klauen geformt. Eine Aura aus rotem Licht bildete sich um ihren Körper und man konnte deutlich sehen, wie ihre Fingernägel länger wurden.

»Blutbeschwörung«, rief Josefine panisch von oben. »Klingt wie Dämonensprache. Wenn uns unsere Seelen lieb sind, dann sollte jemand schnellstens etwas unternehmen. Vorzugsweise mit weißer Level-Sechs-Antimagie, andernfalls fürchte ich …«

Clawdia begann hysterisch zu lachen, breitete die Arme aus, stieß sich leichtfüßig vom Boden ab und schwebte auf Ana zu.

Die alte Frau legte interessiert den Kopf schief, nickte kurz und gab der jungen Frau eine schallende Ohrfeige, welche diese aus der Luft riss und zwei Meter weiter mit einem dumpfen Knall gegen die Wand prallen ließ.

»Ja, oder so«, murmelte die Katze. »Das funktioniert natürlich auch.«

Clawdia landete auf ihren Knien und blickte konsterniert die Wand an, während sie sich gedankenverloren über die Wange rieb. Dann griff sie nach dem Amulett um ihren Hals, murmelte leise und vorwurfsvoll »Aua« und brach bewusstlos zusammen.

»Трус«, erklärte Ana.

»Ich weiß«, antwortet Niklas und trat an Clawdia heran, kniete sich neben sie und prüfte Atmung, Puls und Pupillen. Dann nahm er ihre schmächtige Gestalt auf die Arme und stand auf.

»Du musst sie *auf der Stelle* sedieren«, rief Josefine eindringlich.

»Ich weiß«, murmelte Niklas und trat zur Tür hinaus.

Es dauerte nur wenige Minuten, bis der Mann die Instrumente und das Spritzenbesteck wieder in seine Ledertasche räumte. Clawdia lag auf ihrem Bett und schlief.

»Was hast du ihr gegeben?«, fragte Josefine, die neben dem Kopf der jungen Frau saß und traurig auf sie herabblickte.

»Genug Opium«, erklärte Niklas, »um einen Elefanten schweben zu lassen. Ich kann sie aber nicht ewig mit Drogen vollpumpen. Was bitte machen wir, wenn sie wieder aufwacht?«

Die Katze schüttelte langsam den Kopf.

»Ich habe nicht die geringste Ahnung. Mir gefällt das alles nicht. Ja, wir waren es, die das arme Ding aus ihrer Zeitlinie entführt haben. Ja, wir haben das Amulett benutzt. Dadurch retteten wir ihr zumindest für den Moment das Leben. Aber zu welchem Preis? Kaum haben wir sie bei uns, entgleitet uns die Kontrolle. Wir beide scheinen die Einzigen zu sein, die nicht wissen, was hier eigentlich vor sich geht. Hast du gesehen, dass alle verdammten Türen zu den Tresorräumen offenstanden? Alle! Wie bitte hat sie das gemacht?« Josefine schüttelte den Kopf. »Bobby wusste offensichtlich deutlich mehr, als ich jemals geahnt hätte, und Ana läuft durch das Haus, als könnte nichts, was hier passiert, sie in irgendeiner Weise überraschen.« Sie schnaufte leise. »Wieso werde ich das Gefühl nicht los, dass selbst die fiese Blumenhexe schon die ganze Zeit detaillierte Pläne verfolgt und nur auf uns gewartet hat?«

Niklas beugte sich über das Bett, fühlte nach Clawdias Puls und sah die Katze müde an.

»So fühlt es sich an, wenn anonyme Kräfte mit endloser Macht dich zur Spielfigur ihrer Pläne machen. Willkommen in meinem Leben, Eure Hoheit.«

Josefine blickte auf die kleine blasse Hand der jungen Frau, welche den Kristallanhänger so fest umschlossen hielt, dass die Finger weiß waren, und murmelte leise vor sich hin, als hätte sie überhaupt nicht zugehört.

»Sie hat das Amulett geöffnet. Vollständig geöffnet. Nicht nur den Teil mit ihren eigenen Erinnerungen. Die nette Dame mit der Blutmagie war unter Garantie die Gottkönigin der Wüste mit ihrem ekelhaften Felsenthron. Die Katze wandte sich wieder der Schlafenden zu und mustere sie eindringlich. Das Gesicht der jungen Frau glühte geradezu und Schweiß rann ihr in Strömen von der Stirn herunter.

»Ich frage mich, wie viele Mächte gerade die Finger in deinem Kopf haben. Was siehst du, wenn du in die Erinnerungen des Amuletts starrst?« Sie ließ den Kopf hängen und ihre Stimme war kaum noch hörbar. »Dort drin kann dir niemand mehr helfen, armes Kind.«

Zwei goldene Sonnen brannten am Himmel über einer endlosen Wüste. Die Hitze glich einem Backofen und Clawdia wich instinktiv weiter zurück. Sie stand auf einer Anhöhe im Eingang eines reich verzierten Stoffzeltes und beobachtete Tausende Menschen, welche auf einer nahen Baustelle über einen Berg klettern. Schweiß rann ihr in die Augen. Selbst unter dem Pavillon aus weißer Seide brannte die Hitze der Wüste heiß auf ihrem Gesicht. Von hier oben sahen die Scharen der Sklaven wie ein Ameisenhaufen aus, der entschlossen schien, den Berg abzutragen. Die Arbeiten waren weit fortgeschritten und zeigten bereits das Ergebnis. Der Berg wurde zu einem gewaltigen Thron aus Fels geformt, auf welchem klein, doch nichtsdestotrotz in würdevoller Haltung die steinerne Gestalt einer Frau saß.

Eine befehlsgewohnte Stimme begann zu sprechen und Clawdia wandte den Kopf. Neben ihr stand dieselbe Frau und Clawdia war überrascht zu sehen, dass selbst sie diese zierliche Gestalt neben sich um mindestens einen Kopf überragte. Clawdia musterte die kleine Herrscherin. Bronzefarbene Haut und stechende, schwarze Augen unter kurz geschorenem dunklem Haar. Sie trug die stolzen Gesichtszüge und ausgeprägte Nase, welche Clawdia von den Händlern aus dem Süden ihrer Welt kannte. Jetzt wandte die Herrscherin den Kopf und sah sie an. Ihre Augen ruhten hart und drohend auf ihr wie zwei dunkle Brunnen, welche in die Tiefen einer scharfen, alles beobachtenden Intelligenz führten. Die kleine Person trug außerdem geradezu verblüffend viel Goldschmuck.

Die Herrscherin wiederholte etwas in einer Sprache, die Clawdia nicht verstand, doch die Übersetzungen spülten umgehend durch ihren Kopf und wurden von ihrem Geist aufgesogen wie Regen auf vertrocknetem Wüstenboden.

Die Frau zwinkerte ihr kurz zu und sprach weiter.

»Es bleibt also nicht mehr viel Zeit.«

»Wir wussten«, erwiderte eine Männerstimme, die von der anderen Seite des Zeltes her erklang, »dass es eng werden würde.«

Ein Mann trat vor, gekleidet in weite, farbige Roben. In der Hand hielt er einen langen Stab. Er sah aus wie einer der Priester in Clawdias Welt. Sein Gesicht blieb hinter einer goldenen Maske verborgen, doch sie erkannte die Stimme trotzdem.

»Aber es funktioniert«, fügte der Mann hinzu. »Man wird sich an Euch erinnern, Eure Heiligkeit.«

»Man wird mich hassen«, erklärte die Frau sachlich.

»Hass ist nur das Gegenteil von Liebe und nicht weniger attraktiv.«

Die Frau lachte bitter.

»Ihr seid gewandt in Euren Worten, Robert. Soviel gestehe ich Euch zu. Es sind nutzlose Worte, aber hübsch anzuhören. Ich werde das größte Monster sein, dass diese Welt je gesehen hat.«

»Wir werden dafür Sorge tragen«, entgegnete der Mann glatt, »dass sich entsprechende Gerüchte verbreiten, oh Licht der zwei Sonnen.«

»Was ist das Neueste?«

»Eure Statue wird mit dem Blut von zehntausend Sklaven geweiht werden, Eure strahlende Göttlichkeit.«

»Tatsächlich?«, erwiderte die Frau und warf Clawdia einen ironischen Seitenblick zu. »Zehntausend? Erscheint mir ein wenig übertrieben.«

Der Mann schüttelte den Kopf.

»Der Gegner ist ausgesprochen abergläubisch. Das sollten wir nutzen, Eure durchlauchte …«

»Ja, ja«, unterbrach ihn die Herrscherin. »Spart Euch die Titel, sonst stehen wir morgen noch hier. Aber wirklich? Zehntausend?«

»Das Heer lagert nur noch drei Tagesmärsche von uns entfernt. Zu dem Zeitpunkt, wenn das Gerücht im Lager verbreitet ist, werden es Hunderttausende sein.«

»Wie stellt Ihr die Verbreitung sicher.«

»Prostituierte«, erklärte der Mann sachlich.

Die Herrscherin nickte.

»Das funktioniert immer.« Sie sah den Mann von der Seite an. »Wie viele sind es tatsächlich?«

»Etwa hundert Ochsen. Wir brauchen das Fleisch sowieso. Und in Rot wird die Statue noch beeindruckender aussehen. Das passt auch gut zu Eurem Ruf als dämonische Hexe.«

Die Frau lachte.

»Ich habe lange und hart daran gearbeitet. Wenn man aussieht wie ein Kind und dennoch Respekt haben will, muss man sich etwas einfallen lassen.«

Der Mann hob den Stab und deutete auf den Berg.

»Dieses teuflische Monument Eurer göttlichen Macht gilt schon jetzt beim Feind als verfluchter Ort. Ein Mahnmal für alles Böse auf dieser Welt, im Blut Tausender Unschuldiger gewaschen. Der Feind besteht hauptsächlich aus religiösen Fanatikern und sie alle werden diesen Ort meiden, als übermächtiges Symbol Eures Wahnsinns.« Er lachte kurz. »Sie haben auch keine Wahl, denn sie können es nicht zerstören, dafür ist es zu groß.«

Die kleine Herrscherin lächelte.

»Er bietet außerdem einen sorgsam verborgenen Zugang zu den endlosen unterirdischen Kavernen sowie den einzigen Wasserquellen im Umkreis von einhundert Kilometern und Platz genug für Tausende von Menschen. »

»Dennoch wird es lange dauern«, warf der Mann vorsichtig ein, »bis es vorbei ist.«

»Das ist egal«, erklärte die Frau bestimmt und nickte grimmig. »Mein Volk wird leben. Das ist alles, was zählt. Die

Nacht wird kommen und sie wird enden und wir werden noch immer hier sein. Wir werden wieder die Augen unserer gütigen Sonnen auf uns spüren und dem Licht danken.«

Sie wandte sich dem Mann zu.

»Sprecht bitte Eurem Meister meinen Dank aus. Mir ist bewusst, dass diese Wüste ohne seinen Rat schon lange unser aller Blut aufgenommen hätte.«

Robert nickte.

»Mein Meister übersendet ebenfalls seinen Gruß und weist darauf hin, dass er keine Wahl hatte, nachdem er wie jeder lebende Mann Eurem Charme erliegen musste.«

Die Herrscherin lachte laut auf.

»Was für ein gewandter, alter Lügner.«

Ohne den Blick abzuwenden, streckte sie die Hand nach hinten aus. Ein Sklave kam aus dem Schatten auf den Knien über den Boden gerutscht und legte ihr eine kleine Schatulle in die Hand, ohne die Frau dabei anzusehen. Die Herrscherin gab das kleine Kästchen an den Mann weiter.

»Als kleine Geste meiner Dankbarkeit. Ich weiß, dass er sammelt. Meine Agenten haben dieses Exemplar nach jahrelanger Suche erst kürzlich aus den Schächten geborgen, durch welche der Feind unsere Welt erreicht hat.«

Der Mann nahm das Geschenk mit beiden Händen und einer Verbeugung entgegen. Er öffnete den Deckel einen Spalt, gerade genug, um den geflügelten Schatten zu erkennen. Sofort floss die Dunkelheit durch den Spalt hinaus und selbst Clawdia spürte, wie es schlagartig kühler wurde. Dünne Schattenfinger tasteten über die Hände des Mannes und tief im Innern der Dunkelheit gewahrte sie die träge Bewegung von Flügeln.

Der Mann holte verblüfft Luft.

»Mein Meister wird hocherfreut sein! Ein Schattenfalter! Diese Spezies ist außerordentlich selten.« Er runzelte die

Stirn. »Wenn dieses Exemplar aus den Schächten des Feindes kommt, muss es dort einen Übergang zu den Höllenebenen geben. Das bestätigt unsere Vermutung, dass der Feind Unterstützung von der Astralebene erhält.«

Die Herrscherin nickte.

»Euer Meister hatte auch hier recht. Wie mit allem. Wir stehen einem Gegner gegenüber, den wir nicht besiegen können.«

Sie streckte wieder den Arm aus und schnippte. Eine sehr junge Sklavin rutschte auf den Knien heran, entzündete eine Zigarette, zog einmal daran und reichte sie der Herrscherin.

Die kleine Frau schien in Gedanken bereits woanders zu sein, doch sie zog lange und tief an der Zigarette, bevor sie sich an Clawdia wandte und ihr den blauen Rauch ins Gesicht blies. Danach reichte sie ihr die Zigarette. Clawdia nahm sie entgegen und zog ebenfalls daran. Der Rauch hüllte die Herrscherin und ihre Wüste in dichten Nebel.

Die Katze schnupperte vorsichtig an Clawdia, die noch immer reglos auf ihrem Bett lag, und wunderte sich über den Geruch von Tabak.

Was passiert nur in dir? Wieso kann ich dir nicht helfen?

Sie leckte der jungen Frau zart über die Wange und rollte sich traurig neben ihr zusammen.

Der Qualm zog dicht und schwarz die Korridore entlang, während Clawdia Befehle schreiend durch das Schloss rannte.

Sie riss nacheinander mehrere Türen auf und zerrte Kinder aus ihren Betten, welche sie wie verirrte Schafe vor sich hertrieb. An einer Hand hielt sie Valerie, die im Nachthemd leise weinend hinter ihr her stolperte, während sie mit dem anderen Arm ihren Teddy fest umklammert hielt.

Während Clawdia noch versuchte, alle Kinder beisammenzuhalten und in einen Seitengang zu führen, der frei von Rauch war, trat unvermittelt ein Berg von einem Mann vor ihr aus dem beißenden Qualm. Die junge Frau riss fluchend ihr Schwert aus der Scheide, doch der Mann jaulte erschrocken auf und sie erkannte einen der jungen Sergeants der Palastwache. Er zitterte am ganzen Körper und konnte offensichtlich vor Angst kaum stehen.

»Was ist nur passiert, Captain«, jammerte er hilflos.

Den Blick immer in Bewegung, versuchte Clawdia, sowohl die Kinder beisammenzuhalten als auch die Kälte der Schatten zu ignorieren, welche sich unaufhörlich durch die Gänge näherten. Ohne den Mann anzusehen, griff sie nach dem Kragen des Sergeants und zog ihn zu sich herunter.

»Er hat sie reingelassen«, bellte sie in das blasse Gesicht. »Das ist passiert, du Idiot!«

»Aber … aber der alte Herr …«

»Vergiss den alten Herren! Er hat uns verkauft! Verkauft, die räudige Ratte, um seine eigene verdammte Haut zu retten.« Sie senkte ihre Stimme, als eines der Kinder laut aufschluchzte und sich an sie drückte. »Jetzt kann er als Nächstes lernen«, flüsterte Clawdia, »warum ein Leben als Sklave der Schatten schlimmer ist als der Tod.«

Ihr Blick sprang noch einmal panisch zählend von Kind zu Kind, dann kniete sie sich hin, nahm ihre eigene Kette mit dem kleinen silbernen Kreuz ab und legte sie der kleinen Valerie um den Hals.

»Ewiges Licht«, murmelte sie und gab ihr einen Kuss auf die Wange.

Laute Entsetzensschreie hallten durch die Gänge, gefolgt von rauem Männerlachen.

»Quartiere der Dienstmägde«, erklärte Clawdia. »Wir haben nicht mehr viel Zeit.« Sie nahm das kleine Mädchen hoch und drückte es dem Sergeant in den Arm. »Nehmt die hintere Treppe hinunter zu den Küchen«, befahl sie. »Im Brunnenraum beginnt der Gang, der zum Fluss führt.«

»Welcher …«, begann der Mann, doch sie wischte seine Frage mit einer Handbewegung fort.

»Maul halten! Zuhören! Valerie kann Euch den Weg zeigen, nicht wahr?« Die letzte Frage hatte sie an das Mädchen gerichtet. Das kleine weiße Gesicht mit den aufgerissenen Augen nickte langsam.

»Los jetzt!«, rief Clawdia. »Ich halte sie auf.«

»Ihr?«, rief der Mann entsetzt. »Ihr könnt niemals …«

»Ich weiß!«, schrie Clawdia. »Aber eure Chancen, es hinauszuschaffen, sind höher, wenn ich gehe. Sie mögen es, wenn Frauen versuchen, sich zu wehren. Ich kann ihre Aufmerksamkeit halten und Euch Zeit kaufen. Nehmt den Weg in die Hügel. Mein Vater hat sich mit dem nördlichen Wachbataillon am oberen Taleingang verbarrikadiert und leistet noch Widerstand. Das muss Euer Ziel sein.«

Der Mann wurde noch blasser.

»Ich kann niemals Eurem Vater erklären«, hauchte er, »warum ich Euch hier zurückgelassen …«

Sie ohrfeigte ihn hart. Es fühlte sich an, als würde sie eine haarige Ziegelwand schlagen, aber er verstummte.

»Schnauze! Das war keine Einladung zur Diskussion, Sergeant, das war eine verdammte Ansage! Los jetzt, wir haben keine Zeit. Nördliche Wachstation auf den Hügeln. Fort mit Euch!«

Der lang gezogene Schmerzensschrei einer Frau hallte durch das Schloss und brach unvermittelt ab.

Clawdia erbleichte.

»Verschwindet«, hauchte sie. »Das ist ein Befehl.«

Das kleine Mädchen verbarg das Gesicht am Hals des Mannes, als dieser mit einem riesigen Arm die Kinder vor sich herschiebend hinter der nächsten Biegung verschwand.

Das Letzte, was Clawdia sah, war das teilnahmslose Gesicht des Teddybären, der sie ruhig aus goldenen Augen ansah.

Clawdia erwachte und sah die Katze dicht neben sich liegen. Ihr Kopf war vollkommen leer und ohne nachzudenken, schloss sie die Augen wieder und bewegte sich seitwärts in eine andere Zeitlinie. Als sie eine fand, in der keine Katze neben ihre lag, stoppte sie und öffnete erneut die Augen.

So macht Ana das also. Netter Trick.

Noch während sie die Beine aus dem Bett schwang und in der Kühle der Nacht leicht fröstelte, fragte Clawdia sich, warum sich ihr Kopf so seltsam anfühlte. Als hätte ihn jemand mit Haferbrei gefüllt. Tatsächlich schaffte sie es, auf die Beine zu kommen, bevor die Erinnerungen wie eine Sturzflut über ihr zusammenbrachen und sie würgend auf dem Teppich zusammenbrach. Wunden rissen überall in ihrem Geist auf und Schatten fluteten ihre Wirbelsäule hinab. Es fühlte sich an, als würde ihr kleiner Körper langsam von innen heraus zerrissen werden. Ein Schmerz von solcher Stärke brannte in ihr auf, dass heiße Tränen lautlos vor ihr auf den Teppich fielen, bevor sie so sehr von Weinkrämpfen geschüttelt wurde, dass sie kaum Luft bekam. Gerade als sie realisierte, dass sie für immer im Schmerz versinken würde, spürte sie etwas Neues. Eine ungewohnte Wut, die wie ein Schmiedefeuer hell in ihr aufflammte und ihren Körper bis in die Zehenspitzen füllte. Ein tiefes Knurren entstand tief unten in ihrer Kehle und sie begann, mit den Fäusten auf den Boden einzuschlagen. Schließlich biss sie sich auf die Lippen, bis sie Blut schmeckte und kämpfte sich Zentimeter für Zentimeter wieder auf die Beine.

Sie erreichte die Tür, zerrte wild an dem Griff und fand sie verschlossen. Laut stöhnend und durch zusammengebissene Zähne fluchend schlug sie mit der flachen Hand gegen die Wand, bis die Tür einfach verschwand. Die junge Frau stolperte unkontrolliert in den Gang hinaus und brach erneut würgend auf dem Teppich zusammen. Eine Welle aus Schatten und brennendem Schmerz flutete über sie hinweg, sodass ihr einen Moment schwarz vor Augen wurde. Die Wut sprang ihr sofort zu Hilfe. Sie stemmte sich gegen die Flut und kroch langsam auf allen Vieren weiter, den Blick fest auf eine Tür am Ende des Ganges gerichtet. Der Weg schien mehrere Kilometer lang zu sein und am Ende wusste sie nicht mehr, wie oft sie das Bewusstsein verloren hatte. Auf einmal erkannte sie die Pflanze über sich, groß wie ein Baum. Die Blüte ragte meterhoch über ihr auf und flackerte in allen Schattierungen von Rot bis Purpur wie ein schlechter Spezialeffekt, während Clawdia sich wie ein Insekt am Boden windend auf sie zu robbte. Ihr Atem kam stoßweise und ihr Bewusstsein verlor immer häufiger und schneller den Kontakt mit der Zeitlinie. Die Schatten hingen an ihr wie ein gewaltiger Anker aus schwarzem Eisen. Schließlich realisierte sie, dass ihre Beine nicht mehr ihrem Willen gehorchten. In einer letzten Anstrengung gelang es Clawdia, die Hand nach der Blume auszustrecken. Die Zeitlinie flackerte und durch ihre geschlossenen Augen konnte sie auf ihre eigene Hand blicken, während Wände aus Dunkelheit von den Seiten kommend ihr Blickfeld verschlossen.

Auf ihrer Handfläche saß eine kleine grüne Maus und legte fragend den Kopf schief. Mit allerletzter Kraft zwang Clawdia ihre Stimmbänder zum Gehorsam und wisperte kaum hörbar: »Hilf mir.«

Die Maus nickte langsam und ihre kleinen goldenen Augen glänzten wie Monde am leeren Himmel einer endlosen Nacht, bevor die Schatten sie nach unten zogen.

Clawdias letzter verzweifelter Schrei blieb stumm.

17 | Sumpf

Die kleine Spinne beendete hektisch die Arbeit an ihrem Netz und rannte zurück in die Mitte, wo sie mit zitternden Beinen ausharrte. Ihr neues Heim hing zwischen den krummen Ästen eines toten, verkrüppelten Baumes, der sich weit über das trübe Wasser des Sumpfes lehnte.

Ein einzelner Faden verband das Netz mit der Spitze eines kleinen, weißbepelzten Ohres, welches gelegentlich sanft zuckte. Die Spinne wartete einen Moment, dann zog sie energisch an dem Faden und wedelte aufgebracht mit den Beinen.

Josefine, die neben dem Netz auf dem dickeren der beiden Äste lag und döste, öffnete träge ein Auge und gähnte ausgiebig.

»Bist du endlich fertig?«, maulte sie und schüttelte blinzelnd den Kopf, um die Schläfrigkeit abzuschütteln. Die Spinne trommelte aufgebracht ein empörtes Stakkato auf den Faden.

»Okay, okay«, beschwichtigte die Katze und putzte sich energisch das andere Ohr. »Ist ja gut. Jetzt komm du mir nicht auch noch mit Vorschriften. Ich fange ja schon an.« Sie räusperte sich. »Persönliches Logbuch von Josefine der Ersten, zurzeit im Außeneinsatz auf der Mission *Hausinfiltrierung*. Mehr oder weniger. Tatsächlich eher seit Wochen im Exil auf einer verdammten Zwischenebene, da sie es nicht schafft, dem aufdringlichen Haus zu entkommen.« Die Katze saß einige Sekunden lang völlig regungslos und beobachtete die stille Wasseroberfläche unter sich, bevor sie weitersprach. »Es gibt nach wie vor keine Kommunikationsmöglichkeit zu den anderen Ebenen, solange ich hier gefangen bin. Ich werde also damit fortfahren, Logbucheinträge aufzuzeichnen und versende die Datenpakete, sobald wir diesen Unsinn hier hinter uns gelassen haben und ich wieder Kontakt zum Subraum-Äther bekomme.«

Der Blick der Katze glitt wachsam am Baum hinunter und über die stille Wasserfläche des Sumpfes. Überall standen niedrige Bäume oder dornige Büsche. Viele waren völlig kahl oder mit Moos und Flechten behangen. Nebel zogen in zerrissenen Schwaden über das stille Wasser.

»Dieser Sumpf ist selbstverständlich nur eine unbewusste Projektion von der Astralebene, doch als Metapher funktioniert er erstaunlich gut und gewinnt leider mit jedem Tag an verstörender Qualität. Ein Beobachter muss mehr als nur vorsichtig sein, wenn er hier seine Gedanken schweifen lässt. Schon seit der Antike gibt es das Motiv von zukunftsweisenden Visionen, die sich dem Suchenden in einem solchen Wasser zeigen können. Doch wenn man in die Tiefen eines metaphorischen Sumpfes starrt, erwartet man nicht unbedingt, dass der Sumpf zurückstarrt und einen anspringt. Nachts ist es besonders schlimm. Tief unten im Wasser sieht man dann die Lichter der verlorenen Geister, die den Rückweg aus den Zwischenreichen nicht mehr finden. Geflohen und getrieben durch den Horror ihrer Erfahrungen und Erlebnisse, blindlings davongerannt und noch auf dem Weg zur Wiedergeburt verloren gegangen. Manchmal steigen sie mit ihren einsamen Kerzen an die Oberfläche und ich sehe Augen, die flehend zu mir aufsehen, bevor sie in die Dunkelheit zurücksinken, ohne Hoffnung auf Rettung.« Josefine schwieg wieder und starrte lange auf einen Fleck im Wasser. Ihre Stimme wurde zu einem Murmeln. »Das Multiversum ist kein Ort der Hoffnung oder der Zuversicht. Es wartet kein göttliches Erbarmen auf die gute Seele. Keine Erlösung für den Geist, der aus der Tiefe gehoben wird, wenn man nur lange genug leidet. In diesem Universum kann man sehr leicht für alle Zeiten ein Vollidiot bleiben, nur um Zeuge zu werden, wie die ganze Scheiße wieder von vorne beginnt und alles sich wiederholt. Wie irgendjemand das geistig gesund überstehen soll, wenn er keine Katze ist, übersteigt meine Vorstellungskraft. Vielleicht wird man dann wie Niklas. Er hat früh begriffen, wie die Struktur des Universums beschaffen ist, und hat sofort aufgegeben.«

Sie seufzte und fuhr fort, in das dunkle Wasser zu starren, bevor sie irgendwann weitersprach.

»Es hat Ewigkeiten gedauert, das Haus zu finden, und so langsam bin ich geneigt, Niklas zuzustimmen. Ich würde auch gerne aufgeben. Jahrzehnte voller Entbehrung, um in ein legendäres Haus zu kommen, und was bekomme ich für meine Mühen? Ein mächtiges Astralwesen, das pausenlos gewaltige Mahlzeiten kocht, die niemand isst, und welches nicht einmal seine eigene Zeitachse im Griff hat, sowie einen kaputten Säufer, der so tief untern ist, dass selbst Kanalratten sich bücken müssen, um ihn zu finden. Es wurde schnell offensichtlich, dass es vollkommen sinnlos ist, in dem Haus auch nur einen weiteren Tag zu verbringen, und dennoch werde ich den Ort nicht mehr los. Wie gesagt, *aufgeben* wäre jetzt dran. Leider geben Katzen nicht auf. Muss eine Raubtiersache sein. Davon abgesehen ist Whiskey aus einer Schüssel lecken würdelos.« Josefine fluchte eine Weile unverständlich vor sich hin. »Es ist zum Heulen«, erklärte sie schließlich. »Da hatte ich das Unmögliche geschafft und sogar wieder einen Weg aus dem Haus herausgefunden, in einen Sumpf, in den es eigentlich keinen Weg hinein gibt.« Die Katze seufzte genervt. »Auch das ist wieder nur eine halbe Wahrheit. Die Menschenwelt ist voll von halben Wahrheiten. Tatsächlich gibt es kaum einen Ort, zu dem eine zu allem entschlossene Katze keinen Zugang findet. Mein Vorteil ist natürlich, dass das Haus für Menschen gemacht ist. *Anthropomorphisch zentrierte Projektion unterbewusster Archetypen*, hat es der Navigator genannt. Ich nenne es *kaputt gebaut*. Wenn man mich davon abhalten will, die Sümpfe zu betreten, dann muss man das Haus katzensicher machen, doch das ist nicht einfach. Aber eines muss ich zugestehen, es hat seinen Grund, dass dieser Ort verboten ist. Der ehemalige Hausverwalter beschreibt es in seinen Aufzeichnungen ausdrücklich. Es ist unfassbar gefährlich. Der verdammte Sumpf repräsentiert die leeren Zwischenreiche. Die Räume, die sich außerhalb der Existenzebenen erstrecken. Der Navigator hat einmal versucht, es mir mit einer Analogie zu erklären: Stapelt man einen Karton voll mit Kugeln, hat man, egal wie clever man ist, immer Leerräume zwischen den einzelnen Lagen. Es ist eine mathematische Konsequenz der höheren Geometrie aller Existenzebenen. Man tut also gut daran, nicht aus der Welt seiner Kugel herauszutreten. Fällt man in die Lücken, ist man unrettbar verloren.«

»Ich würde sagen, Majestät«, erklärte eine Männerstimme unter ihr, »dass dies weniger von der Mathematik abhängt als vielmehr von Eurer eigenen Perspektive.«

Josefine fauchte laut auf, versuchte panisch, auf die Beine zu kommen, rutschte auf dem moosbewachsenen Ast aus und konnte sich gerade noch mit den Krallen aller vier Pfoten festhalten, um nicht ins Wasser zu stürzen. Der Faden an ihrem Ohr riss und die Spinne wurde aus dem Netz geschleudert. Die Krallen tief in die Rinde vergraben, hing die Katze kopfüber unter dem Ast und sah mit weit aufgerissenen Augen den Mann an, der sie gerade angesprochen hatte. Neben ihr seilte sich die empörte Spinne an ihrem Rettungsfaden ab.

»Entschuldigen Sie bitte, Hoheit«, erklärte der Mann. »Sie waren gerade in Gedanken. Ich wollte Sie nicht erschrecken.«

Josefine starrte ihn an, als wäre er ein Ungeheuer, denn er sah tatsächlich wie eines aus.

Der Mann saß im Schneidersitz auf einem kleinen Erdhügel im trüben Wasser neben dem Baum. Die Katze blinzelte ihn irritiert an, denn sie hätte schwören können, dass der Hügel eben noch nicht existiert hatte. In seinem bis zur Unkenntlichkeit verdreckten braunen Mantel starrte er derart vor Schmutz, dass nur seine Bewegungen verrieten, wo der Sumpf aufhörte, und der Mann begann. Josefine bemerkte entsetzt, dass in seinem Bart Flechten wuchsen. Seine Haare hingen lang, wirr und verklebt bis auf die Brust hinab und bei jeder Bewegung fielen Dinge heraus, die hektisch davonkrabbelten. Die Katze schluckte, kletterte elegant wieder auf den Ast hinauf und schob sich unauffällig weiter zurück.

»Meiner Erfahrung nach«, fuhr der Mann entspannt fort, »hängt es sehr davon ab, in welchen Kategorien man über die Zwischenreiche denkt. Der Kontext ist wichtig. Man könnte auch sagen, dass die Zwischenreiche schlicht eine durchgehende Verbindung von allem zu allem anderen sind. Quasi das geheime Treppenhaus hinter den Kulissen, welches einem den Zugang zu jeder anderen Welt ermöglicht.«

Er sah die Katze mit einem strahlenden Lächeln an. Josefine starrte auf die braunen Zähne und hoffte, dass sie sich nicht bewegen würden. Sie kniff die Augen zusammen.

»Ihr seid ein Mensch, nicht wahr?«

Der Mann nickte fröhlich, was einen Regen aus Schmutz und Kleintieren aus seinen Haaren verursachte.

»Zumindest war ich einer, als ich das letzte Mal nachgesehen habe. Mein Name ist Robert Bobsley. Meine Freunde nennen mich Bobby Bobby.«

»Bobby Bobby?«

»Nicht doch so förmlich! Nennt mich doch Bobby.«

Die Katze blinzelte irritiert und versuchte verzweifelt, den richtigen Gang für diese Unterhaltung zu finden.

»Nehmt es nicht persönlich, Bobby, aber Ihr solltet eigentlich nicht in der Lage sein, hier zu existieren. Ihr seid nicht einmal ein Anker.«

»Das ist wohl wahr«, bestätigte der Mann. »Ich bin tatsächlich nur ein schwacher Mensch. Ein einfacher Bobby, wie man ihn in jeder Zeitlinie findet. Aber ich habe das eine oder andere Talent, das mir hilft, zu überleben.« Er zwinkerte der Katze zu. »Es fällt mir leicht, neue Freunde zu finden, die mich unterstützen.«

»Was für …«, begann Josefine, als sich der kleine Erdhügel unter dem Mann lautlos aus dem Wasser hob und auf das Dreifache seiner Größe anschwoll. Der Mann, der nun auf Augenhöhe mit Josefine saß, wirkte davon vollkommen unbeeindruckt und grinste lediglich breit. Ein tiefes Blubbern und Brodeln ertönte aus dem trüben Sumpfwasser neben dem Hügel. Dicke Blasen stiegen auf, zerplatzten und machten den Weg frei für einen großen, gedrungenen Kopf am Ende eines faltigen Halses, der sich langsam aus dem Sumpf hob. Fauliges Wasser strömte in Kaskaden an diesem entlang und verrottete Pflanzen hingen an dem Kopf herab, welcher sich langsam der Katze zuwandte. Zwei riesige gelbe Augen öffneten sich in Zeitlupe und warfen Josefine einen Blick zu, der deutlich mehr Intelligenz ausstrahlte, als etwas mit hornigen Schuppen im Gesicht haben sollte.

Die beiden ungleichen Tiere musterten einander eine Weile stumm, dann stellte Josefine erstaunt fest: »Das ist keine Projektion eines Astralwesens. Das ist ein lebendes Wesen.« Sie kniff die Augen zusammen. »Aber meine Scans zeigen ein instabiles Realitätsfeld. Gütiges Licht, das ist ein Metamoph!«

Die Schildkröte warf ihr einen uralten Blick zu und schnaubte laut durch die Nasenlöcher. Eine Reaktion, welche verblüffend präzise die Botschaft transportierte, dass Josefines Erfassen des Offensichtlichen beeindruckend war.

»Gut beobachtet, Eure Majestät!«, lobte der Mann. »Eine biologische Spezies mit einem irrealen physischen Körper. Eine hochintelligente Rasse, welche sich in der metaphorischen Projektion eines Zwischenreiches entwickelt hat. Eine unmögliche Existenz, welche ohne Teil einer Nahrungskette zu sein, ohne Räder, Feuer und Waffen entwickelt zu haben, aus dem ungeformten Nichts direkt auf Weisheit übergegangen ist. Ist das nicht unglaublich faszinierend? Das Universum ist so viel komplexer, als wir es uns mit unseren billigen, halbgaren Kategorien auch nur vorstellen können. Überall ist Leben! Überall ist das Streben nach Bewusstsein! Überall ist der Wille zum Licht und die Hoffnung. Nirgendwo wird jemals aufgegeben, und wenn es noch so dunkel ist. Hier gibt es etwas zu lernen, Prinzessin Josefine die Erste.« Er lächelte und kraulte der Schildkröte den riesigen Kopf, während diese ihn zärtlich in die Seite stieß und dabei fast ins Wasser warf. »Sie sind nebenbei auch die besten Zeitreisenden, die ich jemals getroffen habe. Also abgesehen von den Zeitwalen natürlich, aber die sind auch wesentlich älter und schwammen schon im Strom der Zeit, bevor der Urknall in Mode kam. Ihr Name ist übrigens *Bettina.*«

»Bettina?«, fragte die Katze höflich. »Wirklich?«

Der Mann nickte versonnen.

»Ich hatte mal eine gute Freundin mit diesem Namen. Vor langer Zeit. Außerdem mag sie den Klang. Wir reisen gerne zusammen, denn wir ergänzen einander gut. Diese Spezies ist nicht nur verblüffend schnell, sondern auch leise und kann Zeitwächter nicht ausstehen. Ich hingegen bin verblüffend langsam und laut, habe dafür aber so meine kleinen Ideen, was die Verwaltung des Universums betrifft.«

Die Katze nahm dies schweigend zur Kenntnis und musterte die beiden Wesen nachdenklich. Schließlich fragte sie beiläufig: »Und was macht ihr ausgerechnet hier in dieser selbst von den Göttern verlassenen stinkenden Suppe verdrehter Dimensionen?«

Der Mann schien sie nicht gehört zu haben, denn er erklärte: »Die Zwischenreiche haben noch einen weiteren Vorteil: Sie werden von der Hauptverwaltung ignoriert. Die Wächter hassen die Zwischenreiche. Mathematisch nicht kontrollierbar. Chaotische Fluktuationen in den Wahrscheinlichkeits-Gleichungen können sie nicht ausstehen. Das erlaubt es uns, etwas freier zu reisen.«

»Ah, ihr seid also auf der Flucht vor den Zeitwächtern?«

»Sind wir das heutzutage nicht alle?«

»Manche mehr als andere.«

Die beiden schwiegen wieder, während der Mann versonnen lächelte.

»Ihr kommt von der obersten Geschäftsstelle?«, mutmaßte die Katze irgendwann.

»Sagen wir mal, ich bin ein freier Mitarbeiter und unabhängiger Berater im Außendienst.«

»Ich dachte, die Häuser wären der Außendienst der obersten Geschäftsstelle?«

»Noch weiter draußen«, erklärte der Mann. »Dort, wo Häuser nicht hinkommen.«

»Aha. Ihr seid also ein Agent?«

»Wer hat gesagt«, grinste der Mann, »dass ich für die oberste Geschäftsstelle arbeite? Von dort kommt im Moment sowieso nichts, Eure Hoheit. Vollständiges Isolationsprotokoll. Von Parasiten überrannt. Die werden noch ewig brauchen, bis die Bude wieder in Betrieb geht.«

»Auf wessen Seite steht Ihr dann?«

»Auf der Seite des Universums.«

»Extrem unpopuläre Ansicht«, bemerkte Josefine kühl. »Damit solltet Ihr Euch besser nicht erwischen lassen.«

Der Mann zuckte mit den Schultern.

»Die Wächter suchen dankbarerweise immer erst einmal ein paar Hundert Jahre in ihren Unterlagen, bevor sie etwas unternehmen. Außerdem sind sie im Moment zu sehr mit der Rückabwicklung des Universums beschäftigt.«

»Sehr erfolgreich, wie mir scheint.«

»Wir werden sehen.«

»Ihr habt mir meine Frage nicht beantwortet, Bobby. Was macht Ihr hier?«

»Ich habe eine Lieferung zugestellt.«

Die Katze sah irritiert umher.

»Wo?«

»Hier. Es war von essenzieller Bedeutung, dass sie rechtzeitig eintraf.«

»Hier? Im Sumpf?«

»Nein«, entgegnete der Mann und deutete hinter Josefine. »Hier im Haus.«

Die Katze drehte sich um und sah das Haus, welches keine zehn Meter hinter ihnen stand. Es zeigte sich mit weißen Mauern und hohen, reich verzierten Zinnen und schmalen Türmen. Fahnen wehten an den Turmspitzen. Einer der Wasserspeier hob eine steinerne Hand und winkte. Mitten im Sumpf sah das Haus vollkommen deplatziert aus.

Die Katze stöhnte gedehnt.

»Es ist nicht ganz einfach«, lachte der Mann, »das Haus wieder loszuwerden, nicht wahr?«

Die Katze überging dies.

»Es scheint sich über Eure Lieferung zu freuen.«

»Es spürt«, flüsterte der Mann, »wie sich der Wind dreht.«

Die Katze öffnete den Mund und schloss ihn wieder. Sie sah ihn eine Weile lang an, dann fragte sie: »Wo ist diese Lieferung jetzt?«

»Ich habe sie eben Ana gegeben.«

»*Ana!*«

»Natürlich Ana, sie ist Eure Haushälterin.« Er lächelte wieder versonnen. »Wir sind alte … Freunde.«

»Das kann ich mir vorstellen. Sie ist ebenfalls gut darin, sich zwischen den Zeitlinien zu bewegen.«

»Ja, aber sie versteht das Konzept von Linearität nicht. Es ist ihr zu mühsam. Wo sie herkommt, versteht man den Sinn dahinter nicht. Deswegen weiß man bei ihr nie, wo auf ihrem eigenen Zeitstrahl sie gerade unterwegs ist.«

Die Katze musterte den Mann nachdenklich.

»Wenn Ihr tatsächlich ein derart begabter Agent seid, warum nehmt Ihr dann nicht einfach den Weg durch die Türen und Gänge im Haus?«

»Das sagte ich doch bereits«, entgegnete der Mann amüsiert. »Weil es sich um eine kritische Lieferung handelt, die für die Zeitwächter von großem Interesse wäre. Die Gänge sind überwacht, man würde mich bemerken und die Hauptverwaltung würde umgehend alle Kräfte um das Haus herum zusammenziehen, um die Lieferung zu stoppen.«

»Was in aller Welt kann es sein, das so wichtig ist.«

»Kleidung«, verkündete Bobby nun ernst.

»Kleidung?«, rief Josefine.

Der Mann nickte.

»Ihr braucht diese Kleidung dringend.«

»Danke«, erklärte die Katze sarkastisch. »Das ist sehr freundlich von Euch. Ich habe tatsächlich immer Schwierigkeiten, etwas zu finden, was mir passt.«

»Doch nicht für Euch!«, lachte der Mann. »Ihr werdet sehen.« Er sah hinter Josefine auf das Haus und lächelte. »Das Haus hat die Signatur bereits erkannt und ist aufbruchbereit. Es kann allerdings ein paar Zeitlinien dauern, den richtigen Weg zu finden. Die Interferenzen durch die Parasiten sind im Moment sehr stark.«

»Den Weg wohin?«

»Ihr werdet sehen, Majestät.«

»Das bezweifele ich stark«, erklärte Josefine kühl, »dies hier ist nicht mehr meine Mission. Ich habe das Recht Zuweisungen abzulehnen und dieses Projekt macht keinen Sinn.«

»Es tut mir leid, Euch enttäuschen zu müssen, Hoheit, aber Eure eigene Meinung wurde in dem Moment obsolet, als das Haus Euch auserwählt hat.«

»Das Haus hat *mich* gewählt?«

»Natürlich!«, rief der Mann und lachte. »Was glaubt Ihr denn, warum es Euch hereingelassen hat?«

Josefine starrte ihn an, öffnete den Mund und schloss ihn wieder.

»Jetzt ist es zu spät«, erklärte der Mann. »Weglaufen bringt nichts, denn wie wir deutlich sehen, findet das Haus Euch überall. Man würde meinen, dass Ihr die Lektion schon am Beispiel von Niklas Turner gelernt habt. Wartet einmal ab, bis Ihr seine Striche an der Wand seht. Er war nicht untätig in den letzten Wochen.«

Josefine sah den Mann lange an. »Ihr wisst verblüffend gut Bescheid.«

Der Mann lachte.

»Ich wäre wohl ein schlechter Agent, wenn ich nicht Bescheid wüsste, nicht wahr? Aber nun solltet Ihr vielleicht zurückkehren und Niklas wecken. Die Ereignisse nehmen Fahrt auf. Euer Urlaub ist vorbei.«

Die Katze hatte irritiert das Haus hinter sich betrachtet und riss nun den Kopf zu dem Mann herum.

»Urlaub?«, rief sie.

Doch der Mann und die Schildkröte waren verschwunden.

»Urlaub?«, schrie Josefine und ihre Stimme hallte weit über den Sumpf.

18 | Träume

Der Himmel wurde von zwei goldenen Sonnen gefüllt, welche hell in der Dunkelheit ihres trägen Geistes brannten, als Clawdia mit großer Anstrengung versuchte, die bleischweren Lider über ihren Augen zu öffnen. Strahlende Helligkeit flutete schmerzhaft durch ihren Kopf und löschte die Dunkelheit aus, doch die beiden Sonnen blieben. Sie holte tief und stockend Luft. Eine betäubende Wolke aus herbem Blütenduft strömte durch ihre Nase bis hinunter in ihren Bauch, und für einen Moment wusste sie nicht, ob diese die Wärme eines tiefen und süßen Gefühls enthielt, oder ob sie sich doch lieber übergeben wollte.

Ihr Körper lag so weich gebettet, dass er irgendwo weit entfernt auf einer Wolke zu schweben schien. Ein warmer Luftzug strich über ihr Gesicht hinweg, während Clawdia versonnen lächelnd in die beiden Sonnen starrte. Eine vertraute Stimme erklang, welche sich ebenfalls golden und vertraut zu dem warmen Gefühl wüster Süßigkeit in ihrem Bauch gesellte.

»Weißt du«, flüsterte die Frauenstimme zart, »für jemanden, der das Universum retten soll, verbringst du erstaunlich viel Zeit damit herumzuliegen.«

Dieser Satz holte Clawdia mit einem Schlag ins volle Bewusstsein zurück. Die goldenen Sonnen formten zwei Augen und sie erkannte das Gesicht von Valerie, welches dicht vor ihrem eigenen schwebte. Die junge Frau atmete scharf ein und versuchte instinktiv, sich davonzuschieben, doch ihr Körper wog schwer wie ein Berg und ließ sich keinen Zentimeter bewegen. Panik flutete durch ihren Kopf und fand dort nach einigem Suchen ihre Stimme.

»Ich bin gefesselt«, krächzte Clawdia undeutlich. »Was hast du mit mir gemacht?«

Valerie kicherte vergnügt, lehnte sich vor und biss der jungen Frau sanft in die Nase. Diese schrie entsetzt auf, schoss in eine sitzende Position hoch und fasste sich schwer atmend ins Gesicht.

»Hey«, lachte die Blumenfrau neben ihr, »das funktioniert ja tatsächlich!«

Clawdia sah sich wild nach allen Seiten um und starrte dann benommen auf die große weiße Blüte hinab, auf der sie saß.

Sie strich mit den Händen über den dichten Teppich aus winzigen weißen Blättern, welche sich weicher anfühlten als alles, was sie jemals berührt hatte. Während ihre Hände noch auf der Blüte ruhten, bemerkte Clawdia die ungewohnte Schwere ihres Geistes. Etwas in ihrem Kopf fühlte sich taub und falsch an. Als hätte jemand alle Türen und Fenster eines Hauses geschlossen, das mit verbrauchter stickiger Luft gefüllt war. Frustriert begann sie, gegen die Barriere zu drücken, doch sie hatte kaum Kontakt aufgenommen, als sich der Knoten mit einem Knall löste und ihre gesamte Vergangenheit mit einem Schlag in ihren Kopf zurückflutete.

Vor ihrem inneren Auge sah sie, wie sich endlose Landschaften aus Erinnerungen in ihrem Geist entfalteten. Ihr eigenes Leben nahm einen großen Teil davon ein, doch sie bemerkte auch von Felsen zerklüftete Wüstenlandschaften, die vorher nicht existiert hatten. Die Wüste war nun Teil ihrer inneren Welt, und es fühlte sich an, als wäre jemand in einer zusätzlichen Etage ihres Hauses eingezogen und würde nun in aller Gelassenheit Bilder aufhängen, während sie selbst noch sprachlos im Erdgeschoss stand und sich fragte, wo die Treppe auf einmal herkam.

Alle Landschaften wurden gefüllt mit einer Vielzahl entsetzlicher Erinnerungen. Doch Clawdias Blick ruhte auf ihnen wie auf Ausstellungsstücken in einem Museum. Es gab keinen Zweifel, dass sie ihre eigenen Erinnerungen sah, aber sie berührten sie nicht mehr. Eine tiefe und friedvolle Akzeptanz hing über allem.

»Warum …?«, begann sie benommen.

»Ich habe einmal«, erklärte Valerie verträumt, »eine Geschichte gehört von einem Turm, dessen Spitze von einer großen, weißen Blüte gebildet wurde. Mir gefiel das Motiv. Mein Turm hier ist leider ein wenig zu alt dafür, aber ich mochte die Idee, auf einer Blüte zu schlafen. Es macht nichts, dass man mich nicht auf der Spitze des Turms im ganzen Land sehen und bewundern kann, schließlich ist ja sowieso niemand hier. Aber das ist wahrscheinlich nicht deine Frage, nicht wahr?«

Ein plötzlicher Schwindel ließ Clawdia aufstöhnen und sie hielt sich mit beiden Händen den Kopf.

»Ich fühle mich so seltsam … was … hast du mir angetan?«

Hastig fühlte Clawdia mit beiden Händen auf ihrer Brust herum und fand das Amulett, welches noch immer unter der Uniform an ihrem Hals hing. Ihr Blick glitt hinunter zu ihren Beinen auf der Suche nach Wurzeln. Valerie bemerkte es und lachte laut auf. Die Blumenfrau lag dicht neben ihr auf der Blüte, hatte sich ihr zugewandt und hielt den Kopf auf einen Arm gestützt. Sie schenkte Clawdia ein laszives Lächeln, rückte näher und kam mit dem Gesicht nahe an deren Ohr.

»Ich habe dich«, hauchte sie, »zu meiner willenlosen Sklavin gemacht.«

Die junge Frau wandte sich Valerie zu, sah ihr einen Moment lang nachdenklich ins Gesicht, dann kniff sie plötzlich die Augen zusammen und schlug der Blumenfrau die Faust mitten ins Gesicht. Das zumindest war der Plan gewesen.

Valerie bewegte sich so schnell, dass Clawdia nur einen Luftzug spürte. Während ihre Faust noch in der leeren Luft vor ihr hing, hauchte ihr die Blumenfrau bereits von der anderen Seite ins Ohr.

»Ah, da haben wir ja die Gottkönigin. Was für ein Besen! Das kommt von den ganzen Wüsten. Das ist mal eine Frau, die dringend Blumen in ihrem Leben gebraucht hätte.«

Clawdia begann zu zittern und hielt sich wieder den Kopf mit beiden Händen.

»Gütiges Licht«, schluchzte sie leise, »… was ist mit mir?«

Valeries Lächeln wich einem Ausdruck voller Wärme. Sie nahm die junge Frau vorsichtig in die Arme und hielt die kleine, zitternde Gestalt.

»Was passiert ist«, flüsterte sie, »ist, dass eine übermütige junge Frau dem Amulett die Erinnerungen abgerungen hat und bei der Gelegenheit unbedingt ein wenig zu viel einpacken musste. Normalerweise hätte dich diese Aktion sofort das Leben gekostet, aber mein kleiner Anker hat sich zu unser aller Überraschung als geradezu schockierend widerstandsfähig erwiesen. Als Balthasar dich hierhergebracht hat, warst du mehr tot als lebendig. Schon halb den Schatten verfallen. Deswegen habe ich sofort damit begonnen, das zu tun, was ich immer mit sterbenden Menschen tue.«

»Sie entführen und versklaven?«, fragte Clawdia, ohne sich gegen die Umarmung zu wehren.

»Sie zu heilen«, erwiderte Valerie sanft.

»Heilen?«, entgegnete Clawdia überrascht.

»Natürlich Heilen! Was dachtest du denn?« Sie hob elegant einen Arm und auf dieses Kommando hin öffneten sich alle Blüten am Turm.

Clawdia erblickte erneut die von Wurzeln überzogenen Gestalten, schloss die Augen und schauderte.

»Du siehst«, erklärte Valerie tadelnd, »wieder nur mit deinen Augen, mein kleiner Anker. Dabei bist du Teil meines Netzes gewesen und kannst die Wahrheit jetzt spüren.«

Noch während sie die Worte hörte, realisierte Clawdia, dass die Blütenfrau recht hatte. Wenn sie die Augen schloss, sah sie die Menschen in ihren Blüten deutlich in ihrem Geist. Es mussten Tausende sein, und sie waren über den ganzen Planeten verteilt. Ein gewaltiges Netz aus verknüpftem Bewusstsein, durch ein allgegenwärtiges Wurzelgeflecht miteinander verbunden.

»Sie … sie träumen«, erklärte Clawdia nach einer Weile verwirrt. »Sie … sie träumen … von mir.«

»Sie heilen dich«, erklärte Valerie. »Du drohtest in der Dunkelheit deiner Erinnerungen zu ertrinken und wir haben dir geholfen, schwimmen zu lernen. Der Ozean aus Tränen tief unten in deinem Geist ist immer noch da, aber jetzt kennst du ihn und du kannst nicht mehr untergehen.«

Clawdia drückte sich fester an die Frau.

»Aber er ist so riesig.«

»Für dich allein, ja. Auf dich selbst gestellt wärest du wahnsinnig geworden, gestorben und schon auf dem Weg in deine private Hölle. Aber kein Ozean aus Tränen ist groß genug, dass er nicht zu einer Regenpfütze wird, wenn ein Planet voller träumender Menschen ihn teilt.«

Clawdia schwieg eine Weile, dann ließ sie den Kopf hängen.

»Nicht«, erklärte sie bitter, »dass es mir irgendetwas gebracht hätte. Ich bin keinen Schritt weiter und so langsam frage ich mich, warum ich mir das eigentlich antue, wenn alles und jeder nur versucht, mich aufzuhalten. Ich erinnere mich. In meiner Welt gab es Stimmen, die sagten, dass man die Schöpfung möglichst unangetastet lassen soll. Wir wissen nicht, warum die Universen geschaffen wurden und von wem oder welcher Plan verfolgt wird, deswegen ist es nicht an uns, durch Leichtsinn und Unverständnis alles in Gefahr zu bringen. Menschen sollen ihr Schicksal entsprechend ihrem eigenen Potenzial aus sich selbst heraus verwirklichen, ohne Einfluss von außen. Wie kann ich mir als kleiner unbedeutender Mensch anmaßen, für andere zu urteilen und zu wissen, was das Beste für eine Welt ist?«

»Das ist Dumpfsinn«, erklärte Valerie bestimmt und klopfte ihr sanft, aber bestimmt gegen den Kopf.

»Urteile, kleiner Anker! Dafür hat die Natur dir einen Verstand gegeben. Glaub mir, wenn man sein Leben damit verbringt, neben den Ereignissen zu hocken und zu warten, dass alles gut wird, sitzt man am Ende in einem toten Universum und fragt sich, was gerade passiert ist.«

Clawdia schnaufte abfällig.

»Du hast gut reden. Ich bin keine Königin der Blumen. Ich wurde nicht von einem Parasiten, groß wie ein Planet, auserwählt zu herrschen.« Clawdia begann wieder zu zittern und Tränen liefen über ihr Gesicht. »Falls es dir während der Heilung nicht aufgefallen ist, ich bin nur mein kleines schwaches Ich. Ich kann kaum meine eigenen Erinnerungen tragen und dort draußen kämpfen übermächtige Parasitenmonster und böse alte Götter um die Herrschaft über alle Zeitlinien und den Beginn einer ewigen Nacht und das schon seit Jahrhunderten. Und nun ist alles tot. Ich bin einer der letzten beiden Anker und hocke heulend auf einer Blume.«

Zu ihrem Entsetzen lachte die Blumenfrau. Es war ein glockenhelles Lachen, das durch die Luft perlte, wie ein Frühlingsbach im Sonnenschein. Es erzählte von warmem Sommerregen und dem Duft blühender Wiesen im Schatten eines großen Baumes. Jemand lachte über ihr Unglück und Clawdia wusste dennoch, dass sie für alle Zeiten in diesem Lachen leben wollte.

»Mein kleines Dummerchen. Warum, glaubst du, existiere ich noch in diesem unbedeutenden Universum, welches kaum groß genug ist für eine winzige, sterbende Sonne und diesen bemitleidenswerten Brocken Stein, an den ich mich klammere. Du vermutest, ich existiere hier, weil ich meine Ressourcen weise eingesetzt habe? Vielleicht. Warum ich tatsächlich hier existiere, ist, weil *ich* hier bin. *Ich* bin der Anker in diesem Universum. So wie du der Anker in deiner Zeitlinie bist. Du scheinst zu denken, dass die Menschen für die Zeitlinien geschaffen wurden und es die Parasiten sind, welche die Zeitlinien überfallen, mein dummer kleiner Anker. Parasiten werden eingeladen! Man bekommt die ewige Nacht nicht als Strafe! Man muss sie sich herbeiwünschen! Universen, Existenzebenen und Zeitlinien sind alles nur Ausprägungen des Geistes. Der Geist geht jeder Erfahrung, jedem Ding, allem voran. Der Geist führt es. Der Geist hat es erschaffen. Alles ist vom Geist gemacht. Und du kannst es steuern. Du musst es nur tun. Realitäten formen sich um unser Bewusstsein herum, nicht umgekehrt. Wir sind es, die Zeitlinien durch unsere Entscheidungen formen. Je mehr Wesen diese Entscheidung teilen, desto stärker die Zeitlinie. Zum Guten, wie zum Bösen.« Sie nahm Clawdias Gesicht in beide Hände. »Du bist eine Schöpferin, eine Königin der Realitäten. Du solltest vielleicht anfangen, dich wie eine zu benehmen. Renn nicht herum und zweifle, bitte und jammere nicht. Schaffe und entscheide! Warum wartest du darauf, dass jemand dir die Erlaubnis gibt. Sieh mich an.« Sie deutete mit einer weiten Geste um sich. »Ich habe das Sterben meiner Welt nicht einfach akzeptiert. Ich habe versucht, meine Welt zu verändern und uns beide zu retten. Das ist es, was Menschen tatsächlich tun. Sie nehmen ihre Umstände nicht einfach wehrlos hin. Sie verändern sie. Beeinflussen sie. Kämpfen für das, was ihnen wichtig ist, und geben sich niemals geschlagen. Und nun bin ich stark geworden und kann Schwache und Verletzte heilen. In meiner Welt muss niemand für alle Zeiten in der Nacht verloren gehen. Im

Dunklen verloren zu gehen ist einfach, wenn niemand da ist. Aber wenn ein Planet voller Menschen Kerzen hält, wird es sehr schnell hell.«

Clawdia hatte mit geschlossenen Augen gelauscht, doch nun riss sie diese auf und erinnerte sich an etwas, was Robert gesagt hatte.

»Was ist mit den Schatten?«

»Entschuldigung?

»Jede Kerze erzeugt Schatten. Wo sind die Schatten?«

Sie sah auf und begegnete dem Blick der Blütenfrau, die noch immer ihr Gesicht hielt und sie irritiert ansah. Sie roch den herben Blütenduft an ihrem Körper und die beiden goldenen Augen hingen wie zwei warme Sonnen vor ihr. Clawdia blinzelte und kniff die Augen zusammen.

»Wie«, fragte sie, »kamen diese Menschen hierher? Sind sie freiwillig hierhergekommen?«

»Oh, nein«, entgegnete Valerie überrascht, »du bist die Einzige, die es jemals aus eigenem Antrieb hierhergeschafft hat. Aber du bist auch besonders. Ich habe niemals jemanden so schnell heilen sehen wie dich. Alle meine anderen Schützlinge brauchen Jahrhunderte für ihre Heilung. Die Erinnerungen im Amulett haben dich stark gemacht. Sehr stark.«

Clawdia wies zu den Blüten am Turm empor.

»Du hast mir nicht geantwortet. Wie sind diese Menschen hergekommen.«

Valerie blinzelte verwirrt. Sie nahm die Hände von Clawdias Gesicht und ergriff stattdessen ihre Hände.

»Ich habe sie eingesammelt«, antwortete sie vorsichtig. »Jeden einzelnen. Nachdem man sie weggeworfen hatte.«

»*Weggeworfen?*«

»Sterbend zurückgelassen. Als sie ihren Nutzen verloren hatten. Viele waren noch Kinder. Niemand wollte sie mehr, also habe ich sie aufgehoben. In Seen ertrinkend, auf Müllbergen sterbend, in Gräben gefallen, in Kellern vergessen.«

»So wie mich«, flüsterte Clawdia, »als ich aus der Kutsche geworfen wurde.«

Valerie nickte.

»Balthasar war schon vor Ort und wartete auf dich. Ich habe nicht damit gerechnet, dass Ana mir zuvorkommt. Und die Heilung durch das Amulett kam für mich vollkommen aus dem Nichts. Entgegen jeder Erwartung ist Niklas Turner doch zu etwas zu gebrauchen.«

»Sonst säße ich ebenfalls in einer dieser Blüten.«

Valerie nickte langsam.

»Wir mussten dich schützen. Du bist der letzte Anker, den dieses Universum noch hat.«

Clawdia öffnete den Mund, doch die Blütenfrau schüttelte den Kopf.

»Ich weiß, ich weiß, Niklas. Aber er hat aufgegeben. Damit ist seine Macht gebrochen. Er versteckt sich im Haus und wartet nur noch auf das Ende. Er hat nicht die Kraft.«

Clawdia sah zu den Blüten auf.

»Ich weiß, was du denkst«, erriet Valerie, »aber es würde nicht funktionieren. Man muss die Heilung annehmen.«

»Und nun sind alle diese Menschen hier gefangen, für immer und ewig.«

»Oh, nein, wenn sie geheilt sind, sterben sie.«

»Sie sterben?«

»Natürlich. Das Netz hält sie am Leben und wenn ihre Heilung abgeschlossen ist, sterben sie und steigen sofort zu den Himmelsebenen auf, wo sie wiedergeboren werden. Alle meine Schützlinge kommen in den Himmel.«

Clawdia sah sie ruhig an und spürte das vertraute Aufwallen starker Emotionen in ihrem Bauch. Eine unbändige Wut stieg in ihr auf und kochte nach oben. Der Geschmack von Tabak lag auf ihrer Zunge.

»Zu welchem Preis?«, fragte die Herrscherin kalt. Die Frau in der Wüste nahm die Zigarette aus dem Mund und lächelte böse. Clawdia, die den beißenden Rauch in ihrer Lunge spürte, überfiel ein leichter Schwindel.

Die Blumenfrau blinzelte. Sowohl, weil sie den veränderten Ton in Clawdias Stimme bemerkt hatte, als auch, weil die Frage sie aus dem Konzept brachte.

»Dein kleines Universum ist stabil«, erklärte die Frau in der Wüste, »weil du das Bewusstsein Tausender Menschen dazu benutzt, es stabil zu halten. Haben diese Menschen dem zugestimmt? Haben sie um deine Hilfe gebeten?«

»Wie hätten sie das tun sollen?«, fragte Valerie irritiert. »Es sind weggeworfene Menschen.«

»Das beantwortet meine Frage nicht. Haben sie um deine Hilfe gebeten?«

»Hätte ich sie nicht gerettet, wären sie gestorben und ihr Trauma hätte sie sofort in die Hölle gezerrt.«

»Ist das so? Woher weißt du das?«

»Ich allein gebe ihnen eine Chance auf Heilung und einen Weg in den Himmel!«

»Einen Weg, den sie vielleicht niemals aus freien Stücken genommen hätten. Was glaubst du, wie erfolgreich sie auf den Himmelsebenen sein werden?«

»Hätte ich«, warf Valerie hitzig ein, »sie sterben lassen sollen?«

Clawdia sah sie ruhig an, während die Frau in der Wüste an ihrer Zigarette zog und die Königin der Blumen abschätzend musterte.

»Lass mich dich etwas fragen«, fuhr sie schließlich fort. »Wenn ich dir heute ein eigenes Universum gebe, ein richtiges, eines der großen und unendlichen, würdest du dann damit fortfahren, Menschen zu heilen, auch wenn du sie nicht mehr benötigst? Oder würdest du jeden, der sich dir in den Weg stellt, unterwerfen und einen Rachefeldzug gegen die anderen Universen eröffnen?«

Valerie öffnete den Mund, entschied sich aber zu schweigen.

Die Frau in der Wüste fixierte die Blütenfrau wie eine Schlange und zog dabei noch tiefer an ihrer Zigarette. Clawdia widerstand der Versuchung, die Geste nachzuahmen.

Valerie schwieg noch immer.

»Und das ist der Unterschied«, erklärte Clawdia leise.

Sie wusste nicht, woher das Wissen kam, aber sie spürte die vertraute Wut in sich lodern wie ein Leuchtfeuer. Der Hitze entsprangen tiefe und bittere Einsichten.

»Du schickst Menschen in den Himmel, die den Weg nicht aus eigener Kraft gegangen sind. Sie erwachen an einem Ort, an den sie nicht gehören und werden sich nicht verhalten, wie jemand, der seinen wahren Platz gefunden hat. Sie werden versagen. Nur dass sie, wenn sie *dann* fallen, besonders hart aufschlagen werden. Das Traurigste daran ist, dass sie nicht einmal verstehen werden, was passiert ist, denn sie hatten nie eine Wahl. Was du machst, ist nicht Menschen in den Himmel heben, du lässt sie nur Schwung holen, um danach umso tiefer zu stürzen.«

»Aber«, warf Valerie leise ein, »sie kommen doch in den Himmel.«

»Und dann?«, fragte Clawdia laut. »Es reicht nicht, Menschen einen Freibrief auszustellen, wenn sie nicht einmal lesen können.«

Valerie kniff die Augen zusammen.

»Ist das die Gottkönigin der Wüsten, die da spricht? Ich mag sie nicht, sie ist eine fiese kleine Brandstifterin. Ich hätte sie aus deinen Erinnerungen löschen sollen.«

»Ich glaube nicht«, erwiderte Clawdia ruhig, »dass du das kannst.«

Sehr vorsichtig, fast zärtlich befreite sie sich von den Händen der Blumenfrau und rückte ein Stück von ihr fort.

»Aber hier ist etwas, was *ich* glaube, schöne Valerie. Du hast mich von Anfang an benutzt. Ich war niemals mehr als ein Mittel zum Zweck für dich. Du hast mich hypnotisiert, kaum dass du mich das erste Mal gesehen hast und sofort mit Duftstoffen überflutet, damit ich dich auf jeden Fall anbeten würde. Deine hypnotischen Anweisungen waren schon tief in mir verankert, lange bevor ich das Amulett überhaupt gefunden hatte. Egal, wo ich war, deine wunderschönen goldenen Augen haben mich immer begleitet und manipuliert. Du hattest immer die volle Kontrolle über mein Handeln, nicht wahr?«

Valerie schwieg, doch ihre Augen wurden weit.

»Ich glaube, selbst mein Flehen um Hilfe hast du sorgfältig programmiert. Immerhin kann man sich ja nicht darauf verlassen, dass ein *dummes Kind* wie ich im richtigen Moment um Heilung bitten wird.« Das Lächeln um Clawdias Mund war traurig und bitter. »Eines muss ich dir neidlos zugestehen. Du bist sehr gut in dem, was du tust. Wie lange kämpfst du schon um das Überleben deiner kleinen Parasitenwelt? Wie viele Tausend Jahre lang musstest du jeden Vorteil nutzen, den du bekommen konntest, nur um am Leben zu bleiben?«

Valerie öffnete den Mund, doch Clawdia schloss ihn sanft wieder und legte ihr einen Finger auf die Lippen.

»Du hast mich geheilt, dafür danke ich dir, Königin der Blumen. Du bist mit weitem Abstand das schönste Wesen, dem ich jemals begegnet bin. Doch ich bin müde, schöne Valerie, sehr müde. Ich bin müde, dass jedes Wesen unter allen Sonnen meint, mich für seine Zwecke benutzen zu dürfen, und ich denke, es ist Zeit, dieses grundlegende Missverständnis mit dem Universum nachhaltig auszuräumen.«

Sie sah einen Augenblick versonnen vor sich hin, dann begegnete sie dem ängstlichen Blick der Blumenfrau und fuhr fort.

»Danke, dass du mir geholfen hast, schöne Valerie. Doch du bist kein Werkzeug des Guten, wie du dir gerne selbst versicherst. Du benutzt Menschen zu deinem Zweck und schickst sie an Orte, auf die sie nicht vorbereitet sind und verdammst sie nur, umso tiefer zu fallen. Das macht dich nicht zu einer Agentin des Himmels.« Clawdia sah der Frau direkt in die Augen. »Aber ich bin sicher, dass es auf den Höllenebenen Wesen gibt, die dir für deine Dienste danken werden.«

Die Blumenfrau sah Clawdia mit schreckgeweiteten Augen an. Sie war so blass geworden, dass ihr Gesicht fast gelb schien.

»Ich denke«, verkündete Clawdia, »wir sind hier fürs Erste fertig.«

Die Blumenfrau starrte sie noch immer wortlos an. Tränen liefen über ihr Gesicht. Clawdia kletterte von der Blüte herab und schnippte mit den Fingern.

»Komm schon … Tür! Ich weiß, du hast eine, also erzähl mir nichts. Ich muss ein ganzes verdammtes Universum retten!«

Die Blumenfrau hob langsam eine Hand. Der Blättervorhang an der hinteren Wand des Turmes teilte sich und offenbarte eine schlichte Holztür, welche sich von allein öffnete. Clawdia nickte kurz und wandte sich zum Gehen. Kurz bevor sie durch die Öffnung schritt, zögerte sie noch einmal.

»Ich werde mich deines Gartens annehmen«, erklärte sie, »sobald ich ein wenig aufgeräumt habe. Ich wünsche, dass du bis dahin keine weiteren Menschen mehr entführst. Achte auf deine Handlungen, denn ich sehe dich, schöne Valerie.«

19 | Beförderung

Als Niklas das sonnendurchflutete Büro seines Vorgesetzten Professor Josef Sanders betrat, kniff er schaudernd die Augen zusammen und stöhnte leise.

Ich dachte, es wäre Nacht. Wann bitte ist die Sonne aufgegangen?

Die junge Sekretärin in der weißen Uniform der Klinik, inklusive des kurzen Rocks und der hochhackigen Schuhe, wies ihm seinen Platz und Niklas ließ sich schwer in den niedrigen Ledersessel fallen. Er machte sich nicht einmal die Mühe, seine vollkommen zerknitterte und mit Blut verschmierte Uniform der Notaufnahme auch nur geradezuziehen, bemerkte jedoch sehr wohl den abschätzigen Blick, welchen die Frau an ihm herabgleiten ließ. Er überlegte gerade, ob er die Kraft hätte, ihrem eigenen Aufzug eine bissige Bemerkung zu schenken, als auch schon Sanders selbst mit schnellen, energischen Schritten durch eine Seitentür in das Büro gestürmt kam. Er grüßte flüchtig und desinfizierte sich mit routinierten, leicht abwesenden Bewegungen die Hände, bevor er geschäftig an den Schreibtisch trat. Der Klinikleiter trug wie immer einen perfekt gebügelten weißen Kittel ohne Namensschild, oder irgendein medizinisches Werkzeug. Ein sicheres Zeichen seiner Macht und Autorität. Er schob einige Akten umher, dann griff er nach einem Stapel Briefe in der Postablage und reichte ihn der jungen Frau.

»Marie, seien sie so gut und bringen sie diese Eilbriefe zur Sammelstelle hinunter. Sie müssen unbedingt noch mit der nächsten Leerung raus.«

»Sehr wohl, Professor«, hauchte die junge Frau, schenkte ihm ein strahlendes Lächeln und verließ langsam davonschreitend den Raum.

Einen Moment lang fixierte Sanders schweigend die geschlossene Tür, dann trat er lautlos an die Fensterfront und senkte behutsam und ohne ein Geräusch zu produzieren die Jalousien, bis der Raum im Dämmerlicht lag. Niklas seufzte erleichtert. Der Chefarzt jedoch bewegte sich bereits mit geräuschlosen Schritten zur Tür Richtung Vorzimmer und öffnete sie einen Zentimeter weit, nur um sie gleich darauf wieder zu schließen. Von dort trat er wieder an den Schreibtisch, nahm vorsichtig den Hörer von der Gabel des großen Telefons und ließ ihn in eine Schublade fallen, wo er ihn unter einem Stapel Papier begrub und die Schublade wieder schloss. Erst jetzt trat er neben Niklas, der den Ereignissen teilnahmslos beigewohnt hatte, lehnte sich neben ihm an den Schreibtisch und beugte sich so weit vor, dass ihre Gesichter einander fast berührten.

Mit dem Mund dicht an Niklas' Ohr flüsterte Sanders:

»Scheiße, Nik, du siehst aus wie dein eigener Nachruf.«

Der Angesprochene sah ihn müde und regungslos aus blutunterlaufenen Augen an. »Deine Sekretärin«, entgegnete er ebenso leise und nüchtern, »hat vergessen, nach ihrer letzten *Besprechung* mit einem deiner Oberärzte ihre Strümpfe wieder anzuziehen. Jetzt hast du sie in diesem Aufzug zur Post geschickt. Ich vermute also, du nutzt die Situation, damit sie wegen Unreinheit entlassen wird? Die Wievielte ist das jetzt? Die Dritte allein in diesem Jahr?«

Sanders sah ihn resigniert an.

»Ehrlich, Nik? Die moralische Karte? Dabei steckst du so tief in der Scheiße, dass du eine Leiter brauchst, nur um Luft holen zu können.«

Niklas sah den Mann weiter ruhig an, während sich Sanders nervös nach allen Seiten umsah. Als der Professor weitersprach, schwang Panik in seiner Stimme: »Sie hat es getan, Nik. Deine Frau hat die Hüter angerufen!«

»Sie hat … sie hat *was*?«, flüsterte Niklas und setzte sich ruckartig auf.

»Sie hat die Hüter angerufen und deine Verstöße gegen die Reinheit offiziell gemeldet! Allem voran dein Trinken.«

»Alle trinken«, entgegnete Niklas schwach.

»Nicht so! Und das ist noch nicht alles.« Sanders' Stimme wurde noch leiser und schneller, als er weitersprach: »Sie wissen von dem Baby, Nik. Ich habe keine Ahnung, wie deine Frau an die Information gekommen ist, aber sie wissen es.«

»Wie …«, begann Niklas, doch Sanders unterbrach ihn.

»Ich sagte doch, ich weiß es nicht!« Seine Stimme wurde zu einem hektischen Zischen. »Wahrscheinlich eine dieser verdammten Kirchengruppen. Die Miststücke treffen sich dort und tauschen kompromittierende Informationen über Männer, um ihren eigenen nutzlosen Arsch zu retten. Es ist auch egal, Nik. Es ist vorbei. Ich habe alles, was in meiner Macht stand, getan, um dich zu decken. Ich habe sogar das Baby aus den Unterlagen verschwinden lassen, aber jetzt bist du fällig. Hörst du mich, du Vollidiot? Die Hüter *kennen deinen Namen!*«

»Es war ein Unfall«, flüsterte Niklas kaum hörbar.

»Du warst sturzbetrunken im Kreißsaal«, zischte Sander. »Du hast es *fallen* lassen. Wo bitte ist das ein Unfall? Ich musste ein Dutzend Gefälligkeiten einlösen, nur um die Sache überhaupt unter den Teppich zu bekommen.«

Niklas zitterte und knetete nervös seine Hände.

»Es war eine harte Zeit«, wisperte er kaum hörbar.

»Ich weiß, Nik«, erwiderte Sanders, und zum ersten Mal schwang Emotion in seiner Stimme. »Ich weiß.«

Den Blick auf die eigenen Hände gerichtet, murmelte Niklas: »Sie haben sie geholt, Joe. Sie haben sie geholt, als ich Nachtschicht hatte.« Sein Zittern wurde stärker.

Sanders schloss die Augen und hob eine Hand, um nach Niklas Schulter zu greifen. Doch als die Finger den Mann schon fast berührten, zog er sie wieder zurück.

»Du wusstest doch«, flüsterte Sanders, »dass es passieren würde. Wie lange hast du geglaubt, dass du sie im Keller verstecken kannst?«

»Sie war doch nur ein Kind!«

»Ich weiß, Nik. Und sie hätte das Krankenhaus niemals verlassen dürfen, das weißt du auch. Du hast sie nur deswegen rausschmuggeln können, weil du alle Unterlagen gefälscht hast und ich alles unterschrieben habe.«

Niklas, der mit bebenden Schultern im Sessel hockte, schwieg.

»Was habe ich dir damals gesagt? Nimm der Frau das verdammte Telefon weg. Sie wird zerbrechen und dann reißt sie euch alle in den Abgrund. Und was ist passiert?«

Niklas schwieg auch hierzu und Sanders rieb sich müde die Augen. Er schüttelte den Kopf, griff hinter sich und füllte zwei Gläser aus der Whiskeyflasche, welche immer auf seinem Tisch stand. Er hielt Niklas ein Glas hin und fuhr leise fort: »Wach endlich auf, so dumm kannst du doch nicht sein! Sie hat sich erst des Kindes entledigt und dann dich vor den Zug geworfen. Nächsten Monat wird sie eine neue Heirat beantragen und in einem halben Jahr wird niemand mehr deinen Namen kennen.«

Ohne aufzusehen, griff Niklas nach dem Glas, trank es in einem Zug leer und fragte: »Wann kommen sie?«.

Sanders hielt ihm wortlos das andere Glas hin, atmete tief durch und entgegnete: »Sie kommen gar nicht. Ich habe eben angerufen, mein Recht als Klinikleiter benutzt und Paragraf dreizehn in Kraft gesetzt.«

Niklas Kopf ruckte so schnell nach oben, dass er den Whiskey verschüttete. Sein Gesicht war schlagartig weiß geworden.

»Du hast *was*?«

Sanders sah ihn ausdruckslos an, griff in die Seitentasche seines Kittels und präsentierte Niklas ein kleines ledernes Ausweisbuch. Er klappte es auf und hielt es ihm hin. Die einzige Seite, welche der Ausweis enthielt, zeigte ein altes Foto von Niklas, das von einem großen Stempel verdeckt wurde, dessen leuchtend rote Schrift die Zahl 13 präsentierte.

»Herzlichen Glückwunsch, Doktor Turner«, intonierte Sanders leise. »Sie werden befördert.«

Die Stimme des Professors und der Gesichtsausdruck von Niklas machten deutlich, was die beiden von der offiziellen Floskel und der darin enthaltenen bitteren Ironie hielten.

»Das kann nicht dein Ernst sein«, hauchte Niklas.

Sanders' Stimme sank wieder zu einem Flüstern.

»Das ist mein absoluter Ernst. Als Leiter eines Krankenhauses besitze ich die Freigabe für die Läuterungsräume der Reinheit und ich möchte dir in aller Dringlichkeit nahelegen, jetzt nicht mit mir zu diskutieren. Nik, lass mich dir hier und jetzt absolut unmissverständlich erklären, dass du *nicht* abgeholt werden willst.« Er sah den Mann direkt an. »Glaube mir.«

Niklas öffnete den Mund, warf einen Blick in die Augen seines Vorgesetzten und schwieg.

»Das ist also das Ende?«

»Wir wussten beide«, entgegnete der Professor, »dass es so kommen würde. In dem Moment, als deine Frau eure Tochter gemeldet hatte, war es nur noch eine Frage der Zeit. Auf diese Weise hast du zumindest einen ehrenvollen Ausweg.«

»Wieviel Zeit habe ich?«

»Keine!«

Sanders griff in seine Brusttasche und präsentierte eine Visitenkarte, die er in den Ausweis legte.

»Hier ist die Adresse. Ich habe dich bereits angemeldet.«

Er stand auf und trat an seine Garderobe. Er nahm seinen eigenen teuren Designer-Mantel vom Haken und nötigte Niklas, der keinen Widerstand leistete, ihn überzuziehen.

Danach schob er das Ausweisbuch in eine der Seitentaschen, sah Niklas einen Moment lang an, angelte nach der Whiskyflasche, welche er kurzerhand in die andere Seitentasche steckte.

»Ist jetzt sowieso egal«, murmelte er. »Bitte gehe auf direktem Weg. Sie werden jeden deiner Schritte überwachen. Wahrscheinlich hängt Marie schon am Telefon.«

»Sie ist ein Agent?«

»Natürlich!«, entgegnete Sanders bitter. »In meiner Position trifft man keine Menschen mehr.« Er sah ihm in die Augen und ergänzte: »Fast keine.«

Die beiden Männer standen lange voreinander und sahen sich verlegen an.

»Danke«, wisperte Niklas irgendwann.

»Wir sehen uns auf der anderen Seite«, entgegnete Sanders leise. »Hoffentlich in einer Welt ohne Frauen.«

Mit diesen Worten öffnete er die Tür und Niklas fand sich im Vorzimmer wieder, wo Marie ihn begrüßte, als wäre nichts geschehen, und ihm ihr professionellstes Lächeln schenkte. Es flammte auf, wie das Blitzlicht eines Fotoapparates. Schnell, blendend und leer.

Wie er am Ende die Klinik verlassen hatte, wusste Niklas nicht mehr. Er erinnerte sich an lange und völlig verlassene Korridore und das vertraute Gefühl, durch zahllose Türspalte beobachtet zu werden. Er hatte keinen Zweifel daran, dass sich sein Schicksal bereits in der ganzen Klinik verbreitet hatte, kaum dass Sanders ihm den Ausweis gereicht hatte. Rote Stempel schwiegen sich schnell herum.

Als er kurze Zeit später langsam durch die leere Parkanlage schritt, fehlten sogar die vereinzelten Patienten und deren Besucher, die normalerweise hier am späten Vormittag auf und ab gehen durften, wenn sie vorzeigbar genug aussahen. *Fremde Menschen mit Krankheiten oder Entstellungen zu belästigen, wird als schweres Vergehen geahndet.*

Niklas selbst hatte es seinen Patienten jahrelang erklärt. Er blieb stehen, trank in großen Zügen aus der Flasche und sah sich ungeniert nach allen Seiten um. Jetzt konnte es ihm sowieso egal sein. Er hatte nie herausgefunden, wie die Hüter ihre Überwachungen durchführten, doch er wusste, dass aufmerksame Augen jede seiner Bewegungen registrierten und protokollierten. Sein Verhalten auf dem Weg würde Konsequenzen für seine Familie nach sich ziehen, wenn er denn noch eine hätte.

Er lächelte bitter.

Jetzt hatte seine Frau also beschlossen, sich auch seiner zu entledigen. Ihr würde nichts passieren, sie war jung und konnte noch Kinder bekommen. Sie würde kein Problem haben, eine neue Ehe genehmigt zu bekommen.

Doch es wird ihr nichts bringen. Ich kenne Joe Sanders.

Meine designierte Witwe wird spätestens nächstes Jahr für eine Routineuntersuchung in die Klinik gerufen werden und dort wird er auf sie warten. Unfälle passieren. Der Arm eines Klinikleiters ist lang.

Niklas erwog ernsthaft, gegen den nächsten Baum zu pinkeln. Wahrscheinlich würde er sogar damit durchkommen. Ein Mann mit dem roten Stempel galt als verstorben, und er wusste, dass schon in diesem Moment alle seine Akten vernichtet wurden. Das führte zu der seltsamen Situation, dass er auch nicht mehr verhaftet oder für Vergehen belangt werden konnte, schließlich gab es ihn nicht mehr.

Er ließ die Flasche wieder in die Manteltasche gleiten und folgte leicht taumelnd dem Weg. Er kannte die Adresse natürlich.

Nicht wenige seiner Patienten waren über die Jahre von ihm selbst dorthin geschickt worden. Die Diagnose *Unheilbar* und ein roter Stempel waren praktisch Synonyme.

Eine sehr beliebte Methode, um Leute loszuwerden.

Wie oft hatte er das Verfahren schon leichenblassen Angehörigen erklärt, welche verzweifelt versuchten, ihr Lächeln zu bewahren?

Sie müssen sich wirklich keine Sorgen machen, es ist alles überaus zivilisiert, glauben Sie mir. Ihr Mann wird von freundlichen Menschen empfangen und bekommt das beste Essen, was man für Geld kaufen kann. Ihre Versicherung deckt das alles ab. Ihm wird es an nichts fehlen, er wird rundum versorgt und bewirtet werden. Man wird ihm jeden seiner Wünsche von den Augen ablesen. Nach dem Mahl geht es in einen Entspannungsraum mit den bequemsten Ledersesseln. Dort bekommt er einen wundervollen Digestif gereicht. Dass er davon einschläft und nicht mehr aufwacht, bemerkt er gar nicht.

Niklas blieb stehen. Es gab Gerüchte, dass bei einem höheren sozialen Status außerordentlich attraktive junge Frauen bestellt wurden, welche sich der Männer in ihren letzten Stunden im besonderen Maß annahmen. Dieser Gedanke reichte, um Niklas wieder gierig aus der Flasche trinken zu lassen.

Als er den Whiskey absetzte, hatte er die Adresse bereits erreicht.

Wie bin ich jetzt hierhergekommen?

Die leere Flasche in seiner Hand musste etwas damit zu tun haben. Er strauchelte, während er versuchte, den Eingang zu finden und langsam zogen sich seine Brauen zusammen.

Das sieht falsch aus, urteilte er nach einer Weile.

Sein Blick glitt über einen weitläufigen Rosengarten. Das konnte unmöglich richtig sein. Rosen durften nur zwischen lizensierten Paaren verschenkt werden. Der öffentliche Anbau war verboten.

Niklas blinzelte, als er auf das Gelände stolperte und versuchte, sich auf das Haus zu konzentrieren. Auch das Haus sah seltsam aus. Er meinte, das flache, schmucklose Verwaltungsgebäude zu sehen, welches hier stehen sollte, doch manchmal … Er blieb stehen und blinzelte das Haus verwirrt an, drehte den Kopf nach beiden Seiten und schwankte unschlüssig.

Aus dem Augenwinkel sah das Haus seltsam aus. Er konnte aber nicht sagen warum. Er sah die leere Flasche in seiner Hand an, zuckte mit den Schultern und steckte sie wieder in die Manteltasche. Beim dritten Versuch gelang es ihm, die Tür zu öffnen, und er fiel mehr in das Haus, als dass er ging.

20 | Macht

Clawdia trat in die Eingangshalle und sah als Erstes Ana, die vor dem Spiegel stand und sich kritisch musterte. Die alte Frau trug einen weiten, hellen Sommermantel und neben ihr am Boden stand ein kleiner, lederner Koffer. Die gesamte Erscheinung wurde jedoch von einem gewaltigen Strohhut überschattet, welchen die Haushälterin fortwährend auf ihrem Kopf hin und herschob, um den perfekten Winkel zu finden. Auf der überbreiten Krempe stapelte sich eine geradezu groteske Menge knallbunter, künstlicher Blumen. Clawdia starrte den Blütenberg mit offenem Mund an. Es mochte tatsächlich ein Hut sein oder auch ein tragbares Blumengeschäft. Nur so viel war sicher, die alte Frau befand sich irgendwo darunter.

Die junge Frau sah eine Weile dabei zu, wie Anna sich immer wieder kritisch musternd nach beiden Seiten wandte, nur um danach den Hut nochmals um einige Millimeter zu verrücken. Clawdia sah ein paar Mal zwischen dem Spiegelbild und Ana hin und her, dann erklärte sie ein wenig hilflos: »Hübsche Blumen. Hast du heute deinen freien Tag?«

Die Angesprochene hielt inne und sah Clawdia an, als wäre sie gerade neben ihr aus dem Nichts erschienen.

»О́тпуск«, erklärte sie und machte dabei mit einer Hand eine schneidende Bewegung.

Es brauchte einen Moment, bevor die Übersetzung in Clawdias Geist geschwommen kam.

»Du machst Urlaub?«, fragte Clawdia irritiert.

Die alte Frau grunzte und wiederholte laut: »О́тпуск!«, ergänzt durch eine weitere schneidende Bewegung, als würde sie mit der Handkante Holz hacken.

Clawdias Mund öffnete und schloss sich einige Male, bevor sie langsam fragte: »Dein Urlaub ist zu Ende?«

Die alte Frau tippte sich mit einem ihrer dicken Zeigefinger auf die Nase, dann fuhr sie fort, ihren Hut zu arrangieren.

Clawdia sah ihr eine Weile dabei zu, dann murmelte sie mehr zu sich selbst: »Es ist wirklich meine Schuld, denn ich dachte eben noch, dass es jetzt nicht mehr absurder werden kann.«

Ana beendete ihre Arbeit am Hut, welcher nun in einem kecken Winkel auf ihrem Kopf thronte, und wandte sich Clawdia zu. Sie lächelte, tätschelte ihr die Wange und erklärte mit schwerem Akzent: »Gut Mädchen!« Dann griff sie nach ihrem Koffer und tänzelte leichtfüßig Richtung Eingangstür, welche sich öffnete, kaum dass sie sich ihr zugewandt hatte.

Dichter grauer Nebel wallte in die Halle und Ana seufzte erleichtert, während sich die faserigen Wellen um ihre Beine schlossen. Kurz bevor ihre Gestalt von der grauen Masse verschluckte wurde, wandte sie sich noch einmal zu der jungen Frau um und lächelte verschwörerisch.

»подáрок!«, flüsterte sie, zeigte dabei mit einem Finger nach oben, um ihn danach auf die Lippen zu legen.

»Danke«, entgegnete Clawdia entgeistert und viel zu konsterniert, um etwas Intelligenteres von sich zu geben. Die alte Frau lächelte noch einmal und verschwand rückwärtsgehend im Nebel. Die Tür schlug zu und Clawdia stand allein in der leeren Halle.

Sie starrte eine Weile nachdenklich vor sich hin. Ein kleiner Schatten kam im Spiegel an das Glas gelaufen und winkte ihr zu. Sie grüßte flüchtig, dann wandte sie sich ab und stieg langsam die Treppe zum Obergeschoss empor und wanderte geistesabwesend in ihr Zimmer. Jemand hatte die Gaslampen entzündet. Die Flammen tauchten den Raum in ein dämmeriges Licht und gaben dem dichten Nebel vor dem Fenster einen Stich ins Gelbe.

Auf ihrem frisch gemachten Bett stand eine fleckige, abgegriffene Pappschachtel, die schon bessere Tage gesehen hatte. Clawdia hob vorsichtig den Deckel und starrte lange auf das Geschenk, bevor sich langsam ein Lächeln in ihrem Gesicht ausbreitete.

Auf eine Lage aus weichem Stoff gebettet, lag Anas Revolver.

Die Waffe präsentierte sich in tiefem Schwarz, welches im Licht der Lampen ölig glänzte. Clawdia überkam das vage Gefühl, ein Raubtier gestört zu haben, welches lautlos im hohen Gras lauerte. Die junge Frau schob vorsichtig die Hände unter das Metall. Kaum berührten ihre Finger den Stahl, lief ein Schauer durch die Waffe und das Schwarz wechselte zu spiegelndem Chrom. Das abgenutzte dunkle Holz der Griffschalen hellte sich zu poliertem Elfenbein auf. Konnte eine Waffe lächeln? Diese hier gab sich jedenfalls Mühe.

Clawdia brauchte beide Hände, um den stählernen Klotz überhaupt von seinem Polster zu bekommen. Der verchromte Stahl reflektierte das Licht wie ein polierter Spiegel. Die Waffe schien in ihren Händen sanft zu summen und Clawdia wusste nicht warum, aber der schwere Gegenstand strahlte tiefe Zufriedenheit aus. Das Lächeln in ihrem Gesicht wurde von einer intensiven Wärme in ihrem Bauch aufgegriffen. An der Stelle in ihrem Geist, an welcher schon mehrmals die glühende Wut aufgeflammt war, blühte nun eine wilde Begeisterung. Eine Quelle ungeduldiger Erwartung und ekstatischer Freude. Sie schmeckte Tabak.

»Das ist es!«, jubelte die Frau in der Wüste. »Das ist der Schlüssel. Hast du irgendeine Ahnung, wie mächtig diese Waffe ist?«

»Ich glaube nicht«, flüsterte Clawdia lautlos in ihrem Kopf, »dass es eine Waffe ist. Es tut nur so, als wäre es eine.

Kannst du es nicht spüren? Es wirkt kraftvoll und doch irgendwie … entspannt.«

»Oh, das werden wir ändern«, rief die Herrscherin euphorisch, »glaube mir! Mit dieser Macht in unseren Händen gibt es nichts im Universum, was uns noch aufhalten kann!«

»Uns?«

Die Stimme überging dies.

»Die Zeitwächter sind so gut wie ausgestorben!«, ereiferte sich die Stimme. »Wir werden sie so lange jagen, bis wir den elenden Winkel des Universums gefunden haben, wo sie einst unter einem von allen Göttern verfluchten Stein hervorgekrochen gekommen sind. Dort werden sie meine Rache spüren und ich werde nicht ruhen, bis jede einzelne ihrer Zeitlinien auf der Wahrscheinlichkeitskurve in kalter Asche liegt!«

»Werden wir das?«, fragte Clawdia ruhig und interessiert. »Und was dann?«

»Wir werden fortfahren aufzuräumen«, zischte die Herrscherin. »Ich bin sicher, sie haben Diener und Verbündete.«

Clawdia schwieg einen Moment, dann erwiderte sie nachdenklich: »Ich habe gesehen, wohin diese Art Denken führt. Erst in meiner eigenen Zeitlinie, dann in der Reinheitslinie und schließlich in der Ordnungslinie. Ohne Zweifel würde ich es in einer Million anderer Zeitlinien ebenfalls sehen. Ich gebe dir recht. Niemand könnte uns stoppen. Das Beste an der Sache wäre: Es würde uns auch niemand hassen. Wir wären wie eine Göttin, wunderschön und tödlich. Am Ende säßen wir auf einem Thron aus Blut, nur diesmal wäre es keine Täuschung.«

Clawdia betrachtete aufmerksam ihr Spiegelbild in der Waffe.

Ihre Augen flammten rot auf und die Stimme der Herrscherin heulte durch ihren Kopf.

»Sie haben meine Welt zerstört und du wirst mich nicht an meiner Rache hindern, du dummes Kind«!

Die junge Frau lächelte und legte die Waffe wieder auf ihr Polster.

»Bitte«, verkündete sie. »Nimm sie dir. Ich schenke dir die Macht.«

Eine Sekunde lang herrschte verblüffte Stille in ihren Gedanken, doch dann spürte sie, wie die Herrscherin durch den Dunst ihrer Erinnerungen nach vorne schritt und eine entsetzliche Kraft ihren Arm hinabfließen ließ. Diese Stärke kam nicht aus irgendwelchen Muskeln. Hier sprudelte die ungebändigte Macht puren Willens, der sich durch nichts stoppen ließ und ohne weiteres in der Lage war, ihre kleine, zierliche Faust durch die nächste Felswand zu schlagen.

Mit einem triumphierenden Schrei riss die Herrscherin die Waffe mit einer Hand aus der Schachtel.

Doch kaum hatte das Ungetüm aus Stahl sein Polster verlassen, zerfiel er auch schon zu feinem, weißem Sand, der durch Clawdias Finger rieselte, wieder in die Schachtel fiel und dort erneut einen Revolver formte. Dieser jedoch färbte sich tiefschwarz und eine intensive Aura aus Unwillen und Ablehnung strahlte ihr entgegen wie von einem Bett aus glühenden Kohlen.

»Er lässt sich nicht durch Hass bewegen«, erklärte Clawdia leise.

»Es ist meine Macht«, schrie die Frau in der Wüste mit überschlagender Stimme. »Sie steht mir zu! Ich habe alles geopfert!«

»Es geht nicht mehr um Macht«, entgegnete Clawdia, »es geht um Frieden.«

»Wie kannst du dich eine Kriegerin nennen«, zischte die Herrscherin mit Tränen in der Stimme, »wenn du keine Waffe benutzt?«

Wie kannst du dich eine Herrscherin nennen«, konterte die junge Frau ruhig, »wenn du noch eine brauchst?«

»Lass sie mich auslöschen«, wisperte die Frau in der Wüste fast flehend.

»Macht korrumpiert«, erklärte Clawdia ruhig, »und viel Macht korrumpiert viel. Wir werden nichts und niemanden auslöschen. Dieses Universum braucht Hüter, keine Schlächter.«

Die Frau in der Wüste lachte bitter.

»Diese leeren Phrasen kenne ich. Das ist Robert. Er ist nur seltsamerweise nie da, wo das Blut fließt. Er taucht immer erst hinterher auf und langweilt die Überlebenden mit fein gedrechselten Epigrammen.«

»Mein Eindruck ist«, entgegnete Clawdia kühl, »dass sein Aufgabenbereich die unpopulären Wahrheiten umfasst und er dabei immerfort sicherstellen muss, dass diese auch überleben.«

»Er redet und redet, während Millionen Menschen um ihn herum sterben!«

»Ich glaube«, erklärte Clawdia, »dein Hass hat dich blind gemacht. So viel Macht, wie er dir gibt, so hindert er dich auch daran, mehr zu sehen als nur deine eigenen Toten.«

»Der alte Meister«, ätzte die Herrscherin, »wäre stolz auf deine neugefundene Tiefe. Doch deine wundervolle Weisheit gewinnt keine Schlacht.«

»Weisheit ohne Erbarmen fühlt keinen Schmerz«, konterte Clawdia ruhig. »Wie lange ist es her, dass du zuletzt etwas gefühlt hast? Der Weg aus den Schatten ans Licht führt durch die tiefsten Täler deines Leidens. Wenn du diesen Weg verweigerst, gibt dir die Wut weiter Stärke, doch diese Stärke wird immer aus Schatten konstruiert sein. Ich weiß das sehr genau, denn sie wurde mir schon mehrmals angeboten.«

Sie schwieg einen Moment und lächelte traurig.

»Ich danke dir. Deine Wut hat mich gerettet, als ich drohte zu versinken. Wut ist ein nützliches Werkzeug, doch auch nicht mehr als das. Deine Zeit ist lange vorbei, du hattest deine Chance. Deine Welt und dein Volk haben sich schon lange im heißen Wüstensand vereint unter den gütigen Augen eurer beiden Sonnen. Deine Rolle ist gespielt, Herrscherin, und dein Lied ist verklungen. Geh jetzt, ich werde dich niemals vergessen. Nichts ist jemals vergessen. Weder in diesem Universum noch in irgendeinem anderen.«

Die Herrscherin und Clawdia ließen den Kopf hängen und schwiegen. Irgendwann wischte sich die junge Frau die Augen, atmete tief und stockend durch und sah wieder auf die Waffe hinab.

Irgendwie schaffte es der Revolver, sie erwartungsvoll anzusehen. Clawdia griff erneut mit beiden Händen in die Schachtel und wuchtete die schwere Waffe bis auf Augenhöhe. Die Stimme in ihrem Kopf war fort und die Waffe wechselte von schwarzem Eisen zu spiegelndem Chrom und schien von innen heraus zu leuchten. Noch während sie die Kühle der elfenbeinernen Griffschalen spürte, sah sie, wie sich die feine Gravur einer Blumenranke über das spiegelnde Chrom zog. Die junge Frau sah ihren eigenen kritischen Gesichtsausdruck im spiegelnden Chrom.

»Ich freue mich wirklich«, begann sie, »dass du dich entschlossen hast, mir zu helfen, das ist überaus freundlich von dir. Leider sehe ich keine Möglichkeit, dich tatsächlich auch zu benutzen. Vielleicht fällt dir auf, dass ich nicht gebaut bin wie Ana. Selbst wenn ich es irgendwie schaffe, den Abzug zu betätigen, würde es mir wahrscheinlich beim ersten Schuss beide Arme aus den Schultern reißen.«

Die Waffe quittierte dies mit verwirrtem Schweigen.

»Hör mal«, fuhr sie fort, »musst du wirklich ein schwerer Revolver sein?«

Die Aura des Revolvers wechselte von Verwirrung auf Neugier.

Die junge Frau überlegte einen Moment.

»Wie wäre ein Schwert? Am Schwert wurde ich tatsächlich auch ausgebildet.«

Einen Moment lang passierte nichts, dann begannen die Konturen des Revolvers zu zerfließen und liefen wie Quecksilber in eine neue Form. Als sich die neue Gestalt verfestigt hatte, schaffte die Waffe es wieder, Clawdia fragend anzusehen.

Langsam breitet sich ein Grinsen auf dem Gesicht der jungen Frau aus, als sie den kurzen Säbel langsam aus seiner Stahlscheide zog. Die Klinge leuchtete schwach bläulich und war so dünn, dass die Schneide kaum zu erkennen war. Ein Gefühl absoluter Sicherheit entstand in Clawdia. Sie wusste, dass nichts im Universum existierte, durch das dieses Schwert nicht schneiden konnte. Sie schob den Säbel mit einem Klicken zurück in die Scheide.

»Das«, verkündete sie lächelnd und befestigte die Waffe an ihrem Gürtel, »ist doch schon viel besser«. Ihr Blick fiel wieder auf die Schachtel und sie zog die Brauen zusammen.

»Nanu«, murmelte sie, »dich hätte ich ja fast übersehen!«

Vorsichtig hob sie das Tuch aus der Schachtel, welches dem Revolver als Polster gedient hatte. Der Stoff floss wie warmes Wasser über ihre Hände und entfaltete sich zu einem großen Rechteck. Es schien keine definierbare Farbe behalten zu wollen. Der Stoff hatte eine Art dunkles, nebeliges Grau gezeigt, solange es in der Schachtel gelegen hatte. Jetzt lief eine einfach gemusterte Stickerei in warmen Gelbtönen vom Rand aus darüber und weitete sich in ein verschlungenes Muster blühender Pflanzen. Es ließ den dunklen Stoff aufblühen wie eine gestickte leuchtende Blumenwiese auf einem See aus flüssiger grauer Dämmerung. Als das gesamte

Tuch bedeckt war, wechselte der Stoff seine Farbe in ein strahlendes Weiß. Clawdia strich sanft mit den Fingern über die eng gewebten Fasern. Es fühlte sich so weich an, dass sie mit geschlossenen Augen unmöglich hätte sagen können, ob sie überhaupt etwas in den Händen hielt.

»Sag mal«, fragte Clawdia, »kennen wir uns schon?«

Die Blumen verblassten und eine vertraute Kombination aus Farben in einem ihr wohl bekannten Muster leuchtete kurz auf und Clawdia verstand.

»Ah, rief sie! Du bist Anas Kopftuch, nicht wahr?«

Eine reich verzierte Sonne aus fein gestickten Goldfäden lief vom Rand aus über den Stoff und wanderte über das Tuch.

Clawdia seufzte hingerissen.

»Wie schön. Das ist absolut reizend von Ana, aber Kopftücher sind nicht wirklich mein Stil und passen auch nicht gut zu meiner Uniform.«

Das Tuch hing einen Moment ruhig und weiß in ihren Händen und wirkte leicht ratlos dabei. Dann zerfiel der Stoff in ihren Händen zu feinem, weißem Sand, der zurück in die Schachtel fiel und dort zu einer neuen Form zusammenfloss.

Clawdia lachte und hob ein schwarzes Barett aus Samt aus der Schachtel. Sie trat vor den Spiegel und setzte sich die Kopfbedeckung auf. Vorne über der linken Schläfe zeigte sich eine einzelne Blüte aus goldenen Fäden.

»Das ist doch schon eher mein Geschmack«, verkündete sie und prüfte nacheinander den Sitz des Säbels, der Uniform und des Baretts. Dann fühlte sie noch einmal nach dem Amulett unter ihrem Hemd. Sie richtete sich gerade auf, lächelte ihrem Spiegelbild anerkennend zu und hielt plötzlich inne, während sie mit weiten Augen in den Spiegel starrte. Langsam drehte sie sich um und ließ den Blick über die Wände des Zimmers gleiten. Dabei stöhnte sie langsam.

»Oh!«, rief sie gedehnt. »So macht sie das also. Das ist natürlich clever.«

Sie schnipste mit den Fingern und die komplette Inneneinrichtung des Raumes verschwand. Ein zweites Schnipsen und alle Wände zeigten große schwere Flügeltüren. Beim dritten Schnipsen flogen alle Türen mit einem Knall auf. Dahinter zeigten sich endlose Korridore, welche zu beiden Seiten wiederum von zahllosen Türen gesäumt wurden. Ein letztes Fingerschnipsen und die Türen in allen Gängen begannen sich nacheinander zu öffnen. Erst langsam, dann immer schneller hallte das Knallen die Korridore hinauf und verschmolz schließlich zu einem fernen Rattern, welches wie eine Welle davonfloss und sich in der Unendlichkeit verlor.

»Und jetzt«, erklärte Clawdia und grinste breit, »haben wir die richtige Ausrüstung und können endlich anfangen zu arbeiten.«

Sie prüfte nochmals den Sitz ihrer Uniform und lief in einen der Korridore hinaus.

21 | Widerstand

Laut lachend rannte Clawdia den Korridor entlang, welcher sich vor ihr entfaltete wie ein komplexes Origami-Kunstwerk. Wände und Türen klappten gedankenschnell auseinander und bildeten schwindelerregende Muster. Treppen formten sich bereitwillig unter ihren Füßen, noch während sie mit geschlossenen Augen von immer neuen Türschwellen aus ins Nichts sprang. Sie stürmte endlose Stufen hinunter und nahm wahllos Abzweigungen, ohne darauf zu achten, wie viele Zeitlinien oder Existenzebenen sie dabei kreuzte. Plötzlich bog sie scharf rechts ab, sprang durch die nächste offene Tür und hüpfte ausgelassen durch eine große Lagerhalle, deren Wände und Decken aus Holz bestanden. Knorrige Bäume ohne Blätter auf stelzenartigen Beinen standen schläfrig im Halbdunkel und wandten sich ihr erstaunt entgegen. Sie hüpfte durch eine Bodenklappe, von der aus eine weitere lange Treppe durch mehrere Dimensionsabschnitte führte und an einer langen Steinbrücke endete, welche sich über einen klaffenden Abgrund ins Nichts hinaus erstreckte. Wolken zogen sich unter ihr zusammen, stiegen empor und umfingen sie. Dichter Regen fiel auf einen Boden, der unter dem anstürmenden Wasser langsam zu Holz wurde. Clawdia sah lange in den Regen hinauf, der sie nicht durchnässte, sondern einfach durch sie hindurchfiel, substanzlos wie in einem Traum. Als die Wolken fortzogen, stand sie auf einem breiten Ast, der über einen kühlen Abgrund voller feuchtem Dunst führte. Er endete an einem Baumstamm, der breiter war als jedes Haus, welches sie jemals gesehen hatte. Auf allen Seiten wurde sie von undurchdringlichem Grün umgeben. Unsichtbare Wesen füllten die Luft mit ihren Gesängen und Clawdia starrte mit offenem Mund umher, überwältigt von den Gerüchen und Farben.

Die Nacht brach herein, so schnell und lautlos, als hätte jemand die Vorhänge der Welt mit Schwung zugezogen. Ein Schwarm fliegender Quallen in Weiß und leuchtendem Blau zog in einer weiten Spirale in den Himmel hinauf. Lichtsignale pulsierten durch die schwebenden Körper und formten komplexe Botschaften, welche sich der jungen Frau anvertrauten, bevor die stillen Wesen in die Dunkelheit eintauchten.

Ein großes Loch im Stamm erlaubte Clawdia, in eine neue Welt zu wechseln. Der Astpfad verschwand und wurde durch eine lange Metallbrücke ersetzt, welche sich hoch über dem Boden einer Lagerhalle spannte.

Tief unter ihr, im Schein zahlreicher Scheinwerfer, spielten zwei Mannschaften aus riesigen Spinnen mit etwas, das aussah wie ein großer Strandball. Die Wesen mussten groß wie Pferde sein. Eines der Tiere hob ein Bein und winkte ihr zu. Die junge Frau winkte zurück und rannte weiter die Metallbrücke entlang, welche laut unter ihren Schritten hallte.

Jenseits der Halle empfingen sie wieder die vertrauten Korridore des Hauses. Schwer atmend und immer noch lachend lehnte Clawdia sich mit dem Rücken gegen eine Wand.

»Genug jetzt mit dem Unfug«, japste sie kichernd. »Ich habe noch immer eine Aufgabe zu erfüllen.« Sie brauchte einen Moment, bis sie wieder Luft bekam und der leichte Schwindel nachließ, den das Durchqueren mehrerer Zeitlinien mit sich gebrachte hatte. »Dazu wiederum müssen wir unseren Gegner natürlich erst einmal finden.«

Sie schloss die Augen und konzentrierte sich.

»Balthasar? Ich weiß genau, dass du hier irgendwo bist.«

Sie lauschte eine Weile, dann fuhr sie fort.

»Komm schon, tu nicht so, als würdest du mir nicht die ganze Zeit zuhören.« Sie lauschte weiter angestrengt, dann lächelte sie.

»Aha, wusste ich es doch. Komm her zu mir, ich brauche jemanden, der in diesem Chaos ein bisschen besser orientiert ist als ich.«

Sie schwieg, während sie der Erklärung lauschte.

»Ja, ich weiß, dass du festgewachsen bist. Dann schick halt eine Projektion. Nein, ich habe keine Zeit für – was? – Ach, komm schon. Wer soll dir das denn glauben?« Sie stöhnte genervt.

»Okay, okay. Warte …« Sie streckte eine Hand aus, schloss die Augen und konzentrierte sich.

Eine Weile lang passierte nichts, während die junge Frau leise vor sich hin fluchte, doch dann erschien langsam eine große, transparente und schwach violett leuchtende Blüte im Gang, die den gesamten freien Raum einnahm.

»Uff«, murmelte Clawdia. »Wirklich nicht einfach, die Signatur zu isolieren.«

Während sie das Kinn auf ihre Brust senkte und die Augen fester zusammenkniff, streckte sie die Hand noch weiter aus. Einige tiefe Atemzüge später begann die Blume zu schrumpfen, bis es so aussah, als hielte sie diese in ihrer offenen Hand. Langsam, fast zögerlich nahm die durchscheinende Gestalt einer kleinen Maus Form an. Sie saß mitten auf der Blüte, sah erstaunt zu der jungen Frau auf und schnupperte interessiert umher.

»Moment«, knirschte Clawdia zwischen zusammengebissenen Zähnen. Die Blüte verblasste und nur die kleine Maus blieb zurück. Die junge Frau seufzte erleichtert und öffnete vorsichtig ein Auge. Balthasars durchscheinende Gestalt hockte auf ihrer Hand und winkte ihr zu.

»Okay!«, rief Clawdia erleichtert. »Das hat doch schon mal funktioniert! Ich glaube, so macht Ana das auch immer. Lieber Himmel, man muss sich dabei echt konzentrieren. Dimensionen und Zeitlinien zu bewegen, ist nicht einfach.

Jetzt müssen wir nur noch die Stofflichkeit einfügen und schon kann es losgehen.«

Sie hob ihre andere Hand über die Maus, spreizte die Finger und starrte regungslos auf das kleine Wesen, während ihre Hände vor Anstrengung zitterten.

Schweiß brach auf ihrer Stirn aus, die Gestalt der Maus gewann mehr und mehr an Schärfe und Substanz. Als Balthasar schließlich ausreichend Realität gewonnen hatte, klopfte er beeindruckt mit den Vorderpfoten auf Clawdias Hand herum und fiepte anerkennend.

»Danke«, entgegnete die junge Frau und wischte sich mit einem Ärmel über das Gesicht. »Valerie ist nicht die Einzige, die ein paar coole Tricks auf Lager hat. Ich lerne schnell, vorausgesetzt, ich begegne nicht alle fünf Minuten jemandem, der mich umbringen will.«

Die Maus piepte einen kritischen Einwurf.

»Ja, du hast ja recht. Ich glaube, das funktioniert tatsächlich nur, solange ich auf die gewaltigen Energien des Hauses zurückgreifen kann. Es hilft natürlich, dass du nicht wirklich real bist.«

Balthasar quittierte dies mit einem hohen, empörten Pfeifen.

»Ja, ja, was ist schon echt, ich weiß. Realität wird überschätzt.« Sie sah umher. »Hör mal, ich brauche deine Hilfe.«

Die Maus richtete sich hoch auf den Hinterbeinen auf und salutierte, was Clawdia herzlich lachen ließ.

»Danke, sitzen Sie bequem!«, rief sie und erwiderte den Gruß. »Du weißt, ich muß die Zeitwächter stoppen, allerdings sollte ich sie dazu erst einmal finden. Kannst du mir dabei helfen?«

Die Maus drehte sich ohne Kommentar auf ihrer Hand um und zeigte auf das Ende des Korridors, dessen Rückwand sich sofort lautlos bis in die Endlosigkeit verlängerte. In einer

Entfernung, die größer war als jede messbare Distanz und näher als ein flüchtiger Gedanke, öffnete sich eine Tür. Die Maus hob den zweiten Arm und der Korridor flog unter ihnen dahin. Ein Blinzeln später standen sie bereits vor dem Eingang.

»Ah, ja«, machte Clawdia beeindruckt. »Das ist natürlich schneller als laufen. Wieder was gelernt.«

Sie traten in ein hohes, kuppelartiges Gewölbe. Die reichverzierte Decke wurde von Marmorsäulen getragen und Hunderte von Kerzen in gusseisernen Leuchtern tauchten die Halle in flackerndes Licht. Clawdias Schritte hallten laut von dem uralten Steinboden wider. Die Luft war kühl und roch nach Wachs.

»Ist das eine Kirche?«, fragte sie leise.

Die Maus piepte eine kurze Erklärung.

»Wo sind wir? Im Kartenraum? Sowas haben wir? Na, das ist mal eine Information, welche Josefine bestimmt gerne früher gehabt hätte.«

Das Zentrum der Halle, direkt unter der hohen Kuppel, lag frei. Etwas abseits davon stand ein großer Holztisch, der sich beim Näherkommen als Spiegel erwies.

»Ein Spiegel als Tischplatte?«, fragte Clawdia verblüfft. »Wer bitte hatte denn *die* Idee?«

Sie beugte sich über die spiegelnde Fläche und betrachtete ihr erstauntes Gesicht vor der hohen Gewölbedecke. Balthasar sprang von ihrer Hand auf den Spiegel und begann eifrig darauf umherzurennen.

»Warum …«, begann Clawdia, als das Glas plötzlich aufleuchtete und ein Schwarm bunter Schmetterlinge in der Spiegelfläche erschien. Sie flogen in eine weite, symmetrische Formation und hielten dann alle gleichzeitig mit ausgebreiteten Flügeln dicht unter der Oberfläche inne.

»Wow!«, rief Clawdia erschrocken und trat einen Schritt zurück.

Die Maus fiepte erleichtert.

»Zum Glück«, wiederholte Clawdia verwirrt, »hat der alte Meister darauf geachtet, immer das neueste Upgrade für das Interface einzuspielen? Ich habe keine Ahnung, wovon du redest.«

Die Maus führte einen wilden Stepptanz auf den Schmetterlingen aus, hielt dann inne und zeigte mit einer Pfote zum Gewölbe empor.

In der Luft über ihnen, genau in der Mitte unter der Kuppel, glühte ein Lichtpunkt auf, um gleich darauf in Zeitlupe zu explodieren.

Tausende Lichtpunkte schossen durch den Raum und entfalteten sich wie eine unendlich verschachtelte Blüte aus silbernen Fäden. Clawdia starrte sprachlos auf das komplexe geometrische Muster des Universums. Der Anblick war kompliziert genug, ihr die Tränen in die Augen zu treiben, und gleichzeitig unendlich simpel und schön.

Die junge Frau stützte sich auf den Rand des Spiegeltisches und schnappte nach Luft.

»Gütiges Licht«, hauchte sie, blinzelte mehrmals und spürte, wie neue Informationen in ihren Geist strömten.

»Ah«, rief sie lang gezogen. »Das sind Zeitlinien!«

Das Netz aus leuchtenden Linien entfaltete sich zu immer aufwändigeren Mustern, bis sie schließlich die Augen zusammenkneifen musste.

»Liebe Güte«, rief Clawdia und rieb sich die Augen. »Können wir bitte eine vereinfachte Ansicht benutzen, mein Hirn streikt jetzt schon.«

Die Maus quittierte dies mit einer kurzen gepiepten Erklärung, während sie weitere Symbole im Spiegel aktivierte. Wann immer sie einen Schmetterling berührte, flatterte er kurz mit den Flügeln.

»Aha, ich verstehe«, entgegnete Clawdia. »Die Darstellung der Zeitlinien ist bereits vereinfacht und die endlosen

Existenzebenen entfalten sich sowieso erst richtig, wenn die Ansicht auf elf Dimensionen erweitert wird. Die Blüte ist dann zwar noch viel schöner, aber leider kann unser Hirn das Bild nicht mehr verarbeiten.«

Sie kniff die Augen zusammen und musterte die Darstellung.

»Dann nimm halt nur die notwendigsten Dinge rein.«

Die Maus nickte und kleine blaue Kugeln erschienen und betteten sich langsam zwischen den Fäden driftend in das Muster ein.

»Ich verstehe«, flüsterte Clawdia. »Das sind die Parasitenuniversen. Sie treiben durch das Geflecht wie kleine bunte Fische durch ein weites Feld aus Seeanemonen.« Sie lächelte. »Das ist doch schonmal ganz nützlich. Jetzt

zeig mir die Häuser.«

Einige grüne Kugeln erschienen, die ohne Kontakt zu den silbernen Fäden im Nichts hingen. »So wenige? Wo sind all die anderen?«

Die Maus fiepte traurig.

»Wie jetzt, außer Betrieb? Und wo ist die oberste Geschäftsstelle? Nicht auf der Karte? Was? Nicht mal in diesem Universum? Wo bitte …? Ah, sie ist auf die Astralebene geflüchtet. Ist das nicht gefährlich? Großartig. Kein Wunder, dass wir absolut nichts von denen hören. Hey, da drüben ist unser Haus! Das daneben ist euer Parasitenuniversum, nicht wahr?«

Die Maus piepste bestätigend.

»Und warum erstaunt es mich nicht, dass ich da auch feine blaue Tentakel zu meinem Haus sehe?«

Den Blick auf die grüne Kugel gerichtet, realisierte Clawdia, dass sie zusätzliche Informationen abrufen konnte, wenn sie sich auf bestimmte Aspekte konzentrierte. Das System projizierte die Bilder direkt in ihren Kopf. Auf diese Weise sah sie die Schattenjäger, welche an der Grenze zum Haus, aus tiefen Schächten hervorkriechend, einen Weg durch das Fundament in das Innere suchten.

Jetzt erkannte sie auch, wie Valeries Ranken und Wurzeln durch das Fundament in das Haus vordrangen und dort alle Räume durchzogen. Sie sah, wie die Ranken die Bruchstellen und vergessenen Zugänge zum Haus bewachten und Schattenjäger fesselten, kaum dass sie sich den Gewächsen näherten. Mit ihrem neuen, allumfassenden Blick wurde ihr zum ersten Mal bewusst, welches Potenzial in Valerie steckte.

»Mir gefällt nicht«, murmelte Clawdia, »wie sie in ihrem Parasitenuniversum festsitzt, welches wie ein großer Ballon an das Haus gebunden ist. Wir können sie deutlich besser einsetzen. Dem werde ich mich bald annehmen müssen.«

Sie ließ den Kopf hängen und schnaufte genervt. »Auf diese Weise kommen wir keinen Schritt weiter, sondern finden immer nur mehr Arbeit. Hör mal, Balthasar, so beeindruckend das alles auch ist, diese wundervollen Ansichten haben vor allem eines gemeinsam: Sie zeigen mir nicht, wo sich die verdammten Zeitwächter aufhalten!«

Die Maus piepte abfällig.

»Natürlich sind sie getarnt, das ist ja wohl logisch.« Clawdia stampfte genervt auf. »Wie sollen wir etwas an einem Ort finden, der zu komplex ist, um ihn zu verstehen, wenn er normal funktioniert?« Sie legte die Hände auf das Gesicht, stöhnte und schien mit sich selbst zu sprechen.

»Wir suchen jemanden, der alles im Verborgenen beeinflusst. Der die Fäden im Hintergrund in den Händen hält, überall Einfluss nehmen kann und gleichzeitig nirgendwo zu sehen ist.«

Clawdia schloss die Augen und betrachtete ihren Geist, auf den fortwährend neues Wissen niederfiel, wie Regen auf trockenem Wüstenboden.

»Wir suchen«, murmelte sie, »die Position von Etwas in einem unendlich komplexen Netzwerk … bei völliger Dunkelheit. In einem Netz. Wie findet man etwas in einem Netz?«

Sie riss die Augen auf.

»Wenn eine Fliege«, begann sie langsam, »in völliger Dunkelheit in ein Netz fliegt, wird die Spinne sie sofort finden, weil sie die Vibrationen spüren kann. Wir können die Vibrationen in unserem Netz sehen, wir sollten also auch in der Lage sein, nach der Quelle zu suchen, auch wenn diese unsichtbar ist.«

Die Maus hatte innegehalten und sah aufmerksam zu ihr auf.

»Wir suchen also«, erklärte Clawdia langsam und wandte sich an Balthasar, »nach einer Mustererkennung, welche die Anwesenheit der Zeitwächter anhand irregulärer Variabilität in den Bewegungen der Zeitlinien findet. Such bitte nach Abweichungen in den Vibrationen der Zeitlinien, die außerhalb der normalen Standardabweichungen liegen und versuch mal, ob du eine zeitliche Korrelation findest.«

Die Maus piepte bestätigend und rannte eine Weile auf dem Spiegel auf und ab. Dabei schob sie mit Händen und Füßen die kleinen Schmetterlingsbilder umher. Es sah aus wie ein schneller wilder Tanz. Gelegentlich piepte sie frustriert. Clawdia musste lachen.

»Das stimmt. Ein intelligenter Oktopus wäre jetzt wirklich hilfreich. Ich spreche mal mit Valerie darüber.«

Schließlich pfiff die Maus laut und zeigte mit einer Pfote in das silberne Netz aus Zeitlinien. Eine rote Kugel flammte im Netz auf und bewegte sich auf schnellen, komplexen Bahnen durch das Gewebe. Suchende rote Tentakel tasteten nach Zeitlinien und nach den Häusern.

»Was«, fragte Clawdia, »in aller Welt ist das? Das ist kein Parasitenuniversum. Es ist auch kein Haus.«

Noch während ihr Blick der roten Kugel folgte, begannen sich neue Ideen und Konzepte in ihrem Kopf zu formen.

»Ah …«, machte sie. »Das macht Sinn. Es ist eine Art abgekoppelte Blase aus der Astralebene, welche autonom wie ein Haus treibt und sich dabei verhält wie ein Parasitenuniversum. Da! Man kann es sehen! Es verbindet sich mit den Zeitlinien und schau mal, es verknüpft dort etwas. Kannst du die Ansicht zu den Existenzebenen wechseln? Das ist besser, man darf nur nicht so genau hinsehen, sonst wird einem schwindelig. Schau da! Siehst du die feinen Tentakel? Sie verknüpfen Zugänge zu den Höllenebenen mit den Zeitlinien! Kein Wunder, dass die verdammten Schattenjäger überall auftauchen.«

Clawdia starrte wortlos auf die Darstellung. »Drecksäcke«, knirschte sie irgendwann. »Mobil wie ein Haus. Unsichtbar wie die Astralebene, verankert wie ein Parasitenuniversum. Mit zahlreichen Zugängen, unter anderem zu den Höllenebenen. Das muss man ihnen lassen. Es ist clever. Von wegen Rückabwicklung! Das ist ein sorgfältig geplanter und von langer Hand vorbereiteter Zerstörungsplan, um die Integrität der Grenzen zwischen den Ebenen zu zerstören und alle Zeitlinien in ein vollständiges Chaos zu stürzen.« Clawdia dachte eine Weile lang nach. »Kommen wir da irgendwo rein? Ich habe eine kleine Frau mit Aggressionsproblemen in mir, die gerne einen bestimmten Zeitwächter durch die nächste Wand schlagen würde, und im Moment bin ich geneigt, ihr zuzustimmen.«

Noch während sie sprach, sah sie, wie sich das Bild änderte. Die Blase der Zeitwächter mutierte. Fortsätze bildeten sich zurück und schlossen sich vor ihren Augen. Zugänge verschwanden und Clawdia wusste auf einmal, dass in diesem Moment entlang der gesamten Wahrscheinlichkeitsfunktionen alle Verbindungen schneller kollabierten, als sie diese jemals würde finden können.

»Die verdammten Feiglinge wissen, dass ich komme«, knurrte Clawdia und schlug mit der Hand so hart auf den Spiegel, dass die Maus einen erschrockenen Satz zur Seite machte.

Balthasar piepte und hob hilflos die Pfoten.

»Ja«, bestätigte Clawdia. »Ich sehe, dass sie bereits alle Eingänge geschlossen haben. Dumm sind sie nicht und meine Motivation, mir einen Zugang durch die Höllenebenen zu suchen, hält sich in Grenzen.«

»Vergrößere mir bitte mal die Kontaktbereiche. Danke. Was ist mit dem da?«

Ein feiner Tentakel der roten Blase hing an einem Kreuzungspunkt zweier silberner Zeitlinien.

»Ah, den kenne ich doch! Das ist der Übergang zwischen der Reinheitslinie und der Ordnungslinie. Den haben sie zuletzt gebaut und deswegen dauert es am längsten, ihn wieder zu lösen, nicht wahr? Das ist unsere Chance!«

Ohne ein weiteres Wort zu verlieren, wirbelte Clawdia herum und rannte los. Sie schnipste laut mit den Fingern und eine Tür sprang auf, hinter der dichter Nebel auf sie wartete. Ohne zu zögern, sprintete die junge Frau in die graue Wand hinein. Sofort begann sie zu fallen, doch augenblicklich formten sich Treppenstufen unter ihren Füßen, welche steil aufwärts führten. Voll grimmiger Entschlossenheit folgte sie der Treppe zwei Stufen auf einmal nehmend nach oben, bis sie schließlich an einen Treppenabsatz aus Beton gelangte. Schwer atmend hielt sie an, sah konzentriert in den Nebel hinaus und lächelte, als sie das Meer roch. Die grauen Schwaden um sie herum lichteten sich und Clawdia sah sich auf dem vertrauten Pier um.

»Da haben wir doch schon den Übergang«, erklärte sie zufrieden. »Jetzt müssen wir nur noch …« Sie zögerte. Dann hielt sie inne und ihre Augen wurden weit.

»Oh, oh«, flüsterte sie leise.

Ein Dutzend Flutscheinwerfer am Ufer erwachten funkensprühend und unter lautem Knallen zum Leben und tauchten den Pier in gleißendes, weißes Licht. Clawdia schluckte und wich zurück. In der völligen Stille glitt ihr Blick über den Kai, wo eine Wand aus Soldaten stumm mit angelegten Waffen ihre Gewehrläufe auf sie richtete.

»Gratuliere«, murmelte Clawdia zu sich selbst und legte die Hand über die Augen. »Deine erste spontane Entscheidung als diensthabender Anker und du rennst sofort in die offensichtlichste Falle des Universums. Dein alter Ausbilder in der Armee wäre stolz auf dich.«

Sie warf einen Blick zu ihrer Schulter, auf der offensichtlich kein Balthasar saß und murrte: »Wieso ist eigentlich selbst eine verdammte Maus schlauer als ich?« Sie sah zum Ufer hinüber und flüsterte: »Okay, wie spielen wir diesen Teil jetzt?« Sie legte die Hand auf den Griff ihres Säbels.

Einhundert Gewehre wurden gleichzeitig mit einem einzigen lauten Klacken entsichert.

Clawdia nahm sehr langsam die Hand vom Säbel.

»Nun«, murmelte sie, »vielleicht finden wir eine andere Lösung.«

Die junge Frau seufzte und zog mit den Fingerspitzen in Zeitlupe eine Packung Zigaretten aus einer Außentasche ihrer Uniformjacke, fand Feuer und begann mit gespielter Gelassenheit zu rauchen. Ihr Blick schweifte konzentriert am Ufer entlang und blieb an einem stämmigen Mann in einem schwarzen Uniformmantel hängen. Er trug eine Gasmaske unter seiner Schirmmütze und in der Hand hielt er einen langen Schlagstock. Neben ihm kniete ein Mann in einer zerrissenen Uniform am Boden, der offensichtlich große Schwierigkeiten hatte, nicht umzufallen. Als er wankte und zu kippen drohte, griff der Mann mit der Maske ihn von hinten am Kragen und hielt ihn aufrecht. Das Gesicht des Knienden war blutüberströmt, doch Clawdia erkannte Robert trotzdem.

Die vertraute Wut flammte in ihr auf wie ein Geysir. Doch sie hatte ihre Farbe gewechselt. Wo sonst heißer Zorn gebrodelt hatte, brannte nun eine kalte Flamme. Sie loderte hell, blau und kontrolliert. Die Augen der jungen Frau ruhten auf der Gestalt mit der Gasmaske.

Das, dachte sie ruhig und zog tief an ihrer Zigarette, *war keine gute Entscheidung.*

Eine Bewegung in ihrem Augenwinkel ließ sie den Kopf drehen.

Eine Gestalt hatte sich am Ufer aus der Gruppe von Soldaten gelöst und schritt nun betont langsam über den Pier auf sie zu. Stiefelabsätze pochten laut auf dem Beton. Clawdia realisierte, dass es sich um eine Frau handelte, und war wider Willen von ihrer schieren Masse beeindruckt. Diese Person musste sie um mindestens zwei Kopflängen überragen.

Wo bitte, dachte sie, *bekommt man solche Frauen? Werden die hier in speziellen Werkstätten zusammengebaut?*

Sie bemerkte die goldenen Totenköpfe, welche an der perfekt sitzenden Uniform glänzten.

Die Frau blieb vor ihr stehen und sah angewidert auf sie hinab. Clawdia registrierte interessiert deren breite und hohe Wangenknochen und die kalten blauen Augen.

»Also ist es wahr«, erklärte die Fremde mit schwerem Akzent. »Verkleidete Agenten haben tatsächlich einen Weg gefunden, nachts an unserer Küste zu landen.«

Clawdia blies entnervt den Rauch durch die Nase und wandte das Gesicht zum Himmel. »Glaubt ihr ernsthaft, dass ihr mich mit diesem Mist aufhalten könnt? Für wie unfähig haltet ihr mich eigentlich?«

Die große Soldatin überging dies und fuhr fort: »Euren Verbündeten haben wir bereits gefasst und verhört. Jeder

Widerstand ist zwecklos.« Ihre Stimme wurde laut. »Die Ordnung wird niemals gefährdet werden, schon gar nicht durch einen derart *jämmerlichen* Agenten.«

Clawdia rieb sich müde die Augen.

»Schönen Dank auch. Hören sie, ich habe wirklich keine Zeit für diesen Unsinn, können wir nicht einfach …«

Weiter kam sie nicht, denn die Soldatin schlug ihr eine riesige, behandschuhte Faust mitten ins Gesicht. Clawdia fiel hinten über, schlug hart mit dem Kopf auf dem Betonboden auf und ihr privates Universum schaltete sich aus.

22 | Pflicht

Der alte Mann saß in seinem Büro am Schreibtisch und starrte konzentriert durch eine riesige Lupe. Das große, geschliffene Glas ruhte in einer reich mit Silber und Elfenbein verzierten Fassung und wurde von einem schweren Messingständer gehalten. Darunter, sauber in der Mitte der Schreibtischunterlage aus grünem Leder positioniert, stand eine kleine Kiste aus poliertem Tropenholz mit gläsernem Deckel. Das Licht einer Gaslampe wurde über einen polierten Messingschirm in die Holzschachtel gelenkt und brach sich in funkelnden Regenbögen auf irisierenden Schmetterlingsflügeln. Gelegentlich wandte der Mann gemächlich seinen Blick ab und nahm einen Schluck Tee aus einer hauchdünnen Porzellantasse. Jede seiner Bewegungen war achtsam und kultiviert. Selbst das Abstellen der Tasse verursachte kein Geräusch. Manikürte Finger strichen eine Strähne des langen weißen Haares beiseite, welches ihm sauber und gepflegt auf die Schultern fiel. Das Gesicht mit der ausgeprägten Hakennase glänzte frisch rasiert im Schein der Gaslampe, als seine stechenden schwarzen Augen ohne Hast zur Lupe zurückkehrten. Lediglich die leicht nach unten gezogenen Mundwinkel verrieten eine gewisse innere Anspannung. Der alte Mann zögerte und richtete seine lange, hagere Gestalt im Sessel gerade auf. Er schaute flüchtig an seiner teuren und in gedeckten Farben gemusterten Weste herab, rückte die seidene Krawatte zurecht und sah schließlich hinüber zu dem kleinen Beistelltisch, auf dem ein altes schwarzes Bakelit-Telefon ohne Wählscheibe stand. Der Mann ließ seinen Blick darauf ruhen und rührte keinen Muskel, als es klingelte.

Ein Butler in schwarzer Livree hatte stumm, bewegungslos und praktisch unsichtbar in der Ecke des Raumes neben der Tür gestanden. Nun trat er vor und nahm mit seiner weiß behandschuhten Rechten den Hörer ab. Er hielt ihn an sein Ohr und lauschte mit gesenktem Blick, ohne ein Wort zu sagen. Schließlich bedeckte er mit der anderen Hand die Sprechmuschel und wandte sich an den alten Mann, der ihn ruhig ansah.

»Die oberste Geschäftsstelle, Sir. Der Chef der inneren Sicherheit. Er sagt, es ist dringend.«

»Es ist immer dringend«, entgegnete der alte Mann kühl. Seine Stimme klang voll, tief und kultiviert.

Der Butler hob das Telefon, an welchem kein Kabel hing, von seinem Platz, trug den Apparat zum Schreibtisch und reichte dem Mann den Hörer.

»Ich hoffe«, begann dieser ohne Umschweife, »Sie haben einen guten Grund, meinen Tee zu stören?«

Er lauschte eine Weile regungslos, dann reichte er den Hörer wieder seinem Butler. Dieser legte diesen geräuschlos auf die Gabel und stellte das Telefon an seinen Platz zurück.

Der alte Mann starrte lange schweigend vor sich hin, während der Butler ihn besorgt ansah.

»Schlechte Nachrichten, Sir?«

Der alte Mann sah auf und blinzelte, als wäre er gerade aus einer Trance erwacht.

»Wie lange arbeiten Sie jetzt schon für mich, Robert?«

Der Butler legte den Kopf schief und dachte nach.

»Irgendwas zwischen zwei Wochen und zweihundert Jahren, je nachdem, welche Zeitlinie man verwendet.«

»Eine angemessene Antwort«, lobte der alte Mann. »Und was habe ich Ihnen immer wieder über die oberste Geschäftsstelle gesagt?«

»Das sie ein Haufen absolut unfähiger Bürokraten sei, welche ihren Hintern nicht erkennen würden, selbst wenn ihnen das eigene Spiegelbild angewidert den Rücken zudreht.«

»Das haben sie ausgesprochen diplomatisch entschärft, Robert.«

»Danke, Sir.«

»Der Anruf war die Warnung eines alten Freundes. Inoffiziell. Die Sicherheit hat Code Blau ausgerufen und das Cordoba-Protokoll aktiviert.«

Der Butler zog eine Braue hoch.

»Aggressive Infiltration?«

»Sehr gut, Robert.« Er lehnte den Kopf zurück und betrachtete den ausgestopften Alligator an der Zimmerdecke. »Das kommt mir ungelegen.«

Der alte Mann legte die Fingerspitzen aneinander und überlegte lange, während er die Augen geschlossen hielt. Als er weitersprach, klang es, als würde er mit sich selbst reden. »Wir müssen unsere Verbündete informieren. Sie wird ihre Pläne beschleunigen müssen. Leider können wir jetzt nicht mehr auf die Ressourcen der obersten Geschäftsstelle zurückgreifen.« Er senkte den Blick und sah seinen Butler an. »Sie werden sie an meiner statt informieren müssen, Robert. Seien Sie besonders vorsichtig mit ihr. Sie ist eine Meisterin der Hypnose und der chemischen Kriegsführung. Spezialisiert auf halluzinogene Rauschgifte. Wenn es jemals notwendig sein sollte, dann denken Sie daran, unsere Verbündete fürchtet Feuer über alles. Natürlich können Sie das vollständige Profil ihrer Akte entnehmen. Seien Sie unbedingt auf der Hut, sie ist wesentlich intelligenter, als es den Anschein hat. Ihr Parasitentyp ist die Delta-Variante, jedoch mit einer ungewöhnlichen Typ-Drei Subkomponente.«

Robert kniff die Augen zusammen.

»Ein stark übergriffiges Gruppenbewusstsein.«

»Sehr gut«, lobte der alte Mann. »Ich fürchte, unser Urlaub ist vorbei.« Er schnaufte genervt. »Dabei wollte ich endlich einmal Ordnung in meine Sammlung bringen.« Er sah traurig auf den Schmetterling hinab, der vor ihm in der kleinen Holzkiste lag. »Kommen Sie, Robert, wir müssen in den Projektionsraum.«

Der alte Mann erhob sich mühsam, griff nach dem Gehstock, der neben ihm am Tisch lehnte und stützte sich schwer darauf, während er langsam zur Tür humpelte.

Er folgte dem Gang vor seinem Büro zu einer Tür, die nicht anders aussah als jede andere der vielen Türen auf dem Korridor. Der Butler trat lautlos um ihn herum und hatte bereits einen großen Ring voller silberner Schlüssel in der Hand.

»Es ist lange her«, erklärte er entschuldigend, während er nach dem Passenden suchte, »dass wir den Raum benutzt haben, Sir.«

»Wenn es nach mir ginge«, murrte der alte Mann, »dann hätten wir den unseligen Ort schon längst zugemauert, aber wie Sie ja mittlerweile wissen, ist man nicht immer Herr seiner Umstände.«

»Sehr wohl, Sir«, entgegnete der Butler unverbindlich.

Der Projektionsraum wurde von einer großen Maschine beherrscht, welche einen Großteil des verfügbaren Platzes einnahm. Der Apparat sah aus, als wäre er dem gemeinsamen Albtraum eines Klempners, Uhrmachers und Optikers entsprungen, welche versucht hatten, ihre drogeninduzierte Vision in spiegelndem Messing und poliertem Tropenholz einzufangen. Das Konstrukt war größer als die beiden Männer und präsentierte sich dem Betrachter als scheinbar willkürliche Anordnung von Röhren, Rädern und Linsen. Es erinnerte vage an einen alten Fotoapparat, doch schien jemand einen dringenden Bedarf für Messingrohre und drehende mechanische Teile gesehen zu haben. Darüber hinaus enthielt das Konstrukt eine helle Gaslampe, zu der eine reich verzierte Gasflasche gehörte, welche im unteren Bereich montiert war. Eine Handkurbel ragte seitlich aus dem Apparat heraus.

Die übrige Einrichtung des Raumes erwies sich als spärlich.

Der Apparat zielte mit einer breiten Batterie geschliffener Linsen auf eine große, weiße Stoffleinwand, welche in einem schweren Holzrahmen gespannt fast die gesamte Rückwand des Zimmers einnahm. Davor stand ein mit rotem Samt gepolsterter Sessel. Einige unscheinbare Ölgemälde hingen an den Wänden.

Der alte Mann griff in eine der kleinen Taschen seiner Seidenweste, entfernte einen kompliziert aussehenden, goldenen Schlüssel von seiner Uhrkette und reichte ihn dem Butler. Dieser nahm ihn mit einer leichten Verbeugung entgegen und trat vor eines der Ölgemälde, welche zur Rechten des Projektors an der Seitenwand hingen. Das Bild zeigte einen Leuchtturm auf einer Klippe bei Nacht. Der helle Lichtkegel strahlte auf eine Wand aus dunklen Wolken, welche sich bedrohlich am Horizont auftürmte. Der Butler fasste den Bilderrahmen und schwang das ganze Gemälde auf lautlosen Angeln zur Seite.

An der Wand dahinter zeigte sich die schwarze, eiserne Front eines schweren, altertümlichen Tresors. Robert öffnete diesen mit Hilfe des Schlüssels und entnahm ihm eine flache, runde Metalldose, welche er überaus vorsichtig und langsam zum Projektor trug.

Der alte Mann hatte sich indes in den Sessel gesetzt und starrte regungslos vor sich hin, scheinbar tief in Gedanken versunken.

Als der Butler mit ruhigen und sicheren Bewegungen begann, den Film in den Projektor zu spannen, erklärte der alte Mann mit ruhiger Stimme: »Octo-Zellulose. Materie, die zwischen der Astralebene und unseren vier Dimensionen gestrandet ist. Hauchdünn, geradezu ätherisch und multidimensional begabt, dabei aber kaum bewusst. Leider auch hochgradig instabil und dazu neigend, auf stark exotherme Art die Haltung zu verlieren, wenn man sie falsch behandelt. Hat also etwas zutiefst Weibliches.« Er lächelte vergnügt. »Seien Sie so gut und lassen Sie den Film nicht fallen, Robert. Wir würden als Bulettenteig zu Boden regnen. Das Haus kann natürlich umgehend einen Looping um die Zeitachse drehen und uns zurückholen, doch das folgende Saubermachen ist immer außerordentlich – lästig.«

»Sehr wohl Sir«, entgegnete der Angesprochene, ohne den Blick von dem Film zu nehmen, dessen Folie schwache schwarze Schatten über seine weißen Handschuhe warf und sich träge in den Fingern des Butlers wand wie eine schläfrige Schlange, die keinerlei Interesse daran hatte, an eine Maschine gefesselt zu werden.

Nachdem er den Film gebändigt hatte, entzündete der Butler die helle Gaslampe und justierte die Linsen.

Ein helles Rechteck erschien auf der Leinwand und der alte Mann gab das Handzeichen, den Film zu starten. Der Butler drehte die Kurbel. Begleitet vom regelmäßigen Klicken der Mechanik, erschien das flackernde, schwarzweiße Bild eines leeren Raumes an der Wand. Der alte Mann stützte sich mit gefalteten Händen auf seinen Stock, lehnte sich vor, sein Kinn auf seinen Händen abgelegt, fixierte er das Bild konzentriert.

Es dauerte einige Zeit, doch irgendwann trat ein Mann in einem teuren, maßgeschneiderten Anzug in das Bild und wandte sich dem Betrachter zu. Er war klein gewachsen und sehr jung. Ein abfälliger Gesichtsausdruck lag auf seinen Zügen, als er das Kinn hob und in die Kamera schaute.

»Guten Tag«, intonierte er. »Hier spricht der oberste Leiter Wilfried Burns.« Seine Stimme tönte blechern und mit leichtem Hall aus einem Gitter an der Seite des Projektors. »Die oberste Geschäftsstelle ist im Moment nicht erreichbar. Wir testen im Moment eine Reihe neuer Sicherheitsprotokolle, welche eine Kontaktaufnahme mit uns leider unmöglich machen. Alle Außenstellen sind bereits auf dem Dienstweg informiert worden. Entsprechende Memos …«

»Danke für den Hinweis, Junge«, unterbrach ihn der alte Mann. »Mir sind die Vorschriften bekannt. Ich habe sie selbst verfasst. Deswegen weiß ich auch, dass die Hälfte davon Unsinn ist.«

Der Mann im Film hielt inne und seufzte.

»Onkel, ich habe im Moment wirklich keine Zeit. Wenn du ein persönliches Gespräch wünschst, wird dir meine Sekretärin mit Freuden einen Termin geben.«

Der alte Mann schwieg und sah gelassen auf die Leinwand. Im Hintergrund waren gedämpfte Rufe zu hören und die Augen des jungen Mannes schweiften immer wieder nervös zu einem Punkt im Hintergrund des Raumes ab.

»Klingt in der Tat so«, kommentierte der Mann aufgeräumt, »als wärest du ein wenig involviert.« Er lächelte freundlich.

»Onkel«, erwiderte der junge Mann kalt. »Wir sind absolut imstande, unseren Verpflichtungen auch ohne deine Hilfe nachzukommen.«

Im Hintergrund wurden Schreie laut und das abgehackte Knattern eines Maschinengewehrs drang aus dem Projektor und mischte sich mit dem regelmäßigen Klicken der Mechanik.

»Ja«, bestätigte der alte Mann. »Das ist offensichtlich.«

»Es ist keine gute Zeit«, erklärte der junge Mann nervös. »Wir sind gerade sehr beschäftigt.«

»Das kann ich mir vorstellen, Junge.« Der alte Mann lächelte vergnügt. »Gerüchten zufolge kriechen euch die Parasiten schon aus den Toiletten in den Hintern.«

Mehrere laute Explosionen hallten aus dem Projektor. Entsetzte Schreie gesellten sich dazu.

»Wir«, rief der junge Mann laut mit einer Stimme, welche die Nervosität nicht mehr verbergen konnte, »halten die Vorgaben aller Protokolle minutiös ein, Onkel!«

»Daran habe ich keine Zweifel, Söhnchen«, erwiderte der alte Mann ruhig. »Was ich mich frage ist, ob ihr auch wisst, wann man gegen die Protokolle verstoßen muss, wenn man die kommende Nacht überleben möchte. Den Teil habe ich nämlich weggelassen, als ich sie entworfen habe.« Er zögerte einen Moment und fügte hinzu: »Zwanzig Jahre bevor deine Eltern sich das erste Mal getroffen haben.«

Doch der Mann im Film hörte ihn schon nicht mehr. Eine laute Sirene produzierte kurze helle Warntöne und ließ den Ton aus dem Projektor scheppern und klirren.

Dem jungen Mann entgleisten die Gesichtszüge. Er rief »Ich muss gehen, Onkel!« und rannte aus dem Bild.

Der alte Mann hob langsam eine Hand und der Butler stoppte die Kurbel. Das Bild des Projektors fror ein.

Eine Weile lang betrachtete der alte Mann nachdenklich das Standbild, dann schüttelte er langsam den Kopf.

»Erinnern Sie sich«, wandte er sich an den Butler, »an die Filterkombination, die ich Ihnen beigebracht habe, Robert?«

»Natürlich, Sir.«

Der Butler begann, an dem Teil der Apparatur mit den Projektionslinsen zu hantieren und mit einem hörbaren Klacken rasteten neue Filterscheiben ein. Das Standbild wechselte mehrmals die Farben von Rot nach Grün und blieb schließlich auf einem schwach leuchtenden Blau stehen. Die Ansicht vom Zimmer wirkte nun plastischer und detailreicher, aber auch unruhiger. Als würde Wind über eine Wasserfläche streichen. Der alte Mann nickte zufrieden.

»Sehr gut, Robert.«

»Danke, Sir.«

Der alte Mann lehnte sich im Sessel zurück, stützte die Ellenbogen auf die Sessellehnen, legte die Fingerspitzen aneinander und fixierte das Bild auf der Leinwand.

»Haben Sie das im Hintergrund gehört? Die Sirene?«

»Natürlich, Sir. Ein Level Fünf Kontaminationsalarm.«

»Sehr gut. Dann wissen Sie auch, was das bedeutet.«

»Die oberste Geschäftsstelle ist abgeschottet.«

»Korrekt. Kein Weg hinein oder hinaus. Vollständiges Isolationsprotokoll. Was in diesem Moment natürlich das vollkommen Falsche ist. Diese Idioten. Als ich die Vorschriften verfasst habe, wusste noch jeder diensthabende Leiter, wann der Punkt kommt, diese zu ignorieren. Damals wurden alle Agenten im Feld trainiert, nicht nur in der Politik.« Der alte Mann seufzte schwer. »Wissen Sie Robert, sein Vater war ein guter Mann. Zuverlässig und kompetent. Hat sein Leben dem Dienst gegeben und uns allen mehr als einmal den Hintern gerettet. Hätte er doch mehr Zeit damit verbracht, seinen eigenen Sohn zu erziehen. Dann würde der jetzt nicht Macht mit Kompetenz verwechseln.« Er ließ den Kopf in die Hände sinken. »Ich muss ihm helfen, Robert. Ich bin es ihm schuldig.«

»Dem Leiter, Sir?«

»Was? Dieser verblödeten kleinen Zecke? Nein. Ich bin es seinem Vater schuldig! Wir haben gemeinsam trainiert und als er im Einsatz starb, habe ich ihm versprochen, ein wachsames Auge auf seinen Sprössling zu haben. Ich hätte besser darüber nachdenken sollen.« Er schwieg eine Weile gedankenverloren, dann atmete er tief durch und fuhr fort: »Wenn die oberste Geschäftsstelle infiltriert ist, werden die Häuser fallen. Wir haben die ewige Nacht zu lange ignoriert und jetzt bin ich alt und müde. Haben Sie das Maschinengewehrfeuer gehört?« Der alte Mann verzog angewidert das Gesicht.

»Er hat doch tatsächlich ein stehendes Heer eingeführt, um Parasiten zu bekämpfen. Hat man so einen Unsinn schonmal gehört? Ich habe meinem Freund einen schlechten Dienst erwiesen. Ich habe die Dinge zu lange schleifen lassen und mich zu viel mit Schmetterlingen beschäftigt.« Es schien, als würde er mit sich selbst reden. »Die Schönheit des Multiversums ist manchmal so überwältigend, dass man zu vergessen neigt, wie dumm wir als Rasse tatsächlich sind.«

Er drehte sich im Sessel um und sah den Butler lange an, bevor er weitersprach. »Robert, erinnern Sie sich, dass ich Ihnen einst sagte, dass der Tag kommen wird, da Sie verstehen werden, warum ich Sie trainiert habe, ohne dass jemand etwas davon wusste?«

»Sehr wohl, Sir.«

»Heute ist dieser Tag.«

»Sir?«

Der alte Mann stützte sich schwer auf seinen Stock und stand auf.

»Robert«, begann er fest. »Hören Sie gut zu und machen Sie sich Notizen.«

Der Butler zückte umgehend Block und Stift aus seinem Jackett und begann zu schreiben.

»Dies sind meine letzten Anweisungen an Sie«, erklärte der alte Mann leise. »Im Safe liegt das rote Buch. Nehmen Sie es an sich. Studieren Sie es. Es enthält das Dämmerungs-Protokoll, welches sich auf genau diese Situation bezieht. Arbeiten Sie es Schritt für Schritt ab. Ich habe Ihnen im Anhang eine Liste mit Ankern beigefügt. Nicht alle werden noch am Leben sein. Sichern Sie die Verbleibenden um jeden Preis. Lassen Sie sich nicht durch Äußerlichkeiten zu einem vorschnellen Urteil verleiten.«

»Gut, dass Sie bereits vorbereitet sind, Sir«, warf Robert ein, während er hastig schrieb.

»Das will ich doch hoffen. Ich habe es vor vierzig Jahren verfasst.«

»Sie haben die Ereignisse also kommen sehen?«

»Was, dass überhebliche Idiotie ins Verderben führt? Dazu gehört nicht viel, Robert.« Der alte Mann schnaufte abfällig. »Es gab einmal eine Phase, da hatten wir keine Zeit für diesen Ego-Unsinn. Unsere Pflicht gegenüber dem Universum war deutlich wichtiger. Dann kamen die hochtrabenden Titel und Büros und natürlich die Insignien der Macht. An dem Punkt ist die Korruption meist schon so groß, dass man den Laden eigentlich gleich wieder dichtmachen kann. Wenn man den Punkt allerdings verpasst, dann bekommt man Trottel wie den da.« Er wies mit einer abfälligen Geste auf die Leinwand. »Egal. Weisen Sie als Nächstes das Haus an, die Tür zum Projektionsraum verschwinden zu lassen. Die Gefahr ist zu hoch. Wir müssen verhindern, dass diese Trottel unser Haus gefährden. Das gleiche gilt für den Rest der Ausrüstung. Das Telefon kann in den Tresor zusammen mit dem Filmstreifen. Nehmen Sie den Schlüssel an sich. Wenn dieser Nonsens hier vorbei ist und unser Universum noch existieren sollte, können wir den Zugang wieder öffnen.« Er atmete tief durch. »Ich werde leider nicht da sein, um Ihnen zu helfen. Mein Neffe ist ein Schwachkopf, aber ich habe es seinem Vater versprochen. Jetzt hängt es an Ihnen, Robert. Studieren Sie das Kapitel über verdecktes Arbeiten besonders sorgfältig. Ich habe Ihnen das meiste davon sowieso schon beigebracht.«

»Wird die Geschäftsstelle mein Handeln nicht sehen und verhindern?«

»Warum? Sie glauben doch nicht, dass meine privaten Protokolle in den offiziellen Vorschriften und Richtlinien enthalten sind. Man muss nicht jedem alles anvertrauen. Wir müssen schnell handeln. Wenn die oberste Geschäftsstelle fällt, heißt das, dass alle Zeitlinien von Parasiten überrannt werden, dann ist das Universum in Gefahr. Mal wieder!« Er hob den Gehstock und knallte die Spitze ungehalten auf den Boden. »Es ist doch wie verhext! Man kann keine fünf Minuten lang in Ruhe Schmetterlinge betrachten, ohne dass einem die Kinder das Universum verwüsten.« Er stöhnte genervt. »Ach ja, vermeiden Sie um jeden Preis offizielle Stellen. Seien Sie nicht so dumm wie diese bürokratischen Pfeifen, die mit dem Daumen im Hintern in ihrem Büro hocken und den ganzen Tag lang Memos schreiben, in welchen sie festlegen, wer die Management-Toiletten benutzen darf und wer nicht.«

Er sah zu Boden und schien zu überlegen, dann sah er auf und erklärte: »Das war es, Robert.«

Der Butler verbeugte sich leicht und ließ Block und Stift in seinem Jackett verschwinden.

Der alte Mann hob die Hand.

»Ah, eins noch!«

Er reichte dem Butler seinen Gehstock. »Geben Sie ihn bitte ihrer bezaubernden Freundin. Sie wird wissen, was damit zu tun ist.«

»Sehr wohl, Sir.«

»Auf mein Kommando, Robert.« Mit diesen Worten wandte sich der alte Mann ab und trat mit langsamen, hinkenden Schritten um den Sessel herum auf die Leinwand zu. Dort rückte er seinen Anzug zurecht, richtete seine Krawatte und trat durch die Projektionsfläche hindurch in das Büro. Er drehte sich um und sah seinen Butler an. Seine Stimme hallte nun blechern aus dem Projektor.

»Passen Sie auf sich auf, Robert. Es stehen uns unruhige Zeiten bevor. Ich mache mir keine Sorgen um Sie, denn ich weiß, Sie haben ein Talent, gute Freunde an ungewöhnlichen Orten zu finden.«

»Ich wurde«, flüsterte der Butler kaum hörbar, »vom besten Lehrer trainiert.«

»Tauchen Sie unter«, fuhr der alte Mann fort, »und seien Sie sich des Dankes eines alten Mannes versichert. Und passen Sie auf meine Schmetterlinge auf! Ich habe Hunderte von Jahren gesammelt.«

Der alte Mann richtete sich hoch auf und hob eine Hand. »Ewiges Licht, Robert.« Er schnipste laut mit den Fingern und Robert schaltete den Projektor ab. Das Bild erlosch.

Der Butler sah auf den Gehstock in seiner Hand hinab. Er entriegelte vorsichtig den Griff und zog die dünne Klinge ein Stück aus ihrer Hülle. Sie war so dünn, dass er durch sie hindurchsehen konnte. Der durchscheinende Stahl glühte am Rand schwach bläulich, wo Gasmoleküle an der unendlich dünnen Schneide zu niederen Elementen zerfielen.

»Ewiges Licht, Meister«, flüsterte Robert.

23 | Rechnungen

Der Pavillon aus weißer Seide stand hoch oben auf der Spitze einer Düne und das letzte Licht der beiden untergehenden Sonnen ließ das Zelt rötlich schimmern. Der feine Stoff flatterte knallend in den ersten starken Böen des aufziehenden Sturms. Der kalte Wind trug den fernen Klang großer Trommeln mit sich, der wie langsame Herzschläge durch die Wüste hallte.

Eine Gruppe hochgewachsener Männer wartete regungslos verharrend in einem Halbkreis vor dem Zelt. In ihrer Mitte stand eine kleine Frau, welche ihren Umhang eng um sich gewickelt hatte und mit grimmiger Miene an ihrer Zigarette zog. Alle Blicke waren fest auf den Horizont gerichtet, wo ein brodelnder Wall aus Dunkelheit wie ein heranrollendes Unwetter auf sie zukam.

»Wie lange«, fragte die Herrscherin leise.

Ein Offizier in der goldenen Rüstung der Sonnenwache salutierte.

»Zwei Stunden, Hoheit.«

»Wieviel Zeit braucht ihr?«

»Mindestens vier, Hoheit.«

Die Herrscherin winkte einem großen Mann mit der goldenen Maske und dem langen Zeremonienstab der Sonnenpriester, welcher daraufhin stumm neben sie trat.

»Robert, ich brauche das Amulett.«

Der Mann zögerte.

»Ich weiß«, begann er langsam, »was Ihr vorhabt, Hoheit. Aber das Amulett ist keine Quelle der Macht. Es ist eine Waage. Jeder Schmerz, den Ihr gebt, ist ein Schmerz, den Ihr später annehmen müsst. Wenn nicht in diesem Leben, dann in einem anderen. Das Gleichgewicht muss erhalten bleiben. Habt acht, dass Ihr Euch keine Hölle erschafft.«

Die kleine Frau lachte leise und abfällig.

»Der alte Meister ist ein außergewöhnlicher Lehrer und Ihr seid ein bemerkenswerter Schüler, Robert. Euer einziger Fehler ist die Tendenz, zu viel zu reden.«

Sie streckte ihm ihre kleine Hand entgegen und schnipste mit den Fingern. Der Mann griff unter seine Robe und händigte ihr zögernd das Amulett aus. Die Herrscherin nickte kurz und deutete ihm mit einer wegwerfenden Handbewegung, dass er sich entfernen möge.

Der große Mann nickte einmal langsam, dann hob er den Stab in seiner Hand und ließ ihn wieder fallen.

Als die Spitze auf den Boden traf, zerfiel seine große Gestalt zu Sand, der von einer Böe aufgegriffen und von der Düne hinab in die Wüste getragen wurde.

Die Herrscherin schaute dem Sand hinterher, ließ die Zigarette fallen und murmelte leise: »Angeber«. Sie warf den Umhang zurück und legte sich das Amulett um.

»Colonel!«, rief sie.

Der Soldat in der goldenen Rüstung trat vor und salutierte.

»Eure Hoheit!«

»Überwachen Sie die Evakuierung und ziehen Sie umgehend alle Streitkräfte um den Felsenthron zusammen. Die Zeit der Kämpfe ist vorbei. Weisen Sie ihre Männer an, die Waffen niederzulegen und bei der Räumung der Stadt zu helfen. Wenn die letzten Zivilisten im Berg sind, sprengen Sie den Eingang.«

»Aber…«, begann der Soldat.

»Ich werde Euch die Zeit kaufen, die Ihr braucht.«

»Eure Hoheit!«, rief der Soldat entsetzt. »Ihr könnt niemals …«

Ohne ihn eines Blickes zu würdigen, hob sie einen Finger und der Mund des Mannes klappte zu.

»Das war keine Einladung zur Diskussion, Colonel, das war ein Befehl.« Sie griff den Mann am Halsausschnitt seines Brustpanzers und zog ihn energisch auf Augenhöhe herab. »Wenn ich dahinterkomme«, flüsterte sie, »dass Ihr den Eingang nicht gesprengt habt, werde ich persönlich mit Eurem Blut meinen Thron streichen. Habe ich mich deutlich genug ausgedrückt?«

Der Man schluckte und nickte. Sie ließ von ihm ab und winkte ihn fort.

»Los jetzt!«, bellte sie. Alle Männer lösten sich aus dem Halbkreis und eilten davon.

Sie schnipste mit den Fingern und eine vollkommen verängstigte Sklavin rutsche auf den Knien heran. Sie hielt ein Tablett hoch, auf welchem mehrere kleine Gläser mit einer durchsichtigen und leicht öligen Flüssigkeit standen. Die Hände des jungen Mädchens zitterten so sehr, dass die Gläser leise klirrten.

Die Herrscherin nahm eines auf, prostete den beiden tiefroten Sonnen zu und beobachtete dabei, wie sich das Licht im Glas in zahllosen kleinen Regenbögen brach.

»Ewiges Licht«, flüsterte sie und trank das Glas in einem Zug leer. Sie knallte es so hart auf das Tablett, sodass die Sklavin es fast hätte fallen lassen. Die Herrscherin musterte einen Moment lang die noch vollen Gläser, blickte suchend um sich, zuckte mit den Schultern und trank die restlichen ebenfalls leer. Danach seufzte sie versonnen und schenkte der Sklavin ein kleines Lächeln, bevor sie sich der drohenden Dunkelheit am Horizont zuwandte. Die Herrscherin spürte den Wind auf ihrem Gesicht und atmete die kalte Luft in tiefen Zügen. Sie trug bereits den Geruch von Feuer, Angst und Tod mit sich.

Langsam breitete sie ihre Arme aus, schloss die Augen und intonierte einen langen Wortschwall aus harten, knallenden

Silben, welche sie mit einem grimmigen Gesichtsausdruck den dunklen Wolken entgegenschleuderte. Das Amulett um ihren Hals flammte hellrot auf und feine Adern aus Licht flossen aus dem Kristall, tasteten über ihre Brust und verschwanden in ihrem Körper. Sie lehnte sich lachend zurück, als ihr Körper sich ins Hohlkreuz überstreckte und ihre Zehenspitzen den Sand verließen. Die Sklavin ließ schreiend das Tablett fallen und rannte davon.

Die Herrscherin holte tief Luft und intonierte ein einzelnes Wort der Macht, welches den Boden erschütterte und das Zelt umriss. Wie ein Pfeil schoss die kleine Frau die hohe Düne hinunter, während der Sand hinter ihr in hohen Wellen aufspritzte. Wild lachend raste sie der großen Dunkelheit am Horizont entgegen und es dauerte nicht lange, bis ihr roter Schein in den Schatten verschwand. Die schweren Schläge der Trommeln hallten noch lauter durch die Wüste. Der Rhythmus wurde tiefer, eindringlicher und ließ den Untergrund beben. Den harten, trockenen Boden, der die Kälte der kommenden Nacht schon angenommen hatte.

Regungslos auf dem Bauch liegend versuchte Clawdia eine Hand zu heben, um das rote Licht zu berühren, welches schnell verblasste und von den Schatten verschlungen zu werden drohte, doch ihr fehlte die Kraft.

Der kalte Boden unter ihr bebte immer stärker von den Trommeln und sie versuchte, Tränen für die Herrscherin zu finden, doch dort, wo Tränen sein sollten, fand sie nur Schmerzen. Sie öffnete die Augen und schwamm einen Moment hilflos zwischen den Zeitlinien und Welten, während sie versuchte, das Gefühl loszuwerden, dass sie ihre Augen, welche die Wüste gesehen hatten, gerade ein zweites Mal geöffnet hatte. Es war schwer zu sagen, welcher Anblick schlimmer war.

Sie erkannte ihren eigenen Körper, der in Unterwäsche auf alten, abgewetzten Holzdielen lag und gewahrte leere Wände voller Stockflecken über sich aufragen.

Möglicherweise eine Art Abstellkammer?

Sie versuchte den Blick zu heben, aber ihr Körper quittierte ihre Bemühungen mit einem klaren Veto aus brennenden Schmerzen in allen Gliedern. Sie schielte umher und erkannte die Umrisse einer schweren Stahltür.

Vielleicht doch eher eine Zelle.

Die Trommeln hallten weiter in ihrem Kopf und formten langsam einen Herzschlag, der ihren Körper auf dem Boden sanft vibrieren ließ. Das Gefühl, dass ihr eigenes Herz noch schlug, beruhigte Clawdia und sie schloss die Augen wieder. Leider nahm ihr Geist dies zum Anlass, ihr einen Blick auf die jüngsten Erinnerungen zu gestatten, und sie bereute es sofort. Vorsichtig und sehr langsam zwang sie eine Hand zum Gehorsam und ihre Finger tasteten sanft über ihr Gesicht. Zumindest tasteten sie dort, wo das Gesicht sein sollte. Außer frischen Wunden und massiven Schwellungen fand sie nichts.

Das Verhör hatte zu ihrer Überraschung nicht allzu lange gedauert. Hätte man ihr die Gelegenheit gegeben, sie persönlich wäre bereit gewesen, nach den ersten Schlägen alles zu gestehen, was der Mann mit der Gasmaske hatte hören wollen. Doch die Entscheidung war ihr wieder einmal abgenommen worden. Die kalte Wut in ihrem Bauch hatte sofort das Kommando an sich gerissen und ihr von innen den Mund zugehalten. Die Schmerzen hatten immer weiter zugenommen, doch mit jedem Schlag hatte sich ihr Mund fester verschlossen. Eine zu Eis gefrorene, stählerne Entschlossenheit, welche bereit schien, dem Tod ins Antlitz zu spucken, hatte ihr Gesicht beherrscht und der Mann hatte irgendwann von ihr abgelassen. Clawdia wusste nicht, wovor sie mehr Angst gehabt hatte, den Schlägen oder der alles verzehrenden Wut in ihr.

Sie lauschte wieder ihrem Herzschlag und spürte, wie der Boden unter ihr zitterte, aber in einem falschen Rhythmus.

Warum, dachte sie ärgerlich, *kann der Boden nicht den Rhythmus halten? Dummer Boden.*

Ihr wirrer Geist brauchte einen Moment, um zu realisieren, dass sie nicht ihr Herz spürte. Die Erschütterungen kamen von schweren Schritten, welche sich näherten und den Boden erzittern ließen. Harte Stiefelabsätze, die jetzt vor der Tür stehen blieben.

Es folgte das Schleifen schwerer Riegel, dann wurde die Tür geöffnet und Clawdia hörte das Geräusch des gepressten Atems hinter einer Gasmaske. Ihr Herz schien einen Schlag lang auszusetzen und sie erschauderte bis in die tiefsten Winkel ihres Geistes. Die heisere Stimme hinter der Maske würde sie für den Rest aller Tage in ihren Albträumen verfolgen.

Eine Stimme voller Wüstensand wehte weit entfernt durch ihren Geist und schrie, dass der Bastard seine Macht in vollen Zügen genießen sollte.

Sobald wir hier rauskommen, wird es keine Zeitlinie geben, in der wir ihn nicht finden werden.

Clawdia hatte keine Kraft, mit dem Geruch von glühend heißem Wüstenwind zu diskutieren. Ihr Geist wurde wieder von Schmerzen geflutet. Der kühle Holzboden unter ihr fühlte sich im Gegensatz dazu geradezu angenehm an.

Als sie die Augen erneut öffnete, erkannte sie die hohe Gestalt im langen Uniformmantel, welche auf sie zutrat. In einer Hand hielt sie eine lederne Tasche, unter dem anderen Arm ein unförmiges Bündel aus Stoff. Die Gestalt kniete sich schwerfällig neben ihr auf den Boden. Der Atem ging schwer und stockend. Langsam und unbeholfen begann der Mann, seinen Mantel aufzuknöpfen. Die Lederhandschuhe und die Maske schienen ihn zu behindern.

Na großartig, dachte Clawdia. *Wieso können die Leute einen sterbenden Anker nicht in Ruhe lassen? Was ist das mit mir, dass ich fortwährend Monster anziehe?*

Der Mann griff mit einer Hand unter seinen Mantel und schien etwas aus einer Innentasche zu holen.

In der jungen Frau zog sich alles zusammen und ihr Geist machte sich bereit, an den Ort zu fliehen, wo es keinen Körper gab. Wo keine Schmerzen existierten und niemand sie finden konnte. Trotz allem erfüllte sie eine tiefe Dankbarkeit für dieses letzte Geschenk der Herrscherin. Sie hatte ihr den geheimen Ort tief im Innern eines Menschen gezeigt, zu dem ihr niemand folgen konnte.

Was der Mann schnaufend und stöhnend unter seinem Mantel hervorholte, erwies sich jedoch nicht als weiterer Albtraum. Zu Clawdias Verblüffung setzte er etwas Kleines, Weißes und Flauschiges auf den Boden. Er war außerdem verdammt wütend.

»Verschissene Höllenebenen«, polterte Josefine und schüttelte sich energisch. »Das ist ja widerlich!« Die Katze nieste mehrmals so heftig, dass es sie direkt von den Füßen holte. »Da ist eine verdammte Tonne Staub in der Uniform! Hättest du nicht eine Saubere nehmen können? Und dieser Mantel ist ekelhaft. Hast du irgendeine Vorstellung davon, wie sehr es in dem Ding stinkt?« Die Katze begann sich hektisch zu putzen, wurde jedoch mehrmals von heftigen Niesern unterbrochen.

Der Mann griff sich derweil an den Hinterkopf, zog die Gasmaske vom Gesicht und holte keuchend und würgend Luft.

»Wenn du meinst«, erklärte Niklas japsend, »du wüsstest etwas von Gestank, dann versuch mal die Gasmaske von jemandem, der in dieser Zeitlinie noch nie eine Zahnbürste besessen hat.«

Josefine überging dies.

»Du hättest mich in der Tasche lassen können, aber nein …«

»Ich bin Arzt«, unterbrach Niklas sie bestimmt, »und das Letzte, was ich auf meinen Instrumenten brauchen kann, sind Katzenhaare!«

Clawdia musste trotz aller Schmerzen lachen. Es äußerte sich als leises Schnaufen. Selbst das Bewegen der blutverkrusteten Mundwinkel war unerträglich.

Die beiden Streithähne hielten inne und sahen auf sie herab.

»Gütiges Licht«, hauchte Josefine.

»Wir müssen einmal«, begann Niklas trocken, während er das Stoffbündel ablegte, in seiner Arzttasche wühlte und Spritzenbesteck hervorkramte, »über die Art deiner Freizeitgestaltung reden, Mädchen. Das, oder ich richte im Haus eine vollständige Notaufnahme ein, denn so langsam brauche ich mehr Personal.«

Clawdia versuchte etwas zu erwidern, schaffte es jedoch nicht. Es wurde mehr ein undeutliches Röcheln. Josefine schritt vorsichtig zu ihrem Kopf und legte ein Ohr an ihren Mund.

Clawdia versuchte es erneut.

Niklas hielt inne und sah die Katze an.

»Es klang wie Amulett«, erklärte Josefine.

Niklas warf die Spritze mit einem Grunzen zurück in die Tasche und wühlte stattdessen hektisch durch das Stoffbündel.

»Wir haben deine Kleider und deine Waffe eben im Nachbarraum gefunden«, erklärte Josefine und stupste die junge Frau vorsichtig mit der Nase an der Wange an.

»Hab es!«, rief Niklas und fischte das Amulett aus dem Bündel.

Mit äußerster Vorsicht legte er es Clawdia um den Hals.

Kaum hatte der durchsichtige Kristallanhänger Kontakt zu ihrer Haut, leuchtete er weiß und strahlend hell auf.

Tief unten in Clawdias Geist heulte der Sturmwind durch die Wüste und trug einen fernen Wutschrei heran. Es war eine Kriegserklärung. Ihr blutverkrustetes Gesicht verzog sich zu einem Grinsen.

Umgehend begann sie, alle Energie aus dem Amulett zu ziehen, die verfügbar war. Sie würde später dafür hart bezahlen müssen, aber dazu musste sie erst einmal sicherstellen, dass es so etwas wie ein *Später* überhaupt gab.

Energie sprudelte in ihre Gliedmaße und versuchte, die Heilung zu beginnen. Doch sie zweigte einen Großteil davon sofort wieder ab. Der Energieverbrauch für die Veränderung von Zeitlinien außerhalb des Hauses war absurd hoch, aber dies hier war ein Notfall. Ihr wurde bewusst, dass sie in diesem Moment wahrscheinlich auf den Überwachungsmonitoren der Zeitwächter aufleuchtete wie ein Feuerwerk.

Gut, dachte Clawdia und lächelte innerlich grimmig.

Lernt Angst zu haben, fügte eine leise Stimme im warmen Wüstenwind hinzu, *und beginnt zu beten. Ihr werdet es brauchen.*

Clawdia zog genug Energie aus dem Amulett, um ein eigenes Parasitenuniversum zu betreiben und begann damit, in den Zeitstrom einzugreifen. Als Erstes versuchte sie, die Zeitlinie zu wechseln, blieb jedoch unverrückbar an ihrem Platz, als wäre sie festgefroren.

Ich kann mich nicht seitwärts durch die Zeitlinien bewegen, das scheint nur im Haus zu funktionieren. Aber es muss doch etwas geben, was ich unternehmen kann.

Sie suchte in ihren eigenen Erinnerungen und den Erinnerungen der Wüste nach etwas Brauchbarem und erkannte es, kaum dass sie es sah.

Zeitblasen, dachte sie triumphierend. Sie manipulierte den Zeitstrahl und realisierte, dass er an ihrer Position durchaus formbar war, während sie ihn für Niklas und Josefine stabil halten konnte.

Ich werde für die unerwünschten Zeit-Paradoxen an andere Stelle kompensieren müssen, aber das kann ich später immer noch.

Sie begann, die Zeitlinie zu flechten und biegen, als wäre es eine komplizierte Hochsteckfrisur. Die plastische Zeitmasse ließ sich in Schleifen und Spiralen legen, welche sie nutzte, um sich darin einzuspannen wie in einen Kokon. Dort begann sie, Energie in ihre Verletzungen zu leiten.

Der ganze Vorgang dauerte außerhalb von Clawdias Körper nicht einmal eine Sekunde.

Alles, was Niklas und Josefine sahen, war, wie die junge Frau vor ihnen am Boden plötzlich verschwand und einen Wimpernschlag später wieder auftauchte. Geheilt, in voller Uniform und mit einem Gesichtsausdruck wie eine heranziehende Gewitterfront.

Mann und Katze schrien auf und wichen zurück.

»Heilige Scheiße«, fluchte Niklas und fiel hintenüber auf den Holzboden. »Wie zur Hölle hast du das gemacht?«

»Keine Zeit!«, rief Clawdia, sprang auf die Füße, nur um sofort gegen die Wand zu fallen und wieder zu Boden zu rutschen.

»Pure Astralenergie kann heilen und Anker können Zeit manipulieren«, kommentierte Josefine trocken. »Aber keine Macht des Universums kann vernünftigen Schlaf und regelmäßige Mahlzeiten ersetzen.«

Die junge Frau hielt sich an der Wand fest und versuchte, dem Schwindel und ihrer gefühllosen Beine Herr zu werden.

»Scheiße«, knirschte sie. »Ich muss …, ich kann nicht …, verdammte Bastarde!«

Niklas kramte bereits in seiner Ledertasche und fischte wieder das Spritzenbesteck und eine Phiole hervor.

»Kein Problem«, erklärte er, während er eine Spritze aufzog. »Krempel mal eben deinen Ärmel hoch. Das ist mal eine einfache Diagnose. Vollkommene Erschöpfung, kein Essen, keine Pause und in einer Minute beginnt die nächste Nachtschicht. Kennen wir.« Er setzte ihr die Spritze und Clawdia spürte, wie ihre gesammelten Lebensgeister nicht nur mit einem Schlag zurückkehrten, sondern auch alle Freunde und Bekannten für die Party des Jahrhunderts mitbrachten. Irgendwo im Innern ihres Körpers drehte etwas alle verfügbaren Regler bis an den Anschlag.

»Wow«, seufzte Clawdia und grinste. »Was ist *das* denn?«

»Koffein, Methamphetamin und Kokain«, erklärte Niklas.

»Was?«, schrie Josefine. »Bist du noch bei Trost? Willst du, dass sie einen verdammten Schlaganfall kriegt?«

»Ach, sie ist noch jung«, entgegnete Niklas ungerührt. »Den Cocktail habe ich früher auf der Arbeit oft benutzt. Sie wird ein paar Tage nicht schlafen und dann irgendwann zusammenbrechen.«

»Passt!«, rief Clawdia und sprang auf die Füße. »Ich habe zu tun.«

Ihr Blick blieb an der Gasmaske hängen. Ihre Augenbrauen zogen sich zusammen und sie legte eine Hand auf den Griff ihres Schwertes.

»Ich habe den Besitzer dieser Kleidung bereits … kennengelernt. Er hat Robert ebenfalls *befragt*. Ihr habt ihn nicht zufällig gesehen?«

»Wen? Robert?«, fragte Josefine. »Nein, wir sind in der Vorratskammer der Küche am Ende des Ganges angekommen und direkt hinter der ersten Tür in den Typen mit der Maske gerannt. Saß dort und hat Pause gemacht. Hat nicht einmal die Maske abgenommen, um sein Bier zu trinken.

Hat sich einen Strohhalm durch die Maske gesteckt. Ist das zu fassen?«

»Bei der Visage«, versicherte Niklas schaudernd, »würde ich es auch so machen. Hat ein Gesicht wie ein Schnittmusterbogen.«

»Niklas«, warf Josefine ein, »hat ihm direkt eins mit der Bratpfanne gegeben.«

Clawdia sah Niklas groß an.

»Nun …«, begann der Mann, »er hatte ein echt gutes Bier und ich …«

»Moment«, unterbrach ihn Clawdia, hob die Hand und sah die Katze an. »Ihr seid *wo* angekommen? In der Vorratskammer?«

Josefine zuckte mit den Schultern und putzte sich ein Ohr.

»Deine komische Maus hat uns den Weg gezeigt. Ich muss sagen, für ein lächerliches Nagetier hat die es echt drauf. Hat nur zwei Türen gebraucht, um uns bis hierhin zu führen.«

Clawdia lachte.

»Ja, Balthasar hat verborgene Talente. Und wo ist der Maskenmann jetzt?«

»Niklas hat ihm eine Spritze gegeben.«

»Gift?«, fragte Clawdia interessiert.

»Viel besser«, lachte Josefine. »Drogen.«

»Welche?«

»Alle«, kommentierte Niklas.

»Zurzeit«, erklärte Josefine, »sitzt er wimmernd in der Vorratskammer und versucht, sich Spinnen von der Haut zu kratzen.«

»In etwa zwanzig Minuten«, ergänzte Niklas, »wird er auf das Dach klettern, in der festen Überzeugung fliegen zu können. Ich bin zuversichtlich, dass er dort Gerechtigkeit findet.«

»Oder sie ihn«, ergänzte Josefine.

Die drei hielten inne, als vor der Tür Rufe und Schritte laut wurden.

»Scheiße« fluchte Niklas. »Zu spät. Der Wachwechsel beginnt.« Er rappelte sich vom Boden hoch und griff nach der Maske. »Ich halte sie auf.« Er zog die Gasmaske an und seine Stimme tönte gedämpft und undeutlich durch den Filter, als er auf Clawdia zeigte. »Ich scheuche sie hinter die nächste Biegung und du nimmst den Weg in die Küche, dann sind wir in einer Minute wieder zu Hause.« Er sah auf die Katze hinab. Und nimm die da bitte mit, ich kann ihr Gezicke nicht mehr hören.«

»Also erlaube mal«, entrüstete sich Josefine, »wie kannst du …«

»Wir gehen nicht zurück ins Haus«, unterbrach Clawdia sie.

Die beiden verstummten und sahen die junge Frau an.

»Der Übergang zu den Zeitwächtern«, erklärte sie, »ist fast geschlossen, und wenn ich erst zurück ins Haus gehe, schaffe ich es nicht mehr.« Sie schüttelte den Kopf. »Nein, wir müssen zum Hafen.« Sie richtete sich auf und zog ihre Uniform zurecht. »Dazu brauchen wir ein Transportmittel.«

Niklas stöhnte lang gezogen hinter der Maske und öffnete dumpf fluchend die Tür.

»Na gut, dann treffen wir uns draußen im Hof«, erklärte er, während er nach beiden Seiten den Gang entlang spähte. »Dort werden wir ja wohl etwas Fahrbares finden.« Er verschwand mit schnellen Schritten nach rechts, während Clawdia zusammen mit Josefine die andere Richtung nahm. Die Katze lief leichtfüßig voran und schaute vorsichtig um die nächste Ecke. Hinter ihnen hörten sie, wie Niklas gedämpft Befehle bellte, denen das Getrampel schnell sich entfernender Schritte folgte.

Clawdia wollte gerade um die Ecke biegen, als Josefine erschrocken fauchte und den Kopf zurückzog.

»Da kommt jemand«, zischte sie.

Lautes Brüllen und Poltern hallte ihnen entgegen.

»Nein, wirklich?«, fragte Clawdia und drückte sich mit dem Rücken an die Wand. Schwere, schleifende Schritte, welche sich rasch näherten, hallten den Gang hinunter. »Und was jetzt?«, zischte Clawdia an die Katze gewandt, doch Josefine sprang bereits zwischen mehreren Türen hin und her und legte bei jeder kurz ihre Stirn an das Holz. Beim dritten Versuch stellte sie sich auf die Hinterbeine und klinkte geschickt die Tür auf.

»Hier hinein«, zischte sie und die beiden verschwanden lautlos in dem Zimmer.

Clawdia schloss die Tür hinter sich, tastete nach dem Lichtschalter und fand sich in einer Umkleide wieder. Mannshohe Stahlschränke mit je einer Reihe Holzbänke davor säumten die Wände zu beiden Seiten des Zimmers. Auf der gegenüberliegenden Seite des Raumes entdeckte sie eine weitere Tür. Josefine stand bereits davor und hatte die Stirn gegen das Holz gedrückt.

»Hier gehts auf den Hof«, flüsterte sie. »Aber den Riegel bekomme ich allein nicht auf.«

Clawdia eilte ihr zu Hilfe und hatte den schweren Metallriegel gerade erreicht, als hinter ihnen etwas Schweres vom Gang aus gegen die Tür fiel. Etwas grunzte ungehalten und beim zweiten Stoß brach das Schloss aus der Tür und gab den Weg für einen großen Mann in Unterwäsche frei, welcher halb in den Raum fiel und sich schwankend am Türrahmen festhielt.

Clawdia, den Türriegel noch in der Hand, starrte die Erscheinung entsetzt an. Das Gesicht des Mannes war grausam entstellt. Die gesamte rechte Hälfte wurde von einer einzigen Masse schlecht verheilter Narben bedeckt. Ein Auge fehlte völlig und der Mund sah aus wie eine permanent offene Wunde.

»Gütiges Licht«, flüsterte Clawdia. Sofort ruckte der Kopf des Mannes hoch und sein intaktes Auge fixierte sie starr. In seinem Blick brannten alle Feuer der Hölle. Er stieß einen wilden Schrei aus und erst jetzt bemerkte Clawdia das große Schlachterbeil, welches der Mann in seiner Rechten hielt. Er zeigte damit direkt auf sie und sein Mund verzog sich zu etwas, das ein Grinsen sein mochte.

»Oje«, flüsterte Josefine.

»War eine brillante Idee«, kommentierte Clawdia trocken, »ihn in der Küche zu lassen.«

Ihre Hand tastete nach dem Säbel und sie öffnete den Mund, als ein weiteres Poltern sie unterbrach.

Sowohl Clawdia als auch der Mann hielten inne und drehten den Kopf zur Seite.

»Was ist denn hier heute nur los?«, fragte Josefine genervt.

Ein heftiger Schlag erschütterte einen der Metallschränke, der an einer Seitenwand stand. Allerdings kam der Schlag von innen. Es folgte ein lautes, hallenden Fluchen. Dem Klang nach zu urteilen, kam es von einer Frauenstimme. Clawdia und die albtraumhafte Gestalt in Unterwäsche sahen sich eine Sekunde lang verblüfft an, dann drehten sich ihre Köpfe wieder zum Metallschrank, der noch zwei weiteren harten Tritten von innen standhielt, bevor die Tür scheppernd aufsprang und eine junge Frau aus dem Schrank kletterte, welche die gleiche Uniform trug wie Clawdia. Sie rückte ihr Barrett gerade, drehte sich um und zog den leblosen Körper eines anderen Soldaten aus dem Schrank. Dabei würdigte sie die Anwesenden mit keinem Blick.

»Ana?«, flüsterte Josefine fassungslos.

Die junge Frau wuchtete sich den bewusstlosen Mann in Uniform ohne sichtliche Mühe auf eine Schulter und drehte sich um. Clawdia erkannte das blutige Gesicht des Soldaten sofort.

»Robert?«, flüsterte sie.

Ana sah Clawdia an und lächelte kurz.

»доброе утро«, grüßte sie und drehte sich weiter, bis sie den Mann mit den Schlachterbeil erblickte. Sie schien ihn einen Moment lang kritisch zu mustern, bevor sie in einer einzigen fließenden Bewegung ihren Revolver zog, dem Mann in den Kopf schoss und die Waffe wieder wegsteckte.

Clawdia und Josefine schrien auf und machten einen Satz rückwärts gegen die Wand, während der ohrenbetäubende Knall des Schusses noch von den Wänden widerhallte.

Einen Moment lang wirkte Ana unschlüssig, während der große Mann langsam am Rahmen der Tür zu Boden rutschte. Sie drehte sich hierhin und dorthin, dann stieg sie über die Bänke und trat auf der anderen Seite des Raumes an die Schränke heran und schlug einmal mit der Faust gegen eine der Metalltüren. Der Schrank sprang auf, und Ana warf den bewusstlosen Robert kurzerhand hinein, seufzte, kletterte selbst hinterher und schloss die Tür von innen.

Clawdia und Josefine starrten eine Weile lang stumm zwischen dem toten Mann und dem Schrank hin und her. Irgendwann räusperte sich Josefine vorsichtig und fragte leise: »Clawdia? Türriegel?«

Die junge Frau nickte stumm, drehte sich um und schob den Riegel beiseite. Als sie die Tür öffnete, erblickte sie als Erstes Niklas, der mitten auf dem Hof stand und nervös umherblickte. Als er die beiden erkannte, riss er sich die Maske vom Kopf und rief: »Das wird aber auch Zeit, habt ihr den Schuss gehört? In zehn Sekunden ist hier die Hölle los, was trödeln Frauen eigentlich immer so lange herum?«

24 | Flucht

Laute Schreie hallten aus dem Gebäude hinter ihnen, während die Gruppe über den Hof rannte. Die Sonne stand tief am Himmel und tauchte das niedrige Gebäude auf dem von Maschendraht umzäunten Gelände in einen tiefroten Schein. Mehrere düster wirkende Baracken duckten sich neben dem Hauptgebäude.

»Scheint eine Art Kaserne zu sein«, rief Clawdia und zeigte mit einer Hand voraus. »Da hinten geht's raus.«

Die Ausfahrt zur Straße kam in Sicht und die Gruppe eilte auf ein leeres Wachhaus neben einer offenen Holzschranke zu.

»Wir haben Glück«, rief Niklas. »Die sind schon zu lange an der Macht. Das macht irgendwann nachlässig.«

»Da drüben sind Parkplätze«, verkündete Josefine und sprang dem Ende der Ausfahrt entgegen. Die meisten der Stellplätze waren leer, doch ganz am Ende, nahe der Straße, stand ein alter Lastwagen mit einem platten Reifen neben zwei offenen Geländewagen.

Irgendwo hinter ihnen begann eine laute und äußerst erboste Stimme Befehle zu brüllen. Türen wurden aufgerissen und das Getrampel zahlreicher Stiefel näherte sich.

»Wir sollten uns«, drängte Niklas schwer atmend, »vielleicht ein wenig beeilen.«

Clawdia sprintete an den beiden vorbei und steuerte auf die wartenden Fahrzeuge zu. Sie zeigte auf den Jeep, welcher der Ausfahrt am nächsten stand.

»Niklas, kannst du das Ding fahren?«

»Klar«, entgegnete der Mann kurzatmig und rannte bereits auf die Fahrerseite zu.

»Klar?«, fragte Josefine konsterniert.

Clawdia lief auf den Lastwagen zu, zog ihren Säbel und schnitt fast beiläufig mit dem Schwert durch die Motorhabe. Mit einer fließenden Bewegung trennte sie das Vorderrad zusammen mit einem Teil des Motorblocks vom Wagen, welcher krachend auf die Seite kippte und den zweiten Geländewagen unter sich begrub.

»Ich glaube, unser Anker ist sauer«, kommentierte Niklas.

»Ach, wirklich«, entgegnete Josefine. »Woran macht du das fest?«

»Nur so ein Gefühl«, fügte Niklas hinzu.

»Und wann bitte«, fragte die Katze, »hast du Autofahren gelernt? Ich denke du bist Arzt.«

»Ich war in der Armee!«, verkündete der Mann und kletterte bereits auf den Fahrersitz.

»Du warst in der Armee?«, rief die Katze entsetzt und sprang auf den Beifahrersitz. »Die haben dir eine Waffe gegeben?«

»Ich war Arzt in einem Feldlazarett«, erwiderte Niklas leicht pikiert und versuchte mehrmals, die laut jammernde Zündung dazu zu bewegen, den Motor zu starten. »Trotzdem kann ich alles fahren, was einen Motor hat!«

»Hast du nicht gesagt«, fragte Josefine und betrachtete Nikas Bemühungen kritisch, »dass du immer betrunken warst?«

»Und?«

»Großartig«, erklärte die Katze. »Mein Tag wird besser und besser.«

»Weniger Diskussionen, mehr fahren«, erklärte Clawdia, hob Josefine aus dem Auto, sprang auf den Beifahrersitz und nahm die protestierende Katze kurzerhand auf den Schoß.

»Sehr wohl, Ma'am!«, rief Niklas. Der Motor zündete und er lenkte das Fahrzeug mit Schwung in die Ausfahrt.

Hinter ihnen kam eine Gruppe von Soldaten um die Ecke gelaufen. Ein Schuss knallte.

Niklas fluchte und schaltete krachend durch die Gänge, während der Wagen vom Hof herunter in eine leere Straße beschleunigte. Sirenen heulten in der Kaserne auf. Niklas beschleunigte hart und Clawdia wäre fast wieder aus dem Wagen gefallen. Sie drehte sich um und sah gerade noch, wie zwei Motorräder die Ausfahrt verließen, bevor Niklas das Fahrzeug mit quietschenden Reifen um die nächste Ecke lenkte.

»Wir kriegen Besuch«, rief Clawdia, die sich verzweifelt an ihren Sitz klammerte und versuchte, die Krallen zu ignorieren, mit denen Josefine sich auf ihrem Schoß festhielt.

Niklas warf einen hektischen Blick über die Schulter, während er eine Gruppe schreiender Arbeiter umrundete, die gerade Säcke von einem Lastwagen hievten. Er lachte laut auf.

»Motorräder! Wie wollen die uns denn bitte gefährlich werden?«

Clawdia beobachtete, wie einer der Verfolger mit einer Hand lenkte und mit der anderen einen Revolver zog.

»Ähm«, machte sie, als auch schon ein Schuss krachte und ein faustgroßes Loch im Plastik der Windschutzscheibe erschien.

Niklas fluchte, trat das Gas durch und begann Schlangenlinien zu fahren. Geschäfte reihten sich zu beiden Seiten der Fahrbahn und mit Einkäufen beladene Uniformierte sprangen schreiend aus dem Weg, als der Geländewagen und seine beiden Verfolger hupend an ihnen vorbeirasten.

»Die können unmöglich zielen und gleichzeitig lenken«, rief Niklas aufgebracht.

Der zweite Motorradfahrer hatte ebenfalls seine Waffe gezogen und ein weiterer Schuss krachte. Clawdia spürte den Luftzug, als die Kugel dicht an ihrem Gesicht vorbeisurrte.

»Bist du sicher«, rief Clawdia, »dass die das auch wissen?«

»Wenigstens«, antwortete Niklas, »sind sie dumm genug, auf uns zu schießen.«

»Entschuldigung?«

»Sie könnten auch auf die Reifen schießen!«

»Das ist sehr beruhigend, vielen Dank!«

Niklas lenkte den Wagen in einer halsbrecherischen Kurve um eine Häuserecke herum und Clawdia spürte, wie zwei der Räder kurzzeitig den Boden verließen. Ein Geschoss riss ein Stück Mauerwerk aus einer Hausecke und Steinsplitter regneten in den Wagen, während Niklas sich noch tiefer über das Lenkrad duckte.

Er steuerte das Fahrzeug um einen Lastwagen herum, an dem mehrere Müllmänner gerade Metalleimer auf dessen Ladefläche entleerten. Einer der Arbeiter sah den heranrasenden Wagen, ließ seine Last fallen und sprang aus dem Weg. Der Mülleimer krachte gegen die Motorhaube und entleerte seinen Inhalt in eine Wolke aus Abfall, die gegen die Windschutzscheibe prasselte und in einem weiten Bogen hinter dem Fahrzeug zu Boden regnete.

Die beiden Verfolger wichen den Hindernissen mit gekonnten Schlenkern aus, beschleunigten und kamen dem Geländewagen immer näher.

»Du wirst uns noch alle umbringen«, schrie Josefine. »Du fährst genauso wie du trinkst!«

»Möchtest *du* vielleicht mal das Lenkrad übernehmen?«, brüllte Niklas zurück und versuchte, um eine Bananenschale herum auf die Straße zu sehen.

»Meine Spezialität«, rief die Katze, »ist verdeckte Infiltration und Aufklärung! Ich bin im Moment ein klein wenig außerhalb meines Zuständigkeitsbereiches!«

Die Katze steckte ihren Kopf unter Clawdias Arm hindurch und versuchte nach hinten zu sehen. Ein Schuss prallte dicht neben ihr in die Rückenlehne des Beifahrersitzes.

»Hätte ich gewusst«, schrie Josefine, »dass in diesem Job pausenlos jemand versucht mich umzubringen, wäre ich zu Hause geblieben, hätte Kinder bekommen und wäre eine glückliche Hauskatze geworden!«

»Du wärst bestimmt eine wundervolle Mutter«, rief Niklas. »So warm und bestärkend!«

»Konzentriere dich auf die Straße!«, schrie Josefine und sah zu Clawdia auf. Die junge Frau klammerte sich mit blassem Gesicht an ihren Sitz.

»Wie wäre es mal mit ein bisschen Hilfe, Captain Anker!«

»Sorry«, erwiderte die Angesprochene, ich bin mehr auf Pferde und Schwerter spezialisiert!«

»Ach es ist doch zum Kotzen«, rief Josefine und kletterte an Clawdias Uniform hoch, krallte sich geduckt an ihrer Schulter fest und fixierte grimmig einen der Motorradfahrer. »Alles muss man hier allein machen«, rief sie und sprang.

Hinterher schwor Clawdia, dass selbst ein geflügeltes Wesen nicht so schnell hätte sein dürfen.

Josefine breitete die Flügel aus und schoss dem Motorradfahrer wie ein weißer Blitz entgegen. Der Verfolger hatte gerade sorgfältig auf Clawdias Kopf gezielt und war demzufolge eine Sekunde lang abgelenkt. Die fliegende Katze überraschte ihn daher. Nicht so sehr jedoch wie die vier Pfoten, die mit ausgefahrenen Krallen in seinem Gesicht landeten.

Der Mann schrie auf, hob instinktiv beide Hände zum Gesicht, verlor die Kontrolle über seine Maschine und raste schreiend in ein offenes Geschäft hinein.

»Was ist passiert?«, schrie Niklas, als das Chaos aus Schreien und splitterndem Glas hinter ihnen zurückfiel.

»Einer der Verfolger«, erklärte Clawdia, »hat gerade eine ballistische Katze ins Gesicht bekommen.«

»Besser er als ich«, rief Niklas. »Was ist mit dem anderen?«

Clawdia sah sich suchend um und entdeckte den zweiten Verfolger, der gerade aus dem Windschatten eines geparkten Lastwagens zurück auf die Fahrbahn schwenkte.

»Klebt immer noch an uns.«

Niklas trat auf die Bremse, lenkte den Jeep unvermittelt in eine enge Seitenstraße hinein und raste an der Rückseite einer Lagerhalle entlang. Eine Kolonne altersschwacher Lastwagen mit offener Ladefläche stand dort in einer Reihe neben der Straße und wartete darauf entladen zu werden. Die Fahrer in abgerissener Kleidung standen friedlich rauchend in einer Gruppe beisammen und stoben schreiend auseinander, als Niklas wild hupend den ersten Lastwagen passierte.

Der Verfolger schleuderte seine Maschine mit ausbrechendem Hinterrad um die Ecke, richtete sich auf und beschleunigte so stark, dass er aus der Kurve heraus auf dem Hinterrad fuhr und dabei beängstigend schnell zu ihnen aufschloss.

Clawdia sah, wie der Mann seine Maschine stabilisierte und bereits wieder seine Waffe zog. Er kam ihnen so nahe, dass sie den grimmigen Ausdruck auf seinem Gesicht erkennen konnte. Sie blickte hektisch umher, dann zeigte sie auf einen Lastwagen am Ende der Gasse, auf dem sich mannshoch Fässer stapelten.

»Fahr dicht vorbei«, schrie sie, »und gib alles!«

Niklas nickte, trat das Gas durch und sie schossen auf den Lastwagen zu.

Clawdia hatte sich im Sitz umgedreht und versuchte die Entfernungen richtig einzuschätzen. Niklas warf ihr einen ängstlichen Blick zu und wollte gerade etwas rufen, als die junge Frau ihren Säbel zog, die Augen fest schloss und die Waffe aus dem Fahrzeug hielt.

Die Klinge schnitt durch beide großen Reifen des Lastwagens, als bestünden sie aus Watte. Es knallte zweimal laut, als sie platzten, der Lastwagen fiel krachend auf die Felgen und die hochaufgetürmten Fässer kippten auf die Fahrbahn.

Der Motorradfahrer hatte gerade noch Zeit laut zu fluchen, bevor er unter der Lawine aus Fässern begraben wurde.

Niklas bremste, riss das Steuer herum und hielt mit einer Hand Clawdia fest, die sonst aus dem Wagen geflogen wäre. Die junge Frau schrie und sah gerade noch, wie der Inhalt eines zerborstenen Fasses Feuer fing, als die Szene auch schon hinter der nächsten Ecke verschwand und sie durch eine leere Seitenstraße davonrasten.

»Was war in den Fässern?«, rief Clawdia und steckte den Säbel zurück in die Scheide. »Alkohol?«

»So viel Glück hat er nicht«, antwortete Niklas und fuhr langsamer. »Ist garantiert verboten. Ich vermute …«

Weiter kam er nicht, denn eine Serie von Explosionen, welche mit jeder Detonation lauter wurden, ließen die Fenster der Häuserfronten hinter ihnen bersten und machten ein Gespräch unmöglich. Die Druckwelle rollte über sie hinweg und sie spürten die enorme Hitze selbst noch am Ende der Seitenstraße. Der Geruch von geröstetem Getreide wehte über sie hinweg.

Niklas gab Gas und legte zwei weitere Abzweigungen hinter sie, bevor er langsamer wurde und sich räusperte.

»Ich würde sagen«, begann er nachdenklich, »Öl in den Fässern und im Lastwagen dahinter Säcke mit Getreide.«

Clawdia stand noch immer der Mund offen, als etwas Kleines, Weißes den Wagen lautlos im Flug überholte, elegant auf Clawdias Schoß landete und seelenruhig begann sich die Pfoten zu putzen.

»Ich hoffe«, kommentierte Josefine, »das Militär mag frisches Popcorn.«

Clawdia setzte an, etwas zu sagen, doch Josefine sprach schon weiter: »Niklas, die nächste rechts und dann gleich wieder links kommen wir auf die Hauptstraße zum Hafen. Doch wir müssen uns beeilen, denn die Bande ist nicht dumm. Die beginnen bereits damit, alle Zugänge zum Hafen zu sperren und ich bin nicht sicher, ob unser Anker mit ihrem Zauberschwert auch eine komplette Straßensperre in die Luft jagen kann.

Sie bogen auf die Hauptstraße ein und Niklas brachte den Wagen mit einem lauten Fluch zum Stehen. Er zeigte die lange Straße entlang, welche zum Hafen hinabfiel.

Josefine stellte sich mit den Vorderbeinen auf das Armaturenbrett und spähte die Straße entlang.

»Ah ja«, kommentierte sie trocken. »Genau das wollte ich vermeiden.«

Clawdia folgte dem Blick der beiden.

Einige Hundert Meter voraus, an einer der breiteren Querstraßen, rollte ein schepperndes Ungetüm aus Metall auf breiten Raupenketten in die Mitte der Kreuzung. Es sah aus wie ein fahrendes Haus, welches jemand komplett mit schweren grauen Panzerplatten verkleidet hatte. Eine Art Turm ragte auf der Oberseite in die Höhe, an dem ein gewaltiges Rohr befestigt war. Geschäftige Soldaten rannten wie Ameisen um das Gefährt herum.

»Gütiges Licht«, stöhnte Clawdia. »Nimmt es denn nie ein Ende? Was ist das denn jetzt wieder.«

»Das«, erklärte Niklas müde, »nennt man einen *Panzer*. Trifft uns das Geschütz, kann deine Maus unsere Reste auf einem Kehrblech mit nach Hause nehmen.«

»Du bist ganz gut im Schneiden von Lastwagen«, kommentierte Josefine im Plauderton. »Wie sieht es denn mit fünfzig Tonnen Stahl aus?«

Clawdia schloss die Augen und spürte, wie ihr die kalte Wut aus dem Bauch entgegensprang.

»So langsam«, knirschte sie, »habe ich die Schnauze voll von dieser Zeitlinie. Man sollte meinen, dass einem gedankt wird, wenn man versucht, jedes lebende Wesen einer Welt zu retten.«

»Ist das dein erster Tag als Mensch?«, fragte die Katze freundlich.

»Willst du nach Hause schwimmen«, entgegnete Clawdia.

Josefine drehte ihr wütend den Kopf zu und öffnete den Mund, doch Clawdia packte sie am Kragen und schob die protestierende Katze in den Fußraum des Wagens.

»Sei still«, wies sie die Katze an, »und lass mich arbeiten.« Dann atmete sie tief durch und stand auf. Niklas tauschte einen erstaunten Blick mit Josefine, dann sah er erwartungsvoll zu der jungen Frau auf. Clawdia hielt sich mit einer Hand am Armaturenbrett fest, die andere richtete sie auf den Panzer, welcher gerade mit klirrenden Ketten zum Stehen gekommen war.

Sie kniff die Augen zusammen, konzentrierte sich und rief: »Vollgas!«

»Entschuldigung?«, fragte Niklas.

»Vollgas!«, schrie Clawdia.

Niklas sah kurz in den Fußraum zu der entsetzt starrenden Katze, zuckte mit den Schultern und fuhr an.

Clawdia konzentrierte sich und konnte den Übergang zwischen den Zeitlinien deutlich spüren. Er war nur noch wenige Hundert Meter entfernt.

Ein Übergang bedeutete Energie.

Sie streckte in ihrem Geist suchende Finger aus und berührte die Quelle.

Ob ich nahe genug bin? Wir werden es herausfinden. Ich verstoße wahrscheinlich gegen ein Dutzend Hausregeln, aber so langsam sind die Vorschriften sowieso witzlos.

Clawdia spürte, wie Niklas die Gänge hochschaltete und schwankte leicht, als die Beschleunigung ihren Körper nach hinten drückte. Sie isolierte den Ursprung der Energie, griff in ihrem Geist fest zu und zog.

Es fühlte sich an, als wollte sie einen Berg bewegen.

Ich muss näher heran.

»Schneller!«, schrie sie und Niklas beschleunigte weiter.

Clawdia biss die Zähne zusammen und befahl die Energie im Geiste zu sich, zerrte innerlich mit aller Macht an dem Übergang und zwang die Quelle, ihr zu gehorchen.

Der Panzer produzierte ein dumpfes Knirschen und unter lautem Quietschen, begleitet von metallischem Rattern wie von einem großen Uhrwerk, begann sich der Geschützturm zu drehen.

»Ähm?«, rief Niklas, während der Geländewagen die Straße entlang auf den Panzer zuraste, der wie ein Berg aus Stahl vor ihnen aufragte.

»Schneller!«, bellte Clawdia mit geschlossenen Augen.

Die Energie folgte ihrem Ruf, doch sie floss langsam und zäh wie Teer durch ihren Geist.

Ich muss näher ran.

»Fast«, knirschte Clawdia durch zusammengebissene Zähne.

»Ihr seid alle vollständig wahnsinnig«, heulte Josefine mit sich überschlagender Stimme aus dem Fußraum.

Dichter Nebel quoll aus allen Kanaldeckeln entlang der Straße und erstaunte Rufe wurden unter den Soldaten laut, als die graue Masse schnell und lautlos über die Militärfahrzeuge spülte.

Der Geschützturm des Panzers kam zum Stehen und Niklas verfolgte, wie sich das Kanonenrohr mit hellem Klicken, welches so laut wie Pistolenschüsse durch seinen Kopf hallte, langsam anhob und genau auf seinen Kopf ausrichtete.

»Natürlich«, murmelte Niklas unhörbar, während der Wagen mit Höchstgeschwindigkeit die letzten hundert Meter zum Hindernis überwand. Er konnte genau in die dunkle Öffnung der Kanone sehen und bildete sich ein, die elf Kilo schwere Sprenggranaten-Patrone zu erkennen, welche sie alle in der nächsten Sekunde in eine Wolke aus klebrigem Buntmetall verwandeln würde.

Er senkte den Kopf, erkannte mit blankem Entsetzen, wie der Geländewagen transparent wurde und sah die Fahrbahn einen halben Meter unter seinen Füßen dahingleiten. Er schloss die Augen und schrie.

»Hab's!«, rief Clawdia und schnipste mit den Fingern.

Der substanzlose Wagen schoss wie ein Geist durch den Panzer hindurch und wurde auf der anderen Seite vom Nebel verschluckt.

Es fühlte sich an, als wären sie ins Meer hinein getaucht. Alle Geräusche verschwanden und Niklas spürte Druck auf den Ohren. Der Nebel schlug ihm schwer und nass ins Gesicht und durchtränkte augenblicklich seine Kleidung. Es wurde kalt.

Für eine Ewigkeit, welche den Raum zwischen zwei Herzschlägen mit endlosen Jahren füllte, versuchte Niklas einzuatmen. Sein Gehör setzte wieder ein, er vernahm Clawdias Stimme und der Spuk war vorbei. Er fand sich im Geländewagen wieder und atmete keuchend ein und aus.

»Und anhalten!«, rief Clawdia unnötigerweise, denn der Motor war ausgegangen und der Nebel bremste den Wagen immer weiter ab. Sie rollten lautlos durch die undurchdringlich graue Masse, welche alle Geräusche verschluckte.

Kaum dass der Wagen stand, sprang Clawdia aus dem Fahrzeug und zündete sich zufrieden grinsend eine Zigarette an. »Ein weiterer ehrenvoller Einsatz im Namen des Universums«, verkündet sie.

»Ich kündige«, kam Josefines Stimme aus dem Fußraum.

Niklas trat sinnloserweise fest auf die Bremse und legte sich die zitternden Hände vors Gesicht.

»Hättest du das«, fragte er stockend, »nicht schon früher machen können?«

»Am anderen Ende der Stadt?«, entgegnete Clawdia. »Nein. Aber ein paar Hundert Meter neben dem Übergang zweier Zeitlinien scheint es zu klappen. Keine Ahnung warum. Hauptsache es hat funktioniert.« Sie zog tief an ihrer Zigarette. »Ich vermute, es würde langfristig zum Kollaps des Überganges führen und weite Teile der Stadt in den Astralraum schleudern, aber die Welt hier ist sowieso im Arsch, also was soll's.«

»Was soll's?«, schrie Josefine. »Hast du noch alle Tassen im Schrank?«

Clawdia blickte zu Niklas hinüber und zeigte mit der Zigarette auf die Katze.

»Gibt es einen Weg, sie zum Schweigen zu kriegen?«

»Wenn man genug trinkt«, erklärte Niklas müde und mit hängendem Kopf, »hört man sie irgendwann nicht mehr.«

»Ich halt's nicht aus«, murrte die Katze.

»Sie macht den Job schon zu lange«, fuhr Clawdia fort. »Ich glaube, sie braucht mal eine neue Aufgabe, bei der nicht pausenlos die Welt untergeht.«

Der Mann nickte und sah nachdenklich vor sich hin.

»Wo sind wir überhaupt?«, fragte er irgendwann.

»Auf dem Pier«, entgegnete Clawdia knapp. »Aber genau zwischen den Zeitlinien. Ich habe gerade die Schnauze voll von Ordnungs- und Reinheitslinien.«

»Verständlich«, erwiderte der Mann und fischte eine zerdrückte Zigarette aus seinem Mantel.

»Wohin nun?«, fragte er weiter und suchte in seinen Taschen nach Feuer.

»Ihr rollt einfach geradeaus weiter«, entgegnete die junge Frau, »dann kommt ihr automatisch in einem Korridor des Hauses raus. Ich habe so das Gefühl, dass Balthasar dort schon auf euch wartet. Bitte stellt den Wagen nicht in meinem Haus ab, sondern lasst ihn auf dem Pier. Balthasar zeigt euch den Weg durch die Gänge.«

»Und du?«, fragte Josefine.

»Ich bleibe. Ich habe noch einen Termin.«

Die beiden starrten Clawdia sprachlos an.

»Los jetzt«, rief sie und schlug mit der flachen Hand auf die Motorhaube. »Ich habe nicht ewig Zeit!«

Der Wagen rollte davon und der Nebel verschluckte die Proteste der beiden Insassen.

Zusammen mit dem Wagen zog auch der Nebel auf das Meer hinaus und bildete eine dichte graue Mauer jenseits des Piers. Clawdia betrachtete das ihr schon vertraute Ufer, wenn auch in einer anderen Zeit. Die Lagerhallen waren verfallen. Gras, Büsche und niedrige Bäume wuchsen überall. Nur noch die vagen Umrisse einstiger Gebäude blieben als Ruinen erkennbar. Moos wuchs auf dem Betonboden des Piers, welcher von tiefen Rissen durchzogen wurde und an den Rändern bereits bröckelte.

Neben ihr am Pier lag ein altersschwacher Kutter. Ein alter Mann kam den Steg herab. Er trug eine dicke Seemannsjacke sowie eine abgewetzte Kapitänsmütze auf dem Kopf. Das sonnenverbrannte Gesicht zeigte unzählige kleine Falten um die Augen und einen dichten grauen Vollbart darunter.

»Hallo Robert«, begrüßte Clawdia ihn. »Wartet Ihr schon lange auf mich?«

»Nicht der Rede wert, Mum«, entgegnete der Mann gelassen. »Das ist schließlich mein Job.«

»Nicht viel los hier, oder?«

»Alles vergeht, wenn man lange genug wartet.«

Clawdia musterte den Kutter.

»Ich vermute, Robert, dass sich Euer Schiff frei im Astralraum bewegen kann. Ich wette, es ist in der Lage, an jeder beliebigen Zeitlinie und jedem Parasitenuniversum anzulegen, nicht wahr?«

»Natürlich«, entgegnete der Mann. »Sie ist überaus talentiert.«

»Wer ist talentiert?«

»Meine *Bettina.*«

»Der Kutter heißt Bettina?«

»Ich hatte mal eine Freundin mit diesem Namen.«

Clawdia lächelte und warf ihre Zigarette ins Wasser.

»Könnt Ihr mich zu einem bestimmten Ort bringen, wenn ich Euch die Koordinaten gebe?«

»Selbstverständlich, Mum. Deswegen warteten wir doch hier auf Euch.«

»Das, Robert«, entgegnete Clawdia, »ist eine sehr interessante Information. Ein entsprechender Hinweis zu einem früheren Zeitpunkt wäre überaus nützlich gewesen.«

»Ihr habt nicht gefragt, Mum. Und ich bin nur ein …«

»Ja, ja, ich weiß. Ihr seid ein einfacher Robert, wie man ihn in jeder Zeitlinie findet.« Sie seufzte und ging an ihm vorbei auf den Kutter. »Leinen los, Robert.«

»Sehr wohl, Mum!«

Noch während der alte Man mit langsamen Bewegungen die Leinen löste, wallte der Nebel erneut auf und umhüllte das Schiff. Clawdia stand vorne im Bug und entzündete eine neue Zigarette, während sie in das gleichförmige Grau hinaussah. Der Diesel erwachte mit einem lauten Rumpeln zum Leben und kurz darauf hatte der Nebel das Schiff verschluckt.

25 | Kontrolle

Der Zeitwächter saß in seinem weitläufigen Büro am Schreibtisch, umgeben von schwarzen Steinwänden, welche endlos in die Höhe ragten und sich irgendwann im formlos bleichen Weiß der Astralebene verloren.

Die Wände veränderten sich ständig. Mal kamen sie näher, dann wichen sie wieder zurück und formten scheinbar willkürlich neue Gänge, Treppen und Abgründe, während sich die Dimensionsblase der Zeitwächter wie eine Amöbe durch die Lücken der Wahrscheinlichkeitskurve presste. Das magere graue Wesen im ledernen Sessel war diesen Anblick gewohnt. Es hatte einige Jahrtausende gedauert, doch irgendwann gewöhnte man sich an alles. Der Zeitwächter blätterte in seinen Unterlagen und machte sich gelegentlich Notizen. Von der Ferne drangen die Geräusche der Zeitlinien heran, welche die getarnte Basis des Verwaltungssitzes seiner Rasse auf ihrer endlosen Reise passierten. Dieser Tage waren es meist Schlachtgeräusche. Panische Schreie, gefolgt von Explosionen hallten einige Sekunden lang über ihn hinweg.

Man sollte meinen, dachte der oberste Zeitwächter, *dass einem die Verwaltungsbranche einen ruhigeren Karriereweg ermöglicht.*

Er tat sein Bestes, die Hintergrundgeräusche auszublenden und begann in einem weiteren Abwicklungsbericht zu lesen.

Nach einer Weile jedoch ließ er das Dokument sinken und lauschte.

Seine Rasse hatte extrem feine Ohren und er glaubte, in großer Entfernung Geräusche voller Aufregung und Unruhe zu vernehmen, welche sich langsam näherten. Diese schienen ihren Ursprung *im* Gebäude zu haben. Er schüttelte irritiert den Kopf.

Das kann nicht möglich sein. Die Nähe zur Astralebene bewirkt des Öfteren bizarre Sinnestäuschungen, wenn mächtige, feinstoffliche Wesen an uns vorbeitreiben *und für kurze Zeit eine alternative Realität* erträumen.

Der Zeitwächter hob langsam die Hand und griff nach einer großen Schaltbox aus grauem Metall, die links neben ihm auf dem Schreibtisch thronte. Die Vorderseite zeigte eine einzelne Reihe großer Knöpfe mit jeweils einer flackernden Kontrolllampe darunter, welche im Moment alle grün leuchteten. Sein langer, bleicher Zeigefinger näherte sich einem der Knöpfe, als eine freundliche Frauenstimme ihn ansprach.

»Ah, hier seid Ihr!«, plauderte sie aufgeräumt. »Es war mir doch so, als müsste es irgendwo ganz oben noch ein weiteres Büro geben. Lieber Himmel, eines muss ich Euch lassen, dieses … Ding hier, was auch immer ihr da gebaut habt, ist verdammt groß. Ja, ich weiß, ihr habt hier keinen wirklichen Zeitfluss, aber ich habe trotzdem das Gefühl, schon mehrere Tage in eurem verdammten Treppenhaus unterwegs zu sein. Ihr braucht definitiv Aufzüge. Diese ganzen Stufen machen mich fertig.«

Der Zeitwächter zögerte, nahm seufzend seine Lesebrille ab und lehnte sich langsam nach vorne, um über die Schreibtischkante hinweg auf den Boden vor seinem Tisch zu spähen.

»Junge Frau«, zischte er eisig, »ich weiß wirklich nicht, wie Sie es geschafft haben, überhaupt bis hierher vorzudringen, aber …«

Weiter kam er nicht, denn eine Hand griff ihn von hinten beim Nacken und schlug ihm den Kopf mit Schwung auf die Tischplatte.

Der Zeitwächter schrie entsetzt auf und begann wild mit den Armen zu zappeln, doch die Hand hielt seinen Kopf in einem eisernen Griff auf der Tischplatte fest. Die Stimme schwebte jetzt dicht an seinem Ohr und klang keineswegs mehr freundlich.

»Ich bin nicht Eure *junge Frau*, Sie kleiner Scheißer, aber ich habe definitiv Gesprächsbedarf. Kann ich vielleicht kurzfristig einen Termin bekommen?«

Das Wesen wand sich wie ein Aal in ihrem Griff und brabbelte dabei in einer seltsam blubbernden Sprache. Seine dürren Hände bewegten sich wie Spinnen über den Schreibtisch und versuchten die Box mit den Schaltern zu erreichen.

»Netter Trick mit der Dimensionsverschiebung«, erklärte Clawdia, welche bei diesem Besuch genauso groß war wie der Zeitwächter. »Ist wirklich beeindruckend und war mir heute schon sehr nützlich, als ich mit Euren Kollegen gesprochen habe. Ich muss sagen, Euer Verhalten macht deutlich mehr Sinn, wenn man Euch auf die Größe von Ratten verkleinert.«

Die panisch umhertastenden Finger des Wesens hatten die Knöpfe gefunden und Clawdia sah ihm interessiert dabei zu, wie es immer wieder mit einer kleinen grauen Faust auf einen davon hämmerte.

»Ist das der Alarm für die Sicherheitsabteilung?«, fragte sie neugierig. »Da komme ich gerade her. Es ist erstaunlich, wie viele schwer bewaffnete Kollegen Ihr in eurem Keller hattet. Ich habe mir erlaubt, diesen kompletten Teil des Gebäudes über den Zwischenreichen auszuleeren. Seid also bitte vorsichtig, wenn Ihr das nächste Mal zu den Aufenthaltsräumen hinabgeht, denn der letzte Schritt von der Treppe runter ist im Moment sechs Existenzebenen tief und endet in einem Sumpf.«

Der Zeitwächter zögerte und schlug dann auf einen anderen Kopf.

Clawdia zog die Augenbrauen zusammen.

»Geht dieser Alarm runter zu den Gehegen? Die endlosen Reihen mit den Zwingern voller Schattenjäger?« Sie schüttelte den Kopf. »Ja, die sind alle tot. Keine Sorge, Eure Mitarbeiter in den Tierställen werden wieder voll einsatzfähig sein, sobald sie sich geeinigt haben, wem welche Arme und Beine gehören.«

Der Zeitwächter wand sich panisch in ihrem Griff, blubberte zornig vor sich hin und drückte hektisch auf einen weiteren Knopf.

»Ah, das ist Euer Sekretär, nicht wahr? Ich habe ihn eben in den Wartungsschacht zu den Höllenebenen geworfen. Ich hoffe, er hat ein Buch und eine Taschenlampe dabei, denn er wird wahrscheinlich ein paar Wochen lang fallen.« Sie lächelte ermutigend auf das Wesen herab. »Nur zu, Ihr habt noch ein paar Knöpfe übrig.«

Der Zeitwächter drückte den nächsten Knopf.

»Oh, Moment«, erklärte Clawdia versonnen. »Lasst mich nachdenken. Ist das der Stützpunkt mit der riesigen Division bewaffneter Streitkräfte? Die Soldaten, die in den endlosen Baracken hausen, welche alle aus dem gleichen, seltsam gräulichen Stein gebaut sind, den man nur am Übergang zur Astralebene abbauen kann? Ja, das kam unerwartet. Wusstet Ihr, dass dieses merkwürdige Material wie Zunder brennt, wenn man es über achttausend Grad erhitzt? Ich wusste es nicht, und Eure Soldaten auch nicht. Wow, *die* waren vielleicht überrascht!«

Der Zeitwächter hielt still und begann leise und zischend zu fluchen.

»Ihr dummes Kind habt keine Vorstellung davon, mit wem Ihr Euch hier anlegt. Wisst Ihr überhaupt, wer ich bin?«

»Nein, weiß ich nicht«, entgegnete Clawdia erstaunt. »Meine Güte, seid Ihr etwa wichtig? Lieber Himmel, das wusste ich nicht, warum sagt Ihr denn nichts?«

Sie zog ihn von der Tischplatte hoch, strich energisch einige unsichtbare Staubflocken von seiner Schulter, tätschelte ihm den kahlen Kopf und lächelte ihn freundlich an.

Der Zeitwächter öffnete den Mund, um etwas zu sagen, doch Clawdia griff ihn erneut beim Nacken und schmetterte seinen Kopf ein weiteres Mal auf den Tisch. Diesmal so hart, dass die Tischplatte einen Riss bekam. Grünes Blut spritzte über den Tisch, der Zeitwächter schrie laut auf und begann wieder in seiner blubbernden Sprache zu jammern.

»Ich bitte um Entschuldigung«, knirschte Clawdia. »Das war nicht ich. Ich habe da eine Wüstenfrau in meinem Kopf, die ein klein wenig zu Affektdurchbrüchen neigt.« Die junge Frau beugte sich weit vor und flüsterte dem Wesen ins Ohr. »Es ist eine kleine Gottkönigin aus einem Wüstenreich unter zwei Sonnen. Ich verstehe ihre Sprache nicht so gut, aber sie kreischt in einem fort, dass ihr beide Euch kennt und sie noch eine Rechnung mit Euch offen hat. Ihr erinnert Euch vielleicht an ihren blutigen Felsenthron? Der ist echt schwer zu vergessen, wenn man ihn einmal gesehen hat. Die Gute hat einen etwas abstrakten Geschmack. Sie hat jedoch einige sehr farbenfrohe Dinge über die einzelnen Organe in Eurem Körper zu sagen und will mir unbedingt beweisen, dass Eure Spezies selbst dann noch in der Lage ist Fragen zu beantworten, wenn man die meisten davon entfernt.«

Der Zeitwächter erstarrte. Das Wesen hatte bei der Erwähnung der Gottkönigin jede Farbe verloren und war nun fast weiß.

»Ich persönlich«, fuhr Clawdia fort, »habe keine Ahnung, ob das stimmt, aber ich denke, wir sind uns einig, dass die Herrscherin ein paar unbewältigte Probleme in ihrer Vergangenheit hat. Vielleicht helfen wir ihr dabei, es nicht schlimmer zu machen, was meint Ihr?«

Clawdia riss den Zeitwächter vom Tisch hoch und warf ihn mit Schwung in seinen Stuhl zurück, welcher dabei fast hintenüberfiel. Sie sah einen Moment lang nachdenklich auf das Wesen hinab, dann setzte sie sich auf die Tischkante, schlug die Beine übereinander und zündete sich eine Zigarette an.

Der Zeitwächter fühlte vorsichtig nach der Platzwunde auf seiner Stirn, welche aufgehört hatte zu bluten, und musterte die junge Frau aus zusammengekniffenen Augen. Clawdia lächelte ihn freundlich an und blies ihm den blauen Rauch ins Gesicht, während das Wesen angewidert sein Gesicht verzog.

»Ich gestehe«, plauderte sie weiter, »ich bin nicht auf dem direkten Weg hergekommen, sondern habe einen kurzen Umweg gemacht, um die Welt der Wüstenfrau zu besuchen.« Sie lächelte entschuldigend. »Hauptsächlich, weil meine Zigaretten alle waren, aber auch aus Neugier. Kommt wohl von allein, wenn man lange genug im selben Kopf lebt.« Sie betrachtete gedankenverloren die Packung Zigaretten in ihrer Hand. »Das gewaltige Reich einer quasi allmächtigen Gottkönigin dem Erdboden gleichgemacht. Die wenigen Städte, die überlebt haben, drängen sich am Äquator zusammen, dem einzigen Ort, wo man überhaupt noch Felder bewirtschaften kann. All die langen Jahre später und sie produzieren noch immer den Lieblingstabak ihrer toten Herrscherin.« Clawdia drehte die Packung so, dass der Zeitwächter das Logo sehen konnte. Das Bild zeigte eine stilisierte Profilansicht der Wüstenfrau. »Ihr erinnert Euch vielleicht nicht an ihr schönes Gesicht. Nein? Wie auch, Ihr habt so viele Welten zerstört. Der Name der Marke ist vollkommen unaussprechlich für mich, aber der Händler hat mir erklärt, die Übersetzung lautet in etwa: *Nebel des Zorns*. Was für ein passender Name.« Sie sah den Zeitwächter freundlich an. »Um ehrlich zu sein, lasse ich sie ungerne von der Leine, weil sie ein wenig enthemmt ist, wenn es um offensive Blutmagie geht. Sehr nützlich, das muss ich ihr lassen, aber ein wenig extrem und außerdem klebt hinterher alles.« Sie schüttelte den Kopf. »Nein, ich denke wir versuchen etwas anderes. Sie zog an der Zigarette und fixierte das Wesen mit einem kühlen Blick. »Folgendes wird passieren: Ich weiß, dass ihr in diesem Universum wie die Kakerlaken unter jeder Realitätsebene hockt. Ihr werdet euch also als Erstes umgehend aus allen Welten zurückziehen, und zwar so schnell und so weit, dass ihr praktisch schon im nächsten Universum steht. Danach verhänge ich ein vollständiges Isolationsprotokoll über eure gesamte Rasse und auch über die von allen Göttern verlassene Dreckskugel, die ihr eure Heimatwelt nennt. Dort werdet ihr bleiben und vielleicht komme ich in ein bis zwei Millionen Jahren nochmal vorbei und frage, wie es so geht. Nebenbei, ich habe mir eben mal ein paar Aufnahmen eurer Heimatwelt angesehen und begriffen, dass es der Mangel an Ressourcen war, der euch initial in das Universum hinausgetrieben hat. Ich hoffe also, ihr seid kreativer geworden.« Sie bemerkte die unruhigen Augen des Zeitwächters und folgte seinem Blick zur Schaltbox auf dem Tisch. »Was möchtet Ihr denn? Soll ich Euch helfen? Ich glaube, den hier hatten wir noch nicht.« Sie drückte einen Knopf und sah sich neugierig um.

Eine riesige Tür materialisierte sich in einiger Entfernung und sprang auf. Ein Schattenjäger von der Größe eines Elefanten brüllte eine Herausforderung und sprang mit einem einzigen langen Satz auf Clawdia zu. Ohne auch nur aufzusehen, schnipste die junge Frau mit den Fingern und im Boden vor dem Schreibtisch erschien eine Falltür, welche sich genau dort öffnete, wo der Schattenjäger landete. Das lang gezogene Jaulen verklang rasch in der Tiefe. Clawdia warf kopfschüttelnd ihre Zigarette hinterher, schnipste ein weiters Mal und die Tür schloss sich mit einem Knallen und verschwand.

»Ehrlich«, erklärte sie seufzend, »diese Viecher sind so dämlich, es ist schon fast tragisch.«

Sie entzündete schweigend eine neue Zigarette, schloss kurz die Augen und zog den Rauch tief in ihre Lunge.

Der Zeitwächter nutzte den Moment, warf sich nach vorne und riss eine Schublade des Schreibtisches auf, während Clawdia ihm interessiert dabei zusah. Die suchende Hand des Wesens fand eine schlanke, goldene Pistole, welche er triumphierend auf die junge Frau richtete.

»Und nun«, intonierte er und stockte. Er hatte nicht einmal gesehen, wie sich Clawdia bewegt hatte. Ihre Hand hatte sich jedoch fest um die seine geschlossen und die beiden hielten die Waffe nun zwischen sich. Der Zeitwächter versuchte verzweifelt zu schießen, doch Clawdia hinderte ihn, indem sie ihren eigenen Finger unter den Abzug klemmte. Das Wesen zog und zerrte an der Waffe herum, doch die junge Frau hielt sie in einem eisernen Griff unverrückbar fest.

Mit völliger Gelassenheit steckte Clawdia sich die Zigarette in den Mund und gab dem Wesen eine schallende Ohrfeige, welche ihn rückwärts in den Stuhl warf, von wo es, das blutverschmierte Gesicht haltend, auf den Boden rutschte. Indes wischte die junge Frau sich abwesend die Hand an der Hose ab und begann interessiert, die Pistole hin und her zu drehen.

Der Zeitwächter krabbelte hektisch auf allen Vieren über den Boden, zog sich am Tisch hoch, um wild auf einen weiteren Knopf zu drücken, der sich verborgen unter der Tischplatte befand.

Ein weiteres Tor erschien in der gegenüberliegenden Wand und ein mechanisches Brüllen erscholl in der Dunkelheit dahinter. Es klang, als würde sich eine große Maschine krachend und scheppernd in Bewegung setzen. Schwere Schritte ließen den Boden erzittern. Die Augen immer noch auf dem Zeitwächter, schoss Clawdia, ohne hinzusehen, durch das offene Tor. Das Brüllen brach ab, es folgte ein lautes Rumpeln, wie von einem schweren, fallenden Körper, dann schloss die Tür sich wieder. Die junge Frau blickte neugierig auf die Waffe hinab, die brennende Zigarette noch immer im Mund.

»Das ist transdimensionale Munition, nicht wahr?«, fragte sie beeindruckt. »Alles, was die Splitter der Kugel berühren, wird auf die Astralebene projiziert. Wow, das nenne ich mal effektiv.« Mit einer fließenden Bewegung löste sie das Magazin aus der Waffe und warf beide Teile hinter sich, wo sie scheppernd auf den Boden fielen und über den Rand eines Abgrundes rutschten.

»Habt ihr noch mehr Spielzeug?«, fragte Clawdia trocken, »Oder ist es jetzt langsam gut?«

Der Zeitwächter rappelte sich unsicher schwankend vom Boden hoch und stützte sich schwer auf die Kante des Tisches. Er richtete sich so gut es ging auf und sah Clawdia ärgerlich an.

»Und wenn ich mich weigere?«

Clawdia stand auf, zog ihren Säbel und schnitt mit einer glatten Bewegung durch den Tisch, welcher krachend in zwei Teilen in sich zusammenfiel.

Der Zeitwächter sprang entsetzt zurück, stolperte über seine eigenen Füße und fiel wieder schwer in seinen Sessel. Als er aufsah, blickte er entlang der blau schimmernden Klinge und durch eine blaue Rauchwolke hindurch in Clawdias lächelndes Gesicht.

»Keine Sorge«, erklärte sie milde, »ich würde Euch niemals etwas antun, immerhin brauche ich jemanden, der mich herumführt. Auf dem Weg habe ich eine gewaltige Bibliothek gefunden. Ich brauche dringend ein paar Bücher, denn ich bin zuversichtlich, dass es irgendwo eine Bedienungsanleitung für die verdammten Häuser geben muss und ich habe ziemlich viel nachzuholen. Danach gehen wir gemeinsam in den Kontrollraum. Ich habe so das Gefühl, dass wir dort die

Zeitlinien zusammenfügen werden und ich könnte Unterstützung bei der Bedienung der Instrumententafeln gebrauchen. Besonders wegen Eurer seltsamen Vorliebe für große analoge Schaltflächen, die allesamt unbeschriftet sind.« Sie wies auf die graue Schaltkiste. »Zum Schluss werde ich Euch auf Eure Heimatwelt zurückbringen und mich bei Euren Herrschern herzlichst bedanken, dass Ihr mich so bereitwillig unterstützt habt.« Sie lächelte gewinnend, doch dann hielt sie inne und zögerte. »Eines noch, ehe ich es vergesse.« Sie hob den Säbel, legte dem Zeitwächter die Klinge flach auf die Schulter und kam langsam auf ihn zu. Die Klinge glitt ohne jeden Widerstand durch die Rückenlehne des Sessels. Während sich die junge Frau auf ihn zu bewegte und sich der Zeitwächter immer weiter zur Seite lehnte, schnitt das Schwert unaufhaltsam durch das Leder auf seinen Hals zu. Als Clawdia dicht vor ihm stand und ihn die Klinge fast am Hals berührte, lehnte sie sich so weit vor, dass das brennende Ende der Zigarette beinahe sein Gesicht berührte. Sie konnte ihr eigenes Spiegelbild in den Augen des Wesens sehen, dessen panisch zuckender Körper verriet, dass er sowohl versuchte von dem glühenden Ende der Zigarette als auch der glitzernden Klinge fortzukommen, allerdings ohne sich dabei zu bewegen.

Clawdia lächelte den Zeitwächter freundlich an.

»Habt Ihr vielleicht so etwas wie eine Kantine hier? Ich habe seit etwa dreihundert Jahren und fünf Zeitlinien nichts mehr gegessen.«

26 | Konvergenz

Der Kutter pflügte mit stampfendem Diesel durch eine unruhige See. Der alte Mann am Steuerrad hatte seinen dicken Mantel hochgeschlossen und die Mütze tief ins Gesicht gezogen. Er spähte mit zusammengekniffenen Augen konzentriert voraus. Der dichte Nebel erlaubte nur wenige Meter Sicht und die kühle, nasse Luft drang ihm unaufhaltsam durch alle Kleiderschichten.

Hoher Wellengang traf das Schiff frontal, hob es mühelos mehrere Meter hoch, bevor es wieder in das Tal hinabglitt und die Wassermassen über dem Deck zusammenbrachen. Für einige Sekunden schien der Kutter unter Wasser zu fahren, bevor er mit schnaufendem Motor in das nächste Wellental glitt. Ein lang gezogener Ruf wie von einer fernen, traurigen Sirene hallte über das Meer.

Der Mann drehte energisch am Ruder und einen Moment lang bockte das ganze Schiff unter ihm. Ein protestierendes Quietschen durchdrang die stählerne Hülle des Kutters, gefolgt von einem metallischen Jaulen.

»Ich weiß, ich weiß«, erklärte der Mann beruhigend und streichelte liebevoll über die Instrumententafel, »aber wir sollten dicht bei der Herde bleiben und wir sind halt doch sehr klein.«

Das Quietschen wurde lauter, es klang ungehalten.

Der Mann lachte.

»Das stimmt, du hast ja recht. Das ist keine Art, eine Dame zu behandeln.«

Plötzlich rumpelte es hinter ihm und ein großer, stählerner Kartenschrank erbebte. Die Tür sprang auf und Clawdia trat in das Ruderhaus, einen Stapel Bücher unter dem Arm. Die Tür fiel zu, die junge Frau drehte sich einmal um ihre eigene Achse und sah mit einem konsternierten Ausdruck im Gesicht umher. Sie öffnete den Schrank erneut und betrachtete das sorgfältig gestapelte Kartenmaterial.

»Gütiges Licht. So viele Karten. Ihr seid wirklich weit herumgekommen, nicht wahr?«, kommentierte sie leise. Schließlich schloss sie die Tür und seufzte.

»Guten Morgen, Captain«, begrüßte sie der alte Mann, ohne sich umzudrehen.

»Robert«, stellte Clawdia ohne jede Überraschung in der Stimme fest. Sie trat neben den Mann und legte den Stapel Bücher auf der langen Instrumentenkonsole ab, wo sich dicht an dicht Schalter, Kontrolllampen und Anzeigetafeln drängten.

»Wie«, fragte Clawdia den Mann, »habt Ihr das jetzt wieder angestellt, Robert. Ich hätte im Haus herauskommen müssen.«

Der alte Mann lächelte, ohne die Augen von der unruhigen See zu nehmen.

»Ich habe mir erlaubt«, erwiderte er, »Euren Rückweg umzuleiten, Captain. Ich dachte mir, dass dies immerhin Eure erste Zeitlinienkonvergenz ist und ich Euch deswegen vielleicht ein wenig unterstützen sollte.«

»Auf welche Weise?«, fragte Clawdia und blinzelte mehrmals, während sie sich an der Konsole festhielt.

»Nun«, erklärte der alte Mann, »zunächst einmal damit.« Ohne sich umzudrehen, deutete er mit dem Daumen über die Schulter auf ein Feldbett, welches im hinteren Teil des Ruderhauses aufgebaut war. Decke und Kissen lagen bereits darauf.

Clawdia ging langsam und schwankend zu dem Feldbett hinüber.

»Sie unterbrechen meine Arbeit«, begann sie drohend, »und entführen mich, das ewige Licht weiß wohin, nur um mir ein Bett zu zeigen? Es ist mir absolut unbegreiflich«, rief sie, während sie sich schwer auf das Bett fallen ließ, »wie Sie auf die Idee kommen, ich könnte auch nur annähernd genug Zeit haben, mich mit diesem Unsinn … für den ich absolut nichts, … für meine Zeit«, sie zögerte, »auseinanderzusetzen!« Sie starrte auf das Bett. »Unerhört«, fügte sie murmelnd hinzu, kippte langsam zur Seite und schlief, bevor sie das Kissen berührte.

Robert lächelte und passte mit einem Schwung am Steuerrad den Kurs an. Die lang gezogen Sirenenrufe klangen deutlich näher. Der Nebel wurde noch dichter und gewaltige, dunkle Schemen bewegten sich darin. Wie wandernde Gebirgsmassive zogen sie an den Fenstern des Ruderhauses vorbei.

Als der alte Mann sich das nächste Mal umdrehte, saß Clawdia auf der Bettkante und gähnte herzhaft.

»Ich muss wohl«, murmelte sie blinzelnd, »kurz eingenickt sein. Wie lange habe ich geschlafen?«

Der alte Mann sah erst auf seine Instrumente, dann auf seine Armbanduhr und schien zu rechnen.

»Etwa zwei Tage«, antwortete er.

Clawdia starrte ihn mit offenem Mund an.

»Zwei Tage!«

Der alte Mann zuckte mit den Schultern.

»So dicht an der Herde überlagern sich die Zeitschleifen. Deswegen ist die Mathematik ein wenig komplizierter und ich war noch nie gut im Lösen von Wahrscheinlichkeitsgleichungen. Ist also nur eine grobe Schätzung.« Er machte mit einer Hand eine wegwerfende Geste. »Zwei Minuten, zwei Tage. Was weiß ich. Eure Seite des Schiffes war in einer anderen Zeitschleife als meine. Glaube ich zumindest.« Er tätschelte liebevoll die Instrumente. »Bettina hat das alles im Griff. Ich stehe hier eigentlich nur zur Dekoration. Ohne sie hätte uns die Herde schon längst vernichtet.«

»Herde«, echote Clawdia tonlos.

»Zeitwale«, erklärte der alte Mann und deutete zum Fenster hinaus, wo ein weiterer dunkler Schatten am Schiff vorbeizog.

»Wir sind hier nahe an ihren Paarungsgründen. Ich habe mir erlaubt, Euch hierherzubringen, um die Anomalien im Zeitlauf zu nutzen. Mein Verdacht war, dass Ihr vielleicht mal eine Pause vertragen könntet.«

»Paarungsgründe?«, murmelte Clawdia schläfrig.

»Nicht wichtig«, erklärte der Mann, drehte sich kurz um und lächelte sie an.

Clawdia schüttelte energisch den Kopf und rieb sich die Augen.

»Ihr habt nicht zufällig«, fragte sie gähnend, »ein paar Drogen an Bord, oder?«

»Natürlich!«, rief der alte Mann, griff nach einer Thermoskanne und füllte einen Becher. »Streng geheimer Treibstoff für Zeitreisende«, verkündete er und brachte Clawdia das Getränk, während das Steuerrad von allein den Kurs korrigierte.

»Kaffee«, stöhnte Clawdia lang gezogen und griff gierig nach dem Becher. »Das Universum ist doch ein gütiger Ort!« Sie seufzte und wärmte sich dankbar die Hände an der Tasse. »Ihr habt nicht zufällig auch …«

»Aber nur zufällig«, entgegnete der alte Mann, entnahm der Seitentasche seiner Seemannsjacke eine Packung Zigaretten und warf sie ihr zu.

»Ihr seid mein Held!«, rief Clawdia und steckte die Packung ein. »Ich werde Euch fürstlich belohnen! Nehmt Euch ein Universum aus der Portokasse, viel Spaß. Hauptsache ich muss es nicht retten.«

»Vielen Dank«, lachte Robert und trat an das Ruder zurück. »Mir reicht dieses schon.«

Clawdia betrachtete den Mann kritisch über den dampfenden Kaffee hinweg.

»Wohin hat Ana Euch gebracht, dass Ihr so schnell geheilt seid?«

»Anderer Robert«, entgegnete der Mann und warf ihr über die Schulter ein kurzes Lächeln zu.

Clawdia ließ den Kopf hängen.

»Natürlich«, murmelte sie. »Entschuldigung, es war ein geradezu verblüffend langer Tag.«

»Kein Problem«, erklärte Robert und winkte ab. »Es ist ja tatsächlich ein wenig verwirrend.«

»Was muss da erst Ana denken«, murmelte Clawdia. »Ich stelle es mir ein wenig anstrengend vor, in einer Beziehung zu sein, in welcher mein Partner in zahllosen Variationen über alle Existenzebenen verteilt ist.«

»Das betrifft ja«, warf der alte Mann ein, »fast jedes lebende Wesen außer den Ankern, nicht wahr. Davon abgesehen ist Ana nicht leicht aus der Fassung zu bringen, und sie sagt, es habe auch entschiedene Vorteile.«

»Welche?«, fragte Clawdia neugierig.

Er zuckte mit den Schultern.

»Wir werden nie müde.«

Die junge Frau erstarrte und sperrte den Mund auf. Nachdem sie eine Weile so in ihren Kaffee gestarrt hatte, schluckte sie und murmelte kaum hörbar. »Verdammt, die Frau ist clever.«

Sie trank verlegen einen weiteren Schluck und schloss genüsslich die Augen dabei, als ihr Magen plötzlich einen gewaltigen Satz nach unten machte. Sie schrie überrascht auf, hielt sich am Feldbett fest und hätte dabei fast den Kaffeebecher über ihre Uniform entleert.

»Was zur Hölle?«, rief sie.

Robert, der weiterhin regungslos am Steuer stand, warf einen Blick auf seine Instrumente.

»Der Meeresboden«, erklärte er, »hat gerade einen Sprung von zehn Metern nach unten gemacht. Die Konvergenz hat begonnen.«

Er sah über die Schulter in Clawdias erschrockenes Gesicht.

»Ihr habt doch gerade erst die Zeitwächter gezwungen, die beiden Zeitlinien zu vereinen, nicht wahr?«

Die junge Frau nickte stumm.

Robert gestikulierte nach Worten ringend mit den Händen.

»Die physischen Welten der beiden Zeitlinien sind nicht exakt in Harmonie und müssen erst einmal einen gemeinsamen Rhythmus finden.« Er drehte sich um, sah die Verwirrung in ihrem Blick und legte den Kopf schief. »Stellen Sie sich zwei Tänzer vor, die erst noch zueinander finden müssen und am Anfang noch darum rangeln, wer jetzt eigentlich führt. Es dauert nicht lange, kann aber ein wenig, nun, … holprig werden. An Land ist es deswegen zurzeit ein wenig, hm, ungemütlich. Sobald sich die Zeitlinien gefunden haben, ändern sich die Wahrscheinlichkeitskurven wieder und passen sich an die neuen Ergebnisse der Gleichungen an. Die Realität heilt sich dann gewissermaßen von allein. Solange allerdings die Phasen noch wechseln, kann man schonmal wahlweise neben, in oder unter einem Haus stehen. Deswegen dachte ich, dass wir das Ganze besser auf See abwarten. Und nirgendwo auf dem Wasser ist man sicherer als dicht an einer Herde von Zeitwalen.« Ein lauter, dröhnender Sirenenruf hallte über das Meer und etwas Gewaltiges warf einen dunklen Schatten über das ganze Schiff. Robert plauderte jedoch aufgeräumt weiter. »Diese Wesen schwimmen vollkommen unbekümmert durch alle Konvergenzen.« Er lächelte. »Es ist natürlich eine Rasse, welche ausschließlich aus Ankern besteht. Macht auch nur Sinn, wenn man bedenkt, dass sich ihre Jagdgründe über das gesamte Universum erstrecken.«

Clawdia hatte die Stirn gerunzelt.

»*Holprig?*«, fragte sie, immer noch weiß im Gesicht und mit einer Hand am Feldbett festgekrallt.

»Der plötzliche Abfall des Meeresbodens«, erklärte Robert gelassen, »wird einen Tsunami auslösen, der weltweit alle Küstenstädte vernichtet.«

Die junge Frau ließ den Becher sinken.

»*Das* läuft bei Euch unter *holprig?* Millionen Menschen werden sterben!«

Der Mann wedelte mit der Hand.

»Nicht wirklich. Mit Beginn der Konvergenz haben die beiden Zeitlinien nur noch eine quasireale Wahrscheinlichkeit zu existieren.« Er sah wieder in ihr verwirrtes Gesicht. »Ist auch egal. Ihr werdet sehen. Ah! – Da! – Es geht schon los.«

Neben ihm erschien eine durchscheinende, geisterhaft wabernde Gestalt in einem braunen Mantel und abgewetztem Hut. Gleichzeitig verlor Robert selbst an Stofflichkeit und wurde durchsichtig.

Clawdia erkannte Bobby, den Landstreicher, welchen sie auf dem Pier kennengelernt hatte. Es schien hundert Jahre her zu sein.

So wie die Zeit hier läuft, ist das sogar möglich.

Der Neuankömmling winkte Robert fröhlich zu, drehte sich halb zu Clawdia um, salutierte unbeholfen und wandte sich den Instrumenten zu.

Clawdia salutierte zaghaft zurück.

Robert lächelte sie entschuldigend an.

»Verzeihen Sie bitte die verwirrenden Umstände, Captain, aber wir sind leider keine Anker. Bei uns ist eine Zeitlinienkonvergenz ein wenig umständlicher.«

»Kein Problem«, erwiderte Clawdia, während ihr Blick zwischen den beiden ungleichen Männern hin und her glitt. »Ich stelle mir das jedoch ein wenig, hm, *verstörend* vor.«

»Ach«, entgegnete Robert aufgeräumt und winkte ab, »das ist kein Problem. In den ersten drei Universen ist es noch existenziell traumatisch, danach ist es einfach nur noch Teil des Jobs.«

»Aber wie kann man aus zwei unterschiedlichen Personen eine machen?«

»Das«, erklärte Robert, »ist nicht das, was wirklich passiert. Was wir hier sehen, ist mehr eine Art nützliche Lüge des Universums, die unser Bewusstsein nach außen projiziert, um zu verhindern, dass wir den Verstand verlieren.«

Clawdias Blick hing an Landstreicher Bobby, der begonnen hatte, auf der Stelle zu tanzen und die Arme dabei über dem Kopf schwenkte.

Robert folgte ihrem konsternierten Blick und lächelte.

»Wenn man darstellen will, was tatsächlich geschieht, muss man Gleichungen benutzen. Mein Meister hat es mir immer wieder zu erklären versucht, aber ich muss gestehen, dass mir die Mathematik dahinter zu kompliziert ist.«

Landstreicher Bobby begann sich hüpfend im Kreis zu drehen.

»Allem Anschein nach«, fuhr Robert fort, »wird das komplette Universum unendlich oft vollständig zerstört und neu geschaffen, in einem Zeitraum, der kürzer ist als physikalisch messbar. Oder sowas in der Art. Es ist ein wenig schwindelerregend und ich habe die Erfahrung gemacht, dass man tatsächlich fast nichts merkt.«

Landstreicher Bobby sprang noch einmal hoch und landete, die Arme nach oben ausgestreckt, in einer Siegerpose.

In diesem Moment flackerte die Welt vor Clawdias Augen, zog sich auseinander, als würde sie zwischen zwei Spiegeln stehen, und schnappte wie an einem Gummiband hängend wieder zurück.

Sie wäre fast vom Feldbett gefallen.

»Wie gesagt«, warf Robert entschuldigend ein. »Man merkt fast nichts.«

»Und *das* passiert Euch häufiger?«, fragte Clawdia, die das Gefühl hatte, jemand hätte ihren Geist durch das eine Ohr herausgezogen und durch das andere zurück in ihren Kopf gestopft.

»Sie wären verblüfft, Captain.« Er sah in ihr entsetztes Gesicht und ein Ausdruck von Milde legte sich über seine Züge. Es ist alles gut, Captain. Sehen Sie, es hat sich doch schließlich gelohnt.« Er lächelte sie an. »Ich komme nämlich nicht umhin, die völlige Abwesenheit der Zeitwächter auf meinen Instrumenten zu bemerkten.«

Landstreicher Bobby hob triumphierend einen Daumen und tanzte ein wenig auf der Stelle.

»Ihr wisst nicht zufällig etwas darüber«, fragte Robert höflich. »Bettina ist ganz außer sich vor Glück.«

»Es sind keine Zeitwächter mehr«, erklärte Clawdia zwischen zwei Schlucken Kaffee. »Sie waren es nie. Nur eine überambitionierte Rasse, welche eine unbewachte Steuerzentrale der Häuser vorfand und beschloss, das Universum zu säubern und besser zu organisieren.«

»Indem sie alle lebenden Wesen töten oder versklaven?«

»So«, entgegnete Clawdia müde, »endet es doch immer, nicht wahr? Wir sind übereingekommen, dass sie sich eine kleine Auszeit nehmen.«

»Ihr habt sie aus dem Universum geworfen.«

Clawdia zuckte mit den Schultern.

»Sie sind an einem sicheren Ort und denken darüber nach, was sie falsch gemacht haben.«

Sie schwiegen einen Moment.

»Warum seid Ihr wirklich hier, Robert«, fragte Clawdia irgendwann leise. »Doch nicht nur um mir Kaffee zu kochen, auch wenn das allein schon reicht, um Euch zum Admiral zu befördern.«

»Die Konvergenz ist im vollen Gange, Captain.«

»Das ist nicht zu übersehen, Robert. Immerhin habe ich sie eingeleitet. Und ja, die Konvergenz ist *holprig*. Aber ist *das* wirklich Euer Grund?«

»Das Universum dankt Euch«, begann Robert vorsichtig. »Ihr könnt zufrieden mit Euch sein, Captain. Ihr habt Eure Aufgabe und Pflicht mehr als nur erfüllt. Die Zeitlinien laufen zusammen und werden schnell an Kraft gewinnen. Schon bald können sie den Stamm eines völlig neuen Wahrscheinlichkeitsbaumes bilden. Ihr habt die Zeitwächter aufgespürt und ihrem wahnsinnigen Treiben ein Ende gesetzt. Niemand hat sich einen Urlaub mehr verdient als Ihr.«

Clawdia sah regungslos in ihren Becher hinab.

»Ihr tut gerade so, als wäre dies alles mein alleiniger Verdienst.« Sie tippte sich mit einem Zeigefinger gegen die Schläfe. »In meinem Kopf geben sich so viele fremde Erinnerungen die Klinke in die Hand, dass ich meinen Geist genauso gut mit einer Drehtür ausstatten könnte.« Während sie sprach, hatte sie die Zigaretten hervorgeholt, bekam jedoch mit einer Hand die Packung nicht auf und warf sie frustriert auf das Bett. Der alte Seemann trat neben sie, entnahm der Packung mit ruhigem Griff seiner halbdurchsichtigen Hände eine Zigarette, reichte sie der jungen Frau und gab ihr Feuer. Landstreicher-Bobby tanzte derweil an das Ruder und begann wild das Steuer hin und her zu drehen. Robert sah ihm einen Moment dabei zu, dann setzte er sich neben Clawdia und sah sie von der Seite an.

»Das ist der Grund, Captain. Ich dachte, wir sollten vielleicht noch einmal miteinander reden.«

Clawdia beobachtete, wie Landstreicher-Bobby auf das Steuerrad kletterte und versuchte mit den Füßen zu lenken, doch das Rad drehte sich und warf ihn zu Boden.

Robert lachte leise. »Keine Sorge, Bettina und er sind uralte Freunde.« Er sah die junge Frau ernst an. »Niemand«, begann er bestimmt, »kann einen Geist mit fremden Erinnerungen überschreiben. So funktioniert das nicht. Der menschliche Geist ist das mächtigste Werkzeug des Universums. Er erschafft Welten, kreiert ganze Existenzebenen und trennt fortwährend neue Zeitlinien ab, und das ohne jede Mühe. Ihr glaubt doch nicht *im Ernst*, dass man mit einem dummen Schmuckstück so ohne Weiteres den Geist eines anderen Menschen übernehmen kann. Es funktioniert nicht. Glaubt mir, wenn es einen Weg gäbe, hättet *Ihr* ihn damals in der Wüste sicher längst gefunden.«

Clawdia verschwand in einer Wolke aus blauem Rauch und zögerte lange, bevor sie leise erwiderte: »Aber *ich* bin nicht die Wüstenfrau!«

Robert drehte sich zu ihr um und sah sie nachsichtig an.

»Habt Ihr es noch immer nicht verstanden?«

Sie sah ihn verwirrt und ängstlich an.

»Ich?« Sie schluckte schwer. »Das soll ich gewesen sein? Ich habe im Alleingang versucht, mit dem Amulett die ewige Nacht aufzuhalten?«

»Natürlich Ihr«, entgegnete Robert. »Ich muss es wissen. Ich habe jahrelang versucht Euch davon abzuhalten, doch Ihr wart besessen davon, Euer Volk zu retten, koste es was es wolle.«

Clawdia starrte ihn an, die Zigarette im Mundwinkel.

»Um ehrlich zu sein«, erklärte Robert leise, »ich persönlich hätte Euch lange aufgegeben, doch der Meister hat von Anfang an Potenzial in Euch gesehen.« Er betrachtete sie nachdenklich. »Er hat wie immer recht behalten. Ihr habt einen sehr langen Weg hinter Euch und Ihr habt viel gelernt.«

»Ich …«, flüsterte Clawdia.

Der Seemann nickte.

»Ja, Ihr. Das Amulett hat keine Macht. Es ist nur der Schlüssel, um den Weg zu anderen Leben aufzuschließen. Es ermöglicht nur, die Kluft zwischen den eigenen Existenzen zu überwinden und erlaubt Euch, Energie entlang der Wahrscheinlichkeitskurve Eurer eigenen Reinkarnationen frei zu verschieben. Das ist *extrem* gefährlich, besonders wenn man auf die Idee kommt, Kredite bei Leben aufzunehmen, die noch nicht in Existenz gefunden haben, und dann auch noch nicht einmal daran denkt, die geliehene Energie wieder zurückzuzahlen.« Er schüttelte den Kopf, seufzte tief und sah die junge Frau traurig von der Seite an. »Da habt Ihr Eure Antwort auf die Frage, warum Ihr so viel leiden musstet. Ihr wart so dickköpfig.«

Clawdia sah in ihren Becher, schluckte und flüsterte: «Woher wisst Ihr das alles?«

»Ich war dabei, als der Meister das Amulett gebaut hat.«

»Er hat es … gebaut?«

»Ja, er nannte es eine interessante Anwendung eines temporal variablen Prinzips im strenger definierten Wahrscheinlichkeitsraum.« Robert verzog das Gesicht. »Damals habe ich ehrlich gesagt nicht verstanden, was er vorhatte. Aber bei meinem Meister ist das auch nicht immer möglich.« Er sah Clawdia wieder von der Seite an. »Danach entsandte mich der Meister, um Euch zu beraten, doch ehrlich gesagt hätte ich genauso gut mit Eurer Felsenstatue diskutieren können. Ihr habt damals nicht mit Euch reden lassen, aber Ihr wart eine überaus begabte Magierin.«

»Sie war«, zischte Clawdia, »eine verdammte Schwarzmagierin der schlimmsten Sorte. Spezialisiert auf Blutmagie!«

Der alte Mann machte eine wegwerfende Handbewegung.

»Schwarz, weiß, … wie auch immer. Wer in meinem Job arbeitet, realisiert schnell, dass man verblüffend wenig Schwarz und Weiß findet, aber dafür eine Menge schmutziges Grau.«

»Sie war ein Monster«, flüsterte Clawdia.

»Sie hat ihr Volk gerettet.«

»Sie war zutiefst böse.«

»Sie hatte noch nicht die Weisheit gefunden, ihren eigenen Schmerz zu konfrontieren. Ihr wisst das auch sehr wohl. Ich erzähle Euch nichts Neues. Es muss vollständig dunkel werden, bevor die Sonne aufgehen kann.« Er lächelte sie freundlich an.

»Ja«, entgegnete Clawdia trocken, zog an ihrer Zigarette und starrte wieder in den Kaffee. »Man muss mich nur ein paarmal abschlachten und schon beginne ich zu lernen.«

Die beiden schwiegen und betrachteten Landstreicher-Bobby, wie er sich zusammengekauert mit Händen und Füßen an das Ruder klammerte und von Bettina immerfort im Kreis gedreht wurde.

»Wo ist Euer Meister jetzt?«, fragte Clawdia irgendwann.

»Er ist in der obersten Geschäftsstelle.«

»Ich dachte, die ist gesperrt, weil sie von Parasiten überrannt wurde.«

»Das ist korrekt.«

»Euer Meister ist mit einer Herde Monster zusammen hermetisch eingesperrt. Sorgt Euch das nicht?«

Robert seufzte.

»Ich bin zu lange im Außendienst, um noch Mitleid zu haben. Man muss in meinem Job lernen, die Dinge zu akzeptieren. Diesen Monstern kann niemand mehr helfen.«

Clawdia schüttelte den Kopf und lachte. Dann stand sie auf und drückte dem Mann den Becher in die Hand.

»Danke Robert.«

»Oh, nennt mich doch Bobby«, forderte Robert fröhlich.

Landstreicher-Bobby fiel rückwärts vom Ruder, purzelte über den Boden, hob einen Daumen und grinste.

»Eines noch, Captain.«

Robert zog einen goldenen Schlüssel aus der Tasche und reichte ihn ihr.

»Den hier werdet Ihr brauchen.«

Clawdia sah den goldenen Schlüssel einen Moment lang an, dann steckte sie ihn ein. Sie trat an die Instrumenten-Konsole und nahm ihre Bücher auf. Der Seemann stand bereits am Schrank und öffnete ihr die Tür mit einer Verbeugung.

»Bis später, meine Herren«, erklärte Clawdia und schritt hindurch.

27 | Rückzug

Der Nachtfalter ließ sich sanft auf dem kleinen Kopf der Katze nieder und verharrte genau zwischen ihren Ohren. Josefine hatte sich auf Niklas' Sofa ausgestreckt und schlief tief. Die Flügel des Falters bewegten sich langsam und ein aufmerksamer Beobachter hätte sehen können, wie ein schimmerndes Glühen in sanften Wellen erst über die Flügel und dann über den kleinen, weich bepelzten Körper lief. Dabei bewegte der Falter seine Flügelflächen langsam auf und ab, als suchte er nach der besten Position. Ein noch aufmerksamerer Beobachter, der zudem noch näher an die Katze herantrat, hätte bemerken können, dass ein fernes Wispern und Zirpen erklang, als die hochfrequenten Schwingungen der Flügel begannen, Töne zu übertragen.

Die Ohren der Katze zuckten und ein Auge öffnete sich träge zur Hälfte.

»Warum eigentlich immer, wenn ich schlafe«, fragte sie müde. Ihr Hörsinn war noch bedeutend feiner als der einer normalen Katze, deswegen hatte sie keinerlei Schwierigkeiten, die Worte zu verstehen, welche ihr nun von einem fernen, ätherischen Wispern zugetragen wurden.

»Test, Test«, blökte die Stimme in ihrem Kopf. »Test. Moment, ich kompensiere für die verdammten Interferenzen. Sanchez, du nutzloser Halbaffe hast wieder meine Filter verstellt. Ich schwöre, ich setze euch alle nochmal im Wald aus! Josi, hörst du mich?«

»Das kommt drauf an«, murmelte die Katze. »Planst du weiter so rumzuschreien?«

»Nur ein bisschen«, erwiderte die Stimme. »Dein verdammter Lagebericht ist längst überfällig.«

»Entschuldigung«, erwiderte Josefine, gähnte ausgiebig und streckte ihre Vorderbeine. »Ich bin bemüht, das Universum zu retten, ich habe jedoch nur vier Pfoten.«

»Ausreden«, polterte die Stimme. »Sei froh, dass es keine offizielle Dokumentation dieser Geheimoperation gibt, sonst hätte ich dich schon lange ausgetauscht.«

»Zu gütig. Hast du deswegen Kontakt hergestellt? Ist das nicht gegen das Operationsprotokoll?«

»Nein, denn dies ist ein sofortiger Evakuierungsbefehl!«

Die Katze riss die Augen auf.

»Was, jetzt?«

»Jetzt! Außerdem hat ihre Magnifizenz dich bestellt.«

»Mich?«, fragte die Katze schwach.

»Explizit. Du sollst dich beeilen.«

Die Katze setzte sich auf und schwieg. Nur ihr Schwanz peitschte unruhig hin und her.

»Bin auf dem Weg«, erwiderte sie schließlich und wischte sich mit einer energischen Bewegung den Falter vom Kopf, welcher empört davonflatterte.

Mit langen Sätzen sprang Josefine zum nächsten Treppenhaus und folgte den Stufen, welche sich in einer engen Spirale immer tiefer hinabschraubten. Es wurde dämmrig und allein ihre gute Nachtsicht erlaubte ihr eine Orientierung. Zum Ende hin wurde es jedoch so dunkel, dass ihr System automatisch auf Echo-Ortung umstellte und die Welt um sie herum in eine Schemazeichnung fein gestrichelter Reflexionsmuster verwandelte. Sie rannte endlose, steil abfallende Korridore entlang, bis sie schließlich an eine einzelne Tür kam, die nur angelehnt war. Die Katze zwängte sich durch den engen Spalt und fand sich auf einem alten Dachboden wieder. Es gab keine Fenster, aber zwischen den Dachpfannen drang gerade genug Licht herein, sodass Josefine vage Umrisse ausmachen konnte. Dicke Staubschichten und weiße Leinentücher verbargen die Formen vergessener Möbelstücke.

Mit lautlosen Sprüngen erklomm die Katze eine Wand aus gestapelten Kisten. Sie mochte diesen Ort, der nach Staub und Erinnerungen roch. Das ganze Holz, die schweren Dachbalken und die zahllosen Verstecke wirkten beruhigend auf sie.

Sie durchquerte den Speicher und sprang dabei zwischen den Möbeln und den Kisten umher, um die Staubschicht am Boden nicht zu zerstören. Die Oberseite der Kisten war vollkommen sauber. Selbst einem aufmerksamen Beobachter wäre dies vermutlich entgangen. Josefine zwängte sich durch schmale Spalte zwischen dicht gestellten Schränken und schlüpfte durch eine enge Lücke zwischen den großen Kisten, welche in mehreren Reihen gestapelt tief unter und weit hinten am Rande der Dachschrägen standen. Schließlich trat sie in einen hell erleuchteten Fleck, welcher auf allen Seiten von Kisten verborgen wurde. Ein versteckter Ort, sorgfältig vor Blicken geschützt, denn hier fehlte ein einzelner Ziegel im Dach. Helles Licht fiel in die Öffnung, welche gerade mal Platz genug bot, um einer kleinen Katze die Flucht zu ermöglichen.

Von außen betrachtet erstreckte sich das Dach so weit in den Himmel hinauf, dass sich die Details irgendwann im bleichen Licht auflösten und zu einer einzigen großen rot-braunen Ebene zusammenflossen. Wenn man von einem Himmel sprechen konnte. Das gleichförmige graue Licht hatte keinen direkten Ursprung. Es schien von überall zu kommen.

Der untere Rand des Daches endete nur wenige Meter vor ihr. Dort befand sich eine breite metallene Regenrinne, die noch nie Wasser gesehen hatte und wohl auch niemals sehen würde. Doch ihr Vorhandensein hatte sich als Glücksfall erwiesen, denn dort, auf dem metallenen Vorsprung, lag das Ende eines Balkens auf. Sein Ursprung war von hier aus ebenfalls nicht zu sehen. Auch er kam aus dem Nichts. Es konnten hundert Meter sein oder mehrere Kilometer, es ließ sich nicht ermessen. Der Balken glänzte weiß und maß nur etwa eine Handbreit im Quadrat. Gerade groß genug, um einer Katze sichere Passage zu bieten.

Im Nachhinein konnte es eigentlich nicht möglich sein, dass das Haus von ihrem respektlosen Einbruch nichts gemerkt haben sollte. Bobby hatte so etwas einmal angedeutet. Wenn das Haus etwas wusste, dann hatte es sich jedenfalls nie etwas anmerken lassen.

Es muss doch etwas bemerkt haben, nicht wahr? Immerhin lebte auf einmal eine Katze im Haus.

Josefine sprang mit einem Satz vom Dach und landete elegant auf dem Balken.

Sie war sogar ein wenig stolz auf die Idee mit der Brücke.

Niemand außer einer Katze kann diesen Weg nehmen. Ein einfacher, jedoch höchst effizienter Weg, neugierige Besucher fernzuhalten. Die geradezu arrogante Weise, ein anderes Universum zu infiltrieren, verbirgt sich elegant hinter der scheinbar willkürlichen Unsinnigkeit der praktischen Konstruktion.

Josefine hatte gerade den ersten Schritt getan, als das Haus erzitterte. Mehrere Dimensionen einschließlich oben, unten und gestern begannen eine heftige Debatte darüber, wer von ihnen wohin gehörte. Instinktiv krallte sich Josefine am Balken fest und wartete mit geschlossenen Augen, bis sich der Schwindel in ihrem Kopf gelegt hatte. Fern in ihren Erinnerungen hörte sie die näselnde Stimme ihres Ausbilders:

»Diese halbfertig geformten Zwischenebenen ohne jedes lebende Bewusstsein sind nur Schatten, die von größeren stark belebten Ebenen geworfen werden. Hier existiert kein Wesen, kein Geist, kein Bewusstsein. Deswegen gibt es auch keine Dimensionen oder einen vernünftigen Zeitlauf. Es irritiert manchmal überfallartig den Gleichgewichtssinn, wenn das eigene Unterbewusstsein realisiert, dass es hier überhaupt nicht existieren dürfte.«

Es dauerte eine Weile, bis Josefine sich wieder blinzelnd und leicht zitternd aufrichtete.

Das war seltsam, dachte sie, hob ein Bein, um sich zu putzen und sah, dass es transparent wurde. Sie konnte den Balken bereits schemenhaft durch ihre Pfote hindurch erkennen.

Zeitlinienkonvergenz! Und ich bin in keiner davon real!

Josefine sprang los und rannte, ohne zu zögern, über den schmalen Steg. Während sie lief, warf sie einen kurzen Blick zurück und das Haus unter dem Rand des Daches zeigte sich als eine einheitliche Ziegelmauer, welche sich ebenfalls im Nichts verlor.

Als sie diese halbfertige Zwischenebene das erste Mal betrat, hatte sie der Anblick dieser sinnfreien Endlosigkeiten entnervt, aber seitdem hatte sie mehr als nur eine Schattenebene, mehr als nur eine Baustelle des menschlichen Unterbewusstseins bereist und achtete kaum noch auf die geometrische Ausgelassenheit, die sich dem Auge an diesen seltsamen Orten präsentierte.

Das nächste Beben erschütterte den Balken und hätte Josefine fast ins Nichts geworfen. Sie sah erneut nach hinten. Das Haus war verschwunden und eine Welle transparenter Unstofflichkeit löste kontinuierlich den Balken auf und raste wie ein Tsunami auf sie zu.

Josefine sprang wild um sich schauend in langen Sätzen davon.

Bodenloses Nichts in allen Richtungen, zitierte sie aus dem Einsatzbriefing. *Dimensionen werden durch Bewusstsein definiert. Ohne lebende Wesen, deren Geister die Realität verankern, machen Worte wie oben und unten oder auch jede Idee von Zeitfluss keinerlei Sinn. Die Brücke zum Beispiel ist selbstverständlich endlos.*

Dennoch konnte Josefine das Ende bereits erkennen. Sie vermutete, dass die große Zahl der wartenden Bewusstseine auf der anderen Seite dafür verantwortlich waren.

Wäre die Zahl der Meinen größer, der Weg zum Dach wäre wahrscheinlich nur ein, nun … ein Katzensprung.

Sie lächelte.

Die Brücke endete an einer altersschwachen, rostigen Metallkiste, die an vier bunten Luftballons im Nichts hing.

Metaphorische Projektion aus dem Unterbewusstsein. Wenn meine Vorgesetzten jemals dahinterkommen, was ich von unserem Zuhause halte, ist die Hölle los.

Eine winzige Luftschleuse, kaum größer als ihr Kopf, bildete das Ende des Weges. Es gab weder Schloss noch Klinke.

Neben der Tür war eine kleine Glaslinse in die Wand eingelassen. Josefine trat davor und spähte mit einem Auge hinein. Dünne rote Lichtstrahlen tanzten einen Moment lang über ihr grünes Auge, bevor sich die Schleuse lautlos aufschob.

Auf der anderen Seite hielt Josefine inne und starrte regungslos ihre Pfote an. Erst als diese langsam wieder Stofflichkeit gewann, atmete sie erleichtert auf.

Sie stand in einer Art Ankunftshalle, welche schon seit langer Zeit außer Betrieb sein musste. Unzählige Schleusen, in allen Formen und Größen, erstreckten sich in beide Richtungen. Die hohe gewölbte Glasdecke zeigte einen Sternenhimmel, der nur wenig Licht in die weitläufige Halle fallen ließ. Große, dunkle Anzeigetafeln standen dort verteilt. Mehrere große Zugangstore präsentierten sich fest verschlossen.

Nach einigem Suchen fand Josefine versteckt in einer Ecke eine Art offenen Wartungstunnel. Geräusche drangen daraus hervor. Die Katze lauschte einen Moment und musste lachen.

Sie folgte dem Gang und nach nur einigen wenigen Biegungen erspähte sie auch schon einen wüst fluchenden Affen.

»Hallo, Lady Krusmynta«, sprach sie den Schimpansen im blauen Mechanikeranzug an, der mit verschränkten Armen vor einer Gruppe Waschbären stand. Die Gruppe hell aufgeregter Arbeiter hatte die Abdeckung der Wand entfernt und sich an den Rohren dahinter zu schaffen gemacht, während sie laut und wild gestikulierend in einer schnatternden Sprache stritten.

»Ah, Prinzessin«, entgegnete die Vorarbeiterin abwesend.

»Eure Ladyschaft«, erwiderte die Katze.

Einer der Waschbären hantierte mit einem riesigen Schraubenschlüssel in der Wand herum, rutschte jedoch ab und ließ das Werkzeug auf den Kopf des Kollegen fallen, auf dessen Schultern er stand. Dieser fiel um, riss den Ersten mit sich und beide gingen zusammen mit einem Austauschrohr krachend, scheppernd und streitend zu Boden.

Der Affe begann wieder zu fluchen.

»Ihr verdammten Nullnummern! Die Scheißdinger wachsen nicht auf Bäumen!«

Josefine beobachtete das Geschehen schmunzelnd.

»Ich sehe, alles ist wie immer?«

»Ach, murrte die Schimpansin. »Das verdammte Schiff fällt auseinander.«

»Das tut es schon seit Jahrhunderten.«

Einer der Waschbären stolperte über den Schraubenschlüssel und fiel rückwärts gegen einen Kollegen, welcher gerade versuchte, eine Leiter aufzustellen. Dieser drehte sich empört um und warf mit der Leiter zwei weitere Waschbären um, die gerade das Rohr aufgehoben hatten.

Die Schimpansin legte eine Hand über die Augen.

»Ich habe einen Kumpel in den Zuchtbatterien und der Graf schwört, dass der Gencode dieser Schnarchnasen nicht korrupt ist, aber ich könnte schwören, dass die Bande mit jeder Generation dämlicher wird.«

Sie lehnte sich vertraulich zu der Katze hinunter.

»Du solltest dich vielleicht beeilen, Mädchen, der alte Vogel da draußen kocht schon auf kleiner Flamme.«

Josefine lachte.

»Auch das tut sie schon seit Jahrhunderten. Wenn sie will, dass ich schneller komme, dann könnte sie ja die verdammten Türen auflassen.«

Sie folgte dem Gang, kletterte zurück in die große Halle und schritt durch zwei Drucklufttüren, welche sich automatisch öffneten und schlossen. Schließlich erreichte sie die leere Eingangshalle des Terminals. Blinkende rote Lichter an der Decke signalisierten den Alarmzustand.

Eine Störchin stand in der Mitte der Halle auf einem Bein und hielt mit dem anderen Fuß ein altmodisches Klemmbrett. Auf ihrem langen Schnabel klemmte ein großer Hornkneifer, durch den ihre Augen riesig wirkten.

»Ah, die junge Prinzessin kehrt ins Schloss zurück«, begrüßte sie Josefine mit der kultivierten Stimme des Adels sowie einem deutlich tadelnden Unterton.

»Euer Gnaden«, begann Josefine und verbeugte sich tief.

»Sofortiger Rückzug aller Einsatzkräfte«, intonierte die Störchin, »welchen Teil davon verstehen wir nicht? Ich könnte schon seit Stunden wieder in meinem warmen Nest sein, anstatt hier auf die letzte Nachzüglerin zu warten. Nicht dass ich überrascht wäre.« Sie senkte den Kopf und sah Josefine über die Gläser hinweg an.

»Welche Ausrede haben wir denn heute?«

»Mein Einsatzgebiet, Tante Juniper«, entgegnete die Katze trocken, »ist sechs mal zehn hoch fünf Zeitlinien entfernt, und wie ich nicht müde werde zu betonen: *Ich habe nur vier Pfoten!*«

»Der Hochadel«, urteilte die Störchin, »ist wie immer nie um ein Ausrede verlegen.« Aber sie zwinkerte dabei. »Jetzt, wo Ihr uns mit der Ehre eurer Anwesenheit beglückt, können wir das Terminal ja endlich schließen.«

»Dann kann ich ja wohl jetzt bitte auch in mein Quartier gehen und mich …«

»Nein, könnt Ihr nicht, Prinzessin«, unterbrach sie der große Vogel. »Ihr werdet im Thronsaal erwartet.«

»Ich weiß, ich weiß«, seufzte die Katze. »Jetzt sofort.«

»Nein«, entgegnete die Störchin. »Vor mehreren Stunden!«

Josefine stöhnte.

»Kann ich wenigstens kurz im Kommunikationszentrum vorbeischauen, um meinem Einsatzleiter …«

»Nein«, schnitt der Vogel ihr das Wort ab. Ihr Schnabel klappte mit einem Knall zu. Sie war wirklich sauer.

»Die heilige Magnifizenz hat bereits nach Euch gefragt. Mit Namen!«

»Gütiges Licht«, hauchte Josefine und rannte los.

Sie sprang in langen Sätzen durch die Halle und fand schließlich einen funktionierenden Aufzug.

Die Kabine setzte sich in Bewegung und Josefine verließ den alten Terminalbereich und somit auch das Schiff. Die Katze blickte erwartungsvoll nach oben, riss die Augen auf, setzte sich und wurde ganz still, denn der Himmel über ihr hing voller Wunder.

Der Aufzug schoss wie ein Pfeil an den Habitaten vorbei, welche alle noch im Bau gewesen waren, als Josefine das letzte Mal Gelegenheit bekommen hatte, hier vorbeizuschauen. Gewaltige Sphären aus Diamantglas hingen wie eingefrorene Seifenblasen an der weitestgehend zerstörten Außenhülle. Sie hatten das alte Schiff mittlerweile vollständig umhüllt.

Gut so, dachte Josefine. *Widerlicher, waffenstarrender Albtraum, der nicht einmal mehr einen Antrieb besitzt. Wozu auch. Doofer Schrotthaufen.*

Sie wusste, dass ihr Zuhause auf Drohnenaufnahmen aussah wie eine Rebe voller funkelnder Weintrauben, die hell strahlend im All hingen. Eine Gruppe gewaltiger Kristallkugeln, welche in der Dunkelheit des Alls von besseren Zeiten träumten. Die Habitate waren das Schönste, was Josefine jemals gesehen hatte.

Urwälder, Steppen und Schneewüsten. Kugeln voll traumhafter Blicke in eine Welt, die es für seine Bewohner nie gegeben hatte. Selbst Ozeane und, ihr Blick richtete sich nach oben, *tatsächlich!*

Fern an der Spitze konnte sie die neue Voliere erkennen. Seit sich Flügel als Rangzeichen für Offiziere durchgesetzt hatten, hatte das Habitat-Komitee Werbung dafür gemacht. Dort gab es angeblich nicht einmal Gravitation. Josefines Flügel zuckten.

Vielleicht brauche ich doch mal Urlaub.

Es dauerte noch mehrere Minuten, bevor sich die Tür des Aufzugs in den langen Gang öffnete, welcher zum Thronsaal führte. Zwei schweigende Gorillamännchen, groß wie Kleiderschränke, machten den Weg für sie frei. Die großen Doppelflügel schwangen lautlos beiseite und Josefine trat in den völlig dunklen Thronsaal. Vor ihr blinkte ein leuchtender Kreis am Boden. Sie setzte sich in dessen Mitte und atmete tief durch.

»Prinzessin Josefine zur Audienz.«

28 | Josefine

Das laute Summen schwerer Motoren erfüllte den Raum und die gesamte Rückwand des Saales kam in Bewegung. Der ein Meter dicke Panzerstahl hob sich langsam und gab den Blick auf eine ebenso dicke Glasscheibe frei. Ein tiefes, leuchtendes Blau strahlte Josefine entgegen, so hell, dass die Katze für einen Moment die Augen schließen musste. Zusammen mit dem blauen Licht fiel die Temperatur im Saal. Selbst mehrere Meter von der Scheibe entfernt konnte Josefine die Kälte des eisigen Wassers spüren.

Ein gewaltiger dunkler Schatten kam langsam und lautlos von der anderen Seite auf die Scheibe zu geschwommen und drehte sich, sodass er die ganze Länge des Thronsaales einnahm und das helle blaue Licht allein mit seinem gewaltigen Körper dämpfte. Josefine blinzelte das riesige Wesen an und kam sich zum wiederholten Male vor wie eine Maus, die vor einem Bergmassiv hockt. Ein überwältigender Eindruck verschwindender Nichtigkeit, der sich sogar noch vertiefte, als der riesige Schatten ein Auge von der Größe eines Scheunentores öffnete. Es glänzte tiefschwarz und hing regungslos vor ihr im Wasser, wie ein Brunnen voll gefrorener Zeit. Die Kälte wurde noch intensiver und Josefine versuchte unauffällig ein wenig zurückzurutschen.

Unsichtbare Lautsprecher knackten in der Decke des Saales und die warme Stimme einer Frau hallte durch den Thronsaal.

»Ich grüße Euch, meine kleine Prinzessin.«

Josefine senkte den Kopf tief hinunter, fast bis zum Boden, und erwiderte: »Eure Magnifizenz.«

»Ich gratuliere Euch zum Erfolg Eurer Mission«, fuhr die Stimme fort. »Wir sind äußerst zufrieden, sowohl mit Eurer

Leistung als auch von den durch Euch initiierten Entscheidungen der neuen Hausverwalterin.«

Josefine hielt den Kopf gesenkt und riss die Augen auf.

Den von mir … was?

»Die Konvergenz«, erklärte die Stimme weiter, »vollzieht sich, während wir sprechen. Wir haben bereits alle Agenten evakuiert und unser Universum vorübergehend abgekoppelt, bis die Vereinigung vollendet ist.«

Josefine blickte verwirrt auf.

»Abgekoppelt? Wie sollen wir jemals die neu erstarkte Linie wieder erfolgreich infiltrieren und das auch noch mit einem Anker im Haus, der uns kennt?«

»Glücklicherweise«, erklärte die Stimme, »müssen wir uns nicht mehr verstecken. Wir werden in die neue Zeitlinie integriert werden. Eine Entwicklung, welche mich über alle Maßen erfreut. Eure diplomatische Leistung ist überragend und Ihr habt alle meine Erwartungen weit übertroffen.«

Josefine erstarrte und blickte in das regungslose Auge.

»Wir werden … wir werden integriert werden?«

Das riesige Auge blinzelte einmal sehr langsam, bevor die Stimme fortfuhr.

»Die neue Hausverwalterin hat ein paar verblüffend innovative Vorstellungen. In vieler Hinsicht sind sie noch revolutionärer als die des alten Meisters. Sie wird das Universum erneuern und unser Überleben sichern. Ihre Einstellung zu Parasiten ist deutlich moderner, als wir je zu träumen gewagt hätten. Ich muss sagen, es übertrifft selbst meine kühnsten Hoffnungen und deswegen bin ich auch so außerordentlich zufrieden mit Euch. Ihr habt den einen Anker gerettet, welcher sich nun als Geschenk des Himmels für uns erweist. Was für eine charmante junge Frau! Sie schreibt übrigens Euch allein den Verdienst dafür zu. Scheinbar habt Ihr allein sie durch Eure tiefen

Eröffnungen bezüglich der Natur der Dinge zu ihren Einsichten geleitet.«

Josefine blinzelte, während sie die Erklärung im Kopf wiederholte und sortierte.

»Ich habe …? Moment … was?« Sie glaubte zu spüren, wie ihr zentraler Prozessor für den Realitätsabgleich zu rauchen begann. »Charmante junge Frau?«

»Oh, ja«, verkündete die Stimme heiter. »Wir hatten so viel Spaß miteinander!«

Josefine wurde schwindelig.

»Ihr hattet, … ihr hattet … Spaß?«, stotterte sie. »Wann?«

»Oh«, entgegnete die Stimme. »Sie war ein paar Tage lang unser Gast, während Ihr noch im Einsatz wart.«

»Paar Tage!«, rief Josefine. »Aber das ist unmöglich, ich komme doch gerade … Was? Sie war *hier? Hier* in unserem Universum?«

»Natürlich!« Das Auge glänzte kurz silbern, ein Ausdruck amüsierter Heiterkeit. »Sie sagte, Ihr hättet schon genug zu tun mit der ganzen Verwaltung und sie wollte Euch nicht in der Ausübung Eures Dienstes stören. Macht Euch keine Sorge über die Zeitdifferenz, Prinzessin. Diese junge Frau ist außerordentlich begabt, wenn es um die Manipulation von Zeitlinien geht. Ihr ganzer Besuch hat wahrscheinlich keine zehn Minuten auf der Hauptachse gekostet.«

Josefine dachte an ihr ausführliches Nickerchen und fühlte sich, als würde der Boden unter ihr nachgeben.

»Was hat sie … Ich meine … Wie? Ich, also …«

»Sie hat sich«, erklärte die Stimme, »sehr intensiv mit unserer Geschichte auseinandergesetzt und war sehr beeindruckt von unseren Leistungen.«

»Ihr habt unsere Geschichte mit ihr geteilt?«, hauchte Josefine fassungslos. »Aber der Kodex?«

»Der Kodex«, erwiderte die Stimme, »diente dazu, uns zu schützen, solange wir in einem Universum existieren mussten, das von Schatten überrannt zu werden drohte. Ein Universum, welches uns als Parasiten betrachtete und uns tot sehen wollte. Diese Zeiten sind nun vorbei. Warum sollten wir Geheimnisse vor der neuen Hausverwalterin haben, die außerdem die Nachfolgerin des Meisters ist? Sie war äußerst bewegt von unserem Schicksal.«

»Das«, murmelte Josefine, »ist noch lange kein Grund, Wildfremden unsere Geheimnisse anzuvertrauen.«

Die Stimme lachte.

»Du schämst dich deiner Wurzeln, Prinzessin. Du möchtest nicht, dass jemand erfährt, dass wir nur die Spielzeuge einer Rasse waren, die uns aus purer Langeweile erschaffen hat. Dass unser ganzer Adel nur einen herablassenden Witz übermächtiger, gottgleicher Herrscher darstellte, welche nicht mehr wussten, mit was sie sich ihre endlose Zeit vertreiben sollten.« Die Stimme zögerte, während das riesige Auge erneut blinzelte. »Seltsam. Ich empfand unser Schicksal immer als ein Angebot zur Kontemplation der Vergänglichkeit allen Seins. Als Gelegenheit, Weisheit zu erlangen.«

»Da seid Ihr die Einzige«, murmelte die Katze leise. »Deswegen seid Ihr ja auch die Herrscherin.«

»Was«, fuhr die Stimme sinnierend fort, »hat es unseren Schöpfern am Ende gebracht? Sie haben Jahrhunderte lang über uns gelacht und dann kamen die Schatten. Jetzt lachen sie nicht mehr. Die Schatten sind fort, zusammen mit den Schöpfern und wir … wir sind immer noch hier.«

»In einem Schiff«, murmelte Josefine kaum hörbar, welches zerfällt, wenn man zu laut niest, in einer Parasitenblase, die stirbt, während wir dabei zusehen, und in einem Universum, welches uns nicht haben will. Hurra!«

»Ihr braucht Euch nicht mehr zu verstecken, Prinzessin«, erklärte die Stimme milde. »Die neue Verwalterin war so beeindruckt von unseren Leistungen, dass sie sich das Schiff genauestens hat zeigen lassen. Sie plant sogar, unser Konzept als neuen Notfallplan für alle Häuser zu nutzen. Ich habe ihr sogar vorgeschlagen, alle Häuser generell durch Schiffe zu ersetzen.«

Der Thronsaal bebte und für einen Moment bewegte sich das Auge umher, als würde es Dinge beobachten, die weit fort in anderen Welten geschahen. »Wir verlassen in diesen Sekunden unser Parasitenuniversum und werden nahtlos in die neue Zeitlinie überführt. Was für ein außerordentliches Talent sie hat! Ich habe mir sagen lassen, dass wir hier umgehend gebraucht werden. Unsere Expertise bei der Infiltration hermetisch abgesperrter Orte wird scheinbar dringend benötigt. Ihr, Prinzessin Josefine, werdet dafür die nächste Generation Agenten trainieren.«

»Ich werde *was*?«, fragte Josefine, die Mühe hatte, mit den Ereignissen Schritt zu halten.

»Es war«, erklärte die Stimme, »der ausdrückliche Wunsch der neuen Verwalterin und ich stimme ihr zu. Es wird Zeit für Euch, eine neue Aufgabe zu bekommen. Die neue Verwalterin hat zu diesem Zweck mehrere Tage lang zusammen mit den Technikern in den Reproduktionsstätten und den Genzuchtanlagen verbracht. Sie wusste nicht einmal, dass man Wesen aus Wissenschaft und Biologie kreuzen kann! Unsere Materiedrucker haben es ihr besonders angetan. Sie plant, diese Technologie extensiv zum Schutz der neuen Zeitlinien einzusetzen.«

Josefine versuchte etwas zu sagen, konnte aber nicht. Ihr Hirn schien abgestürzt zu sein und einen kompletten Neustart zu erfordern. Die Stimme ihrer Magnifizenz drang wie aus weiter Ferne an ihre Ohren.

»Ich möchte, dass Ihr Eure neue Aufgabe umgehend antretet, Prinzessin. Hat Euch denn das Geschenk gefallen?«

»Geschenk?«, krächzte Josefine und fühlte sich einer Ohnmacht nahe.

»Das Geschenk, das Euch in Eure neue Aufgabe einführen wird. Die neue Verwalterin hat es extra in eurem Quartier gelassen.«

»Sie hat … sie hat was?«, wisperte Josefine.

»Ich wünsche Euch viel Erfolg bei Eurer neuen Aufgabe, Prinzessin.«

Das Auge schloss sich und die Panzerwand fuhr langsam wieder herab.

Josefine senkte den Kopf, während sich ihr Körper anspannte wie eine komprimierte Stahlfeder. Kaum hatte die Wand den Boden berührt, öffneten sich die Flügeltüren hinter ihr und die Katze schoss so schnell aus dem Thronsaal, dass ihre Umrisse verschwammen. Sie sprang in langen Sätzen durch die Vorhalle, breitete dabei die Flügel aus und beschleunigte so hart, dass die verblüfften Thronwachen nur einen weißen Streifen sahen, der sich in der Ferne verlor. Das Summen der Gravitationsmotoren in den Flügeln ließ ihren kleinen Körper sanft vibrieren, als sie mit ausgestreckten Beinen einige enge Kurven flog und in einen offenen Versorgungstunnel abbog. Die Promenaden waren um diese Uhrzeit viel zu überfüllt und Fliegen sowieso untersagt. Bei nächster Gelegenheit schoss Josefine senkrecht in einen Wartungsschacht und folgte den verschlungenen, engen Gängen, während sie die Augen schloss und nur nach Radar flog.

Uralte Staubmassen wirbelten in dichten Wolken hinter ihr vom Boden auf, als sie die Flügel in einem spitzen Winkel nach hinten bog und weiter beschleunigte.

Eine Gruppe Makaken kam in Sicht, welche unter großem Gezeter versuchte, die Elektrik einer Lüftungsanlage zu erneuern. Ein gelangweilter Reiher beaufsichtigte die Gruppe auf einem Bein stehend und döste dabei. Josefine legte sich senkrecht in die Luft und hatte die Gruppe schon weit hinter sich gelassen, als das wüste Geschrei ausbrach, die Affen wie Kegel zu Boden purzelten und der Reiher erschrocken flatternd umfiel und im dichten Staub laut zu niesen begann.

Kurz darauf riss ein harter Aufprall ein Lüftungsgitter in den Mannschaftsquartieren aus der Wand. Josefine landete mit gespreizten Beinen auf dem polierten Metallboden, drehte sich mehrmals um sich selbst und kam schlitternd vor einer Tür zum stehen. Sie stellte sich auf ihre Hinterbeine und öffnet das Quartier mit einem Pfotendruck auf den Scanner.

Die Tür glitt lautlos beiseite und gab den Blick frei in ein Standard-Quartier der untersten Klasse. Sie hatte es zu Beginn ihres Dienstes zugewiesen bekommen und man hatte ihr, soviel sie wusste, schon mehrmals ein Upgrade angeboten. Wahrscheinlich mit jeder einzelnen Beförderung. Doch warum sollte sie sich für ein Quartier interessieren, welches sie sowieso nie von innen sah? Es musste Jahre her sein, dass sie überhaupt mehr als ein paar Stunden hier verbracht hatte. Meistens schlafend, zwischen zwei Einsätzen.

Sie spähte misstrauisch in den schlicht eingerichteten Raum hinein, der exakt genauso aussah, wie er immer ausgesehen hatte.

Abgesehen von der Geschenkbox mit einer großen, roten Schleife, welche mitten im Raum auf dem Fußboden stand.

Josefine trat langsam und lautlos auf die Schachtel zu und roch vorsichtig an ihr. Ihr Scan für Sprengstoffe blieb negativ. Sie riss die Augen auf, duckte sich tief und schlich mit angelegten Ohren um das Paket herum, während unsichtbare Laserstrahlen über die Oberfläche der Box tanzten. Als das Geschenk nach zwei Umrundungen noch immer nicht detoniert war, setzte sich die Katze hin und dachte nach. Alle ihre Analysen blieben leer und unauffällig. Sie zuckte mit den Schultern, rückte ein wenig auf die Schachtel zu und gab der Box einen sanften Schubs mit einer Pfote. Einen

Moment lang passierte nichts, dann ruckte die Box von allein in gleicher Weise.

Josefine legte den Kopf schief und gab der Kiste einen weiteren Schubs.

Diesmal bewegte sich das Geschenk länger. Es kippte sehr langsam zu einer Seite und fiel um, sodass der Deckel auf Josefine zeigte. Das Geschenk schien einen Moment lang zu zögern und explodierte.

Josefine fauchte erschrocken auf und wollte zurückweichen, doch etwas traf sie mit voller Wucht und warf sie so hart auf den Rücken, dass ihr die Luft wegblieb.

Mit Sternen vor den Augen blinzelte sie und blickte in das Gesicht eines winzigen getigerten Katers.

»Mami!«, schrie das Kätzchen und hopste wild mit allen Vieren auf Josefine herum, wobei es mit seinen kurzen schwarzen Flügeln wild flatterte.

»Was zur …«, japste Josefine. »Hey! Stopp! Lass das! Wer …«, stammelte sie, während sie verzweifelt versuchte, sich gegen den Ansturm aus Pfoten und der kleinen pelzigen Zunge zu wehren, welche ihr ungestüm das Gesicht leckte.

Plötzlich hielt der kleine Kater inne und sah sich mit riesigen Augen im Zimmer um.

»Wow«, rief er gedehnt. »Ist das unser Zuhause? Cool.«

Er breitete die Flügel aus und sprang mit einem langen gleitenden Satz hinauf in das Bücherregal. Eine dekorative Metallvase fiel scheppernd um, rollte aus dem Regal und landete krachend auf dem Boden.

»Boah, was ist *das* denn?«, rief das Kätzchen und eine weitere Vase fiel polternd zu Boden.

»Hey!«, rief Josefine. »Moment, warte doch mal! Du kannst doch nicht einfach …«

»Was ist denn da hinten?«. rief der Kater und schoss mit ausgebreiteten Flügeln durch die offene Tür ins Badezimmer.

»Mega!«, kreischte das Kätzchen und Josefine hörte Glas splittern.

Mit offenem Mund starrte die Katze auf die Geschenkbox. Ein handgeschriebener Zettel war herausgefallen, auf welchem mit geschwungener Frauenhand geschrieben stand:

»Viel Spaß! – C.«

29 | Valerie

Clawdia kam in den Raum mit dem hohen Lichtschacht gelaufen, lehnte sich glucksend gegen die Wand und konnte nicht mehr aufhören zu lachen.

»Balthasar«, prustete sie und legte sich eine Hand über die Augen, »du hättest ihren Gesichtsausdruck sehen sollen, als ihr das Geschenk um die Ohren geflogen ist! Jetzt kann sie ja mal versuchen, die neuste Generation von Agenten herumzuschubsen und schauen, wie gut *das* funktioniert. Die Sicherheitsabteilung hat mir eben den Videoausschnitt in Großaufnahme geschickt. Scheint so, als lägen alle ihre Kollegen vor Lachen am Boden. Hey, wusstest du, dass man auf dem Spiegeltisch im Kartenraum Nachrichten empfangen und Videos ansehen kann? Ich hatte gerade den Fortschritt der Konvergenz geprüft, als ...« Sie sah auf, blickte zum ersten Mal zur Blume hinüber und verstummte.

Noch immer fiel strahlend helles Licht in Kaskaden durch den Lichtschacht auf den Tisch in der Mitte des Raumes. Doch die Blume darauf war nicht wiederzuerkennen. Der Anblick ließ ihr den Atem stocken.

Die Blätter hingen schlaff und welk an der Seite des Tisches herab und die große purpurne Blüte ließ ihren Kopf tief hinabhängen. Die kleine grüne Maus beachtete Clawdia überhaupt nicht. Sie saß unter der Blume und versuchte verzweifelt, mit beiden Armen den Blütenkopf anzuheben. Doch bei jedem Versuch rieselten mehr welke Blätter auf die Maus nieder. Schließlich wandte sie den Kopf zu Clawdia um und piepte kläglich.

Die junge Frau spürte eine eisige Kälte in ihrem Bauch.

»Oh, nein«, flüsterte sie. »Was hat sie jetzt wieder getan?«

Die Maus fiepte und Clawdia schlug mit der Faust gegen die Wand, während sie laut in einer harten, abgehackten Sprache voll knallender Silben fluchte. Ihre Worte der Macht reichten aus, den Raum erbeben zu lassen und die Maus floh erschrocken unter die Blätter.

»Es ist doch nicht zu fassen!«, schrie Clawdia. »Fünf Minuten! Ich drehe den Leuten fünf Minuten lang den Rücken zu, um das Universum zu retten, und schon tun sie alles, um meine Arbeit zu boykottieren!«

Sie ging fluchend an der welken Pflanze vorbei und blieb vor der Rückwand des Raumes stehen.

Eine Weile lang starrte sie regungslos die Wand an, dann klatschte sie laut in die Hände. Als sie die Finger wieder auseinanderzog, spannte sich ein durchscheinendes Spinnennetz aus Tausenden filigraner Zeitlinien dazwischen. Clawdia spähte aufmerksam in das Geflecht.

»Jetzt meinen schon die Parasitenuniversen«, murrte sie genervt, »sie müssten hinter meinem Rücken existenzielle Entscheidungen treffen, ist das zu fassen?«

Irgendwo unter den Blättern der welken Blume fiepte es anklagend.

»Entgegen anders lautenden Gerüchten«, entgegnete Clawdia trocken, während sie kritisch das Netz musterte, »kann ich nicht überall gleichzeitig sein.« Sie schnaufte. »Sie hat doch tatsächlich alle Zugänge hinter sich geschlossen, diese dramatische Blume. Na, das wollen wir doch mal sehen.«

Sie klatschte erneut in die Hände und ließ die Fäden verschwinden. Die Wucht der freiwerdenden Energie ließ die Blütenblätter aufwirbeln. Mit einer energischen Geste legte Clawdia ihre Hände flach auf die glatte weiße Wand.

»Du glaubst also, ich brauche Türen?« Mit geschlossenen Augen strich sie langsam über die weiße Fläche und murmelte dabei vor sich hin. »Der Übergang ist noch da, ich kann ihn fühlen. Sie hat ihn nur maskiert. Macht auch Sinn, denn die Maus ist ja auch noch da.« Sie grunzte genervt. »Ich habe wirklich für solche Spielchen zu viel zu tun. Mir läuft immer noch die verdammte Zeit davon.«

Sie holte tief Luft, intonierte ein einzelnes Wort der Macht und schlug dabei mit den flachen Händen gegen die Wand.

Die Druckwelle ließ das Mauerwerk unter ihren Händen bersten und schleuderte eine Wolke zerbrochener Ziegel krachend mehrere Meter weit in die Höhle dahinter.

Als das Geröll zur Ruhe kam und sich der Staub legte, ließ die Maus ein empörtes Pfeifen hören.

»Ups«, machte Clawdia und grinste. »Das muss ich wohl noch dosieren lernen.« Sie drehte kurz den Kopf über die Schulter. »Halt noch ganz kurz durch, Balthasar. Ich kümmere mich sofort um deine Herrin. Wenn du nichts zu tun hast, könntest du hier mal ein bisschen aufräumen.«

Sie lief los und ließ das empörte Piepen der Maus hinter sich zurück.

Das Höhlensystem lag in völliger Dunkelheit, doch Clawdia schloss die Augen und beschleunigte ihre Schritte, bis sie rannte. Immerhin befand sie sich in ihrem eigenen Haus und konnte jeden einzelnen Kieselstein um sich herum spüren.

Einmal grollte es neben ihr in einem Seitengang und etwas Großes, Stinkendes kam knurrend hervor, um ihr in den Weg zu treten. Ohne langsamer zu werden, flüsterte Clawdia ein Wort der Macht, welches zwischen den Wänden des Felsenganges umherhallte und die Temperatur deutlich sinken ließ, woraufhin sich das Knurren in die Dunkelheit zurückzog. Clawdia rannte weiter, ohne ihre Geschwindigkeit zu verringern, und es dauerte nicht lange, bevor ihr der Geruch von verrottenden Pflanzenteilen in die Nase stieg. Erstickt fluchend und keuchend sprintete sie aus dem Höhleneingang hinaus in eine sterbende Welt.

Kühle Abendluft schlug ihr entgegen und der Gestank organischen Verfalls nahm ihr einen Moment lang den Atem. Die Dämmerung war weit fortgeschritten, die Sonne war nicht mehr zu sehen und ein graues Zwielicht, welches von allen Seiten zu kommen schien, füllte die Welt mit bizarren Schatten.

Die schwarzen Silhouetten toter Bäume zeichneten sich scharf vor dem grauen Himmel ab und richteten blattlose Zweige wie anklagende Finger gen Himmel. Das trockene Laub knirschte unter ihren Füßen, als Clawdia durch den toten Wald stürmte, den dunklen Schatten der Turmruine vor sich.

Als sie keuchend im Innern der Turmruine zum Stehen kam, fand sie die große Blüte in ihrer Mitte braun und vertrocknet. Es roch intensiv nach welken Blüten und fast hätte sie Valeries Gestalt übersehen. Das Wesen lag regungslos und zusammengekrümmt auf ihrem ehemaligen Thron. Auch sie war jetzt braun und verwelkt, ihr Körper trocken und sehr klein. Nichts erinnerte mehr an die langen Beine und ihre einst überwältigende Kleidung bestand nur noch aus dichtem Stroh. Nur der dicke Pflanzenstil, der unter ihrem Kleid verschwand, zeigte noch einen Hauch von pulsierendem Grün.

Clawdia schaute am Turm empor. Alle Blüten waren fort. Die gesamte Rückwand des Turmes wurde nur noch von trockenem, dornigem Gestrüpp bedeckt.

Langsam und sehr vorsichtig ließ Clawdia sich neben die zusammengekauerte Gestalt auf die vertrocknete Blüte sinken. Die braunen Blätter knisterten leise bei jeder Bewegung.

Valerie lag mit dem Rücken zu ihr und erst als Clawdia sich neben sie kniete, hörte sie eine leise, zitternde Stimme.

»Warum bist du gekommen? Ich will nicht, dass du mich so siehst.«

Ohne auf das protestierende Flüstern der Blumenfrau zu achten, drehte Clawdia den stark geschrumpften Körper sehr vorsichtig um und nahm die zerbrechliche Gestalt in die Arme. Die Blumenfrau wog fast nichts mehr. Ihre Augen öffneten sich langsam und sahen die junge Frau an.

»Bist du gekommen, um einem alten Parasitenmonster beim Sterben zuzusehen?«

Mit einem Lächeln strich Clawdia der sterbenden Königin die trockenen, braunen Haare aus dem Gesicht, welche spröde knisterten. Einige brachen und fielen langsam an der verwelkten Gestalt herab.

»Hat dir schon mal jemand gesagt«, flüsterte Clawdia, »dass du einen unnötigen Hang zum Dramatischen hast?«

Valerie antwortete mit einem schwachen, schnaufenden Lachen.

»Das sagt die Richtige.« Sie wandte ihren Kopf ab und sah mit flatternden Lidern am Turm empor. »Ich habe sie alle fortgeschickt, der Planet ist leer. Es ist vorbei, du hattest recht. Zu lange habe ich andere Menschen dazu benutzt, mich ans Leben zu klammern. Ich habe es nicht gesehen, das schwöre ich dir. Aber jetzt ist es vorbei. Kein Duft mehr, keine Drogen.« Sie sah Clawdia wieder an, griff mit einer winzigen Hand nach deren Gesicht, zögerte aber, es zu berühren. »Du musst mir glauben, ich wusste es nicht«, murmelte sie, während ihre Augen zufielen. »Keine Blüten mehr, keine Macht, keine Königin. Ich dachte wirklich, ich würde helfen.«

»Die Zeitwächter«, erklärte Clawdia, »dachten das Gleiche. Es hat sich ebenso als falsch herausgestellt.«

Die Augen der Blumenfrau klappten auf und ihre Miene verdüsterte sich. »Vergleich mich bitte nicht mit diesen

Ekeltieren.« Sie seufzte leise und schmiegte ihren Kopf an Clawdias Brust. »Ich wollte ihnen doch nur helfen, so wie mir geholfen wurde. Ich wollte, dass wenigstens sie in den Himmel kommen.«

Clawdia nickte nachdenklich.

»Du wolltest diesen Menschen helfen, weil du selbst eine von ihnen warst, nicht wahr? Wie hast du sie genannt? *Weggeworfene?*«

Valerie nickte schwach.

»Es ist so lange her. So lange.« Ihre Augen verloren den Fokus, und es schien, als würde sie etwas unendlich weit Entferntes sehen. »Sie warfen mich in eine Schlucht. Es machte keinen Unterschied, ich war sowieso fast tot. Doch ich fiel und fiel. Es hörte überhaupt nicht auf. Ein Fallen, wie man es manchmal im Traum erlebt. Immer weiter, jedoch ohne Erwachen. Und dann, ich weiß nicht wie, landete ich hier.« Sie lächelte. »Damals war es hier allerdings nicht so hübsch. Der Planet war mit Schleim bedeckt. Vollständig. Lebendes Protoplasma. Kaum bewusst, aber es gab sehr viel davon. Der ganze Planet lebte. Ein einzelnes Wesen, welches die gesamte Oberfläche bedeckte.«

Valerie zögerte einen Moment. Das Sprechen schien sie anzustrengen. »Das Wesen war genauso erstaunt wie ich. Nach Millionen Jahren der Einsamkeit fällt ihm auf einmal eine nackte, sterbende Frau in den Schoß. Bildlich gesprochen. Wir bemerkten, dass wir unsere Gedanken hören konnten. Stell es dir nur mal vor. Die Stimme eines Wesens, dessen Träume um einen ganzen Planeten hallen. Es träumte vom Licht. Ich träumte von Heilung. Das Wesen lernte, dass es mich heilen konnte. Ich wiederum wusste eine Menge über das Licht zu erzählen und was darin blühen kann, wenn man es nur intensiv genug will. Wir lernten voneinander und es dauerte ewig. Oh, so viele Tausend Jahre. Aber ich lernte!

Oh ja, und ich wurde mächtig. *Wir* wurden mächtig. Es gibt nicht wirklich einen Unterschied zwischen uns. Aber ich hatte Ambitionen. Ich dachte, *ich* könnte das Universum von Schmerzen und Schatten befreien. Ich brauchte nur eine Gelegenheit. Eine Chance, für die ich bereit war, alles zu tun.« Sie seufzte. »Am Ende bin ich nur ein Parasit.«

Sie sah in Clawdias Augen. »Die Zeitwächter behaupten, alle Parasitenuniversen wären vom Chaos getrieben und zerstörerisch in ihrer Natur.« Sie lachte leise und bitter. »Wusstest du, dass sie den Begriff des Parasitenuniversums erfunden haben? Es gab ihn früher nicht. In längst vergangenen Zeiten trugen wir andere Namen. Märchenwelten, Traumwelten oder Wunderebenen, Paradiesgärten und ja, manchmal auch lebende Albträume. Wir hatten einen Platz im Universum und waren akzeptiert. Das war natürlich, bevor die Zeitwächter kamen. Sie haben den Ankern ihre Rechte genommen und sie degradiert. Streuten böse Gerüchte über die Häuser. Das ist der Grund, warum das Universum von Parasiten überrannt wurde. Sie haben den Ankern Schwäche eingeredet und versuchten das Universum mit Verwaltungsregeln zu steuern.« Sie schnaufte leise und abfällig. »Natürlich funktionierte es nicht. Das Universum wird von Träumen, Wünschen und der Kraft des Bewusstseins angetrieben. Es gibt keine Parasiten, es gibt nur den Wunsch zu überleben. Alles strebt empor aus dem Urschleim bis hinauf zur Macht eines Gottes und ist bereit, alles dafür zu tun, um zu überleben.« Ein Ausdruck des Stolzes huschte über ihr trockenes Gesicht. »Ich lernte vieles, was mir niemand zugetraut hätte, schon gar nicht die arroganten Bastarde in ihrer zentralen Verwaltung. Ich kann sogar die Rotation meines Planeten verändern. Die Gezeiten und das Wetter beeinflussen, den Wasser- und Gasgehalt der Atmosphäre steuern. Wirkt das vielleicht chaotisch auf dich?« Sie hielt inne und sank in sich zusammen. Ihr fielen erschöpft die Augen zu.

Clawdia hatte aufmerksam gelauscht und nickte nun.

»Du hattest verstanden, dass es für jemanden, der in Symbiose mit einem Gruppenbewusstsein lebt, praktisch keine Grenze geben kann. Ich glaube, ich kann raten, wie es weiterging. Du warst im Begriff, dir ein Haus zu suchen, nicht wahr? Ein Haus, das du übernehmen konntest. Von dort aus hättest du nach dem Universum gegriffen. Ich vermute mal, das war auch der Punkt, an welchem du die Bekanntschaft des alten Meisters gemacht hast?«

Ein abfälliges Grunzen verriet Clawdia, dass sie recht hatte.

»Was für ein cleverer alter Sack«, murmelte die Blumenfrau.

»Ich vermute«, fuhr Clawdia lächelnd fort, »ihr habt irgendwann begonnen zu kooperieren. Ich glaube auch, dass du erst auf die harte Tour lernen musstest, dass du ihn nicht übertölpeln konntest. Ich wette, an ihm hast du dir die Zähne ausgebissen.«

»Alte Männer«, murrte Valerie, »sollten nicht so schlau sein.«

»Aber dann«, erläuterte Clawdia, »war er auf einmal nicht mehr da und du dachtest, das ist deine Chance.«

»Aber stattdessen«, fügte Valerie leise hinzu, »kamst du. Von allen möglichen und unmöglichen Wesen warst es ausgerechnet du, die in meinen Garten kam.«

»Und du hast getan, was du immer schon getan hast. Du hast instinktiv nach der Macht gegriffen.«

»Es tut mir leid«, flüsterte Valerie. »Ich habe so viele Fehler gemacht. Es ist besser, wenn ich gehe. Nur eines noch, mein kleiner Anker.« Sie sah in Clawdias Augen. »Es gibt niemanden außer dir, der jemals freiwillig hergekommen ist, du bist also die Einzige, die ich fragen kann.« Sie schluckte schwer. »Würdest du mir vergeben?«

Clawdia sah lange Zeit in Valeries hoffnungsvolle Augen.

»Nein«, erwiderte sie schließlich, »ich vergebe dir nicht.« Schock flackerte in Valeris Augen auf und sie öffnete den Mund, um etwas zu sagen.

»Ich verzeihe nie«, erklärte Clawdia bestimmt, »wenn es noch offene Rechnungen gibt.«

Sie legte die kleine Gestalt auf der vertrockneten Blüte ab, stand auf und zog ihren Säbel.

Valerie folgte mit purem Entsetzen im Blick jeder von Clawdias Bewegungen und wollte etwas rufen, doch diese hob das Schwert und schnitt mit einer fließenden Bewegung durch den dicken Pflanzenstiel.

Valerie kreischte laut auf, schoss in eine sitzende Position hoch und starrte entsetzt auf den abgetrennten Stiel, aus welchem dickflüssiger, grüner Schleim in die vertrocknete Blüte darunter pulsierte. Ihre Augen fanden noch einmal Clawdias harten Blick, dann verlor sie das Bewusstsein.

Die junge Frau steckte gelassen das Schwert ein und sah nachdenklich auf das sterbende Wesen herab. Das Pulsieren ihres grünen Blutes wurde schwächer und erstarb schließlich ganz. Valeries Atmung setzte aus und das Wesen lag still.

»Jetzt«, verkündete Clawdia leise, »sind wir quitt.«

Sie kniete sich neben den leblosen Körper, zog unter ihrer Uniform das Amulett hervor und legte es vorsichtig um den Hals der leblosen Gestalt.

Kaum hatte der Kristall Kontakt mit Valeries Körper, leuchtete er hellgrün auf. Lichtfasern wie die frischen Ranken einer sprießenden Pflanze tasteten über die leblose Gestalt und verschwanden in ihrem Körper.

Valerie bäumte sich auf, holte tief und stockend Luft.

Clawdia nickte zufrieden und schnipste mit den Fingern. Das braune Gestrüpp an der Rückwand des Turms öffnete sich wie ein Vorhang und die Holztür dahinter sprang mit einem Krachen auf.

Sehr vorsichtig hob Clawdia den kleinen Körper auf und trug die schlafende Frau in ihren Armen zur Tür.

»Du hast doch nicht etwa geglaubt«, flüsterte sie, »dass du mir so einfach davonkommst. Betrachte dich als rekrutiert, meine schöne Königin. Wir haben viel Arbeit vor uns.« Clawdia lächelte und trat durch die Tür.

30 | Niklas

Die Tür zum Korridor flog krachend auf und Niklas kam fluchend mit langen Schritten in den Gang gestürmt. Er trug immer noch die Uniform und den Mantel aus der Ordnungslinie und sah sich wild nach allen Seiten um, doch es gab keinen weiteren Ausgang. Er drehte sich um, doch auch die Tür, durch welche er gerade hereingekommen war, verschwand bereits wieder. Sein scheinbar endloser Irrlauf durch das Haus hatte wohl gerade in einem langen Korridor ohne Türen geendet.

Das Haus bebte erneut. Erst schwach, doch dann wurden die Stöße so schwer, dass Niklas sich schwankend an der Wand festhalten musste, bis die Erschütterungen nachließen.

Er sah sich erneut um und entdeckte neben sich einen kleinen Beistelltisch, welcher gerade noch nicht existiert hatte. Eine Blumenvase mit einem Strauß aus langen violetten Blüten stand darauf. Neben der Vase saß eine durchscheinende grüne Maus entspannt auf ihren Hinterbeinen und winkte ihm zu.

»Hey!«, rief Niklas und zeigte auf den Nager. »Du kommst mir gerade recht!«

Die Maus verneigte sich höflich.

»Kannst du mir mal verraten«, polterte Niklas, »was zur Hölle hier jetzt wieder los ist? Ich irre schon seit Stunden herum und finde mein Büro nicht mehr. Irgendetwas Seltsames ist mit dem Zeitlauf passiert. Ich habe das Gefühl, dass mich jemand immer wieder in neue Schleifen schickt. Was soll das? Ich habe keine Lust am Ende herauszufinden, dass ich monatelang im Kreis gelaufen bin, und nebenbei: Welcher Vollidiot hat alle meine Getränke in den Kühlschrank zum Eisbären geräumt?«

Die kleine Maus hob die Hand, um etwas zu sagen, doch Niklas wütete weiter.

»Ana ist verschwunden, der geflügelte Flohsack pennt wahrscheinlich hinter irgendeiner Heizung, und wie ich Clawdia kenne, liegt sie wieder irgendwo und blutet.« Er schlug mit einer Faust gegen die Wand. »Und jetzt spinnen auch noch die verdammten Türen und dauernd bebt das Haus.« Er sah flüchtig an sich herab. »Ach ja, warum trage ich diese Uniform? Ich erinnere mich vage, dass ich von einer Mission zurückgekommen bin, aber so wie die Zeit hier gerade springt, kann das schon wieder Jahre her sein.« Er rieb sich die Augen und seufzte. »Ich glaube, ich benötige mal eine Pause.«

Die Maus legte den Kopf schief und wartete höflich, bis sein Anfall vorbei war. Als Niklas sie schließlich nur noch stumm aus blutunterlaufenen Augen ansah, fiepte sie gelassen.

»Entschuldigung?«, fragte er. »*Du* bist für das Chaos verantwortlich?«

Die Maus wiederholte geduldig ihr Fiepen.

»Du spielst gerade ein neues Update ein und der Algorithmus, welcher die prozeduralen Türen generiert, hat noch ein paar Kinderkrankheiten? Hör mal, willst du mich verarschen?«

Die Maus richtete sich hoch auf, pfiff laut und salutierte.

Niklas blinzelte.

»*Du* bist der neue Administrator der Haus-IT? *Du?* Das kann nicht dein Ernst sein.«

Der kleine Nager vollführte eine vielsagende Geste mit seinen Ärmchen, welche erstaunlich eloquent kommunizierten, dass sie schon viel Unglaublicheres gesehen hätte als eine Administrator-Maus. Niklas starrte sie müde an.

»Immer wenn man denkt, man hätte schon alles gesehen. Darf ich dabei sein, wenn du Josefine diese Neuigkeit unterbreitest?«

Die Maus ließ ein sehr erleichtertes Fiepen hören.

»Josefine ist auf einer neuen Mission?« Niklas sperrte den Mund auf. »Wow, dass ich das noch erleben darf. Kann ich denn, nachdem du fertig bist, wieder in mein Büro?«

Die Maus zeigte mit einer dramatischen Geste auf den Blumenstrauß und piepte eine kurze Fanfare.

Niklas starrte die Blumen an, als hätte er noch nie zuvor welche gesehen.

»Echt jetzt? Wenn ich die Blumen nehme, bin ich hinter der nächsten Tür wieder da, wo ich hingehöre?« Er nickte. »Wie prophetisch und nicht das Dümmste, was ich hier bisher gehört habe.« Er zeigte drohend auf die Maus. »Gnade dir das gütige Licht, wenn ich in mein Büro komme und die verkackte Bar ist leer.«

Die Maus nickte würdevoll.

Niklas seufzte und griff nach den violetten Blumen.

»Das ist auch nicht viel schlimmer«, murmelte er, »als die zwei Wochen, in denen ich immer erst das Klo spülen musste, bevor sich meine Flaschen öffnen ließen.« Er dachte kurz nach. »Oder die Zeit, wo meine Zigarren ständig aus dem Humidor verschwanden und sich in der Küche in der Besteckschublade versteckten.«

Er nahm grunzend den Strauß aus der Vase und augenblicklich erschien eine Tür am Ende des Ganges. Er wusste nicht, warum, doch sie kam ihm vage vertraut vor.

Die Maus richtete sich auf ihren Hinterbeinen auf und salutierte erneut. Ihr Fiepen klang feierlich.

»Was soll das heißen, das Haus dankt mir für meinen Dienst? Ich habe einen verdammten Strauß aus einer Vase genommen! Ich glaube, das Update hat dich ein wenig wirr werden lassen. Überprüfe mal den Code, der deine Realität abgleicht.«

Die Maus fiepte leise und verschwand.

»Was heißt das: dito?«, murmelte Niklas und sah auf den leeren Fleck, wo die Maus gerade noch gesessen hatte.

Der Korridor bebte erneut und diesmal setzten sich die Längswände des Gangs in Bewegung und kamen aufeinander zu.

»Ach, komm schon!«, schrie Niklas. »Diese Scheiße wieder!« Er sprintete los, die Blumen in der Hand. Die Wände hatten schon den Türrahmen erreicht, als Niklas den Ausgang aufriss, durch die Öffnung hechtete und sie hinter sich schloss.

Er lehnte schnaufend mit dem Rücken gegen die geschlossene Tür, öffnete die Augen und erstarrte.

Niklas stand im Eingangsbereich eines Hauses und blinzelte langsam, während sich sein Magen zusammenzog. Die Garderobe hatte er doch schon einmal gesehen.

Eine helle Stimme rief etwas aus der Küche.

Ja, genau, da hinten ist die Küche.

Es roch nach Essen. Niklas kannte diese Stimme. Sein Hirn drohte auszusetzen, als sich die Worte durch den Nebel in seinem Geist nach vorne kämpften.

»Hallo Schatz, bist du das?«

Er spürte, wie sein Herz einen Schlag aussetze.

Schnelle Schritte näherten sich und eine junge Frau in einem langen blauen Kleid kam um die Ecke. Sie hatte kurze schwarze Haare und strahlte über das ganze Gesicht.

»Schatz!«, rief sie erfreut, »du bist aber früh dran heute! Haben sie dich tatsächlich fortgelassen oder bist du geflüchtet?«

Ihr Blick fiel auf die Blumen und sie schlug begeistert die Hände vor der Brust zusammen. »Du hast daran gedacht!«, rief sie, stürmte auf den Mann zu und warf ihm ihre Arme um den Hals. »Du hast wirklich daran gedacht!«, wiederholte sie und drückte ihn fest.

Wie aus weiter Ferne schaltete Niklas' verheiratetes Hirn in einen Gang für Notfälle und er stammelte: »Natürlich, wie könnte ich das wohl vergessen. Ich bitte dich. Es ist immerhin«, er zögerte nur eine Sekunde, »unser Hochzeitstag!«

»Danke«, flüsterte seine Frau gerührt, hauchte ihm einen Kuss auf die Wange und verzog sofort das Gesicht. »Du brauchst eine Dusche!« Sie sah kritisch an ihm herab. »Und eine frische Uniform. Lieber Himmel, hast du in dem Ding operiert, gegessen und geschlafen?« Sie musterte eingehend die Flecken. »Alles gleichzeitig? Es ist ein Wunder, dass sie dich in dem Aufzug aus der Klinik gelassen haben.« Sie sah den leicht schwankenden Mann aufmerksam an und ein besorgter Ausdruck legte sich auf ihre Züge. »Komm doch erst mal rein.« Sie nahm ihm die Blumen ab, zog ihn an der Hand in das Wohnzimmer und verschwand in der Küche, während sich Niklas fassungslos umsah. Er kannte dieses Haus. Er hatte es noch nie zuvor gesehen, aber er kannte diesen Ort.

Natürlich. Es ist mein Zuhause. Er schüttelte den Kopf.

Die verdammten Schichten werden definitiv zu lang.

Seine Frau kam schon wieder aus der Küche geeilt, stellte eine Vase mit den Blumen auf den Tisch und zog Niklas mit sanften, aber bestimmten Bewegungen den Mantel aus.

»Hier, schau mal«, verkündete sie und zeigte auf eine Zeitung, die auf dem Tisch lag. »Hast du das gesehen? Es ist die Frühausgabe.«

Niklas nahm die Zeitung auf und starrte auf die Seite.

»Ist das nicht«, rief seine Frau aus der Diele, »ein wunderschönes Geschenk zu unserem Hochzeitstag?«

Die Schlagzeile bestand nur aus einem einzelnen Wort mit einem Fragezeichen. Sie lautete: *Frieden?*

Seine Frau hatte den Mantel aufgehängt und zog ihm bereits energisch das Jackett der Uniform aus, welches sie mit angewidertem Ausdruck im Gesicht davontrug. Ihre Stimme hallte aus einem Nachbarraum zu Niklas herüber, der immer noch auf die Schlagzeile starrte.

»Es wird *Frieden* geben«, erklärte seine Frau. »Das sagen sie zumindest. Um ehrlich zu sein, ich kannte das Wort nicht einmal. Es kommt von den«, sie zögerte einen Moment, *»Regierungs-Philosophen.* Gütiges Licht, was für ein langer Begriff.« Sie trat erneut neben ihn und sah seinen verwirrten Blick. *»Regierungs-Philosophen!«*, intonierte sie lachend. »Da ist auch ein ewig langer Artikel in der Ausgabe, in dem sie erklären, was genau das ist: *Frieden.* Es bedeutet wohl, dass wir keinen Krieg mehr führen werden. Ich kann es mir nicht wirklich vorstellen.« Sie zog einen Stuhl heran und drückte Niklas kurzerhand darauf, während sie weiter aufgeräumt plauderte. »Wie bitte soll unsere Wirtschaft denn das verkraften? Aber anscheinend kann es funktionieren, indem man Güter mit anderen Ländern tauscht, ohne sie vorher zu erobern. Klingt alles sehr fremdartig.« Sie sah ihn entschuldigend an. »Du weißt, ich bin nicht so bewandert im Militär-Jargon. Welcher Rang genau ist nochmal ein … ein *Philosoph?«*

»Ein neuartiger Rang«, krächzte Niklas. »Wie ein General, … aber mit Hirn.«

»Wirklich«, hauchte seine Frau beeindruckt, »Na, ob das gut geht?« Sie runzelte die Stirn, wühlte abwesend in einer tiefen Tasche ihres Kleides herum und zog ein Päckchen Zigaretten hervor. Mit den sicheren Handgriffen langer Gewohnheit entzündete sie gleich zwei auf einmal und steckte abwesend eine davon ihrem Mann in den Mund, während sie noch vor sich hin sinnierte. Schließlich blickte sie nachdenklich auf ihre Zigarette. »Beim Bäcker habe ich heute Morgen gehört, dass es angeblich jetzt Ärzte gibt, die behaupten, Rauchen wäre doch nicht gesund, ist das zu fassen?«

Niklas, der den Rauch tief inhaliert hatte und nicht aufhören konnte seine Frau anzustarren, entgegnete leise: »Ich kann dir versichern, dass die Welt verrückt geworden ist.« Er nahm die Zigarette mit fahrigen Händen aus dem Mund und seine Frau sah, wie ihr Mann am ganzen Leib zu zittern begann. Sie trat neben ihn und nahm ihn fest in die Arme.

»Wie war die Schicht«, fragte sie besorgt. »Du bist so blass. Also noch blasser als sonst, und das will was heißen.«

»Sie war … lang«, antwortete Niklas leise und mit geschlossenen Augen. Er zog an der Zigarette. »Es fühlte sich an wie endlose Jahrhunderte. Ich hatte irgendwann das Gefühl, als würde ich dieselbe Person immer und immer wieder in der Notaufnahme zusammenflicken.«

»Das ist ja entsetzlich«, flüsterte seine Frau und zog einen Aschenbecher heran. »Aber wenn wir jetzt keinen Krieg mehr führen, hört das sicherlich auf.« Sie sah ihm kritisch in die Augen. »Du brauchst mal eine Pause«, verkündete sie.

»Du hast keine Ahnung wie sehr«, entgegnete Niklas und Tränen liefen ihm über das Gesicht.

»Oh, Schatz«, rief seine Frau, löschte ihre Zigarette und drückte ihn erneut. »Du arbeitest zu hart, besonders in diesen endlosen Nachtschichten.«

Sie tätschelte ihm das Gesicht. »Es wird alles gut. Du musst nur noch kurz durchhalten. Sie nahm sein Gesicht in beide Hände und sah ihn direkt an. »Ganz wichtig«, erklärte sie eindringlich im Tonfall der professionellen Ehefrau, die mit ihrem Gatten redet. »Wenn deine Tochter gleich kommt, denk daran, dass sie heute ihre neue Uniform und auch ihren Militärhaarschnitt bekommen hat. Sie ist so stolz, also bitte lobe sie.«

»Natürlich«, entgegnete er und sah auf die kurzen Haare seiner Frau. »Sie wird wunderschön sein mit kurzen Haaren. So wie du.«

»Danke«, rief seine Frau und strahlte. »Weißt du, ich habe beim Metzger gehört, dass Frauen das Recht bekommen sollen, sich die Haare lang wachsen zu lassen.« Sie rümpfte die Nase. »Klingt unhygienisch, wenn du mich fragst.« Sie sah auf und lachte. »Ah, ich höre unsere Tochter kommen. Sie hat bestimmt schon die ganze Zeit gewartet.« Sie zog Niklas auf die Beine. »Wir müssen wirklich mal ihre Räder ölen.«

Ein rhythmisches Quietschen näherte sich und erwies sich als Rollstuhl, in dem ein junges Mädchen von vielleicht zehn Jahren saß. Sie trug den gleichen Kurzhaarschnitt wie ihre Mutter und rief lachend. »Papa! Du bist schon zu Hause!«

Niklas wurde schwarz vor Augen und er drohte zu fallen, doch seine Frau stützte ihn und hielt ihn mit erstaunlicher Kraft aufrecht.

»Papa ist ein bisschen müde von der Arbeit, mein Engel. Ich glaube, ich muss erst mal eine Kanne Kaffee und ein paar Zigaretten in ihn hineinbekommen.«

»Kein Problem, Mama«, erklärte das Mädchen. »Du hast ja schon gesagt, dass er sehr müde sein wird nach der Doppelschicht.« Niklas' Blick hing an den Beinen des Mädchens, die in eine karierte Decke gehüllt waren. Seine Frau hatte ihn untergehakt und kniff ihn nun schmerzhaft in den Arm.

»Was für ein wunderschöner Haarschnitt«, erklärte Niklas automatisch. »Ich dachte, deine Mutter wäre die schönste Frau hier, jetzt muss ich mich wohl umgewöhnen.«

»Danke«, rief das kleine Mädchen und strahlte über das ganze Gesicht. Ich muss meine Uniform noch anprobieren, aber Mama will sie erst waschen.«

Niklas starrte wieder auf die Beine seiner Tochter und zog irritiert die Brauen zusammen, als sich die Decke plötzlich bewegte. Er wollte etwas sagen, doch seine Stimme streikte, als eine kleine getigerte Katze ihren Kopf unter der Decke hervorsteckte. Sie kletterte auf den Schoß des Mädchens und flatterte kurz mit ihren kleinen schwarzen Flügeln, während sie sich neugierig umsah. Sie entdeckte Niklas, legte sofort die Ohren an und fauchte.

Niklas antwortete mit einem kaum hörbaren, lang gezogenen Stöhnen. Seine Tochter klopfte dem Kätzchen mit einem Finger auf den Kopf.

»Also wirklich, Joey, benimm dich! Das ist Papa, den kannst du doch nicht einfach anfauchen!« Sie sah entschuldigend zu ihrem Vater auf. »Entschuldige bitte, er ist schon den ganzen Morgen so aufgeregt, ich weiß auch nicht warum.«

»Weil du aufgeregt bist, Schatz«, warf die Frau ein. »Dein kleiner Kater spürt das. Vielleicht geht ihr mal kurz vor die Tür, während Papa einen Kaffee bekommt.«

»Machen wir!«, rief das Mädchen und rollte schon wieder davon. »Wir gehen mal in den Garten. Joey mag es, die kleinen Grashüpfer zu jagen.«

Niklas ließ seine Tochter nicht aus den Augen, während sie durch die offene Terrassentür in den Garten rollte, auf der Wiese stehenblieb und begann mit ihrem Kater zu diskutieren.

Er merkte kaum, wie seine Frau ihm eine Tasse Kaffee in die Hand drückte. Er trank abwesend und konnte den Blick nicht von der Szene im Garten nehmen. Das Mädchen im Rollstuhl stand im Sonnenschein unter einem blühenden Baum und lachte laut, während der kleine Kater verspielt durch das Gras hopste.

Eine Hand legte sich ihm sanft auf die Schulter und er sah in das Gesicht seiner Frau.

»Sie ist wundervoll«, flüsterte er.

»Natürlich ist sie wundervoll«, entgegnete seine Frau lächelnd. »Sie ist immerhin unsere Tochter.«

Er öffnete den Mund, um etwas zu sagen, doch ein begeistertes Schreien aus dem Garten unterbrach ihn.

»Mami, Papi!«, rief das Mädchen. »Schnell, schnell, das müsst ihr Euch ansehen. Der Frühling! Er ist da!«

Die beiden Erwachsenen eilten in den Garten zu ihrer Tochter, welche ihnen triumphierend ihren Arm hinhielt.

»Seht doch!«, verkündete sie stolz.

»Oh«, rief die Frau begeistert. »Du hast recht! Niklas, schau doch mal. Es hat schon begonnen. Sogar noch viel früher als letztes Jahr!«

Niklas beugte sich über den Arm, blinzelte verwirrt und dann sah er es.

Die Haut des Armes, den seine Tochter ihm so stolz präsentierte, hatte einen ganz deutlichen Stich ins Grüne.

»Ich freue mich so für dich«, rief seine Frau. »Wenn es bei dir schon beginnt, dann sind wir in den nächsten Tagen auch so weit. Der Frühling kommt zurück.« Sie strich ihrer Tochter sanft über den Kopf. »Das bedeutet auch, dass du bald wieder aufstehen kannst. In spätestens zwei Wochen geben dir die Pflanzen so viel Kraft, dass deine Beine dich wieder tragen können.« Sie sah ihren Mann glücklich an. »Es wird jedes Jahr besser.«

»Die Zeit«, rief seine Tochter stolz, »die ich im Sommer stehen kann, wird jedes Jahr länger!«

»Letztes Jahr«, fügte seine Frau hinzu, »haben die Ärzte gesagt, wenn die Pflanzen ihre Nerven in diesem Tempo weiterwachsen lassen, kann sie zu ihrem zwölften Geburtstag schon tanzen.«

Das Mädchen zog aufgeregt am Kleid ihrer Mutter.

»Mami, wenn der Frühling schon da ist und die ewige Nacht endet, können wir dann probieren, ob die Brücke schon funktioniert? Bitte, bitte? Es ist der beste Teil des ganzen Jahres und du weißt, dass wir die Verbindung so früh wie möglich herstellen müssen, sonst blühen die Blumen nicht.« Sie grinste selbstgefällig und hob einen belehrenden Finger. »*Bewusstseinsblüte.* Hatten wir gerade erst in der Schule.«

Ihre Mutter lachte herzlich und nahm das Mädchen bei der Hand. »Ist ja gut, ist ja gut. Ich will nur nicht, dass dein Vater sich überanstrengt. Er ist doch so müde.«

Doch seine Tochter hatte sich schon im Rollstuhl vorgelehnt und nach der Hand ihres Vaters geangelt.

Seine Frau lächelte entschuldigend und griff ebenfalls nach seiner Hand. Sie bildeten einen kleinen Kreis und Niklas sah, wie seine Familie die Augen schloss und sich konzentrierte.

Einen Moment lang sah er irritiert zwischen den beiden hin und her, dann schloss auch er die Augen. Die beiden summten eine leise Melodie und eine Weile passierte nichts. Niklas hörte Vögel im Baum über sich singen. Das Rauschen von Blättern im Wind, gemischt mit dem Summen geschäftiger Bienen. Sanfter Blütengeruch stieg ihm in die Nase und plötzlich spürte er es.

Es begann mit einem Kribbeln in seinen Händen, welches warm seine Arme empor lief. Er sah seine Tochter, aber nicht mit seinen Augen, sondern sie strahlte hell mitten in seinem Geist. Er konnte ihre Aufregung spüren. Ihre kaum zu bändigende Lebensenergie und auch die Sorge um ihn, wenn er zu viel arbeitete. Ein weiteres Licht blühte neben seiner Tochter auf. Es war warm und hell wie eine Sommersonne in seinem Bauch, welche bis in seinen Kopf hinauf schien und ihn selbst bei geschlossenen Augen blendete. Er blickte direkt in die Liebe seiner Frau, welche in sanften, stetigen Wellen aus Licht an die Ufer seines Geistes spülte. Sie trug seine Sorgen, Ängste und Wut einfach davon. Löste sie auf wie Burgen aus Sand, die bei der zurückkehrenden Flut still und spurlos zerflossen, als hätte es sie nie gegeben.

Niklas lächelte.

Der kleine Kater auf dem Schoss des Mädchens sah in die Krone des Baumes empor und maunzte leise. Hoch oben auf einem Ast des blühenden Baumes saß eine kleine, grüne Maus mit goldenen Augen. Auf ihrem Rücken hockte ein großer Schmetterling, dessen bunte Flügel sanft vibrierten. Die Maus blickte auf die Szene im Garten unter sich und piepste anerkennend.

31 | Urlaub

Ein vertrauter Vorhang aus heiteren Gesprächen und reger Geselligkeit umfing Robert, als er aus der engen Telefonkabine zurück in das Café trat. Kellner in makellosen Uniformen und weißen Schürzen eilten geschäftig zwischen den Tischen umher. Die großen Glastüren zur Veranda standen trotz der frühen Stunde schon weit offen und ließen die kühle Luft des Morgens in den weitläufigen Saal mit der hohen, stuckverzierten Decke. Die frische Brise brachte schon jetzt eine Idee der kommenden Hitze mit sich und ließ die funkelnden Kristalle an den Kronleuchtern leise klirren. Draußen, im Sonnenschein auf der Straße, war die Luft schon warm und sprach deutlich von den langen Sonnenstunden des bevorstehenden Tages.

Trotz der frühen Tageszeit waren die meisten Tische besetzt. Fröhliche Menschen in Urlaubsstimmung auf dem Weg an die Küste, die noch den besten Kaffee der Stadt genießen wollten, bevor sich die Hitze ernsthaft durchsetzte.

Robert zog seinen hellen Sommeranzug gerade und schlängelte sich zwischen den voll besetzten Tischen hindurch, umgeben von der vertrauten Atmosphäre und dem geschäftigen Treiben im Caféhaus. Der Duft von frischem Backwerk zog an ihm vorbei und er genoss die Geräuschkulisse, die für ihn schon jetzt wie Urlaub klang. Das Zischen der Milchschäumer, das Summen der Espressomaschinen und das laute Knallen, wenn der Barista den Kaffeesatz leerte, begleiteten ihn durch den Saal bis zu seinem Platz.

Ein Kellner umrundete ihn elegant mit einem Tablett voller leerer Espressotassen und schaffte es dennoch, sich mitten in der Drehung elegant zu verbeugen.

»Entschuldigen Sie vielmals, Comte.«

Robert lächelte freundlich und winkte ab. Er trat an seinen Tisch und verneigte sich kurz vor der jungen Frau im schwarzen Kleid, die ihn entspannt anlächelte. Sie trug die dunklen Haare hochgesteckt und zupfte elegant an ihren langen, schwarzen Handschuhen. Sie rauchte mittels einer langen Zigarettenspitze und blies Robert verspielt einen Rauchkringel entgegen, während dieser sich kurz verbeugte und dann neben sie setzte.

»Cheri,« begann die junge Frau. »Wie bitte schafft er es, uns immer und überall zu finden?«

Robert hob lächelnd beide Hände in einer Geste amüsierter Hilflosigkeit. Ein Kellner trat lautlos neben die junge Frau.

»Darf es noch etwas sein, Comtesse?«

Die Frau blickte kurz in ihre leere Tasse.

»J'aimerais avoir un autre espresso, s'il vous plaît.«

Sie fügte noch etwas hinzu, ihre Stimme ging jedoch im Rattern und Schnaufen eine Dampfkutsche unter, die mit klappernden Holzrädern auf dem Kopfsteinpflaster vor dem Café vorbeirollte. Der Kellner verneigte sich und verschwand im geschäftigen Treiben des Cafés.

»Der Meister«, erklärte Robert, »hat sich sehr zufrieden mit unserer Arbeit gezeigt und wünscht uns einen erholsamen Urlaub am Meer.«

»Als ob du wüsstest, wie man sich erholt, Cheri«, stellte die junge Frau trocken fest.

Robert nickte versonnen und sah sie an.

»Danke Ana, dass du dir die Zeit für meinen Urlaub nimmst. Ich weiß, dass es dir schwerfällt, das menschliche Konzept von Ruhe und Erholung zu verstehen.«

»Wer sagt«, erwiderte Ana und lächelte süß, »dass du Ruhe haben wirst.«

Robert überging dies und starrte in seine leere Kaffeetasse.

Der Kellner stellte lautlos einen frischen Espresso neben Anas Teller. Sie neigte huldvoll den Kopf und lächelte Robert über die Tasse hinweg an.

»Chéri, du brauchst Ablenkung, besonders jetzt, wo dein Meister dich all die Arbeit machen lässt. Wie geht es ihm denn?«

Robert blinzelte und seufzte.

»Er ist erstaunlich aufgeräumt. Ich hege den Verdacht, dass er nur auf eine Gelegenheit gewartet hat, die oberste Geschäftsstelle komplett auf links zu drehen.«

»Arme Monster«, warf Ana ironisch ein und ihr Lächeln verschwand in einer Wolke blauen Rauchs. Wenn du nicht aufpasst, wird er dich zum neuen Leiter machen.« Sie löschte ihre Zigarette im Aschenbecher, tauschte sie gegen eine frische aus und hielt sie dem Mann über den Tisch hin.

»Oh nein«, rief Robert, während er ihr Feuer gab. »Ich bin strikt im Außendienst. Ich tauge nicht für die Arbeit am Schreibtisch. Hier draußen lebt man gefährlich, aber dafür trifft man die bezauberndsten Wesen.«

Ana legte den Kopf schief.

»*Bezaubernd*«, wiederholte sie und schien das Wort zu kosten. »Ja, ein gutes Wort. Hat er noch etwas über seine nächsten Schritte gesagt?«

»Kryptisch wie immer«, entgegnete Robert. »Er wird uns kontaktieren, sobald die nächste Stufe des Plans beginnt.«

»Es gibt eine nächste Stufe?«, fragte Ana und zog eine Braue hoch.

Robert zuckte mit den Schultern.

»Bei ihm gibt es immer einen weiteren Plan. Scheinbar war das erst der Anfang.«

Ana lachte lautlos in sich hinein.

»Warum bin ich nicht überrascht? Hast du nachgefragt?«

Robert lachte.

»Ist das mein erster Tag hier? Ich will, dass unser Urlaub tatsächlich stattfindet.«

»Dann«, erklärte Ana fest, »sollten wir vielleicht aufbrechen, bevor ihm noch etwas einfällt und das Telefon erneut klingelt.«

Robert nickte und gab ein Handzeichen.

Der Kellner trat sofort neben den Tisch und rang die Hände, während er sich unaufhörlich verbeugte.

»Es tut uns schrecklich leid Comte, aber wir können Ihre Kutsche leider nicht vorfahren. Wir versuchen es schon die ganze Zeit, um Ihre Wartezeit zu verkürzen, aber unser Fahrer bekommt die Maschine einfach nicht ans Laufen.« Der Mann sah sehr unglücklich aus. »Sie macht sehr, hm, … merkwürdige Geräusche.«

Robert schmunzelte.

»Das ist kein Problem. Machen sie sich keine Sorgen. Bettina ist ein wenig eigenwillig und lässt nicht jeden an ihre Hebel. Sie ist da sehr damenhaft.«

Der Kellner erstarrte mitten in der Verbeugung und stammelte: »Wie Sie wünschen, Comte.«

»Sehen Sie«, verkündete Robert gelassen. »Da kommt sie schon.«

Vor dem Café kam eine Dampfkutsche in Sicht, rollte auf sanft gefederten Gummireifen neuester Bauart lautlos vor und kam mit einem zufriedenen Schnaufen vor dem Eingang zum Stehen. Sofort bildete sich eine Gruppe Passanten um das Gefährt, welche den technischen Traum aus Mahagoni und Kupfer bewunderte. Der Schornstein stieß hübsche weiße Wölkchen hervor und ein ungeduldiger Pfiff ertönte.

»Aber«, flüsterte der Kellner entgeistert, »sie hat keinen Fahrer.«

»Sie ist eine sehr emanzipierte Person«, erklärte Robert und drückte dem Kellner unauffällig einige Geldscheine in die Hand. »Außerdem ist sie im Urlaub, da fährt sie gerne selbst.«

»Natürlich, Comte«, erwiderte der Kellner schwach und zog verwirrt die Brauen zusammen.

Robert bot Ana seinen Arm an und beide verließen das Café. Die Tür der Kutsche schwang auf, kaum dass sie die Straße betraten.

Ana blieb stehen und sah die lange Geschäftsstraße hinab. Überall standen hohe Bäume, die Äste dicht mit violetten Blüten bedeckt.

»Ich vermute, unserem jungen Anker geht es gut?«, fragte sie, während sie nachdenklich zu den Blüten aufsah. »Ich hoffe, sie steckt nicht wieder in Schwierigkeiten.«

»Ich denke«, erklärte Robert und half seiner Begleiterin, in die Kutsche einzusteigen, »dass sie jetzt dazu übergehen wird, *andere* in Schwierigkeiten zu stecken. Nicht zuletzt mit der Hilfe ihrer neuen Gefährtin.«

»Die beiden«, entgegnete Ana, »scheinen ein gutes Team abzugeben.«

Robert nickte, stieg ebenfalls ein und schloss die Tür hinter sich. Er sah zum Fenster hinaus und musterte nachdenklich die blühenden Bäume.

»Die neue Verwalterin ist deutlich verschlagener, als ich es für möglich gehalten hätte. Sie hat tatsächlich ein Parasitenuniversum in den Stamm der neuen Zeitlinien eingeflochten und damit die Grundstruktur des ganzen Universums geändert. Sie hat im Vorbeigehen eine vollkommen neue Rasse geschaffen. Man muss sich das mal vorstellen. Ein universales Gruppenbewusstsein!« Er schüttelte fassungslos den Kopf. »Ein Plan so verwegen und mutig, dass ihn niemand zuvor jemals auch nur in Erwägung gezogen hat. Der Gedanke allein ist absolut unerhört.«

Ana nickte bestätigend.

»*Bezaubernd.*« Sie lächelte und sah Robert von der Seite an. »Wusste dein Meister davon?«

Eine Weile lang saß der Angesprochene schweigend neben ihr, dann zuckte er schließlich mit den Schultern.

»Der Meister hat es unter Garantie nicht nur kommen sehen, sondern dafür geplant.« Er lachte. »Es würde mich nicht im Geringsten überraschen, sollte sich am Ende herausstellen, dass er das neue Universum exakt *genau so* geplant hat, weil er unendlich viele Zeitlinien voller Blumen haben wollte, um mehr Schmetterlinge sammeln zu können.«

Ana lachte laut und herzlich. Die Dampfmaschine der Kutsche pfiff noch einmal in den strahlenden Morgen hinein und rollte los.

Auf dem Dach eines Hauses gegenüber des Cafés weckte der laute Pfiff eine schwarze Katze, welche dort dösend in der warmen Morgensonne gelegen hatte. Sie öffnete träge ihrer gelben Augen und streckte sich gähnend, wobei sie ihre Flügel weit ausstreckte. Im hellen Licht der Sonne schimmerten die dunklen Federn metallisch blau. Sie trat an die Dachkante und ihre Augen folgten den davonrollenden Urlaubern. Ein genauer Beobachter hätte sehen können, wie die Flügelspitzen sanft vibrierten und ein blaues Schimmern über die Augen der Katze huschte, während sie neue Anweisungen empfing. Schließlich sprang sie elegant in die Luft, segelte hoch hinauf in den blauen Himmel und folgte der Kutsche.

32 | Ende

Clawdia schlug die Augen auf und zuckte erschrocken zusammen.

»Was?«, rief sie. »Wo bin ich?«

Valerie saß neben ihr auf dem Bett und legte ihr beruhigend eine Hand auf die Wange.

»Es ist alles gut, Schatz, du hast nur geschlafen.«

Sie trug ein weißes Kleid und hatte ihre rote Haarmähne zu einem dicken Zopf geflochten. Ihre Haut leuchtete tiefgrün im Schein der Gaslampe auf dem Nachttisch, während sie die junge Frau kritisch musterte.

»Es scheint dir gut getan zu haben, denn im Vergleich zu sonst bist du sehr sanft erwacht.«

»Ich dachte, ich würde schweben«, murmelte Clawdia, schüttelte irritiert den Kopf und versuchte das vage Gefühl eines unangenehmen Traumes abzuschütteln. Sie griff sich an die Stirn. »Hey, meine Kopfschmerzen sind weg.«

Valerie lächelte.

»Du brauchtest lediglich ein bisschen Ruhe, das war alles.«

»Wie lange habe ich geschlafen?«, fragte Clawdia und seufzte.

»Etwa zwei Wochen«, erklärte Valerie beiläufig.

»Was!«, schrie Clawdia und setzte sich ruckartig im Bett auf. »Im Ernst? Bist du närrisch? Du kannst mich doch nicht …« Sie zögerte. »Moment«, murmelte sie und griff sich an den Kopf. »Ich erinnere mich an ein Glas Wein, das du mir gebracht hast.« Sie kniff die Augen zusammen. »*Was*«, fragte sie drohend, »war in dem Glas?«

»Ach, du weißt schon«, erwiderte Valerie und zwinkerte Clawdia zu. »Erdbeeren, Kirschen und der Kuss eines Engels im Frühling.«

Clawdia stöhnte lang gezogen.

»Hatten wir nicht darüber gesprochen, Valerie? *Mehrmals? Ja*, ich habe dich von deinem Planeten getrennt. Es tut mir leid, aber es war notwendig! Außerdem ist es Monate her. Das ist noch lange kein Grund, mir jetzt ständig Drogen unterzuschieben.« Sie schlug genervt auf die Bettdecke. »Wir sind im Krieg!«, rief sie ungehalten. »Was sollen bitte die Soldaten denken, wenn ich hier den ganzen Tag herumliege.«

Valerie schenkte der jungen Frau einen kritischen Blick.

»Erstens, mein Schatz: Es ist kein Krieg. Den gibt es nur in deinem Kopf.« Sie strich Clawdia sanft über die Haare. »Und zweitens: Es waren genau *diese* Soldaten, die mich innigst gebeten haben, dich für eine Weile aus dem Verkehr zu ziehen.«

»Oh«, machte Clawdia und starrte Valerie erschrocken an, bevor sie betreten die Augen niederschlug.

»Warum?«, fragte sie vorsichtig.

Valerie schürzte die Lippen und holte tief Luft.

»Nun«, begann sie gedehnt, »erstmal hast du angefangen zu halluzinieren. Meiner Erfahrung nach geht, wenn du an dem Punkt bist, wie soll ich sagen, relativ schnell *die Wüste* mit dir durch. Erinnerst du dich noch an unseren letzten Einsatz, bevor ich dir den Wein gebracht habe?«

»Ähm«, machte Clawdia und starrte ins Leere.

»Du hattest zwei Schattenjäger aufgespürt«, half ihr Valerie, »die sich im Keller des Waisenhauses versteckt hatten, um sich von der Angst der Kinder zu ernähren.« Sie sah Clawdia direkt an. »Du hast sie mit bloßen Händen erwürgt und durch eine Wand geworfen.«

»Wen interessiert es«, begann Clawdia trotzig, »wenn ich Monster gegen eine Wand …«

»*Durch*, Schatz«, unterbrach Valerie sie. »Nicht *gegen*. *Durch*. Das Haus ist zusammengestürzt. Danach wolltest du ihr Blut trinken und Bettvorleger aus ihrem Fell nähen. Selbst die Soldaten sind vor dir geflohen.«

»Oh«, hauchte Clawdia leise.

»Ja, genau«, bestätigte Valerie. »Also habe ich dich ins Bett gesteckt. Ich habe dir auch das Amulett gegeben und du hast die Gelegenheit genutzt, deine Schulden zurückzuzahlen.« Sie strich Clawdia sanft über das Gesicht. »Die Narben sind schon fast verblasst.«

Clawdias Hände flogen zum Gesicht und tasteten vorsichtig auf der frisch geheilten und empfindlichen Haut umher.

»Danke«, murmelte sie leise und sah verlegen zur Seite.

»Keine Sorge«, erklärte Valerie ungerührt, »wir machen das noch zehn bis zwanzig Mal, dann sollte die Balance wieder hergestellt sein.«

Clawdia nickte, griff unter ihr Nachthemd und zog das Amulett hervor. Mit vorsichtigen Bewegungen nahm sie es ab und reichte es Valerie, die es sich wieder um den Hals legte. Clawdia betrachtete die andere Frau kritisch, dann beugte sie sich vor, nahm Valeries Gesicht in beide Hände und sah ihr tief in die Augen.

»Was wirst du jetzt machen«, fragte sie, »nachdem ich dir Macht gegeben habe?«

Das Amulett leuchtete hellgrün auf.

»Ich werde«, erklärte die Angesprochene mit einem bösen Lächeln, »das Universum unterwerfen.«

»Und was«, fragte Clawdia weiter, »wirst du mit dem Universum machen, wenn du es unterworfen hast?«

»Ich werde es mit *Blumen* überziehen!«, rief Valerie.

Clawdia lächelte und gab ihr einen Kuss.

»Ich denke, damit können wir leben.« Sie seufzte, ließ sich zurücksinken, streckte sich und sah Valerie von der Seite an. »Ich kann hier nicht ewig herumliegen und faulenzen, weißt du?«

Valerie lachte leise.

»Schwere Verletzungen heilen qualifiziert nicht zum faulenzen, Schatz, wie oft muss ich dir das noch erklären?« Sie sah die junge Frau kopfschüttelnd an und seufzte. »Weißt du, andere Menschen kämen auf die Idee, erst vollständig gesund zu werden und dann wieder arbeiten zu gehen und nicht tagsüber zu arbeiten und nachts zu heilen.«

Clawdia überging dies.

»Hat sich denn niemand nach mir erkundigt?«

Valerie legte den Kopf schief und überlegte.

»Der diensthabende Offizier war mal hier und hat Forderungen gestellt, aber dann hat er mich plötzlich angesehen, als würden Antennen aus meinem Kopf wachsen und ist schreiend weggerannt.«

Clawdia schloss die Augen.

»Hast du wieder Blumen aus seiner Hose wachsen lassen?«

Valerie sah unschuldig zur Seite.

»Hatte ich dich nicht gebeten«, erklärte Clawdia müde, »die Soldaten nicht in Angst und Schrecken zu versetzen?«

»Das sagt die Richtige«, murmelte Valerie.

»Sie sind auf unserer Seite«, bekräftige Clawdia, »auch wenn sie eine Uniform tragen.«

»Aber es ist so *lustig!*«, erwiderte Valerie mit großen, unschuldigen Augen.

Clawdia schnaufte.

»Sonst noch Neuigkeiten?«

»Dein Vater war ein paar Mal hier und hat nach dir gesehen. Ich glaube, ich mache ihn nervös.«

»Kann mir nicht vorstellen, warum«, erwiderte Clawdia trocken. »Er wollte immer, dass ich in den Adel einheirate, und ich habe ihm eine Königin mit nach Hause gebracht. Hat er was gesagt?«

»Er hat was von neuen Widerstandsnestern gemurmelt und mich dabei nicht angesehen.«

»Okay«, rief Clawdia. Sie warf die Decke zurück und schwang die Beine aus dem Bett. »Lange genug Urlaub gemacht. Wir haben einen Krieg zu gewinnen!«

»Es ist kein Krieg«, wiederholte Valerie geduldig, »und du hast keine Ahnung was *Urlaub* ist, mein Schatz.«

Clawdia sprang auf die Beine und zögerte. Mit Entsetzen in den Augen sah sie an sich herab und schien das lange weiße Nachthemd zum ersten Mal zu bemerken. Ihre Hände tasteten entgeistert über den Spitzenbesatz des Dekolletés.«

»Was zur Hölle …?«, begann sie.

»Hübsch, oder?«, fragte Valerie unschuldig. »Habe ich für dich nähen lassen.«

Clawdia sah die Frau an, als hätte sie den Verstand verloren. Ihr Blick wanderte suchend im Raum umher.

»Wo ist meine Uniform?«, flüsterte sie drohend.

»Die kriegst du wieder, wenn du ausgeschlafen bist«, erwiderte Valerie und zwinkerte ihr zu. »Obwohl, da bin ich mir allerdings noch nicht sicher.«

Clawdia stöhnte lang gezogen, zog die Brauen zusammen und konzentrierte sich. Ein breiter schwarzer Ledergürtel mit einem Pistolenholster erschien an ihrer Hüfte. Ein gewaltiger silberner Revolver steckte darin.

Valerie sah an Clawdia herab.

»Schatz«, erklärte sie bestimmt. »Wir hatten dieses Gespräch bereits. Das Ding bringst du nicht mit ins Bett.«

»Ich habe einen Krieg zu gewinnen«, verkündete Clawdia trotzig und trat an die geschlossenen Vorhänge heran.

Sie schlug mit der flachen Hand auf die Waffe.

»Dies ist das Zeichen meiner Macht und meiner Bürde.«

»Darf ich dabei sein«, entgegnete Valerie trocken, »wenn du den Soldaten das in diesem Aufzug erklärst?«

Clawdia grunzte und zog den Vorhang einen Spalt beiseite. Sie sah einen Moment lang angespannt nach draußen, dann zog sie den Revolver und hob ihn langsam zum Gesicht.

»Ich kann dir nicht sagen …«, begann sie und stockte. Sie musterte die Waffe irritiert, dann drehte sie sich zu Valerie um, die auf der Bettkante saß und sie freundlich ansah. Clawdia richtete die Waffe auf die Frau und fragte genervt: »Wirklich? Schon wieder?«

Valerie riss mit gespieltem Erstaunen die Augen auf und zupfte eine kleine Rosenknospe aus dem Lauf der Waffe.

»Ups«, machte sie und lächelte süß. »Macht der Gewohnheit.«

Sie gestikulierte der jungen Frau aufmunternd zu und sah sie in gespieltem Ernst an.

»Entschuldige bitte die Unterbrechung. Fahr fort, du hattest gerade einen dramatischen Moment.«

Clawdia warf ihr einen säuerlichen Blick zu und wandte sich wieder dem Vorhang zu. Sie zog den Stoff beiseite und das fahle Licht des beginnenden Tages fiel in den Raum. Das Fenster überblickte einen weiten Teil der Stadt und sah auf ein Meer aus Kreuzen hinab, die in allen Formen und Größen auf den Hausdächern thronten. Der erste schwache Schein der beginnenden Morgendämmerung lag über dem Horizont und das Licht eines neuen Tages kletterte vorsichtig über den Höhenzug des Tales. Clawdia hob den Revolver hoch, bis sich ihr Gesicht im glänzenden Chrom spiegelte.

»Ich kann dir noch immer nicht erklären, wo die Nacht beginnt«, verkündete sie. »Aber ich kann dir sagen, wo sie endet. Sie endet hier.«

***

Danksagung

Eine Autorin ist nur so viel wert, wie die Menschen, die bereit sind, sie zu unterstützen. Ich werde nicht müde darauf hinzuweisen, dass ich hier nur Geschichten aufschreibe. Sinn und Form in meine wirren Sätze zu bringen, dafür brauche ich Profis. Zum Glück habe ich Helga Sadowski, die jeden einzelnen Text, den ich produziere, sorgfältig auf links dreht. Ohne die Hilfe eines guten Lektors kann keine Autorin lange existieren. Ich betrachte es als Glück und großes Privileg, eine solch tolle Freundin in meinem Leben zu haben. Ich hoffe, dass wir noch viele, viele Bücher gemeinsam bearbeiten werden.

Mit Jana Hoffhenke habe ich eine Verlegerin gefunden, wie sie sich eine Autorin nicht besser wünschen könnte. Freundlich, schnell, professionell und wundervoll unkompliziert. Alle anderen Autor:innen sollten mich beneiden.

Detlef Klewer danke ich von Herzen, denn er hat nun schon zum zweiten Mal mein Traumcover verwirklicht, ohne auch nur mit der Wimper zu zucken. Selbst als ich eine authentische schwarze, viktorianische Militäruniform für Frauen wollte. Es ist ein riesiges Geschenk und endloses Privileg, von solch wundervollen Menschen umgeben zu sein.

Sciencefiction im Eridanus Verlag

Sven Haupt

Stille zwischen den Sternen

Taschenbuch, 366 Seiten, 14,90 €
ISBN 978-3-946348-29-0

Ebook, 4,99€
ISBN 978-3-946348-30-6

Wie füllt man eine Stille, wenn man weder eine Stimme hat noch Augen, die sehen, oder Hände, die fühlen?

Als die unscheinbare Pilotin Hien Otis die Chance erhält, im Rahmen des teuersten militärischen Forschungsprojekts aller Zeiten zum ersten lebendigen Raumschiff zu werden, gibt sie ohne Zögern alles auf. Kurz darauf verschwindet eine geheime Raumstation am Rande der Galaxis und die Armee entsendet umgehend ihren neuen Prototyp. Die Aufklärungsmission führt in den Leerraum jenseits der Sterne, wo der Wahnsinn auf jeden Menschen lauert …

»Stille zwischen den Sternen« erzählt die Geschichte einer jungen Frau auf der Suche nach dem Sinn ihres Lebens, die im entferntesten Winkel der Galaxis – inmitten der Stille – das größte Wunder findet, das die Menschheit je gesehen hat.

Ausgezeichnet mit dem Deutschen Science-Fiction Preis 2022 (Kategorie Roman).

Anthologien im Eridanus Verlag

Christoph Grimm (Hrsg.)

Fast menschlich

SF-Geschichten

Taschenbuch, 14,90 €

ISBN 978-3-946348-21-4

Ebook, 4,99€

ISBN 978-3-946348-22-1

Detlef Klewer (Hrsg.)

Alien Eroticon

Erotische SF-Geschichten

Taschenbuch, 14,90 €

ISBN 978-3-946348-21-4

Ebook, 4,99€

ISBN 978-3-946348-22-1

Christoph Grimm (Hrsg.)

Alien Contagium

Erstkontakt-Geschichten

Taschenbuch, 14,90 €

ISBN 978-3-946348-33-7

Ebook, 4,99€

ISBN 978-3-946348-34-4